Beautiful Graves

L. J. SHEN

BEAUTIFUL GRAVES

Traduit de l'anglais (États-Unis) par
Chloé Wild

NEW ADULT

&

Titre original :
BEAUTIFUL GRAVES

Ce livre est publié avec l'aimable autorisation de Brower Literary & Management, Inc

HARPERCOLLINS FRANCE
83-85, boulevard Vincent-Auriol, 75646 PARIS CEDEX 13.
www.harlequin.fr

ISBN 978-2-2805-0832-2 — ISSN 2271-0256

« Nos goûts nous renseignent sur ce que nous sommes. »
SAINT THOMAS D'AQUIN

« L'espérance est un rêve éveillé. »
ARISTOTE

Trigger Warning

Ce roman contient des sujets sensibles, qui peuvent être difficiles à lire : dépression, pensées suicidaires, usage de drogue, mort d'un parent, mort d'un être aimé. Prenez soin de vous et de votre santé mentale, et n'hésitez pas à passer votre chemin si nécessaire.

Playlist

Duran Duran – *Save a Prayer*
Oasis – *Don't Look Back in Anger*
Annie Lennox – *No More « I Love You's »*
Dubstar – *Stars*
The Hollies – *The Air That I Breathe*
Goldfinger – *Put the Knife Away*

Prologue

Ce n'est pas ainsi que je m'étais figurée faire mon entrée dans cette église.

Vêtue d'une robe noire, les cernes creusés, les lèvres gercées.

À l'heure actuelle, il n'y a rien dans mon estomac hormis la tasse de café tiède que j'ai avalée d'un trait pour accompagner mon Valium.

La présence en ces lieux de tous ceux que je connais, de tous ceux qui me soutiennent, n'allège en rien ma souffrance. C'est le truc, avec les tragédies : elles vous condamnent à une immense solitude. À un moment donné, celle-ci vous submerge. Au beau milieu de la nuit. Ou lorsque vous prenez une douche à la va-vite. Ou encore lorsque vous vous retournez dans votre lit et qu'à la place du corps aimé vous ne trouvez que des draps parfaitement repassés.

Les moments fondamentaux de l'existence se vivent seul.

Mais je ne suis pas prête à faire mes adieux.

— Tu n'es pas obligée de rester pour le cimetière, me glisse mon père, pragmatique et direct.

Nous passons devant des rangées de personnes. Je garde mes yeux rivés aux portes de l'église, refusant tout contact visuel.

— Ils comprendront. Tu es en train de vivre l'enfer sur terre.

Peut-être est-ce une erreur de ne pas se soucier de ce que pensent les gens, mais, vraiment, je m'en fous. Hors de question que je sois là quand le cercueil sera mis en terre. Je compte partir bien avant que tout le monde ne craque. Avant que tout ceci ne devienne réel. Peut-être que ça fait de moi une lâche, mais je ne pourrai pas le supporter. Je ne pourrai pas encaisser un autre au revoir prématuré.

— Je parie que sa tombe sera magnifique. Comme tout ce qui le concerne.

Ma propre voix me frappe. Elle remonte du tréfonds de mes entrailles comme une giclée de bile.

— *Le concernait,* me corrige quelqu'un.

Pas besoin de me retourner pour savoir de qui il s'agit.

De l'homme qui possède l'autre moitié de mon cœur.

Et d'un coup, c'est trop. Alors que les portes de l'église ne sont plus qu'à deux pas, je m'effondre à genoux et, prostrée, je me mets à sangloter. Les endeuillés, autour de moi, chuchotent de leur voix compatissante. « Pauvre enfant. » « Pas le premier drame qu'elle vit. » « Que va-t-elle faire à présent ? »

Ils n'ont pas tort : je n'ai aucune idée de ce que je vais faire. Parce que, même dans les moments les plus heureux de ma vie, j'ai toujours été écartelée.

Entre l'homme que je suis sur le point d'enterrer.

Et celui qui se tient derrière moi.

PARTIE 1

Chapitre 1

L'été de mes dix-huit ans

Ça commence par un défi lancé avenue La Rambla.

Par la tentative de ma meilleure amie sans-gêne d'attirer l'attention d'un mec.

— Tu te tues à petit feu, mon gars.

Pippa tend la main vers la cigarette que l'inconnu a coincée entre ses lèvres et la lui arrache pour la casser en deux.

C'est notre première heure à Barcelone et déjà elle est en quête d'un moyen créatif de nous attirer des emmerdes.

— Tiens. Ne me remercie pas. Je viens de t'éviter un cancer.

Avec un jeté de ses cheveux au balayage parfait, elle franchit les portes coulissantes d'une pharmacie, laissant le type planté là. Je retire les écouteurs enfoncés dans mes oreilles et marmonne au fumeur sur le trottoir :

— Désolée, au moment de préparer sa valise, elle a visiblement oublié d'empaqueter ses bonnes manières.

Voilà notre mode de fonctionnement, à Pippa et moi. Elle crée des départs d'incendie, je les éteins. Elle s'enflamme et sème le désordre partout où elle passe, je reste aussi froide et stoïque qu'une de ces statues de glace qui décorent les banquets des mariages royaux. Elle pourrait se taper un lampadaire, quand moi… eh bien, je me soupçonne d'être asexuelle, bien que (ou peut-être *parce que ?*) j'aie perdu ma virginité il y a déjà deux mois.

Pippa et moi, c'est une vieille histoire. Nous nous sommes rencontrées le jour de la rentrée, en maternelle, où nous nous sommes battues pour une boîte à formes (la légende veut qu'elle s'en soit finalement emparée pour me frapper à la tête). Depuis, nous sommes inséparables.

Je suis la gothique de service, air macabre et rangers toujours aux pieds, tandis qu'elle, telle une Ariana Grande en Technicolor, brille de mille feux.

Nous avons fréquenté la même école primaire, le même collège, le même lycée, les mêmes colonies de vacances.

Aujourd'hui, Pippa et moi sommes toutes deux inscrites à Berkeley.

C'est Pippa qui a eu l'idée de partir deux semaines en Espagne. Un dernier coup d'éclat avant la rentrée universitaire. Elle est espagnole du côté de sa mère, aussi l'une de ses tantes, Alma, vit-elle à Barcelone, ce qui signifie que nous sommes logées gratis.

Pile au moment où nous passons sous le panneau lumineux qui indique en vert « Farmacia : 24 horas », je déclare, en ajustant la lanière de mon sac à dos que je porte sur une épaule :

— Établissons une nouvelle règle : ne pas énerver les locaux. Parce que, je te préviens, si tu te retrouves dans une embrouille, tu te démerdes.

C'est évidemment un mensonge, je serais prête à me prendre une balle pour elle. Mais si on peut éviter, je préfère autant.

— Je t'en prie ! grogne Pippa en attrapant un panier avant de se diriger vers les produits d'hygiène. On n'a que deux semaines pour laisser libre cours à notre folie avant le retour à la réalité. La fac, c'est du sérieux, Lawson ! Mon projet, ce n'est pas de me battre, en tout cas, pas avec un beau gosse pareil.

Elle balance le shampoing, l'après-shampoing, le dentifrice et deux brosses à dents dans notre panier. J'y ajoute du paracétamol, de la crème solaire et une lotion pour le corps. Nous ne voulions pas mettre dans nos valises des tubes susceptibles de fuir. Devant les rasoirs jetables, Pippa pile.

— Tu crois que la pilule du lendemain est en vente libre, dans ce pays ?

— Pourquoi ? Tu as l'intention d'avoir un rapport non protégé avec un inconnu ? me renseigné-je.

— Simple curiosité, détends-toi !

Elle hausse les épaules, puis me prend la main pour m'entraîner dans le rayon d'à côté. J'ai conscience qu'on parle environ cinq fois plus fort que tout le monde. Et qu'il y a autour de nous d'autres clients. Un couple âgé qui discute avec le pharmacien, une femme enceinte qui déchiffre les petits caractères d'une boîte de laxatifs, une bande de gars en tenue de foot en train de comparer diverses crèmes antifongiques.

Elle s'arrête à l'orée de ce que nous appelons communément Le Rayon du Cul. Pippa fait courir les minuscules flammes dessinées à l'extrémité de ses faux ongles pointus sur les articles.

— N'oublie pas d'acheter des capotes, lancé-je en mordillant mon vernis noir. Juste au cas où tu changerais d'avis sur le fait de ramener une chlamydia en souvenir.

Je n'en peux plus, je veux sortir d'ici, prendre une douche chez sa tante pour laver la puanteur des douze heures de vol et décompresser.

— La chlamydia, c'est pas ouf, comme souvenir, réplique Pippa en se tournant vers moi avec un sourire en coin. J'ai plus d'ambition que ça. On va se faire tatouer, pendant ces vacances.

— *Tu* vas te faire tatouer, pendant ces vacances, la corrigé-je. Moi, pas moyen.

— Pourquoi ? Ce n'est pas comme si tu avais peur des aiguilles.

Elle regarde l'anneau à mon septum, un sourcil levé. J'essaie de le planquer dans mon nez.

— Les piercings, ça me va. Mais un tatouage, c'est un engagement à vie. Tu sais bien que j'ai du mal avec l'engagement.

Je ne suis même pas capable d'être fidèle à une marque de céréales.

— Tu *es* fidèle à une marque de céréales, soupire-t-elle d'un air exaspéré. Les Cap'n Crunch goût beurre de cacahuètes.

— Malgré ma passion pour les Cap'n Crunch, je ne crache pas sur des Frosties de temps à autre. Il m'arrive même de déchirer un bol de Golden Grams.

— Beurk, des Golden Grams, répète-t-elle avec un frémissement de dégoût. Parfois, je t'assure, j'ai l'impression que ton cas est désespéré. De toute façon, il te faut un tatouage. Ta mère serait si fière !

— Je n'ai aucun problème avec l'idée de la décevoir.

Pippa n'a pas tort, Barbara « Barbie » Lawson serait probablement ravie que je me fasse tatouer le bras entier. Elle-même a recouvert la majeure partie de son dos, de ses mollets, de ses poignets avec des citations qui lui tiennent à cœur. « Les tatouages, c'est comme un joli papier peint sur des murs beiges », a-t-elle pour habitude de dire.

Née en Angleterre, à Liverpool, ma mère a fugué pour San Francisco à l'âge de seize ans. Elle n'a rien d'ordinaire. C'est pourquoi je l'aime, non seulement en tant que parent, mais aussi en tant qu'être humain.

— Allez, Ever ! trépigne Pippa.

Mon vrai nom, c'est Everlynne, mais, soyons réalistes, c'est trop long à prononcer.

— S'il te plaît.

Je place mes deux index en croix, comme pour dire : « Arrière, Satan ! »

— Argh ! Très bien, comme tu voudras, grommelle-t-elle avant d'attraper une boîte de préservatifs. Pas de tatouages. Mais je vais te corrompre ! Ceci est une intervention : Everlynne Bellatrix Lawson, tu as été une vilaine, vilaine fille. Et par vilaine, je veux dire bien trop sage. Super sage. *Écœurammment* sage. On appartient à la Gén Z, je te rappelle ! Merder, ça fait partie de notre ADN ! C'est ce qui arrive, quand on grandit biberonnées aux réseaux sociaux et aux Kardashian.

— Je merde déjà pas mal, déclaré-je. Et sans emmerder personne, moi.

Mais nous savons toutes deux que c'est faux : niveau rébellion, je suis d'un ennui mortel.

— Je laisse tomber le coup du tatouage si tu me promets d'enfin utiliser l'un de ces bébés durant notre séjour, transige-t-elle en brandissant les préservatifs.

Je suis sur le point de me liquéfier d'embarras, là, dans ce rayon. La seule chose qui me retient, c'est mon refus de déranger un employé en le forçant à me ramasser à la serpillière. On se fait déjà assez remarquer comme ça. D'ailleurs, un rire retentit depuis le rayon d'à côté. Nous avons un public. *Youpi yéé.*

— Dois-je te rappeler que, contrairement à ce que tu sembles croire, je ne suis *pas* vierge ? grommelé-je en attrapant la boîte pour la fourrer dans le panier quelque part entre les tampons et le dentifrice.

— Tu m'excuseras, mais, selon mes critères, s'envoyer en l'air avec Sean Dunham ne compte pas, me taquine Pippa.

Un reniflement méprisant nous parvient. Je ne peux pas voir son émetteur, étant donné le mur de capotes érigé entre nous. Avoir l'anglais comme langue d'expression, c'est vraiment pourri. Quel que soit le point du globe où vous vous trouviez, tout le monde comprend ce que vous dites.

— Eh ! On est allés jusqu'au bout !

— Ouais, et vous y êtes allés en boitant. Sérieux, vous deux, c'était le scoop le plus chiant de l'année. En plus, vous avez rompu environ deux secondes après vous être rhabillés.

Pas faux. Je croise néanmoins les bras d'un air défiant.

— Bon, et qu'est-ce qui se passe, si je ne trouve personne qui fait battre mon cœur ?

— Tu ne trouves jamais personne qui fait battre ton cœur, soupire-t-elle. Fort heureusement, je ne te demande pas de tomber amoureuse, juste de t'amuser un peu.

Notre spectateur est maintenant en mode fou rire. Un mec, sans aucun doute. Rire grave et sourd.

Un peu de caramel, sur ton pop-corn, mon grand ?

— Tu dois apprendre à te mettre dans l'ambiance, c'est ton objectif du séjour. Prendre ton pied avec un parfait inconnu. Sans conséquences. Sans relation. Rien qu'une petite aventure dans un pays étranger.

Trouvant que la personne dans le rayon d'à côté en a assez entendu sur ma vie sexuelle (ou sur son absence), je me tourne vers Pippa avec un regard noir.

— Hors de question, je ne couche pas avec un inconnu.

— Oh ! que si.

— Oh ! que non.

— C'est ça ou le tatouage.

Pour couper court, je grogne.

— Très bien, je les utiliserai, tes capotes. Va nous chercher un truc à grignoter. Je dois passer un coup de fil.

— Si tu comptes téléphoner à Barbie pour qu'elle te soutienne, oublie : elle sera de mon côté et tu le sais parfaitement.

Puis Pippa volète au loin comme une fée, laissant dans son sillage une traînée de gloussements scintillants. Je sors mon smartphone de mon sac à dos. J'attends que les barres de réseau s'affichent sur l'écran, puis j'appelle ma mère. Elle décroche dès la première sonnerie, même si ce doit être le milieu de la nuit en Californie.

— Ever ! roucoule-t-elle. Comment se porte Barcelone ?

— Ça fait moins d'une heure que nous sommes arrivées et Pippa a déjà cherché la bagarre à un inconnu, acheté des préservatifs et essayé de me convaincre de me faire tatouer.

— Et j'imagine que tu es horrifiée ?

Je peux entendre qu'elle sourit.

— Wahou, maman, décidément, tu me connais comme si tu m'avais faite.

— Bien, de ce que je comprends, tout se déroule comme prévu au royaume des Pipper.

Pippa et Ever. J'adore qu'elle ait trouvé un nom à notre duo. Barbie Lawson est la plus cool de toutes les mères.

— Tu me manques déjà, avoué-je en me mordillant la lèvre inférieure.

— Pour tout te dire, confesse-t-elle à son tour, si je suis réveillée, c'est parce que je regarde nos vieux albums photos. Je n'arrive pas à croire que mon bébé soit de l'autre côté de l'océan, en Europe, pour une virée entre filles !

Argh ! non : pas pleurer au beau milieu du Rayon Cul. Pas pleurer.

— Oui, moi non plus. Je dois y aller, maman. Je t'aime.

— Pareil. Jusqu'à la lune et plus encore.

Je m'apprête à ranger mon téléphone dans ma poche arrière quand une ombre apparaît dans mon champ de vision, bloquant l'entrée du rayon. C'est notre copain l'Inconnu à la clope. Pippa avait raison, il est plutôt beau gosse. D'une beauté subtile. Mon genre de beauté. Une silhouette de personnage de manga tracé à grands coups de fusain. Grand, attirant selon tous les critères en vogue, élancé. Sa posture est celle d'un tournesol. Courbée. Comme s'il avait du mal à entendre les gens de taille normale. Ses yeux sont bleu foncé, sa mâchoire carrée. Il a un nez un peu trop long, au bout pointu. Cette légère imperfection met en valeur le reste de ses traits sans défauts. Un coup de génie de la nature : le rendre incroyablement attirant, mais pas totalement inaccessible.

— Une bombe à eau, lance-t-il, stoïque, dans un anglais sans trace d'accent étranger.

— Euh, quoi ?

Il désigne le rayonnage de capotes d'un geste de la tête. *Ah oui, c'est vrai*. L'exigence délirante de Pippa : utiliser au moins un préservatif.

— Tu en remplis une et tu la lâches sur sa tête.

— C'est salaud, dis-je.

— Ce n'est que justice.

— Je ne peux pas faire ça, rétorqué-je en remettant discrètement mon piercing en place. Ce serait de la triche.

Je veux qu'il voie mon anneau au septum. Je ne sais pas *exactement* pourquoi, mais c'est le cas. Peut-être parce qu'il porte un Levi's délavé, retroussé aux chevilles, et des Converse défoncées. Ou peut-être parce que ses cheveux foncés en bataille et son T-shirt « Anti-social Club : postulants s'abstenir » semblent s'adresser directement à moi, comme quand un inconnu assis en face de vous dans le métro lit votre livre favori.

— Ton sens moral t'honore, dit-il avec un sourire diabolique.

Dans mon for intérieur, je fonds. C'est chaud, c'est gluant, ça se love au creux de mon estomac. *Seigneur*. Pas étonnant que Pippa soit obsédée par les mecs. Ce petit échange me fait l'effet d'un tour de Space Montain après une orgie de churros au Nutella.

J'ai soudain une conscience aiguë de mes membres. Ont-ils toujours été aussi longs ? Aussi lourds ? Aussi malhabiles ?

— Tu écoutais aux portes ? demandé-je, essayant de deviner ce que lui voit lorsqu'il me regarde.

Un kilt. Des cheveux d'un orange intransigeant. La couleur rivalise avec celle d'une feuille d'automne sur le point de tomber. Mais, étant donné que les roux représentent moins de 2 % de la population mondiale, je n'ai pas le cœur de les teindre.

— Je suis venu acheter ça, réplique-t-il en brandissant un article dans les airs.

— Du *crayon à lèvres* ?

Je lève un sourcil.

— C'est pour aller avec tes faux cils ?

Son sourire possède une face sombre, qui m'invite à m'approcher, à essayer de voir ce qui se cache derrière.

— OK, tu as gagné, lâche-t-il avec un haussement d'épaules. Je suis entré dans la pharmacie pour donner un ou deux conseils à ton amie, puis je suis resté pour le spectacle. Tu vas faire quoi, porter plainte ?

— Désolée, gloussé-je. Pippa est cool, en vrai. Dans le genre franchement-je-t'aime-mais-par-pitié-tais-toi.

— Si tu le dis.

— Ouais, je le dis. Bien sûr que je le dis ! Et je peux le répéter, si besoin. C'est de ma meilleure pote qu'on parle, là.

Dans un recoin de mon esprit, j'ai conscience de me comporter de façon chelou, même par rapport à mes standards. Mais je n'ai pas envie que la conversation s'arrête.

— Vous êtes pourtant différentes, toutes les deux.

— Pourquoi ? Parce qu'elle est Miss Popularité et que je suis une *emo girl* ?

— Ouais, répond-il sans ciller.

Ce type est un vrai *bad boy,* rebelle jusqu'à l'os. Pas comme moi, avec mon piercing au septum juste pour faire joli.

— Je me méfie des gens trop *mainstream,* ajoute-t-il. Je ne vois pas ce qu'ils apportent au monde. Être dans la norme, ça n'a rien d'intéressant.

— Serait-ce un compliment caché ? demandé-je en plissant les yeux.

Ses lèvres s'étirent imperceptiblement. Je me sens soudain légère. Prête à m'envoler comme un ballon d'hélium, sauf que le gaz que j'inhale, c'est l'attention qu'il m'accorde.

— Tu voudrais que ce le soit ?

Je pense qu'il n'est pas aussi nonchalant qu'il essaie de me le faire croire, que, malgré son ton détaché. Mon cœur donne des *high kicks* dans ma cage thoracique. Mais comme l'espoir est une chose dangereuse, je décide d'envisager toutes les options. Se peut-il qu'il ne me parle que pour approcher ma copine sexy et grande gueule, et que je vais bientôt me retrouver à tenir la chandelle. J'en ai passé, des soirées à faire la conversation à des gars qui voulaient seulement serrer Pippa. En temps normal, je m'en fous, mais là, si c'est après elle qu'il en a, je sens que ça va me faire un truc.

— Qu'est-ce que tu écoutes ?

Il tente de changer de sujet en désignant d'un mouvement du menton le casque audio que j'ai autour du cou. Au même moment, je lui demande :

— Alors, tu es ici en vacances, ou... ?

Nous rions de concert. Puis je réponds la première à sa question.

— La meilleure chanson de toute l'histoire de la musique.

— *Never Gonna Give You Up*, de Rick Astley ? rétorque-t-il avec des haussements de sourcils comiques.

Nouveaux rires.

— Non, mais tu es dans la bonne décennie.

— Un défi. OK, j'accepte.

Il se frotte les mains. Je sens son intérêt piqué.

— Voyons voir...

Il me détaille des pieds à la tête, ne laisse rien au hasard, comme si peut-être la réponse était inscrite sur mon T-shirt.

— Je vais tenter *Where Is My Mind*, des Pixies.

— C'est un échec.

Je lui présente l'écran de mon téléphone, pour qu'il puisse voir l'interface de mon iTunes.

— *Save a Prayer*, de Duran Duran.

— Wow. C'est un pur morceau, c'est vrai.

— Le préféré de ma mère.

Si je continue à sourire comme ça, c'est sûr, les commissures de mes lèvres vont finir par craquer.

— Ton tour, lance-t-il en brandissant son smartphone avant de scroller pour choisir une chanson. Qu'est-ce que j'écoute, là ?

— Donne-moi la décennie.

— Les années 1990.

— Vaste sujet.

Je prends appui contre le rayon « Lubrifiants ».

— Je vais essayer de ne pas insulter ton anticonformisme et partir du principe qu'il ne s'agit pas de *Smells Like Teen Spirit*.

— Je te remercie de la confiance que tu m'accordes. Pense Angleterre.

Il sourit en coin. Moi, je fronce les sourcils, concentrée.

— Oasis, *Don't Look Back in Anger*.

— C'est ton dernier mot ?

J'acquiesce, hésitante.

— C'est mon dernier mot.

Il tourne son écran vers moi et je constate que j'ai vu juste. *Waouh*. Bordel de merde. Aurais-je rencontré mon double masculin ?

— Comment tu as fait ça ? me demande-t-il, et il me semble qu'il me regarde soudain différemment.

Comme si j'avais réussi une sorte de test.

— Le pouvoir de la déduction. Dans la guerre opposant Blur à Oasis, il est évident que tu étais du côté des prolos défiant l'ordre établi. Le solo de guitare a fait le reste.

— Je trouve marrant d'avoir rencontré une compatriote anglophile en Espagne.

— Ma mère est anglaise. Quelle est ton excuse ?

— Je n'en ai pas, réplique-t-il en haussant les épaules. Certains d'entre nous naissent simplement au mauvais endroit et à la mauvaise époque.

— Ne m'en parle pas... Maintenant, à ton tour de répondre à ma question.

Son visage me fascine complètement. On pourrait presque croire que c'est la première fois que je vois un être humain. Non, mon comportement n'a rien de normal, présentement. En théorie, quand je discute avec un inconnu, je compte les minutes, attendant le moment propice pour m'esquiver. Ce n'est pas que je n'aime pas les gens. Il y en a même certains que j'aime *beaucoup*. Mais je suis plus à l'aise en compagnie de mes livres, de ma musique et d'animaux de compagnie. Ce combo-là ne me déçoit jamais.

— Je..., commence à me répondre l'Inconnu à la clope.

Mais Pippa débarque soudain, agitant deux sacs plastiques.

— Tiens, j'ai acheté une tonne de chocolat. C'est mon SPM. T'as pas des crampes au bide, toi ? Depuis que nos cycles se sont synchronisés, j'ai l'impression que...

Elle s'interrompt, remarquant tout à coup la présence de notre copain fumeur (quel est son nom, tiens ?) Je suis de nouveau mortifiée, car, non seulement maintenant il connaît tout mon historique sexuel, mais mes menstruations n'ont plus aucun secret pour lui.

— Salut, dit-elle en penchant la tête de côté, apparemment intriguée.

Il plonge la main dans l'un de ses sacs, se sert dans ses sucreries, déchire le papier et engloutit la barre chocolatée en une bouchée.

— Salut, la taxeuse de cigarettes.

Pippa en reste bouche bée.

— Existe-t-il d'autres trucs que tu sois capable de bouffer avec un tel d'entrain ?

— Tu voudrais bien le savoir, hein ?

— Tu m'as démasquée, rétorque-t-elle avec un sourire lascif.

Il lui jette un regard blasé, le parfait regard de l'aimant à midinettes. Mes yeux passent de l'un à l'autre, inquiète que je suis d'un coup d'assister à la naissance d'une histoire d'amour épique.

Je prends cruellement conscience que je n'ai vraiment pas envie d'entendre de sa bouche à elle comment *lui* embrasse. Je ne veux pas lâcher des *ooooh* et des *haaaan* et feindre d'être ravie pour Pips lorsque l'inévitable se produira et qu'ils coucheront ensemble. Plus ils se regardent, plus j'ai des sueurs froides. Jusqu'à ce que ça devienne insupportable. Le silence. La perspective de Pippa et l'Inconnu à la clope en train de se galocher dans le coin sombre d'une boîte de nuit barcelonaise au son d'un morceau *downtempo* des Arctic Monkeys, pendant que je serai prisonnière d'une conversation inintéressante avec l'un de ses potes.

Je croyais qu'être dans la norme, ça n'avait rien de d'intéressant ? Qu'il se méfiait des gens *mainstream* ?

Pippa ouvre la bouche, le mode *flirt* visiblement enclenché. Et d'un coup, c'est plus fort que moi : je l'attrape par le poignet et la tire vers la porte. Elle a beau piétiner derrière moi, essayer de se dégager, la peur me donne une force herculéenne.

— Mais qu'est-ce que tu fous ? Argh, il était à croquer. Viens, on y retourne.

— Pas moyen.

La pharmacie et sa climatisation nous recrachent sur l'avenue brûlante.

— Je ne vais pas te laisser t'embarquer dans une amourette estivale qui va ruiner nos vacances entre meufs. Pas question qu'on passe les quinze prochains jours à attendre que monsieur se manifeste pour bouger.

Voilà pour l'explication. Que je viens d'inventer à l'instant. Désormais, il faudra que je m'en tienne à cette version des faits.

— Bon sang, dis-moi que ce n'est pas vrai ! C'est pour ça que tu as fait ça ?

Au coin de la rue, elle freine des quatre fers et me donne une tape sur la main.

— Tu pensais que j'allais essayer de me le faire ?

Nous sommes maintenant suffisamment loin de la pharmacie. J'arrête ma course et surveille les environs du coin de l'œil.

— Ou c'est lui qui allait essayer de se la faire avec toi. Qu'importe.

— Eh ben, tu vois, c'est dommage, Lawson, parce que quand j'ai dit que je le trouvais à croquer, je pensais à *toi*. On aurait dit ton double ! Et je n'ai jamais vu deux crétins se sourire autant au cours d'une simple conversation. J'allais seulement faire en sorte qu'on chope son numéro avant de partir. Ce n'est pas tous les jours que ma meilleure amie quitte le mode « catatonie ».

C'est à mon tour de rester bouche bée.

— C'était vraiment ça, le plan ?

— Bah oui, patate ! m'engueule-t-elle en me foutant un coup de sac plastique.

— Mais vous vous fixiez dans le blanc des yeux !

— Il était en train de me lancer un regard qui signifiait « dégage », répond-elle en riant. Sur ce point aussi, ses intentions étaient plutôt claires.

J'ai envie de vomir. Pour tout dire, je me demande si je ne viens pas de vomir un peu, là, dans ma bouche, et de ravaler.

— Mais alors, pourquoi tu n'*as pas* dégagé ?

— Je voulais juste m'assurer qu'il prenne bien ton 06.

— Oh ! Pippa...

— Mais arrête de perdre du temps ! Retournes-y et file-lui ton numéro !

— Comme ça, sans préambule ?

Je cligne des yeux. Elle hausse une épaule.

— Si vraiment t'as besoin de le mettre dans l'ambiance, tu peux d'abord lui montrer tes seins, ça fait toujours son petit effet.

Sans prendre la peine de répliquer, je fends l'air comme un oiseau de proie. Je me rue dans la pharmacie et je regarde à droite, à gauche. Si l'Inconnu à la clope me demande ce que je fous là, je n'aurai qu'à lui raconter que j'ai perdu mon portefeuille. Je parcours les rayons. Je jette un œil aux toilettes. J'entre même dans le Photomaton. Mon inconnu est introuvable.

Je suis prise de panique. Et s'il était parti ? Après tout, cette histoire de crayon à lèvres n'était qu'un prétexte. Et si je l'avais raté ? Et si tout s'arrêtait là ? Je ne connaîtrai jamais son nom. Je ne saurai jamais où il habite. S'il est *team* Guns N' Roses ou Nirvana (il a intérêt à être *team* Guns N' Roses ou à avoir une sacrément bonne explication).

— *Pssst !* Il est parti poursuivre toi, me lance en anglais le pharmacien derrière le comptoir, avec un accent espagnol à couper au couteau.

Je pivote pour lui faire face.

— Vraiment ?
Il me sourit, l'air sincèrement navré.
— Oui, vite, très vite. Mais toi, plus vite.

Chapitre 2

Pendant une semaine et demie, nous mangeons, nous buvons, nous visitons des cathédrales, nous fréquentons le Camp Nou et Bershka. Pippa chope des mecs en boîte, je fais les magasins jusqu'à épuisement, et l'Inconnu à la clope devient une sorte de mythe, un garçon dont je ne suis même plus certaine qu'il ait existé en dehors de mes fantasmes.

Quatre jours avant de repartir, nous dégottons un vol pas cher pour les Canaries et nous sautons dans l'avion. Pippa sympathise avec un groupe d'Américaines durant le trajet : c'est ainsi que, la veille de notre retour, nous nous retrouvons à une fête sur la plage.

La lune est ronde et blanche. Elle plane au-dessus de ma tête comme une sucette géante. Le sable, brun, frais entre mes orteils, change des plages pâles qu'on trouve à San Francisco.

Je suis assise devant le brasier tandis que de la pop s'échappe de la sono. Il y a probablement une centaine de gens autour de moi, tous plus ou moins vêtus, qui se soûlent et qui dansent.

Pippa est quelque part parmi eux. Elle a disparu il y a une vingtaine de minutes avec trois filles originaires de Tallahassee qui lui ont proposé un jeu à boire.

Je sirote ma bière en bouteille tout en pensant à l'Inconnu à la clope. Plus exactement, à l'arbitraire de l'existence. Nous vivons une époque où tout ce qui me sépare de lui, c'est connaître son nom de famille. Je voudrais être Gwyneth Paltrow dans

Pile et Face. Arriver à grimper dans cette rame de métro. Avoir une seconde chance. Faire le bon choix, ce coup-ci.

À mes côtés, je remarque un sac à dos noir, dont un carnet de notes dépasse. Il a l'air abandonné. Laissé aux mains du destin, en quête d'un nouveau propriétaire. Les doigts me démangent tant j'ai envie de le toucher. « Cette fille ne peut pas croiser la route d'un livre sans le lire », fanfaronne souvent ma mère, et c'est la stricte vérité.

J'ai conscience que ce serait mal de lire ce carnet sans qu'on m'y ait autorisée. Pourtant, la tentation sinue le long de mes membres comme du lierre.

Enfin, je veux dire : il est abandonné et dépasse d'un sac ouvert, sur une plage pleine de gens. Si vraiment son contenu était privé, son propriétaire l'aurait emporté avec lui.

Je décide d'accorder à ce dernier dix minutes avant de faire main basse sur l'objet de ma convoitise. S'il est aux toilettes, ça lui laisse le temps de revenir. S'il est ailleurs, c'est qu'il ne se soucie pas tant que ça que quelqu'un le lise.

Dix minutes passent, puis quinze. Je prends le carnet et l'ouvre au hasard. Mon cœur s'emballe. J'ai l'impression d'être une voleuse. Ça ressemble à une sorte de journal… une nouvelle ? Les mots se fondent les uns dans les autres, comme s'ils avaient été écrits à la hâte.

Il est deux heures du matin et il se dit qu'il va sauter. Peut-être que c'est tout ce qu'il lui reste à faire. N'est-ce pas pathétique qu'une part de lui s'y refuse uniquement par crainte de ce que dira son patron s'il ne se pointe pas au boulot demain ? Le voilà, son problème. La raison qui l'a mené ici, sur ce toit, en premier lieu. Il travaille si dur pour joindre les deux bouts qu'il en oublie de vivre. Ce cliché à peine digne de figurer sur un mug vendu dans un bazar l'a conduit au bord du suicide.

Il a eu sa chance et il l'a gâchée. Il aurait dû courir plus vite.

Et quand il a été sur le point de la rattraper, il aurait dû tendre le bras, agripper son T-shirt pour l'arrêter, elle, sans se soucier de ce dont il aurait l'air.

Il aurait dû lui dire qu'elle était parfaite.

Mais il ne l'a pas fait, et maintenant, il n'a d'autre choix que de sauter.

De sauter… ou de faire quelque chose d'encore plus fou.

D'empaqueter deux ou trois affaires et de partir pour La Nouvelle-Orléans. À sa recherche.

Les yeux me picotent comme si j'allais pleurer. On dirait bien une nouvelle, oui. Ou le début d'un roman. Je tourne les pages, impatiente d'en savoir plus, mais je ne trouve que du papier blanc. Une main se pose sur mon épaule et je relève la tête.

— Pas de lecture, ma grande !

Pippa est bourrée, ça se voit à se façon de se tenir. Je soupire de soulagement : au moins, il ne s'agit pas du propriétaire du carnet. Je soupire également de déception, pour la même raison.

— Lève-toi. Mets-toi une race. Vis un peu, quoi !

Pippa balance le carnet par terre puis me prend par la main et, en dansant, me tire vers un groupe. Un cercle de corps bronzés nous entoure et m'emprisonne. Je bouge vaguement les pieds, mal à l'aise, comme si la peau dans laquelle je me trouvais venait d'être cousue sur moi. J'essaie de deviner à qui appartient le journal. La fille aux dreads ? Le type avec des tatouages sur le torse ?

Je m'éloigne de Pippa, qui danse avec ses nouveaux amis, leur gueulant à la figure l'intégralité des paroles de la chanson.

Je me dirige vers la mer. Le rivage est le seul endroit qui ne soit pas surpeuplé. Je m'arrête. Je regarde attentivement le célèbre *Neptuno* de Melenara. Il s'agit d'une sculpture de Neptune de quatre mètres de haut, qui émerge des flots, pas très loin du littoral. L'eau est d'un bleu métallique. Elle scintille sous les étoiles. J'y trempe un orteil. Elle n'est pas glaciale. Je pourrais nager jusqu'à la statue. Je suis une bonne nageuse. Mon frère et moi pratiquons le surf depuis notre plus tendre enfance. Renn (son prénom signifie « ressuscité » ou « auréolé de succès ») ambitionne même d'en faire sa carrière.

Une petite voix me souffle que je suis en train de faire une connerie. Qu'entrer dans un plan d'eau inconnu, dans le noir complet, est une erreur de débutante. Mais la sculpture n'est qu'à une trentaine de mètres, et une putain de fête se déroule dans mon dos : je ne vois pas comment je pourrais la rater, même au large.

Je me glisse hors de ma robe bustier. J'avance dans la mer. Je nage vers Neptune avec vigueur. L'eau est agitée, plus froide que je ne l'aurais cru. Je suis déstabilisée par les courants, auxquels je ne m'attendais pas. De l'extérieur, la mer semblait parfaitement calme. Mais maintenant que je suis immergée, je sens qu'elle m'emporte, même si j'essaie de nager en ligne droite. Je lève la tête pour voir à quelle distance je me trouve encore de la statue quand je me rends compte que j'ai dévié d'une quinzaine de mètres.

Je sens tous mes poils se hérisser. Je suis dans le pétrin et je le sais.

Je décide de faire demi-tour. Au même moment, une énorme vague me projette contre un gros rocher. Je le repousse avec mes pieds, avant de m'y fracasser de nouveau. De l'eau salée remplit ma bouche, j'en avale une partie. La peur se transforme en panique.

Ne pas se débattre. Se laisser porter par le courant. Trouver un autre point de sortie.

Je sais tout ça, j'ai appris tout ça, mais, face à la situation, je m'affole. Je commence à appeler à l'aide.

Et si jamais je me noie ? Et si jamais je meurs ? Et si jamais on ne retrouve pas mon corps ? Pippa va-t-elle croire que tout est sa faute ? Vais-je également foutre en l'air *sa* vie ? Est-ce que je ne pense pas, au fond, que c'est un peu sa faute ? Que c'est elle qui a insisté pour que je vienne ici ce soir ?

Maman. Maman. Maman.

Papa et Renn seraient dévastés, mais maman n'y survivrait pas.

Je ne peux pas mourir. Et, à l'instant où je le comprends, je commence à me battre, sachant que je suis donnée perdante.

Les courants sont puissants. Pourtant, j'essaie de garder la tête hors de l'eau et de voir où se trouve le rivage. Une autre vague déferle sur moi. Elle me déporte à quelques mètres de là. Je ne lutte pas, je tends le cou, je cligne des yeux dans le noir qui m'entoure. Il me faut quelques secondes pour réaliser que la houle m'a rapprochée de la plage. Je peux apercevoir un mince collier de lumières dorées scintiller dans l'obscurité. Une onde de soulagement m'envahit. Je commence à nager. Mes muscles brûlent, mon corps frissonne, mais l'adrénaline efface la douleur. Je suis une sirène fuyant des pirates qui veulent l'étriper.

Plus j'approche, plus je sens l'espoir dilater ma cage thoracique. Soudain, deux bras m'attrapent. L'un se glisse sous mes aisselles, l'autre sous mes genoux. Je deviens inerte et molle alors qu'ils me portent comme si j'étais une jeune mariée sur le point de franchir le seuil de sa maison. Je me laisse aller contre un torse réconfortant.

— Tu l'as ? demande en espagnol une voix de fumeur.

— Oui.

— Est-ce qu'elle est... ?

— Je ne sais pas.

L'autre est américaine.

— Aide-moi à la mettre sous cet arbre, qu'on l'examine.

Un instant plus tard, je suis enveloppée dans une couverture chaude, trop épuisée pour ouvrir les yeux. Derrière mes paupières closes, je perçois la lumière d'une lampe de poche qui éclaire mon visage. Je grimace.

— Arrêtez, s'il vous plaît.

— T'as passé combien de temps dans l'eau ? me demande l'espagnol.

— Sept ou huit minutes.

Mes mots sont comme crachés. Mes paupières demeurent fermées. Je sens des bras m'entourer. En temps normal, ce genre d'étreinte de la part d'un inconnu me hérisserait, mais il y a quelque chose dans ces bras-là qui m'aide à me détendre. Comme s'ils étaient l'endroit au monde où j'étais censée me trouver.

— Tu as bu la tasse ? insiste l'Espagnol, qui me fait face.

Son haleine est comme un vent tiède de tabac et de bière.

— Ça va.

Une nouvelle fois, je tousse.

— Tu es blessée ?

— Non, pas blessée. Juste... fatiguée.

— Ouvre les yeux, *chavala*.

J'obéis. Un homme bronzé à la barbe blanche comme de la laine de mouton me regarde fixement.

— Je vais bien, dis-je.

Je commence à bouger mes mains, mes pieds, à dessiner des arcs de cercle avec mon cou. Je suis essoufflée et en état de choc, mais apparemment intacte. Juste une petite frayeur.

— Merci de m'avoir tirée de là.

— Ah, non, c'est pas moi qui t'ai sauvée, me répond-il en secouant la tête. C'est lui.

Il pointe un ongle tapissé de boue en direction de l'individu qui me sert présentement de couverture humaine. Je tourne la tête pour pouvoir regarder celui-ci, mais ça me provoque un éblouissement.

Un éblouissement qui n'est cependant pas assez puissant pour me faire passer à côté de l'essentiel.

Le détail qui constitue, à n'en point douter, l'apogée de mon voyage.

La personne qui me tient est l'Inconnu à la clope.

Et il n'a pas l'air prêt à me lâcher.

L'Inconnu à la clope m'a sauvée.

Il est ici, à Gran Canaria. Dans la même fête que moi. Comment est-ce possible ?

Je me pince l'avant-bras, au cas où ce serait une hallucination. Il est toujours là, et maintenant en prime j'ai un bleu. Il s'en aperçoit et esquisse un sourire. Je secoue la tête. C'est peut-être une commotion cérébrale. Mais il a l'air si réel, si vivant, si chaud collé contre moi !

Pendant quelques instants, nous nous contentons de nous regarder. Aucun mot ne paraît à la hauteur de la situation. Nous avons déjoué toutes les statistiques. Ce genre de chose ne se produit que dans les films.

Instinctivement, je pose une main sur sa joue. Un dernier test afin de m'assurer qu'il n'est pas une illusion. Sa peau est rugueuse, brûlante. Je suis étonnée de ne pas prendre feu. Je ne sais pas ce qui m'arrive, mais une chose est sûre : je me sens environ cent fois plus vivante qu'il y a une minute à peine.

— Toi..., lâche l'Inconnu à la clope en prenant ma main dans la sienne.

Sa voix est enrouée. Profonde. Il ne savait pas. Jusqu'à ce que nos regards se croisent à l'instant, il ne savait pas que c'était moi dans l'eau.

— *Toi,* murmuré-je à mon tour. Comment tu t'appelles ?

Le suspense me tue. Cette question m'obsède depuis le jour où nous nous sommes rencontrés.

— Joe.

— Joe, répété-je, voulant tester la sensation de son prénom sur ma langue.

Joe ! Ce bon vieux Joe. Un nom si simple, si sobre. Ses parents me déçoivent. C'est tout ce qu'ils ont trouvé ? Ne savent-ils pas à quel point leur fils est singulier et merveilleux ?

— Merci de m'avoir sauvé la vie, Joe.

L'Espagnol, dont j'avais oublié l'existence depuis déjà quelques minutes, le salue. Il se lève et se dirige lentement vers la promenade, où un nuage de gens l'absorbe. Je regarde autour de nous, me souvenant que nous ne sommes pas seuls au monde, assis sous notre arbre, à l'écart : la fête bat son plein, ils sont même passés au limbo.

— Et toi, comment tu t'appelles ? s'enquiert-il.

— Ever.

J'éloigne ma main de son visage, réalisant que ce n'est pas forcément opportun de toucher des inconnus qui n'ont rien demandé.

— Everlynne.

— Merci de m'avoir sauvé, Everlynne.

— Je ne t'ai pas sauvé, si ? osé-je.

— Pas encore.

Le sourire envoûtant qui éclot sur ses lèvres me fait prendre conscience que je suis foutue.

— Maintenant, tu m'en dois une, poursuit-il. Ne compte pas sur moi pour l'oublier.

— Je suis si contente de te revoir ! Dis, il y a une question qui me taraude depuis que je t'ai rencontré...

Il me regarde en clignant des yeux, attendant d'en savoir plus. Je prends une profonde inspiration.

— Guns N' Roses ou Nirvana ?

Il renverse la tête en arrière et rit.

— C'est une question piège ?

— Pas quand on a bon goût, je réponds en souriant.

— Nirvana n'a pas grand-chose à son actif à part *Lithium* et *Smells Like Teen Spirit*. Les Guns N' Roses sont des légendes vivantes.

Je le regarde fixement. C'est exactement ce que je ressens ! Comment pouvons-nous penser la même chose ?

— Alors, j'ai réussi le test ? me demande Joe en haussant plusieurs fois les sourcils.

— Un peu trop bien, oui. Je suis persuadée qu'on va finir par se découvrir des désaccords, en termes de musique, mais pour l'instant nous sommes sur la même longueur d'onde.

Il y a un bref silence. Nous savourons le simple plaisir de nous contempler. Nous respirons au même rythme, blottis l'un contre l'autre.

— Qu'est-ce que tu faisais dans l'eau, Everlynne ? Je veux dire, en dehors d'essayer de me provoquer une crise cardiaque alors que je n'ai que dix-neuf ans, demande Joe en écartant doucement les cheveux mouillés de mon visage.

Il a un an de plus que moi. Mon cœur virevolte comme une jeune fille qui se prépare pour son premier bal. Mon cœur se fiche totalement que mon corps ait vidé ses réserves d'adrénaline. Il est heureux, gonflé d'espoir et complètement crétin.

— Je voulais voir la statue de près.

Puis, réalisant que quelque chose cloche, j'ajoute :

— Je suis toujours en soutif-culotte, pas vrai ?

— Et la culotte est transparente, confirme-t-il en se mordant les lèvres pour s'empêcher de sourire.

Je ferme les yeux et murmure :

— Quand je rêvais de me retrouver nue dans tes bras, je m'imaginais quelque chose de légèrement différent...

Mes oreilles chauffent. Je ne sais pas d'où me vient cette honnêteté. Je ne dis jamais ce que j'ai sur le cœur. Surtout à des inconnus. Surtout à des *garçons* inconnus. Mais Joe me semble familier.

— Tu as rêvé de te retrouver nue dans mes bras ? me demande-t-il en levant un sourcil inquisiteur.

— Hmm, peut-être une fois ou deux.

— Et tu as supposé qu'une bonne façon de me le faire comprendre était de prendre tes jambes à ton cou le jour de notre rencontre ?

L'irritation dans sa voix ne m'échappe pas. Des résidus de ce qui a dû être de la colère.

— Je pensais que Pippa et toi aviez flashé l'un sur l'autre. Je ne supportais pas l'idée de vous voir... je ne sais pas, flirter ? Parce que tu me plaisais. Et personne ne me plaît jamais. Je suis revenue te chercher quelques minutes plus tard.

Nous avons cette conversation alors que je suis encore dans ses bras, enveloppée d'un plaid duveteux à carreaux orange et violets.

— Tu pensais que j'avais flashé sur *Mainstream ?*

Il semble surpris et... un peu suffisant.

— Eh bien, oui.

— Tu étais jalouse, au moins ?

— J'invoque le Cinquième amendement.

— Sauf qu'on n'est pas aux États-Unis, là.

Je hausse les épaules. Je voudrais qu'il dise que c'est moi qui lui plais, pas Pippa. Au lieu de quoi il avoue :

— Je t'ai cherchée, moi aussi.

— Le pharmacien me l'a dit, oui.

— Et maintenant, te voilà.

— Et maintenant, *te* voilà.

Je me redresse et pivote afin de le voir correctement. Mes fesses sentent quelque chose sous elles, dans le sable, que je retire. Il s'agit du sac de toile noire qui était posé près du feu de camp plus tôt dans la soirée. Mes doigts tremblent. Mon souffle se bloque.

— Évidemment...

— Drôle de façon de réagir à un sac, remarque Joe en fronçant les sourcils. Il va me falloir deux ou trois éléments de contexte.

— J'ai lu une partie de ton histoire, avoué-je en rougissant. Désolée, je n'ai pas pu résister ! C'était...

— Pourri ?

— ... captivant, complété-je au même moment.

Joe m'étudie, un peu méfiant, laissant ses grands doigts tambouriner contre son genou.

— Elle a besoin d'un peu de boulot, mais l'essentiel est là, je pense. C'est pour ça que je suis ici, en réalité. En Europe. Pour écrire un roman.

— Tu ne peux pas écrire un roman en Amérique ?

Ma question sonne comme une accusation. On dirait bien qu'il va rester ici un certain temps, et je reprends l'avion dans moins de vingt-quatre heures. Beau travail, le destin.

— Techniquement, oui, je le peux, dit-il en rangeant le sac à dos à ses côtés. Mais j'avais besoin de changer d'air. Les choses ont été plutôt... intenses, du côté de chez moi, ces deux dernières décennies.

— Tu n'as que dix-neuf ans, fais-je remarquer.

— Bonne en maths, réplique-t-il avec un clin d'œil. Disons que j'ai eu des débuts difficiles dans la vie.

Il vient donc d'une de ces familles. Ces familles qui n'ont pas de traditions de Noël, qui ne vont pas surfer ensemble. Où les parents ne dansent pas des slows au milieu de leur cuisine. Rien à voir avec la mienne.

— Définis « débuts difficiles ».

— Je le ferai. Quand nous aurons plus de temps devant nous et que nous serons à court de sujets de conversation agréables. Ce soir, laissons nos problèmes de côté. Ça te va ?

Il écarte une autre mèche de cheveux mouillés de mon front. C'est le geste le plus romantique et le plus intense qu'on ait jamais eu pour moi. Bien plus que lorsque Sean m'a emmenée au bal de fin d'année puis au Ritz-Carlton, cette nuit où j'ai perdu ma virginité et le peu d'intérêt qu'il me restait pour les garçons.

— Ça me va, confirmé-je.

— Ne bouge pas, me recommande Joe. Je vais chercher ta robe. Beige, c'est bien ça ?

Il se lève et époussette le sable collé à son jean. J'en reçois un peu dans les yeux, mais je suis trop abasourdie pour m'en soucier.

— Tu m'as vue ? Je veux dire, plus tôt ?

Il ébouriffe ses cheveux et m'adresse l'un de ses sourires en coin bouleversants.

— J'ai failli venir te parler, quand tu étais assise près du feu. Mes amis m'ont dit de ne pas me donner cette peine. Que tu étais le fruit de mon imagination. Il est fort possible que j'aie cru t'apercevoir une bonne douzaine de fois, ces deux dernières semaines. J'ai une imagination plutôt fertile, m'informe-t-il en toquant contre le côté de son crâne.

La satisfaction m'envahit. J'ai fait exactement la même chose ! J'ai cru l'apercevoir souvent parmi la foule.

— Puis je t'ai entendue appeler à l'aide dans la mer, et mes doutes ont été levés. Tu as une voix sexy. Tu devrais penser à enregistrer des livres audio ou un truc du genre. Ne bouge pas, dit-il encore avant d'aller récupérer ma robe.

De m'abandonner à toutes ces informations tandis que mon cœur palpite dans la gorge.

Je profite de ce moment de solitude pour passer mes doigts dans mes cheveux emmêlés et essuyer le mascara qui coule sous mes yeux. Ça va être difficile de jouer les séductrices tout en ressemblant à une créature des marais... Lorsqu'il revient, Joe tient ma robe et le sac à main où je garde mon argent et mon téléphone. Il les jette près de son sac à dos.

— Merci, dis-je.

— Tu te sens mieux ? demande-t-il en se laissant tomber à mes côtés.

— Mille fois mieux.

Je passe mes bras dans mes manches et me rhabille rapidement. Mon corps est pâle et mince, maculé de taches de rousseur partout où le soleil l'a frôlé.

— Tant mieux. J'ai croisé Mainstream près du feu. Je l'ai avertie que tu étais avec moi et que tout allait bien.

— Qu'est-ce qu'elle a dit ?

— Que pour moi aussi, tout allait bien, apparemment, répond-il, sérieux comme un pape.

Je ris. Puis nous discutons de ces quinze derniers jours. Je lui raconte Barcelone. Il me parle de Séville et de Madrid. Il est ici avec trois amis. Tous quatre viennent de Boston. Les autres rentrent dans leurs universités respectives à la fin de la semaine. Joe reste en Espagne un peu plus longtemps, puis il partira seul à travers l'Europe, avec son sac sur le dos, dans l'espoir de terminer son livre.

— Roumanie, Pologne, Hongrie, Italie et France, m'explique-t-il en dénombrant les pays sur ses doigts. J'ai tout planifié, y compris les auberges de jeunesse et les chambres d'hôtes dans lesquelles je séjournerai. Achever le premier jet ne devrait pas me prendre plus de quatre mois.

Quatre mois ? Il ne peut pas passer quatre mois sur un autre continent ! Un mec comme lui ? Il ne restera pas célibataire longtemps. Or, il ne peut pas faire comme si nous ne nous étions pas rencontrés !

Excepté que, si, il le peut. Et moi, je n'y peux rien.

Désireuse de lui cacher que je suis complètement cinglée, j'évite d'aborder le sujet « nous deux ». La conversation se poursuit donc, malgré la déception qui m'écrase. Je lui parle de mon enfance à San Francisco. De Renn et de son surf, de la galerie que tient ma mère dans le Castro. Il me décrit son milieu. Deux parents catholiques, un frère, un océan de problèmes non résolus.

J'évoque mon art.

C'est le moment où il est censé paniquer. Ce n'est pas tous les jours qu'on rencontre une fille de dix-huit ans dont le hobby est de dessiner des tombeaux.

— C'est moins sinistre que ça n'en a l'air, le tranquillisé-je en me passant la langue sur les lèvres, déjà sur la défensive.

— Tu imagines des sculptures funéraires, ce n'est pas comme si tu tuais des bébés pour gagner ta vie ! ma rassure-t-il, les yeux luisant d'un éclat amusé. Et je suis sûr que derrière cette occupation se cache une histoire intéressante.

— Quand j'étais enfant, ma grande cousine Shauna est morte dans un accident de bateau. Elle n'avait que quinze ans. Ma mère désirait que j'assiste aux obsèques. Mon père, lui, trouvait que j'étais trop jeune. Ils en ont beaucoup parlé entre eux, et finalement ils m'ont laissée décider. Je voulais y aller. Shauna et moi avions été proches. C'était la première fois de mon existence que je mettais les pieds dans un cimetière. Je me souviens avoir regardé autour de moi et m'être dit : *Toutes ces tombes se ressemblent. Comment est-ce possible ? Nous sommes si différents les uns des autres, de notre vivant. Pourquoi nos personnalités sont-elles réduites à néant une fois mort ?*

« Quelques mois plus tard, maman et moi sommes retournées au cimetière pour apporter des fleurs fraîches sur sa tombe. Nous avons alors découvert, surplombant la stèle, une sculpture si belle que j'en ai eu le souffle coupé. Ma tante avait fait des folies et érigé une véritable œuvre d'art, un ange de granit serrant dans ses bras un cœur. Ça m'a permis de réfléchir. Une sépulture devrait rendre hommage au défunt, non ? Nous vivons dans un monde où tout ce que nous possédons est un prolongement de nous : nos vêtements, nos matelas, nos voitures. Pourquoi ne pas concevoir une dernière demeure qui soit unique ? Qui représente l'individu qui est enterré ? »

— Et que fais-tu de tes créations ?

Joe ne montre aucun signe de détresse. Il est possible que son bizarromètre soit détraqué. Ou bien nous nous ressemblons, tout simplement.

— La plupart du temps, je les garde pour moi. Pour créer un monument funéraire qui leur corresponde, je dois tenir compte de la personnalité des gens. Or, penser à la mort des gens qu'on aime, c'est... un coup à vriller total. Alors je ne crée que pour des célébrités déjà décédées, des trucs du genre. Il arrive qu'on entende parler de mes designs et qu'on me demande mes tarifs. Quand c'est le cas, je cède le croquis gratuitement. Je ne suis même pas certaine qu'il existe un marché pour ce que je fais... Je sais juste que j'aime le faire.

— Quand ce que tu crées déchire, il y a toujours un marché, répond Joe en jouant avec l'ourlet de ma robe.

— Et si je fais de la merde ?

— Impossible, répond-il, absolument sûr de lui. Je ne serais pas à ce point obsédé par une fille qui fait de la merde.

Je repense aux mots qu'il a écrits.

Il aurait dû courir plus vite.

Il aurait dû lui dire qu'elle était parfaite.

Les basses au loin font trembler la terre sous nos pieds. Mon corps est au diapason du sien et je peux anticiper chacun de ses mouvements. Quand il respire, j'ai l'impression qu'il le fait avec mes poumons à moi.

— Alors...

Son genou frôle le mien.

— Alors ?

Mon coude heurte le sien.

— As-tu finalement utilisé ce préservatif ? me demande-t-il.

J'enfouis mon visage dans mes mains. Ma peau brûle et je suis mortifiée. Par mes doigts écartés, je lui jette un coup d'œil, en secouant la tête. Il se penche et essaie d'accrocher mon regard.

— C'est ta façon à toi de me dire que non ?

— Pourquoi ça t'importe ?

— Le savoir, c'est le pouvoir.

— Là, il s'agit d'une information inutile.

L'idée qu'il s'intéresse à moi m'enivre, mais lui faire savoir que je ne suis pas allée au bout du défi lancé par Pippa me gêne.

— Je refuse de te laisser limiter le champ de mon insatiable curiosité, jeune fille. C'est au contraire une information de la plus haute importance. Des livres vont être écrits sur le sujet, tu m'entends ? Des *livres*.

Et il brandit son poing dans les airs. Ce à quoi je réponds par un rire franc. Avant de secouer la tête, abasourdie, en m'exclamant :

— Ce n'est pas normal !

— Qu'est-ce qui n'est pas normal ?

— Toi. Moi. Ça ! expliqué-je, en agitant mon doigt entre nous.

Il n'y a pas grand-chose à ajouter. Ce qui m'amène à lui demander, pour combler le silence :

— Et toi, as-tu utilisé des capotes en Espagne ?

— Tu promets de ne pas mal le prendre ? me répond-il en soupirant.

J'opine, anéantie au fond de moi. Ce n'est pourtant pas comme s'il m'avait trompée… Mais ça fait le même effet.

— Non, avoue-t-il enfin. Je n'ai pas utilisé de préservatifs.

Je réagis en gémissant de soulagement et en lui donnant un coup de poing dans l'épaule.

— Pourquoi tu m'as mise en garde, en ce cas ?

— Pour voir si tu serais jalouse, bien évidemment.

Cette fois, il est vain de nier que je le suis. Au loin, les premières notes de *The Boys of Summer* se font entendre. C'est la version de The Ataris, ma favorite. Les gens lèvent les bras en l'air et chantent. L'aube pointe à l'horizon. La surface de l'eau se pare de reflets rose et or. Nous n'avons plus beaucoup de temps.

— Qu'est-ce qu'on disait, déjà ?

— On parlait de ta jalousie, répond Joe. Et de préservatifs.

— Il n'est pas trop tard pour en faire usage, répliqué-je avant de m'humecter nerveusement la bouche. Du préservatif, je veux dire.

— Hmm.

Il s'allonge sur le côté, en prenant appui sur l'un de ses avant-bras. Il a quand même l'air légèrement bourré.

— Tu penses à la même chose que moi ? insisté-je, cette fois en me mordillant la lèvre inférieure.

Je vois à sa pomme d'Adam qu'il déglutit.

— Je pense à la même chose que toi, oui. On peut utiliser l'eau de mer pour remplir la capote.

Puis, avant que j'aie eu le temps de laisser échapper un énorme éclat de rire, il se redresse et m'embrasse.

Au début, c'est un simple baiser. Un échange maladroit de salive entre deux adolescents aux instincts débridés. Nos langues se rencontrent et se mettent à danser ensemble. À danser, jouer, jouer. Joe a le goût des embruns, de l'été et des cigarettes.

Puis ses doigts se referment sur ma nuque et le baiser devient une déclaration de guerre. Joe dévore mes lèvres. Sauvagement, brutalement. Dents. Halètements. Gémissements. Nous sommes du lierre enchevêtré. Je touche ses cheveux, ses bras puissants, et à travers son T-shirt les contours durs de ses abdominaux dessinés. Il m'étend sous le palmier, empoigne l'arrière de mes cuisses et presse son érection contre mon intimité. Je sens le sang affluer dans son membre, par à-coups. Je suis à bout de souffle, mon cœur galope, et enfin je comprends. *Je comprends*. Pourquoi on traite certaines personnes d'*obsédées*. Parce que même tout contre moi, dans mes bras, Joe m'obsède au point que je ne pense encore qu'à lui.

Foudroyée, je prends conscience que je veux Joe en moi. Je veux entrer en contact avec chaque centimètre carré de sa peau. Je veux fusionner avec lui. C'est *comme ça* que j'aime qu'on me touche. Sean tripotait mes seins, il les pressait comme s'il espérait en voir jaillir du lait. Par-dessus mon soutien-gorge, Joe titille mon téton avec son pouce, tout en embrassant la base de mon cou, puis l'arrondi de ma poitrine. Il défait les agrafes. Aspire l'un de mes tétons entre ses lèvres pour le mordiller de façon délicieuse.

— *Ever*.

Mes jambes se referment autour de sa taille. Nous allons et venons l'un contre l'autre, savourant la friction à travers nos vêtements, la sensation de nos dents s'enfonçant dans une chair étrangère. Nos parfums se mêlent pour n'en former plus qu'un, inédit, entêtant. Puis Joe fait apparaître une capote qu'il a prise dans son portefeuille et la brandit pour me demander mon accord.

— Ne te sens obligée de rien, déclare-t-il d'une voix rauque, étranglée. On pourrait s'arrêter là, ça ne m'empêcherait pas de considérer que j'ai une chance de bâtard.

Je sais qu'il le pense. Je sais qu'il ne m'en voudra pas si je décide que je ne veux pas aller plus loin. Contrairement à Sean, qui a réservé au Ritz-Carlton avec l'espoir – la certitude – que le sexe était compris dans le prix de la chambre. C'est probablement pourquoi j'ai plaqué ce dernier une semaine plus tard, prétextant la longue distance.

— Je suis sûre de moi, le rassuré-je.

Afin de lui prouver mes dires, j'attrape le préservatif et déchire l'emballage, tout en priant pour n'avoir pas abîmé le latex au passage.

Je fouille entre nous puis déroule la capote sur lui, maladroitement. Il se tient au-dessus de moi, en appui sur ses bras sculptés qui sont comme deux colonnes puissantes encadrant mes épaules. Nous contemplons l'un l'autre mes doigts hésitants, comme fascinés. Je dois m'y reprendre à quatre fois. Mais, bien que nous soyons tous deux frustrés, nous ne faisons aucun commentaire.

— Elle est bien mise ? demandé-je.

— J'ai l'impression que c'est bon. Tu es prête ?

Ses yeux accrochent les miens – ses yeux bleus mouchetés d'argent. Ce qu'il a de plus beau.

— Oui, je réponds en tremblant. Je suis prête.

D'un mouvement souple et assuré, il s'enfonce en moi. Durant quelques secondes, nous ne bougeons ni l'un ni l'autre : nous nous contentons de nous regarder fixement. Je pense que nous sommes tous deux en état de choc.

— Ça fait toujours ça ? murmuré-je.

Il comprend parfaitement le sens de ma question et me répond en secouant la tête :

— Non, Ever, ça ne fait jamais ça. Ce qui se passe, là...

Son visage plonge dans mon cou et il embrasse mon lobe d'oreille.

— Être en toi, c'est le paradis. Je pourrais mourir pour ça.

Nos corps se mettent en mouvement, synchrones. C'est comme une danse sur une musique fantôme. Je ressens des picotements partout. La peau de Joe est entièrement piquée de chair de poule. Nous nous perdons l'un dans l'autre durant un temps infini. Une rafale fait s'envoler mes cheveux, que Joe écarte de mon visage en soufflant doucement dessus, avant de m'embrasser encore et encore.

— Je... Je crois que je vais jouir, laissé-je échapper.

C'est une première. Enfin, une première en n'étant pas solo. Mais la façon dont il s'enfonce en moi est si délicieuse ! C'est comme s'il caressait exactement le bon endroit.

— Oh ! *putain*, Dieu merci.

Il laisse sa tête retomber dans le creux de mon cou et commence à accélérer.

— Je vais jouir aussi.

Et nous explosons dans les bras l'un de l'autre à l'instant où le soleil dépasse la ligne d'horizon. Tout est rose, orange et calme.

C'est alors que nous prenons conscience qu'il n'y a plus de musique et de basses et de brouhaha au loin.

La fête est finie.

Le temps que nous avions, Joe et moi, est écoulé.

— Seize heures de vol, hein ?

Joe reboutonne son Levi's.

— Dur dur.

Je déteste ça. Ce badinage. Pour la première fois depuis que je l'ai retrouvé, j'ai l'impression de me prendre la réalité en pleine face. Et la réalité, c'est que je viens de coucher avec un parfait inconnu qui m'a sauvée de la noyade. Quelqu'un qui redeviendra un parfait inconnu dans cinq minutes, une fois que nous nous serons fait nos adieux.

— C'est rien, j'ai ma Kindle et mes écouteurs, réponds-je en haussant les épaules.

C'est le moment où je devrais suggérer que nous échangions nos adresses mail, nos numéros, ou nos pseudos Instagram, qu'importe ! N'ai-je donc rien retenu de ces deux dernières semaines ? Le quitter la première fois m'a collé le mal du pays, comme si Joe était ma patrie. Pourquoi est-ce que je le laisserais s'évaporer de nouveau ?

Parce que quelque chose m'arrête. Est-ce la fierté ? La peur ? Une combinaison des deux ?

Je rajuste ma robe bouchonnée à la taille et rassemble la partie supérieure de mes cheveux en un chignon désordonné.

— À quelle heure est ton vol ? s'enquiert Joe en enfonçant les pieds dans ses Converse remplies de sable.

— Deux heures de l'après-midi. On aura seulement une heure à El Prat pour attraper notre correspondance.

— C'est amplement suffisant.

Il jette son sac à dos sur son épaule.

— Oui, je ne suis pas inquiète.

Je vérifie mes appels manqués. Bien sûr, Pippa m'a fait sonner onze fois. Et ma mère m'a envoyé un message.

Tu me manques ! On se voit à la maison. Je prépare ton plat préféré. Bisou

Je lève les yeux et lui souris d'un air fatigué. Une partie de moi a hâte de s'éloigner pour pouvoir enfin pleurer, une autre partie ne veut pas quitter cet endroit. Jamais.

— Bon, allez, lancé-je en faisant un geste de salut. C'était cool de te rencontrer.

— Attends !

Il dégaine un Polaroid de son sac à dos, le braque sur mon visage et prend une photo. Elle sort de la bouche de l'appareil, carré blanc d'ombres indiscernables.

— Tu sais que t'es flippant ?

— Oh ! pardon, j'ai oublié de t'avertir : à mes heures perdues, je suis un *serial killer*.

— Maintenant que tu le dis... Tu as en effet ce petit quelque chose dans les yeux, là, le taquiné-je.

Il agite la photo d'avant en arrière, en la tenant par le bord.

— Je te raccompagne.

Il me raccompagne ? Pourquoi donc ? Serais-je durant la nuit devenue incapable de marcher cinq cents mètres en ligne droite toute seule ? Plus mon humeur s'assombrit, plus mes nerfs sont à vif. Je suis furieuse. Furieuse contre ma lâcheté. Furieuse contre Joe le profiteur. Seulement, je sais qu'il n'est pas vraiment un profiteur. Il n'a pas profité de moi ce soir : on avait un truc, alors on a pris du bon temps ensemble, c'est tout. Pippa a raison dans sa façon de voir les choses. Pourquoi se prendre la tête ?

— Ne t'inquiète pas, j'aperçois Pippa d'ici.

Je désigne le groupe de filles au bord de la promenade, qui rient en se frictionnant les bras, bravant la fraîcheur du matin.

— Parfait, dit-il.

Parfait ? Non, pas vraiment, non. Pitié, que quelqu'un appuie sur le bouton stop !

— Alors, euh, ciao.

Je fais volte-face avant qu'il ne voie les larmes dans mes yeux.

— Bye, fait sa voix en écho tandis que je me dirige vers la promenade.

La première larme roule dans mon cou et disparaît dans la vallée de mes seins encore sensibles. La deuxième la suit de près. J'ai envie de me retourner. De courir vers lui. De lui mentir et lui dire que je suis d'accord pour qu'il fasse ce qu'il veut en Europe, du moment qu'il me revient dans quatre mois. Je me rends compte que ce n'est pas la fierté qui m'en empêche : c'est la peur du rejet. D'avoir le cœur broyé. Au moins, tandis que j'avance vers le reste de mon existence, il y a une petite part de moi qui peut encore y croire. Qui espère qu'il me cherchera et me trouvera d'une manière ou d'une autre. Je m'accroche à cet espoir comme à une bouée de sauvetage.

— Everlynne !

Sa voix retentit derrière moi. Je me retourne si vite que j'ai un léger vertige. Il n'est plus là où je l'ai laissé. En fait, nous ne sommes qu'à cinq mètres l'un de l'autre. Il m'a suivie. Je m'essuie rapidement le visage.

— C'est stupide ! hurle-t-il en ouvrant les bras avec un rire incrédule. Je ne veux pas qu'on se dise adieu. Rien ne nous oblige à le faire.

— Sauf que tu restes.

Le vent porte ma voix comme s'il s'agissait d'un ruban. Mon cœur me donne l'impression d'être prêt à déchirer ma poitrine et à bondir jusqu'à lui.

— Et toi, tu t'en vas, rétorque-t-il avec douceur, comme pour dire : « Personne n'est à blâmer, c'est juste pas de chance. »

— Je n'ai pas envie de m'en aller, avoué-je.

— Et je n'ai plus franchement envie de rester.

Il baisse la tête pour dissimuler ce que je pourrais lire dans ses yeux, et j'aimerais pouvoir le prendre en photo comme ça, sur la plage, beau, brut, tandis qu'il m'appartient encore un peu. Mon tournesol penché.

— Je te donne mon numéro ? lui proposé-je.

Il relève son visage en affichant un sourire en coin.

— Je t'appellerai.

— Hé, Joe.

— Oui, Ever ?

— Parmi les inventions anglaises, laquelle est ta favorite de tous les temps ? Et je t'interdis de répondre « Emilia Clarke. »

Il rit. Bon sang, ce rire va me manquer !

— Everlynne, il s'agit du World Wide Web, aussi connu sous le nom d'Internet. Tim Berners-Lee déchire point com. Et toi ?

— Les barres chocolatées, répliqué-je sans l'once d'une hésitation.

Puis nous fonçons l'un vers l'autre, décidés à ne plus faire qu'un. Il m'entoure de ses bras. Ses lèvres trouvent les miennes et nous nous embrassons, nous nous embrassons, nous nous embrassons. Je voudrais m'enraciner dans ce sable. Qu'ensemble, nous nous transformions en un arbre unique où pousseraient des baisers.

Joe prend mon téléphone et y inscrit son numéro. Il l'enregistre sous *Joe ton mec*. Je ris et je pleure en même temps. Je ne connais même pas son nom de famille ! Je m'apprête à le lui demander, quand il se met à fouiller frénétiquement ses poches.

— Merde. J'ai laissé mon téléphone à l'auberge de jeunesse.

Il ouvre son sac à dos, sort son carnet de notes, en arrache une page couverte de texte. C'est le geste le plus romantique qu'on ait jamais eu pour moi.

— Donne-moi ton numéro. Je le sauvegarderai dans mon tél dès que je rentre. Mieux, je le ferai tatouer sur mon bras. C'est quoi, ta typo préférée ? Ne me réponds pas « Times New Roman », par pitié. Trop banal et un tantinet petit-bourgeois. Tu me forcerais à rompre et je n'en ai pas envie.

— Cambria, le tranquillisé-je.

— Excellent choix, je suis fier d'être ton mec.

J'écris mon numéro, puis je le relis pour m'assurer que je n'ai pas fait d'erreur. Même si, au fond, ça n'a pas d'importance. Je vais l'appeler à la seconde où j'arriverai chez moi. Et je lui enverrai probablement un texto après l'atterrissage, pour lui dire que je vais bien. Après tout, maintenant, c'est *mon mec*.

Nom d'un petit bonhomme. Je rentre à la maison maquée. Ma mère va être surexcitée. Et Renn va me vanner à mort.

Joe range le papier avec mon numéro dans la poche avant de son jean, empoigne ma robe et m'attire contre lui.

— Bordel, ce que tu vas me manquer, murmure-t-il contre ma bouche, qu'il dévore de nouveau de baisers.

J'enroule mes bras autour de ses épaules.

— Je vais me taper la tête contre les murs, pendant que tu seras en Europe.

— Je viendrai te rendre visite dès mon retour, promet-il en embrassant mon nez, mon front, la ligne de ma mâchoire. En attendant, prépare psychologiquement tes darons. Un mec qui fume et qui a abandonné ses études, sans job ni projets d'avenir, c'est pas franchement le rêve de tout parent.

— Tu as lâché la fac ?

— Je ne me suis jamais inscrit. Mais « abandonner », ça sonne mieux, non ? Au moins, ça sous-entend que j'ai laissé sa chance au produit.

De nouveaux rires et de nouveaux baisers, avant qu'un cri familier ne retentisse.

— La voilà ! Argh, je croyais qu'il t'avait assassinée !

La voix de Pippa se rapproche de nous. Je m'écarte de Joe. Elle marche pieds nus sur le sable, s'enfonçant un peu à chaque pas.

— Et comment est-ce que j'aurais expliqué ça à tes parents, hein ? Ils m'auraient tuée.

Joe passe un bras autour de mon épaule. Pippa s'arrête et nous regarde successivement. À son sourire de chat de Cheshire, je déduis qu'elle a momentanément oublié sa colère.

— Oh ! je vois, je vois... Bande de petits filous !

— Il n'y a rien à voir, réponds-je, espiègle.

— Et pourtant, ça crève les yeux. Allez, les amoureux, il est l'heure. On a un vol qui nous attend.

— Cinq minutes, négocie Joe.

— Et qui es-tu, toi, déjà ? demande Pippa en arquant un sourcil. Nous n'avons pas eu l'honneur d'être officiellement présentés.

— Joe, fais-je avec le même geste théâtral que Victoria Silvstedt quand elle révèle une lettre à « La Roue de la fortune ». Mon petit ami.

— Ton *petit ami*, répète Pippa avec un demi-sourire.

— Son *petit ami*, confirme Joe en m'attirant contre lui. Assure-toi qu'elle demeure saine et sauve jusqu'à mon retour, Mainstream.

— On est au XXIe siècle, elle peut s'en assurer toute seule comme une grande. Mais, OK, compte sur moi, tête de con. Par ailleurs, vous avez vingt minutes. Et, ajoute-t-elle en remuant un index sous mon nez comme s'il s'agissait d'un verre de terre, parce que je suis une amie géniale et formidablement compréhensive à qui tu n'hésiterais pas à donner un rein si elle en avait besoin, et parce que je suis certaine que tu as finalement utilisé cette capote et que cette nouvelle mérite d'être célébrée, je vais rentrer à l'hôtel, me charger de faire nos bagages et de rendre les clés. On se retrouve ici.

— T'es la meilleure, Pips.

— Oh ! je sais, dit-elle en passant la main dans ses cheveux. Mais ça fait toujours plaisir à entendre.

Joe et moi passons les vingt minutes qui suivent à nous embrasser, à nous serrer dans les bras, à nous promettre de nous appeler, de nous écrire, à nous jurer le ciel et toutes ses étoiles. Puis Pippa passe me prendre et je vole encore quelques minutes avec Joe, parce que si vraiment je dois donner un rein à ma meilleure amie, je veux en avoir pour mon argent. Enfin, nous nous disons au revoir.

Alors que Pippa et moi nous engouffrons dans un taxi pour l'aéroport, je m'émerveille des dernières vingt-quatre heures.

C'est trop beau pour être vrai.

Et Pippa se trompe, Joe et moi n'avons pas utilisé un préservatif, ce soir, non : nous en avons pris deux.

Chapitre 3

Six ans plus tard

Loki a disparu.

Je me résous à l'admettre après avoir cherché partout. Dans ma chambre, dans celle de Nora, sous les lits, dans les armoires, dans chaque placard et même derrière le canapé.

J'essaie de ne pas perdre les pédales – ce qui est déjà un effort en temps normal, alors en temps de crise… Je me répète qu'un vieux matou de 7 kg ne s'évapore pas comme ça, que je vais bien finir par le retrouver. Surtout dans un minuscule appartement comme le nôtre.

Mais jamais avant Loki ne m'avait fait un coup pareil. Demeurer introuvable. Pas une fois depuis que je l'ai adopté lors de ma première (et dernière) semaine de vie à Boston.

Nora dit que mon chat lui fait penser à un roi tyrannique. Il est cyclothymique, il miaule sans cesse, il a un triple menton. Mais, jusqu'à présent, il avait limité ses tactiques de guerre psychologique au fait de pisser dans nos chaussures quand on le laisse seul trop longtemps. Jamais il ne s'était enfui de la maison.

En partie parce que notre trou à rats se situe dans un quartier pourri. Il s'agit d'une vieille baraque sur Upham Street, que le proprio a divisée en trois appartements. Il se sert des deux autres pour entreposer ses affaires, sûrement parce qu'il n'a pas trouvé à Salem de locataires qui soient assez cinglés pour vouloir habiter là. Autour de chez nous, le ciel est strié de câbles électriques qui forment comme des toiles d'araignée. Partout, des maisons aux jardins grillagés, des chiens qui aboient dans le lointain. Depuis son rebord de fenêtre favori, Loki n'a aucune raison de s'imaginer le monde comme un endroit douillet et accueillant. Je pense plutôt qu'il se figure l'extérieur comme un gigantesque champ de ronces.

— Essaie de ne pas paniquer, ma belle, me conseille Nora en jaillissant de sa chambre.

Elle attache sa chevelure blonde et soyeuse avec un chouchou coloré. Elle porte un jean baggy taille haute avec un crop top rose.

— Je suis certaine qu'il est dans le coin. Peut-être qu'il est sorti et qu'il ne retrouve plus son chemin ?

— Voilà qui est rassurant, réponds-je avec une tête de six pieds de long.

— Arrête, tu vois très bien ce que je veux dire. C'est un chat. Les chats finissent toujours par retomber sur leurs pattes.

Je lui jette une œillade dubitative. Nora sait que l'optimisme n'est pas mon point fort. En toute honnêteté, il ne m'en faut pas beaucoup pour que je me retrouve en boule dans mon lit à jurer que plus jamais je ne me lèverai, à part pour me rendre au boulot. Elle soupire.

— Tu as regardé dehors ? Dans le couloir ? Aux abords du parc ?

Debout près de la porte, elle glisse les pieds dans ses baskets. Elle est déjà en retard pour son rendez-vous avec Colt, le film ne va pas tarder à commencer. Quant à moi, je devrais me préparer pour aller au travail.

— Pas encore, non. J'ai seulement cherché dans l'appartement.

Je me baisse et regarde pour la énième fois en dessous des mêmes meubles. Je ne peux pas me résoudre à vérifier dehors. Mon sixième sens me dit que, s'il a réussi à s'échapper, je ne le reverrai pas vivant. Et ça, ça me donne envie de mourir. Enfin… pas de mourir, mais de cesser d'exister.

— Tu devrais mettre une annonce sur Facebook et Craigslist. Avec une photo de lui.

Nora attrape son sac à main, qui pend au portemanteau. On klaxonne. C'est Colt. Elle me regarde en grimaçant, l'air coupable.

— Je suis désolée de te lâcher comme ça. Colt crève d'envie de voir ce film. Tu sais, celui avec Margot Robbie.

— Ça va aller, la rassuré-je en secouant la tête. Tu penses vraiment qu'une annonce peut aider ?

— En tout cas, ça ne peut pas faire de mal. Tu vois, Lauren, de l'accueil à Saint Mary ? Elle a perdu son bouledogue français, il n'y a pas longtemps. Elle a posté une photo de lui sur Craigslist et quelqu'un l'a retrouvé dans le parc près de chez elle. Ça vaut le coup d'essayer.

— OK, je vais faire ça.

Nora m'envoie deux baisers, avant d'agiter la main dans les airs.

— Tu me dis, si tu as besoin de quoi que ce soit ? Et écris si jamais Loki réapparaît. Bisous !

Si. Mes boyaux se tordent.

Après son départ, je me mets à faire des allées et venues dans ma rue, fouillant chaque poubelle, observant chaque jardin. Quand il devient clair qu'il n'est pas ici, je rentre, allume mon ordinateur et me connecte à Craigslist. Les forums locaux ne sont pas particulièrement actifs, Salem est une petite ville. Malgré une histoire sulfureuse et un nom évocateur, la ville héberge un peu moins de quarante-cinq mille âmes.

Je clique sur l'onglet « Perdus/Trouvés » et commence à parcourir la page. Certains animaux ont apparemment regagné leur foyer par ce biais. D'autres sont toujours portés disparus. Nora a raison, ça vaut le coup d'essayer. Ça fait quelques heures que Loki manque à l'appel, assez longtemps pour avoir changé de quartier.

Je m'inscris puis me mets à chercher dans mes photos un portrait de Loki. Je me rends vite compte que je n'ai quasiment que ça, dans mon téléphone. Voilà ce qui se passe, quand on n'a pas de mec/amis/famille/vie : on se transforme en vieille fille à chat à vingt-quatre ans seulement.

Je veille à choisir une image flatteuse. Une de celles où il regarde l'objectif en face, sérieux et gonflé de sa propre importance comme un petit marquis. Sur celle que je sélectionne, il est installé devant la fenêtre et il exhibe fièrement son triple menton duveteux. Je la télécharge, puis rédige mon annonce.

RÉCOMPENSE. Disparu depuis le 20/10. Mâle châtré. Pelage noir et blanc. Porte peut-être un collier clouté en cuir noir. Répond quand on l'appelle Loki ou Lulu. Un minuscule bout d'oreille manquant du côté gauche.

Je me renfonce sur la chaise et me relis. C'est clair. Descriptif. Informatif. Mais à mes yeux, ce n'est pas suffisant. Je veux que les gens comprennent que Loki n'est pas juste un chat. Les animaux de compagnie sont toujours bien plus que ça. Ils deviennent des membres de la famille à part entière. Alors j'ajoute :

S'il vous plaît, si vous l'apercevez, faites-le savoir. Il nous manque terriblement. Merci.

Ce *nous*, c'est moi. Loki est mon chat. Nora ne l'a accepté que parce qu'il faut nous prendre ensemble, ou pas du tout. Deux vagabonds tributaires de sa bonté. Deux âmes perdues évoluant dans un monde sans rime ni raison.

Nora, avec son cœur encore plus grand que son sourire. Ça fait presque cinq ans que nous sommes colocataires et je sens bien qu'elle est prête à entamer un nouveau chapitre de sa vie, à emménager avec Colt.

Au moins une fois par semaine, j'essaie de prendre mon courage à deux mains et de lui dire clairement qu'elle en a le droit. Que ça va aller. Mais la vérité, c'est que rien n'est moins sûr. La vérité, c'est que ça ne va déjà pas fort. La plupart du temps, j'ai l'impression d'être une fleur dans un vase. Pas vraiment morte, mais incapable de continuer sa croissance.

Je rafraîchis la page. Mon annonce a été publiée. Je la copie et la colle dans mon statut Facebook, au cas où.

Je n'arrive pas à croire que je vais devoir aller bosser dans ces conditions.

Wow. Bosser. J'avais oublié que je devais y aller ! Je jette un œil à l'horloge accrochée au mur de notre minuscule cuisine américaine. Il est 19 h 45. *Merde*.

Je me précipite dans ma chambre, marchant au passage sur l'un des jouets de Loki, qui couine, et enfile à la hâte ma longue robe noire et ma cape – extérieur noir, doublure bordeaux. Je mets mes longs gants en dentelle noire, mon chapeau de sorcière et fais les lacets de mes boots avant de vérifier qu'il y a bien tout ce qu'il faut dans ma besace.

Je me rue hors de l'appartement, saute dans ma voiture et appuie sur le champignon jusqu'à arriver à destination. Heureusement, je suis en veine, je ne me prends quasiment aucun feu rouge. J'ai jeté mon téléphone sur le siège passager, l'écran s'illumine : un message.

Pippa : Bitch, tu me manques de ouf. Comme tu vois, je ne lâche pas l'affaire. Appelle-moi.

Je déteste quand elle fait ça.

Quand elle faire genre « Rien n'a changé ».

Comme si tout ce qui s'est produit n'avait pas radicalement changé le cours de mon existence.

Comme s'il y avait encore un espoir que je mène un jour une vie normale.

Avec des amis, une famille, une vie sociale.

J'ouvre le message pour l'effacer.

Tu ferais mieux de lâcher l'affaire, pourtant, Pips. Moi, j'ai laissé tomber depuis longtemps.

Quinze minutes plus tard, je me hisse sur une estrade imaginaire, quelque part sur Essex Street, et je me racle la gorge.

Ce n'est pas tant que je sois bonne oratrice – je suis trop misanthrope pour ça. C'est plutôt que je souffre d'une forme de masochisme qui me pousse à adorer me mettre dans des situations inconfortables. Comme je l'ai déjà dit, je mérite d'être châtiée. Alors m'infliger un quotidien fait d'anxiété et du poids que constituent pour moi les échanges humains me paraît un excellent point de départ.

Il y a foule, ce soir. Peut-être bien cinquante personnes, ce qui représente la capacité maximale du bus touristique. Je rajuste mon casque-micro sans fil et adresse à l'attroupement un immense, un douloureux sourire qui déchire presque mon visage. Ma chevelure rousse de sorcière et mon accoutrement ont réussi à capter l'attention du groupe.

— Bonsoir à tous, et bienvenus à cette visite des Nuits de Salem. Mon nom est Everlynne et je serai votre guide pour cette excursion.

Des flashs me répondent, comme autant de clins d'œil. Je continue mon petit speech, me sentant de plus en plus dissociée. J'ai toujours haï être prise en photo. Je suis en train de vivre ma définition d'un cauchemar.

— Nous allons aborder l'histoire de la ville de Salem, dont évidemment l'épisode d'hystérie collective qu'a constitué la chasse aux sorcières de 1692, ou encore l'exhumation des cadavres de ceux qui étaient soupçonnés d'être atteints de vampirisme – vive la tuberculose ! ajouté-je avec un petit uppercut vers le ciel, qui arrache quelques rires à l'assemblée. On va parler meurtres, fantômes, malédiction, guerre de Sécession. Bref, on va passer un bon moment.

Je réussis à tirer de mon public une nouvelle salve de gloussements. Public composé majoritairement de touristes et d'ados ayant cherché à tuer le temps ce soir. À l'origine, j'ai quitté San Francisco pour Boston en espérant trouver un poste de libraire. Mais une semaine dans la grande ville m'a fait prendre conscience que je n'avais pas les reins. Boston ressemblait à une version de San Francisco dépourvue de ce filtre Insta rose à travers lequel j'ai longtemps perçu le monde. Mais, comme j'avais déjà lâché Berkeley pour m'enfuir dans le Massachusetts, il me semblait inenvisageable de rentrer en Californie après seulement quelques semaines. Alors j'ai jeté mon dévolu sur Salem. Une ville, sur le papier, faite pour moi.

Morbide.

Avec un passé violent.

Froide. Lugubre. Hantée par des sorcières, saturée de cimetières. Bref, ma came.

— Mais commençons par le commencement, lancé-je à l'auditoire avec un sourire de conspiratrice. Qui, ici, est encore à l'école et veut impressionner son prof d'histoire ?

Comme prévu, une douzaine de mains de lève.

— Saviez-vous que l'esclavage a été aboli dans le Massachusetts le 8 juillet 1783, près d'un siècle avant le début de la guerre civile ? Et ce, pour une raison intéressante...

J'entends de petits halètements surpris, des murmures intrigués. Voilà, c'est le coup d'envoi de mes quatre-vingt-dix minutes de visite guidée à travers la ville.

Quatre-vingt-dix minutes durant lesquelles je ris, je réponds aux questions, je signale à tout le monde les bâtiments qui valent le coup d'être pris en photo – je vais même parfois jusqu'à indiquer quel filtre et quel réglage de l'appareil leur rend le plus justice. Mais je ne suis pas réellement présente. Mon esprit, lui, est auprès de Loki. Le félin félon qui m'a abandonnée.

Et auprès de Pippa, à trois mille kilomètres de là en Californie. Pippa qui ne comprend toujours pas pourquoi, un beau jour, j'ai décidé de disparaître. Quelque temps seulement après être tombée amoureuse de Joe.

Quand je rentre chez moi, Nora n'est pas là. Elle dort probablement chez Colt, ça lui arrive de plus en plus souvent. En temps normal, je me blottis contre Loki et binge les suggestions Netflix. Mais ce soir, il n'y a pas de Loki. Une douleur sourde me rappelle que je suis seule. Le téléphone qui me brûle, à travers le tissu de ma poche, me rappelle, lui, que je n'ai d'autre choix que de l'être.

J'allume mon ordi et vérifie mes mails puis Facebook. Pas de notification. Le désespoir m'assaille. Je vais tout de même regarder sur Craigslist. Masochiste, j'ai dit. Rien.

Je trotte jusqu'à la cuisine, me remplis un verre d'eau du robinet et verrouille l'entrée avant de retourner dans ma chambre. Je me glisse sous la couette et pose mon téléphone, écran tourné vers la table de nuit. Puis je gamberge jusqu'à ce que le sommeil me prenne en pitié.

Quatre heures plus tard, mon réveil sonne. Je travaille aujourd'hui – vente d'articles de sorcellerie dans une boutique attrape-touristes. Avoir deux jobs n'est pas l'idéal, mais c'est nécessaire si je veux parvenir à épargner pour faire quelque chose de ma vie. Je ne sais pas encore quoi. Pour être honnête, je doute avoir la ténacité et le courage requis pour faire quoi que ce soit de mon existence. Mais avoir des économies me permet de maintenir l'illusion que j'ai un projet, que je n'ai pas tout bonnement renoncé. Je peux me raconter qu'un jour surgira un embranchement et que je pourrai le prendre, parce qu'en attendant je travaille pour ça.

La première chose que je fais, après m'être brossé les dents, est de consulter Craigslist. J'ai une notification. Un message privé. Mon cœur bondit comme un poisson hors de l'eau. Je clique.

DominicG : Je suis à peu près sûr que votre chat squatte la chaise longue de mon balcon.

Loki ? Squattant chez un inconnu ? Lui qui est si trouillard ? Me vient l'idée que ce type est peut-être un pervers qui essaie d'attirer d'innocentes jeunes femmes dans son appartement.

EverlynneL : Merci de votre message. Puis-je avoir une photographie, s'il vous plaît ?

Je me lève, histoire de faire quelque chose, puis me dirige vers la cuisine pour me lancer un café. Je suis agitée. Je suis angoissée. Au point d'oublier le lait et le sucre et de revenir au salon et à mon ordi avec un café noir.

DominicG vous a envoyé une pièce jointe. Je l'ouvre. C'est une photo d'une photo. D'un lac gelé, pour être précise.

EverlynneL : Très drôle. Je voulais dire : une photographie du chat.

DominicG : Pas commode, le public, aujourd'hui. OK, je vous trouve ça.

Il me fait parvenir une autre pièce jointe, sur laquelle je clique en priant pour qu'il ne s'agisse pas d'une *dick pic*. Mais non, c'est bien Loki, en chair et en os (disons plutôt, en fourrure et en chair), confortablement installé dans un fauteuil relax design qui a l'air d'avoir coûté un SMIC. Le fauteuil et le chat sont à l'extérieur, sur le balcon de ce que j'identifie comme étant l'un de ces appartements de grand standing du centre-ville. Loki fixe l'objectif d'un air défiant. C'est lui, je reconnaîtrais ce triple menton n'importe où, et puis un bout de son oreille manque. La fille de la SPA m'a expliqué, le jour de son adoption, qu'il se l'était fait croquer par un autre chat. Pour tout dire, c'est ce qui m'a poussée à jeter mon dévolu sur lui. Ça m'a plu, l'idée que Loki et moi ayons un point commun. Que la vie nous ait tous deux abîmés.

Une seconde... Il a marché jusqu'au *centre-ville ?*

EverlynneL : Vous vivez dans le centre ?

DominicG : Exact.

EverlynneL : Et incidemment… vous vous êtes réveillé et il était là ?

DominicG : Pour être précis, je suis rentré au beau milieu de la nuit et j'ai entendu un grattement qui provenait du balcon. J'ai ouvert la porte-fenêtre et l'ai trouvé là. Il avait l'air en bonne forme. Je lui ai quand même donné du lait (j'ai bien fait, j'espère ? Je n'ai jamais eu de chat, mais je sais qu'ils aiment le lait. J'ai vu ça dans des dessins animés). Il a dormi dans mon appartement. Puis, quand je me suis levé ce matin, il a de nouveau gratté à la porte du balcon, alors je l'ai laissé sortir. Et depuis deux heures il glande dehors. Je pense qu'il apprécie la vue et le soleil.

J'aurais tendance à croire ce que ce type raconte. Quelles sont les probabilités pour qu'un inconnu soit entré par effraction chez moi, ait volé mon chat, puis ait attendu patiemment que je poste à ce sujet sur Craigslist, le tout dans le but de m'attirer chez lui ? S'il s'agissait d'un tordu, il m'aurait assassinée pendant qu'il était chez moi. Ou il m'aurait kidnappée moi plutôt que le chat. A minima, il aurait évité de laisser une piste à la police, sous forme d'une correspondance foisonnante. Clairement, il faut que je freine sur les *true crimes*. J'ai l'impression que ça a quelque peu corrompu ma façon de penser.

EverlynneL : Je peux passer le prendre ?

DominicG : Non seulement vous le pouvez, mais je vous y invite fortement.

EverlynneL : Aux alentours de midi, ça vous va ? Je préférerais attendre que ma colocataire et son copain soient disponibles pour m'accompagner (vous pourriez très bien être un serial killer, sans vouloir vous vexer).

Je repense à la blague qu'avait faite Joe sur les *serial killers*, il y a six ans, et j'ai brusquement envie de vomir. Comme si tout ça s'était produit hier.

DominicG : Impossible, je pars bosser dans deux heures (et je vous comprends, mais je tiens tout de même à préciser que si j'étais un serial killer, j'éviterais de m'en prendre à vous : vous m'avez l'air coriace. Votre chat, en revanche…)

Je souris malgré moi. Pour la première fois depuis très, très longtemps. Ce type a de l'humour. Et il utilise correctement la ponctuation. Deux qualités que mon petit cœur sombre sait apprécier. Je décide de courir le risque. Il a l'air normal. Et si, en ouvrant la porte, je me rends compte qu'il est bizarre, je n'aurai qu'à prendre la fuite (déso, Loki).

EverlynneL : OK. Ça vous va si je passe maintenant, du coup ?

DominicG : Donnez-moi vingt minutes.

EverlynneL : Ça marche.

DominicG : Prenez des donuts au passage.

EverlynneL : Je vous demande pardon ?

DominicG m'envoie une capture d'écran de mon annonce.

DominicG : C'est marqué là, vous voyez ? RÉCOMPENSE. Eh bien, les donuts sont ma récompense.

Cette demande incongrue achève de me rassurer. Jamais dans aucun des podcasts que j'écoute l'hôte n'a parlé d'un tueur encore en cavale qui aurait coutume de laisser une boîte de Dunkies entamée sur la scène de crime. Et pourtant, j'en écoute *des tas*.

EverlynneL : Pas cher à l'entretien. Vous devez faire des heureuses.

DominicG : Nature, hein, les donuts. Pas cette camelote à la fraise ou au chocolat. Juste un bon vieux glaçage au sucre.

EverlynneL : Si vous jurez de ne pas me tuer, on a un accord.

DominicG : « Je ne fais pas de promesses, mais je les tiens. » C'est ma devise.

Chapitre 4

Dominic habite la partie ancienne de Chestnut Street, ce qui confirme mes soupçons : il se débrouille plutôt bien dans la vie, comme dirait mon père.

Durant notre échange, il a mentionné être rentré au beau milieu de la nuit. Je suis sûre que c'est le genre de mec qui sort en boîte. Je sonne à l'Interphone. L'immeuble est récent. Luxueux, mais sans ostentation. Il tranche, au milieu de toutes ces demeures en briques rouges. Un véritable doigt d'honneur architectural.

Dominic m'ouvre sans rien dire et, de nouveau, je me sens anxieuse. Étant donné que j'ai les mains prises, entre autres par les donuts, je pousse la porte de l'épaule. Quand même, une mort aussi sordide, ce serait tragique. Dans l'ascenseur, j'envoie vite fait à Nora un SMS pour lui expliquer la situation. Je range mon téléphone dans la poche arrière de mon jean et m'extrais de la cabine, puis cherche son appartement. Le 911 – le numéro de police-secours. Comme par hasard.

Je frappe à la porte. Qu'il ouvre immédiatement. Apparemment, il a patienté derrière.

Et le « il » en question est… eh bien, parfait. Indéniablement, exceptionnellement, *anormalement* parfait.

Dominic me fixe en retour, de ses yeux de la couleur du marbre – le gris et le bleu s'entremêlent sans qu'aucun ne domine. Ses cheveux sont courts, disciplinés. Son visage est si symétrique, si finement sculpté, qu'on dirait presque que son propriétaire appartient à une autre espèce. Une espèce génétiquement supérieure. Il a ce genre de beauté qu'on côtoie rarement et qui a des effets imprévisibles. Une sorte d'Alain Delon jeune, s'il fallait le décrire.

Et il porte une tenue d'hôpital.

Mauvaise langue. Voilà pourquoi il est rentré au beau milieu de la nuit ! Il n'était pas en train de se mettre une caisse en boîte, non : il sauvait des vies.

— Bien le bonjour, EverlynneL ! Restez dehors, m'intime-t-il en me confisquant les donuts.

Puis il m'adresse un sourire charmant, désarmant, tout en fossettes.

— Vous n'avez jamais assisté à la libération d'un otage ? Je dois d'abord m'assurer que toutes mes exigences ont été satisfaites.

Il ouvre la boîte et contemple les six donuts nature, auxquels j'ai ajouté deux beignets au chocolat parsemés de vermicelles pour moi. Il relève les yeux, sourcils froncés.

— Vos machins au chocolat touchent mes vrais donuts.

— Ne soyez pas si maniaque.

— Je déteste le chocolat.

— Comment avouer à quelqu'un qu'on est sociopathe sans prononcer le mot « sociopathe »..., lancé-je en roulant les yeux

— Mince, elle est en train de me démasquer.

Le visage parfait de Dominic se fend d'un sourire machiavélique.

— Je dois maintenant l'attirer à l'intérieur avant qu'elle n'appelle les flics.

— Un conseil : évitez de réfléchir à votre plan diabolique à voix haute, la prochaine fois. Vous n'avez donc pas lu *L'Assassinat pour les nuls* ?

— Il est au programme de L2. Je viens tout juste de commencer mon cursus, je suis une sorte de bébé tueur. Entrez.

Cet échange suffit à dissiper l'anxiété qui avait refait surface. DominicG a tout du bon gars du Midwest, droit et fiable. J'obtempère et franchis le seuil.

— Suivez-moi. Il est toujours sur le balcon.

Dominic pointe la direction. Son appartement est petit et bien rangé. Il sent la peinture, les livres neufs et les produits ménagers qu'on utilise dans les hôtels. J'identifie çà et là certains meubles du catalogue IKEA. La table basse Lack, le canapé Klippan. Un salon qui ressemble au salon de tous les presque-trentenaires.

De la même façon qu'il m'est facile de détailler son intérieur, je n'ai aucun mal à reluquer Dominic. Et pour cause ! Malgré leurs indéniables qualités – élégance, propreté –, ils ne sont pas mon genre. Non que j'aie vraiment un genre d'homme. Vu que je ne suis sortie avec personne depuis Joe. Mais la perfection de Dominic n'est pas très attirante à mes yeux. Tout comme, j'en suis sûre, mon physique moyen n'est pas très attirant aux siens. Les mecs comme lui finissent toujours par épouser une femme aux jambes interminables, aux pommettes hautes et à l'impeccable pédicure quelle que soit la saison.

La boîte de donuts dans une main, il fait coulisser la porte-fenêtre de son balcon. Mon gros lâcheur de chat et moi nous faisons face. Loki, félin et nonchalant, cligne des paupières. Il n'a pas l'air plus ému que ça de me voir.

Tu en as mis, du temps, semble me dire son expression languide. *Enfin, tu étais sûrement trop occupée à finir la dernière saison de* Bridgerton *sans moi.*

— Tu sais quoi, mon pote ? Moi non plus, je ne suis pas ta fan numéro 1, en cet instant.

Oh ! je lui en veux. Et sans doute que, oui, j'aurais mieux fait de rester tranquille à la maison devant une série plutôt que de traverser la ville pour venir récupérer ce petit ingrat. Je pose par terre la caisse de transport que j'ai amenée et la désigne d'un geste du menton.

— Allez, mon grand, la fête est finie. Entre là-dedans.

Loki continue de me fixer, sans bouger d'un pouce. J'avance vers lui. Mais Dominic me retient.

— J'éviterais, si j'étais vous. Qui sait ? S'il a trouvé un chemin vers ce balcon, il pourrait être tenté de l'emprunter en sens inverse et se blesser au passage.

Pas faux. On est après tout au neuvième étage. Je pivote vers mon hôte.

— Vous pensez toujours à tout ?

— Seulement quatre-vingt-dix pour cent du temps.

Puis il fait volte-face, récupère la caisse de mon chat et s'éloigne en m'intimant :

— Ne bougez pas.

Il disparaît dans la cuisine, dont il ressort en brandissant une conserve de thon. Qu'il ouvre de façon démonstrative. Avant de la ranger au fond de la caisse, qu'il a posée près du canapé. Les yeux de Loki se plissent de manière caricaturale.

— Fais donc comme chez toi, EvelynneL. Et tutoyons-nous, veux-tu ? On est là pour un moment. Je vais chercher du café et on va torpiller cette boîte de donuts ensemble. Loki va bien finir par craquer et tomber dans mon piège.

J'avoue : génie. J'acquiesce et articule un « Merci. » Dans la foulée, DominicG fonce dans la cuisine. J'entends le bruit d'une machine à café qui se met en route.

— Comment tu prends le tien ? me lance-t-il depuis l'autre pièce.

— Deux sucres, plein de lait, de la cannelle si tu as. Pour être claire, j'aime le lait au café.

— Je me disais, aussi, que tu avais une tête d'hérétique.

Il rit, et moi je m'installe à une extrémité du canapé pour surveiller Loki, qui lui-même surveille la caisse de transport tout en se léchant les babines. Il est indéniablement tenté. Dominic revient en portant deux mugs. Il pose le mien sur un dessous de verre. Wow. On fait difficilement plus adulte que ça. Quel âge à ce type, d'ailleurs ?

Il ouvre la boîte de donuts, prends l'un des siens et l'enfourne tout entier dans la bouche.

— Alors ? fait-il gaiement.

— Alors… tu as quel âge, au juste ?

Je bois une gorgée. Sans me sentir le moins du monde gênée d'être indiscrète. Pippa et Nora m'ont toutes deux affirmé que je serais incapable de flirter, même si ma vie en dépendait. Apparemment, en matière de séduction, je suis un cas désespéré.

— Je viens tout juste d'avoir vingt-neuf ans. Et toi ?

— Vingt-quatre. Joyeux anniversaire en retard ! ajouté-je en levant ma tasse.

— Je suis touché des efforts que tu fais.

— Que je fais pour quoi ?

— Pour ne pas dire ce que tu penses.

Je lutte contre un sourire.

— Et qu'est-ce que je pense, exactement ?

— Que je suis un vieux con.

— *Con,* ça, je n'en sais rien encore…

Ça le fait rire. Il est bon public.

— Et qu'est-ce que tu fais dans la vie, EverlynneL ?

Il s'enfonce confortablement dans un fauteuil. Suffisamment loin de moi pour confirmer qu'il n'est pas un pervers.

— Appelle-moi « Ever », tu veux ? La nuit, je suis guide touristique et je fais découvrir les dessous de Salem. La journée, je suis vendeuse à temps partiel d'articles de magie dans une boutique spécialisée. Une sorte d'attrape-touristes. Et toi, DominicG ?

— Ever, je t'autorise à m'appeler « Dom ». Je suis infirmier. Je travaille à l'hôpital, dans le quartier. Dans le service d'oncologie pédiatrique, pour être précis.

— Eh bien eh bien, Dom ! commenté-je avec cette fois un franc sourire.

— Merci, *Lynne,* réplique-t-il avec un clin d'œil. J'aime qu'on me flatte.

Le diminutif Lynne ne me plaît pas spécialement, mais après tout, qu'est-ce que j'en ai à faire ? Ce n'est pas comme si on allait se revoir. À ce stade, il pourrait m'appeler « Prudence », si ça lui chante.

Tout ce temps à m'inquiéter qu'il m'assassine, alors que pour gagner sa vie il sauve celle d'enfants ! Pendant que moi, je perds la mienne à raconter à des touristes incrédules des histoires à dormir debout. Ça fait belle lurette que je ne pratique plus l'unique activité qui m'a longtemps définie, à savoir dessiner des tombeaux. Depuis que… Bref, passons. J'ai arrêté, voilà tout. Ma seule contribution à cette société est d'y élever un chat ingrat qui, en plus, ne veut apparemment pas de moi. Autant dire que me comparer à Dom me colle des complexes.

— Bon, c'est officiel, je me sens coupable de t'avoir mené la vie dure par messages, déclaré-je. Tu as dû penser que j'étais une véritable emmerdeuse.

— Ce dont je me suis réjoui, ajoute-t-il en avalant une gorgée de café.

— Pourquoi ça ? demandé-je, perplexe.

— Parce que j'ai un faible pour les emmerdeuses.

J'éclate de rire. Ce qui n'est vraiment pas - plus - dans mes habitudes.

On parle encore un moment. Je lui dis que je suis de San Francisco. Il n'y a jamais mis les pieds. Il est né et a grandi dans le Massachusetts. Il espérait trouver un poste à Cambridge, mais, jeune diplômé, quand une occasion s'est présentée à Salem, il l'a saisie.

Dom m'explique qu'une des doctoresses qui travaillent avec lui, une prénommée Sarah, lui a suggéré de consulter le forum de Craigslist après que mon chat a fait son apparition sur son balcon. Sans ça, jamais il n'y aurait pensé. En mon for intérieur, je remercie le ciel et Dr Sarah.

De temps à autre, je jette un coup d'œil à Loki. Et, chaque fois, je constate qu'il approche lentement mais sûrement de la boîte de transport. Ça tombe bien, parce que le fumet du thon en conserve s'est répandu dans tout l'appartement. Au point que Dom et moi avons cessé de manger les donuts, nos papilles gustatives détraquées par l'odeur persistante.

Et plus les minutes passent, plus il devient clair que Dom et moi n'avons, comme je l'ai suspecté dès que je l'ai vu, rien en commun. C'en est presque comique. Il aime les films d'action et les blockbusters, mes références en matière de cinéma sont *Donnie Darko* et *Eternal Sunshine of the Spotless Mind*. Il a un faible pour les fruits de mer et les sushis, je ne jure que par McDonald et Taco Bell. Il fait au moins quatre heures de cardio par semaine, quand je... ne suis pas même certaine d'avoir encore un cœur. Il fréquente assidument la salle de gym, la bibliothèque, est inscrit à un club de lecture et à la chorale (la chorale !), je ne quitte la maison que pour le boulot ou claquer mon salaire dans de la *junk food*.

— Tu as vraiment un don pour me faire me sentir subtilement coupable de mon mode de vie, dis-je en reposant mon mug à présent vide. Tu as déjà pensé à devenir influenceur bien-être ?

Dom laisse échapper un petit rire.

— Je n'y peux rien si j'aime croquer la vie à pleines dents. Je ne voudrais pas avoir l'air d'un cliché sur pattes, mais tu connais le mantra, non ? « Aujourd'hui est le premier jour du reste de ton existence. »

— Ou le dernier, pour ce qu'on en sait, relevé-je avec mon sens inné de la légèreté.

Il approuve en brandissant son mug.

— Raison de plus pour en profiter.

— Ou pour se dire : « À quoi bon ? »

Je deviens philosophe. Ça fait du bien, de parler avec un homme qui est de toute façon tellement hors d'atteinte que je n'ai même pas la tentation d'essayer de me montrer charmante.

— Puisque tout est destiné à finir – en l'occurrence, nous-même –, pourquoi se donner la peine de commencer ?

Dom est sur le point de répondre, quand il fronce les sourcils et regarde par-dessus mon épaule.

— Lynne ?

Bon sang, ce surnom ne va pas me manquer.

— Oui ?

— Lucky est entré dans sa boîte.

Je ne le corrige pas non plus sur le nom du chat. Je pivote, me penche et ferme la caisse d'un geste vif, avant de verrouiller la grille. Loki fait entendre un miaulement de protestation guttural, qui laisse rapidement place à des ronronnements et au son d'une boîte de thon qu'on lape. Ce chat est vraiment un cas. Je vais lui faire graver un collier. *« Vendrais ma mère et mes idéaux pour un casse-croûte. »*

Je bondis sur mes deux pieds. Loki est en sécurité, l'appartement de Dom pue le thon : ma mission est remplie.

— Merci beaucoup, Dom.

Je baisse les yeux vers mon Apple Watch. L'ancienne Apple Watch de Nora, pour être exacte. Elle me l'a donnée dans l'espoir de m'encourager à faire dix mille pas par jour. Dans les faits, elle sert surtout à regarder la réalité en face : 2 393 pas, c'est déjà beaucoup, pour une fille comme moi. Je constate que j'ai passé près d'une heure chez Dom. Ce qui veut dire qu'il doit bientôt partir travailler.

Dom se lève et m'escorte à la porte, qu'il ouvre.

— Ne me remercie pas. Après tout, tu as payé ton tribut, avec ces donuts.

— Et je te dois combien, pour l'odeur de thon incrustée *ad vitam* dans les murs ?

Et dans ton âme. Il rit.

— J'aime bien. Ça me donne l'impression d'être au bord de l'océan.

— Dom, beurk. Tu ne veux pas cesser cet optimisme répugnant ? Bon, allez, bonne continuation.

Je passe la porte et commence à avancer vers l'ascenseur, quand il m'interpelle.

— Je peux prendre ton numéro ?

Je fais volte-face et le dévisage, me demandant si j'ai bien entendu.

— Le mien ? répété-je en me poignardant le plexus avec mon propre index.

Je regarde autour, juste pour être bien certaine qu'il n'y a personne d'autre dans le couloir. À croire qu'il n'a pas écouté un mot de notre conversation : nous n'avons rien en commun ! Même physiquement, nous sommes le jour et la nuit. Il est vraiment beau, genre acteur de Hollywood. Moi... j'ai plutôt un physique de figurante, pour le dire gentiment. Pas repoussant, loin de là. Mais remarquablement *banal*.

— Le tien, confirme-t-il en baissant la tête.

Je rêve ou il est en train de rougir ? Pour de vrai ?

— Mais... pourquoi ? demandé-je, stupéfaite.

— Parce que j'ai passé un bon moment ? ose-t-il. Et parce que, comme tu voulais attendre ta coloc et son mec, j'en déduis que tu es célibataire.

Pas mal, Sherlock.

— Je n'ai pas de copain à l'heure actuelle, admets-je.

— Dommage pour lui. Tant mieux pour moi.

Son sourire s'étire. Un sourire charmant. Pour un gars en or – sublime, drôle, et bien plus gentil que je ne le mérite. Mais je ne suis pas sur le marché. Le marché de la séduction. Le marché de l'amour. De la *féerie*.

Ce qui est déprimant, quand on y pense. Parce que si un mec comme Dom n'arrive pas à me faire changer d'avis, alors qui y parviendra ? Il est tout bonnement parfait.

« Et la perfection est ennuyeuse. » Je peux presque entendre le bâillement de ma mère tandis qu'elle fait cette déclaration. « Une fois qu'on a atteint la perfection, on n'a plus besoin d'évoluer et de grandir. »

— C'est juste que... je ne suis pas libre pour autant. Là-dedans, fais-je en toquant avec mon index contre ma tempe.

— Un ex ?

— Oui.

Ce n'est pas à proprement parler un mensonge – je pense toujours à Joe, en effet, et Joe est techniquement mon ex. Cela dit, je me sens un peu stupide de réaliser que je suis encore à ce point accrochée à une histoire terminée depuis six ans.

— Désolée, ajouté-je maladroitement.

— Ne le sois pas, me rassure Dom. Bonne continuation, EverlynneL.

— Toi aussi, DominicG.

Quand je jette un coup d'œil à mon téléphone, une fois dans ma voiture, je constate que j'ai plusieurs messages de Nora.

Nora : Je viens de vérifier l'immeuble sur Google Earth. Mazette, je crois que Loki est parti en quête d'un *sugar daddy*.

Nora : Ça fait déjà vingt minutes, et pas de réponse. Un petit signe de vie ?

Nora : Trente minutes. *Sugar daddy* t'a kidnappée ?

Nora : Quarante. J'envoie la cavalerie.

Nora : CINQUANTE. Je ne voudrais pas faire ma Marie-Chantal qui appelle les flics au moindre pet de travers, mais SÉRIEUX, EST-CE QUE TU AS BESOIN QUE JE PRÉVIENNE LA POLICE ?

Je ris, puis pianote sur mon clavier.

Ever : C'est moi. Je vais bien. Loki va bien. Tout va bien.

Nora : Je ne te crois pas. Dis un truc typique d'Ever, pour voir ? Parce que, pour le moment, je pars du principe que tu es un tueur sadique qui tente de me rassurer, le temps de faire disparaître le cadavre de ma colocataire.

Ai-je mentionné que j'ai converti Nora aux *true crimes* ? Il nous arrive de passer le week-end à enchaîner les podcasts morbides, en pyjama, tout en essayant de venir à bout d'un puzzle de cinquante mille pièces.

Ever : Le modelage, en pâtisserie, est une hérésie. Un gâteau qui a la forme d'un hamburger, d'un étron ou d'un terrain de foot n'a rien d'amusant, c'est même tout le contraire. La dissonance entre les stimuli visuels et gustatifs est désagréable. Lorsque je déguste un gâteau, je veux qu'il ressemble à un gâteau et pas à un sachet de Doritos. Là est ma conviction profonde. Merci d'être venue assister à ma conférence sur le sujet.

Elle ne tarde pas à répondre.

Nora : OK, la cassos. On se voit à la maison.

Chapitre 5

Plus tard, quand je rentre de la boutique de sorcellerie, Nora est là, sans Colt. Ça ne devrait pas me réjouir à ce point : Colt est un gars super, à qui je n'ai rien à reprocher. Mais c'est plus fort que moi, l'idée de passer du temps en tête à tête avec Nora me ravit.

— Alors ? demande ma colocataire installée sur notre canapé défoncé, les pieds posés sur la table basse et Loki sur les genoux.

Elle lui grattouille le bas du dos pendant qu'il l'encourage en lui présentant son croupion.

— Raconte. Comment était le bon Samaritain qui a recueilli Chat Majesté des croquettes, j'ai nommé Pacha le Chat ?

Je vire mon sac à dos et me laisse tomber à ses côtés.

— Vingt-neuf ans. Infirmier. Super sympa, super canon, super à l'opposé de tout ce que je suis et aspire à être. Ce qui n'a fait que rendre l'idée qu'il veuille mon numéro encore plus absurde.

— Naaaaan ? couine Nora en se redressant.

Loki bondit et détale.

— Vous vous revoyez quand ? Tu vas porter quoi ? Tu as son nom de famille, qu'on le stalke sur Internet ?

Je ris en secouant la tête.

— J'ai dit qu'il voulait mon numéro, pas que je le lui avais donné.

Les épaules de Nora s'affaissent.

— Évidemment que tu ne le lui as pas donné. Pourquoi, seigneur ? Pourquoiiii ?

Nora n'est pas très différente de Pippa - drôle, exubérante, du genre à voir le verre à moitié plein. Elle est moins grande gueule, impulsive et tête brûlée que mon ancienne meilleure amie, mais elles s'entendraient comme larrons en foire. Ce qui ne fait que rendre plus triste encore la perspective que jamais elles ne se rencontreront. Malgré sa personnalité pétillante et extravertie, Nora exerce une activité professionnelle plutôt surprenante. Elle travaille en tant que maquilleuse à la maison funéraire Sainte Mary. Je lui ai une fois demandé ce qui l'avait poussée à embrasser cette carrière pour le moins inattendue. J'avais besoin de savoir s'il existait, dans son passé, une sorte d'équivalent à ma cousine Shauna qui aurait changé le cours de son existence.

Nora s'est contentée de hausser les épaules et de m'expliquer : « Il ne s'est rien produit de particulier. Je voulais travailler dans le monde de la beauté. Ma mère m'a dit qu'elle connaissait une maquilleuse qui gagnait confortablement sa vie sans se tuer à la tâche, tout en mettant ses talents au service d'une mission qui avait du sens. Que désirer de plus ? C'est vrai que ma profession ne fait a priori pas rêver, mais il faut bien quelqu'un pour s'occuper de nos morts ! C'est un honneur de les préparer à rejoindre leur dernière demeure. De faire en sorte d'effacer, avant que leurs proches ne viennent leur dire adieu, les traces des tourments qu'ils ont traversés. »

Sa réponse m'a surprise. Et m'a bien sûr donné l'impression que, où que j'aille, la mort n'est jamais loin. Malgré mes efforts pour la semer.

— Eh bien ? insiste Nora. Ne crois pas que tu vas t'en tirer comme ça, j'attends des explications !

De quoi parlions-nous, déjà ? Ah oui, Dom, c'est vrai. Je hausse les épaules.

— Tu sais bien que je ne cherche pas une relation.

— Non, ce que je sais, c'est que tu es toujours obsédée par ce plan cul estival que tu as pécho sur une plage il y a six ans. C'est de la folie, Ever ! Même quand on prend en compte ce qui s'est produit ensuite. Il est temps de passer à autre chose. Je suis à deux doigts de mettre sur pied une intervention.

Elle ne plaisante qu'à moitié tandis qu'elle se lève pour aller chercher dans la cuisine notre savoureux dîner cent pour cent *healthy*, soit un sachet de mini-bretzels et deux canettes de Coca zéro. Elle m'enjambe puis se laisse tomber à mes côtés. J'ignore sans doute tout du bonheur, mais je sais que son goût ressemble à celui du Coca glacé après un excès de sodium.

— Ce n'est pas si simple, protesté-je en cassant un bretzel pour le poser sur ma langue, attendant que le sel fonde et que le biscuit se ramollisse. Il ne suffit pas de le décider, pour passer à autre chose.

— Certes non. Mais c'est un début.

Ce que Nora ne comprend pas, c'est que j'ai décidé de passer à autre chose. Je l'ai décidé il y a déjà six ans.

Mais plus j'ai lutté pour oublier Joe, plus il s'est planté en moi de manière profonde, ses racines creusant davantage mon cœur. Des branches ont poussé, ont donné des frondaisons puis des fruits, dont les noyaux ont germé dans chacun de mes membres, dans mes poumons, dans mon cerveau.

Les jours ont passé, puis les mois et les années, transformant dans mon esprit Joe en une créature d'envergure mythique, puissante et immortelle, défiant les notions mêmes de temps et d'espace. Omnisciente, omnipotente. Il avait beau être responsable de la tragédie qui m'avait frappée, il avait beau être la cause de ma fuite, je savais au fond qu'il n'était pas fondamentalement coupable.

Le plus triste étant que je n'ai toujours pas renoncé à le retrouver. Il m'arrive encore d'errer dans les librairies pour inspecter les quatrièmes de couverture dans l'espoir de voir son prénom apparaître. Ce prénom, Joe, si commun. Tous les jours, je me maudis de ne pas lui avoir demandé son nom de famille.

— Ça va durer combien de temps, Ever ? Combien de temps tu vas bloquer sur un mec qui tu ne reverras probablement jamais ? m'interroge Nora avec une expression sévère.

Elle a apparemment oublié jusqu'à l'existence des bretzels. Plutôt que de manger, elle se penche en avant et cherche à accrocher mon regard. Je sais qu'elle ne fait pas qu'évoquer ma vie amoureuse. En filigrane, elle me questionne aussi sur le futur de la sienne. Elle veut que j'aie quelqu'un dans ma vie afin de ne pas se sentir mal au moment où elle déménagera. Son départ prochain flotte au-dessus de nous comme un ectoplasme poisseux qui attend de me dévorer morceau par morceau.

Je prends un autre bretzel, puis une gorgée de Coca.

— Désolée de ne pas adhérer au mythe du prince charmant venu sauver la demoiselle en détresse que nous serions toutes au fond. À t'entendre, je devrais me précipiter sur le premier venu, pour peu qu'il me témoigne de l'intérêt. Peut-être que si je rencontrais un mec qui est un peu plus mon genre...

— Et on peut savoir pourquoi le *sugar daddy* de Loki n'est pas ton genre ? me coupe Nora.

Elle ne semble pas prête à lâcher l'affaire. Je m'enfonce sur le canapé.

— Eh bien, pour commencer, il est incroyablement beau.

— Ce qui est en effet problématique, pour un potentiel partenaire sexuel. Quoi d'autre ? poursuit-elle en croisant les bras.

— Nous n'avons pas du tout les mêmes goûts en matière de films, de musique, d'art en général.

— J'imagine que c'est plutôt une bonne nouvelle, vu qu'a priori il a d'autres projets te concernant que monter un groupe de rock. Allez, vas-y, balance la suite. J'attends.

Elle lève les yeux au ciel, et je réfléchis sincèrement à la question. Peut-être que je fais la fine bouche, mais je sens au plus profond de moi que nous aurions du mal à nous entendre, avec Dom, au quotidien.

— C'est quelqu'un de sociable. Il aime bouger, être actif. Je suis casanière. Et je crois que je suis allergique à la légèreté.

— Du coup, il risque de te sortir de ta zone de confort, d'élargir ton horizon ? Le salaud, comment ose-t-il ! ironise ma coloc en se tenant la poitrine comme si elle s'était pris une balle.

Quelque chose me dit que, même si je lui racontais que Dom trucide des chiots pour passer le temps, elle me rétorquerait que c'est sûrement pour fabriquer des manteaux de fourrure et les distribuer à des orphelins sans le sou. Ça ne sert à rien de poursuivre cette discussion. Message reçu, Nora : je suis en train de gâcher ma vie, je veille à éloigner toute chance de bonheur, je mourrai probablement seule dans cet appartement et Loki devra manger mon visage pour survivre en attendant qu'on nous retrouve.

— Oublie, Nora, lâche l'affaire. Ce qui est fait est fait, j'ai mis un stop à Dom.

Je me lève et me dirige vers la cuisine, que je commence à ranger juste pour avoir quelque chose à faire de mes dix doigts.

— J'avais compris, oui. Tout ce que je dis, c'est que la prochaine fois - et il y aura une prochaine fois, parce que tu es belle, drôle, intelligente et généreuse - essaie de ne pas te montrer aussi cadenassée. C'est terrible, de traverser l'existence en se jugeant indigne d'être heureux.

Peut-être bien. C'est pourtant ce que je ressens.

Une semaine plus tard, je me retrouve à penser à la mort de Virginia Woolf.

Plus précisément, à la manière dont elle a rempli ses poches de lourdes pierres avant de s'enfoncer dans la rivière qui passait derrière sa propriété. Me revient en mémoire la façon dont j'ai combattu le courant, le soir où Joe m'a sauvée à Gran Canaria... et je me demande si je ferais de même aujourd'hui. Tant de choses ont changé, depuis ce jour. J'ai plus de points communs avec Virginia Woolf qu'avec la fille que j'étais il y a six ans. D'en prendre conscience a quelque chose d'effrayant.

Je fais visiter Salem à une poignée d'adolescents et d'amateurs d'histoires. Le public n'est pas facile, ce soir. Il y a de nombreuses familles avec enfants de moins de douze ans. Trois d'entre eux jouent avec les nerfs de leurs parents, réclamant d'aller aux toilettes, et à quelle heure ça termine d'abord, et pourquoi la dame elle est barbante comme ça, et franchement qui ça intéresse ce que Thomas Jefferson pensait de la chasse aux sorcières ?

Je tiens le coup, difficilement. Arrivés à la première église de Salem, alors que je suis en train de raconter au groupe la légende de la Dame en bleu, je m'énerve contre un ado qui a discrètement – mais pas assez pour que cela échappe à mon attention – écrabouillé le pied d'une de ses copines afin de lui arracher des larmes. Je manque de lui crier dessus et lui signale qu'il n'y aura pas d'autre avertissement : la prochaine fois, je le débarque et le bannis une bonne fois pour toutes de mes visites guidées. Décision qui n'est évidemment pas en mon pouvoir.

Une fois la balade achevée, alors que les derniers touristes s'éloignent, je m'enferme dans ma Chevrolet Malibu, qui a le même âge que moi. Je ferme les yeux, prends plusieurs longues respirations. J'aimerais avoir de l'eau, ou un truc sucré pour me filer un coup de boost. Pour quelqu'un qui adore à ce point la *junk food,* j'oublie souvent de manger, il faut bien l'admettre. Nora déteste les gens comme moi, qui oublient tout bonnement de se nourrir. Contrairement au fait d'aller à la laverie ou de payer les factures, c'est quelque chose qu'elle n'oublie *jamais*. Pour ma part, je ne vois pas ce qu'il y a d'enviable à omettre de fournir à son corps son carburant. Au contraire, cette façon de faire me semble révélatrice de mon incapacité à prendre soin de moi.

Je ramasse mon sac à dos et consulte mon téléphone, ce que je n'avais pas encore fait de la journée. Je découvre plusieurs appels manqués de mon père. C'est étrange. Mon père ne me contacte que rarement. Quand il le fait, il s'adresse à moi comme si j'étais un client – il se montre professionnel et courtois.

Instantanément, mon cœur s'accélère. Est-ce qu'il y a un problème ?

Je le rappelle aussitôt, remerciant le ciel qu'il ne soit pas si tard sur la côte Ouest. Il décroche dès la première sonnerie.

— Everlynne, me lance-t-il avec une neutralité absolue.

— Salut, papa.

Je ne sais pas pourquoi, mais depuis Ce Fameux Jour, j'ai envie de pleurer chaque fois que j'entends sa voix.

Il y a un silence. Je crois qu'il ne s'attendait pas à ce que je le rappelle. J'ai tellement honte que j'en ai presque la nausée. Est-ce que ça fait vraiment si longtemps que je n'ai pas pris de ses nouvelles ? Je devrais fournir plus d'efforts. Téléphoner à ma famille chaque semaine. Envoyer plus souvent des cartes postales et des cadeaux. Noël et les anniversaires ne suffisent pas. Mais je ne peux pas m'empêcher de penser que je leur rends un fier service en me tenant à distance.

— Est-ce que tout va bien ? J'ai vu que tu avais essayé de me joindre plusieurs fois.

— Tu dis ?

Il a l'air un peu perplexe et donne l'impression que je le dérange. Puis il laisse échapper un drôle de rire.

— Ah, oui, c'est vrai. J'ai une très mauvaise réception, ici. Peu importe l'opérateur par lequel je passe, quand je lance l'appel, un coup sur deux, ça coupe. J'habiterais dans un coin reculé, encore, je comprendrais, mais visiblement ça arrive parce que je suis en pleine métropole ! Une histoire de saturation du réseau. Et il faudrait que je passe à un abonnement premium pour régler le problème. Tu imagines ?

Il est ulcéré. Parce que, oui, cette histoire d'abonnement est importante – très importante, même. Bien plus que notre relation distendue.

— C'est un scandale, papa. On devrait tous repasser au téléphone fixe. Leur montrer où ils peuvent se le carrer, leur abonnement premium.

Je ne fais que répéter les propos que je l'ai entendu tenir toute mon enfance au dîner.

— Pas besoin d'être aussi sarcastique, Ever, réplique-t-il d'un ton de nouveau sérieux et lointain.

De toute façon, quoi que je fasse avec lui, j'ai tort.

— Tu as raison, désolée. Tu voulais me parler ?

— Oui, dit-il en se raclant la gorge.

— J'ai un peu de temps, là, l'encouragé-je tant bien que mal.

— J'aurais préféré qu'on ait cette discussion de vive voix, mais ça fait si longtemps que tu n'es pas venue nous rendre visite...

— Tu exagères.

— Trois ans, je dirais que c'est long.

Une nouvelle fois, la honte me submerge. Ma famille me manque chaque jour. Beaucoup de gens vivent loin des leurs, je le sais. Certains prennent le large à cause du boulot ou de leurs études. Ou bien ils rencontrent quelqu'un et décident de le rejoindre pour s'installer avec. D'autres encore rêvent simplement d'ailleurs : de plages dorées, de grosses villes prêtes à les avaler. Mais mon cas est différent. Je n'ai pas déménagé, je me suis *enfuie*.

Cela fait des années que mon père n'a pas manifesté de désir de me voir, alors je ne peux m'empêcher de me demander ce qui se passe. Est-il... en train de mourir ?

— J'espère que tout va bien, lancé-je pour tâter le terrain.

— Tout va bien, oui, répond-il, apparemment agacé. Enfin, je veux dire : on est en bonne santé.

— D'accord...

J'essaie de gagner du temps, car je n'ai vraiment pas envie de retourner à San Francisco. Je suis quasiment sûre qu'une fois là-bas mon père m'informera qu'il m'a rayée de son testament et qu'il aimerait que je prenne un autre nom de famille afin de leur épargner l'embarras d'être liés à moi.

— Dans ce cas, pourquoi ne pas...

— Viens pour Thanksgiving, me coupe-t-il.

Mon père n'est pas très porté sur les sentiments. Il a toujours été plus à l'aise avec les chiffres et les feuilles de calcul Excel qu'avec les mots. Je sais donc que, s'il me convoque, c'est le début d'un compte à rebours au terme duquel une grenade va m'exploser au visage.

— Tu es sûr que tout va bien, papa ? insisté-je d'une voix prudente. Parce que, si ce n'est pas le cas...

— Je t'ai déjà dit que tout allait bien, s'impatiente-t-il.

C'est plutôt quelqu'un de zen, mais j'ai le don de l'exaspérer.

— Je veux simplement que tu sois là pour le dîner de Thanksgiving. Je te rembourserai le voyage, si c'est ça le problème.

— Il ne s'agit pas d'argent...

Je pousse un soupir. Je déteste cette situation, je me déteste moi-même et je déteste que ma famille se soit effondrée.

— Je ne pense pas pouvoir prendre de congé. Pour nous, l'automne est la saison pleine, avec Halloween et tout. Je devrai me faire remplacer à mes deux postes... Je ne suis pas sûre d'arriver à trouver non pas une mais deux personnes d'ici Thanksgiving

Même si techniquement ce que je dis est vrai, là n'est pas la vérité. Ce n'est pas le travail qui me retient. Mon père demeure silencieux. J'entends Renn en fond sonore, qui joue à des jeux vidéo et rit avec ses amis. Mon cœur se replie sur lui-même comme un minuscule papillon en origami. Nos dimanches après-midi à glander sur la console en jouant à Halo me manquent. À s'engueuler à propos de tout et de rien. Quelle est la meilleure série, *How I Met Your Mother* ou

The Big Bang Theory ? (La réponse est évidemment *How I Met Your Mother.*) Est-ce que les gens qui tiennent leur hot-dog non comme un sandwich mais comme une flute traversière sont des sociopathes ? (Ils le sont.)

— Je vois, grogne mon père après un silence. J'imagine que je ne peux pas te forcer.

— On passera Noël ensemble, je promets à la hâte.

Cette fois, je tiendrai parole.

— Ça, j'y croirai quand je le verrai, rétorque-t-il.

J'ignore sa remarque, prends une grande inspiration et lâche :

— Je t'aime, papa.

Ces mots semblent si vides de sens, si amers dans ma bouche ! L'amour, ça ne ressemble pas à ça. Ça n'a pas cette texture-là. Il y a six ans, oui, on pouvait parler d'amour. Quand il y avait encore la sortie hebdomadaire dans notre *diner* favori, la soirée Scrabble en famille le mercredi, et qu'on cuisinait des tacos chaque mardi.

Il raccroche sans rien ajouter.

Ta propre famille ne t'aime pas. Rends-toi compte que même ta propre famille ne t'aime pas.

Je frappe mon front contre le volant, doucement. En rythme. Boum. Boum. Boum. Je continue pendant dix bonnes minutes, avant d'utiliser ce qu'il me reste d'énergie pour démarrer la voiture. Je lance *Unfinished Symphony,* de Massive Attack. Les rues sont noires de monde. Des gens qui rient, qui s'embrassent, qui marchent bras dessus bras dessous. Qui vivent, tout simplement. Je roule sans but précis. Je roule parce que je sais ce qui m'attend à la maison. Nora et Colt, serrés l'un contre l'autre devant un film, roucoulant, emboîtés comme s'ils ne faisaient qu'un, véritables yin et yang humains. Je roule jusqu'à ce que l'aiguille de ma jauge entre dans le rouge et me rappelle que je ferais bien de me dépêcher de trouver de l'essence.

Je m'arrête à la station-service la plus proche pour faire le plein. Je jette un coup d'œil à ma montre. Il est près de deux heures du matin. Je n'ai pas mangé de la journée. J'ai besoin d'avaler quelque chose de sucré et de réconfortant. La pompe toujours à l'intérieur du réservoir, je pénètre dans le 7-Eleven et me dirige directement vers le rayon bonbons et gâteaux. Un grand type aux cheveux foncés se tient de l'autre côté. Nous sommes positionnés exactement comme Joe et moi dans cette pharmacie, il y a six ans de ça. Mon cœur bat la chamade. Pendant un instant, je suis tentée d'aller jeter un coup d'œil, de vérifier si peut-être c'est lui. Mais les mots de Nora résonnent dans mon crâne. Ce n'est pas Joe, ça ne *peut pas* être lui. Je ne le reverrai jamais. Il est temps de passer à autre chose.

Après avoir pris un sachet de Skittles, un paquet d'Oreos et un granité à la myrtille, je me dirige vers la caisse. J'adresse un signe de tête à l'employé.

— Ce sera tout ? me demande le type en laissant la bulle de son chewing-gum m'éclater à la figure.

— Oui.

— Hé, mec, il n'y a plus de sandwichs en rayon ! lance une voix masculine depuis l'endroit où se trouvent les réfrigérateurs.

C'est le grand brun, il n'y a personne d'autre dans le magasin.

— C'est la vie, lui rétorque le caissier avant de faire claquer de nouveau son chewing-gum. Vous avez des surgelés dans les frigos. Ou sinon, vous pouvez aussi manger des chips, comme tout le monde.

Puis il me tend un sac en plastique et ma monnaie.

— C'est la vie ? Sérieux, c'est ça votre réponse ? Et puis, je ne veux pas de chips : je veux un putain de sandwich !

Le type émerge de son rayon et mon cœur fait un salto : c'est Dom, l'infirmier qui a sauvé Loki ! Il porte sa tenue d'hôpital verte. Et il a une sale gueule. Enfin, il est bien sûr magnifique, mais on dirait qu'il n'a pas dormi depuis des mois. Ses cheveux forment des boucles anarchiques autour de ses oreilles, sur son front, et ses yeux injectés de sang sont entourés de cernes sombres et creusés.

— Dom ? je demande.

Il s'arrête, penche la tête sur le côté pour m'observer, me remet soudain.

— Oh. Lynne. Hé, salut.

Le surnom me fait grimacer. Mais j'ai comme l'impression que ce n'est pas le moment de lui exposer mes doléances.

Nous nous toisons, moi avec mon sac en plastique qui pendouille au bout de mon bras, lui avec son âme meurtrie qui se répand sur le sol entre nous.

— Est-ce que tout va bien ? demandé-je en scrutant son visage.

— Oui, ça va...

Il jette un coup d'œil alentour, puis enfonce ses doigts dans sa chevelure foncée et dense.

— Ça va aller, du moins. C'est juste une sale journée. Ou plutôt, une sale nuit.

— Qu'est-ce qui s'est passé ?

Je suis consciente que le caissier ne perd pas une miette de notre conversation, mais je m'en fiche. Dom, lui, a l'air complètement ailleurs.

— Oh ! ce n'est rien, dit-il avant d'attraper un paquet de chips et de le poser sur la caisse. C'est la vie, comme dirait notre ami ici présent. D'ailleurs, ajoute-t-il en se tournant vers l'employé, je les prends, vos putains de chips. Content ?

— Allez, dis-moi, insisté-je.

Je ne lâcherai pas l'affaire. Hors de question que je me plante deux fois dans la même soirée. J'ai été infoutue de me montrer à la hauteur avec mon père, je refuse en plus de tourner le dos à ce type, surtout après ce qu'il a fait pour moi.

Encore moins quand, en grimpant dans ma voiture, je pensais justement que nous avons tous en nous quelque chose de Virginia Woolf. Une part obscure qui ne demande qu'à remplir ses poches de lourdes pierres pour s'enfoncer dans l'eau.

Dom me jette un coup d'œil. Le sourire suspendu à son visage est comme une demi-lune, triste et incomplet.

— J'ai perdu une patiente aujourd'hui. Elle avait neuf ans.

Sa voix se brise sur le dernier mot. Et moi, je sens mon cœur enfler comme une baudruche jusqu'à atteindre une taille monstrueuse, puis éclater, là, dans ma poitrine. J'attrape Dom par la main pour l'éloigner de la caisse, du pitoyable paquet de chips et de la supérette. Quitter cet endroit, ses lumières crues, son linoléum crade.

— Viens avec moi.

— Quand je pense que c'est moi qu'on accuse d'avoir un comportement de *serial killer*..., plaisante-t-il d'une voix fatiguée.

Mais il n'oppose aucune résistance. Et malgré sa force, ses muscles, sa main est toute froide et molle dans la mienne.

— Je vais te nourrir avec autre chose que des chips, et après je veux que tu me racontes tout. Ensuite seulement, je te tuerai, ajouté-je après une pause. Ne t'inquiète pas, je compte larguer ton corps dans un endroit sympa.

Il rit faiblement, par politesse - mais il rit quand même, c'est tout ce que je demandais.

Je le pousse dans ma Chevrolet. Je range la pompe à essence et commence à rouler. Nous partageons le sachet d'Oreos et j'engage une conversation badine. Où est-il allé à l'université ? (Northeastern pour sa licence, Boston College pour son diplôme d'infirmier.) Quelle est sa couleur préférée ? (Violet.) S'il pouvait sortir avec une célébrité, n'importe laquelle, qui choisirait-il ? (A priori Kendall Jenner, mais il se réserve le droit de changer pour Zendaya.)

Il répond à mes questions d'une voix monocorde. Je nous dirige vers un Wendy's, où je lui commande un cheeseburger-frites, un milkshake et une portion de *chili con carne*. OK, j'avoue, j'ai pris le chili juste pour les crackers qui l'accompagnent. Je me gare sur le parking du restaurant et je sors la nourriture, puis je m'appuie sur le capot de la voiture. Dom me rejoint.

— Depuis combien de temps était-elle dans ton service ? lui demandé-je en lui passant la bouffe.

Il sait de qui je parle. La petite fille de neuf ans. Il penche la tête et la secoue. Je ne peux pas voir son visage, mais je devine qu'il pleure.

— Trois mois. C'était horrible, Lynne. Il n'y avait rien que je puisse faire, rien que je puisse dire. Tu l'aurais connue... Une battante ! Forte, courageuse, adorable. Elle a mené le combat avec toutes les armes dont elle disposait.

— *Dom.*

La tristesse que je ressens me surprend. Tristesse pour lui, tristesse pour elle, deux étrangers à mes yeux.

— Je suis vraiment désolée. Mange, je t'en prie. Raconte-moi tout, mais n'oublie pas de manger.

Dom prend une frite, juste pour me rassurer. Son regard sombre s'illumine lorsque le gras et le sel entrent en contact avec ses papilles. Il en attrape deux autres et les enfourne dans sa bouche. Je pense qu'il commence à succomber à la faim, ce qui est une bonne chose. Je n'aimerais pas découvrir que Dom a, comme moi, l'habitude d'oublier de manger – ce qui me paraît néanmoins difficile à envisager : il a l'air tellement sain et costaud !

— Est-ce que... A-t-elle... ?

Je ne sais pas comment formuler ma question. Heureusement, Dom comprend ce que j'essaie de demander. Il prend une gorgée de milkshake avant de me le passer. Je mets sa paille dans ma bouche et j'aspire, comme si c'était normal. Comme si partager une boisson, la salive et les confessions d'un homme aussi beau était mon quotidien.

— Non, elle n'a pas souffert. On l'a plongée dans un coma artificiel quand ses organes ont commencé à lâcher dans l'après-midi, l'un après l'autre. Je n'ai jamais connu une garde si difficile. J'avais l'impression de regarder une église brûler, partie par partie. Le feu ravageait tout – les bibles, les bancs, Jésus sur sa croix.

Je ferme les yeux en imaginant la scène et un frisson me parcourt l'échine. Pas besoin d'être croyant pour avoir la nausée face à une telle image.

Assis sur le capot de ma voiture, Dom attrape son hamburger et croque un énorme morceau. Je lui frotte le bras, sachant qu'aucun mot ne pourra être à la hauteur de ce qu'il vient de me raconter. Il prend une autre bouchée. Sa mâchoire se crispe tandis qu'il mastique.

— Et tout ce à quoi je parvenais à penser, alors que je la regardais perdre la bataille contre cette maladie, c'est que... les gens se prennent tellement la tête pour *rien* ! À l'instant où je te parle, il y a quelque part un journaliste en train de démolir une pop star dans un article, juste parce que c'est en son pouvoir. Parce que c'est cool de jouer les *haters*. Il y a un politicien qui complote pour ruiner la carrière du collègue qui se tient en travers de sa route. Une fille qui pleure le visage enfoui dans son oreiller parce qu'elle ne peut pas s'offrir un putain de sac Gucci. Alors que, pendant ce temps, certains individus sont en train de perdre la vie, et ils signeraient en un claquement de doigts pour une existence dépourvue d'accessoires de marque. Je sais que c'est dans l'air du temps, de ne pas minimiser les difficultés des gens, mais *putain*, j'ai l'impression que certaines choses devraient être minimisées, tu vois ce que je veux dire ? Ouais, un réfugié afghan qui essaie d'échapper à l'enfer a de plus gros problèmes qu'un lycéen qui ne pourra pas aller au bal de promo avec son *crush*, et j'en ai marre de prétendre que tous les soucis sont égaux, alors que de toute évidence ce n'est pas le cas !

Garder le sens des proportions. Dom sait de quoi il parle. Je comprends maintenant pourquoi il fait partie d'une chorale, d'un club de lecture, fait du CrossFit et va au cinéma deux fois par semaine. Il sait mieux que quiconque à quel point la vie est fragile.

— Espérer que le monde soit juste est une bataille perdue d'avance. Ce que tu accomplis est extraordinaire. La façon dont tu aides ces enfants… Je veux dire, je n'ai aucune idée des raisons qui poussent une personne à s'infliger ça, mais je suis heureuse qu'il existe des Dom en ce monde pour s'en charger, déclaré-je.

Il termine son hamburger en trois bouchées, avant de l'arroser de milkshake. Ses joues ont repris des couleurs. Il a toujours l'air triste, mais il ne paraît plus malade.

— Oui, eh bien, ce n'est pas comme si j'avais eu le choix, fait-il en grimaçant.

— Qu'est-ce que tu veux dire ?

Il attrape les emballages et les jette dans la poubelle la plus proche, ce qui me laisse le temps d'admirer son corps dans son uniforme. Je sais que je ne devrais pas. Que ce n'est pas le moment. Mais je ne peux m'empêcher de ressentir une pointe de désir quand je pense à ce qu'il y a sous ces vêtements. Puis il revient à mes côtés, prêt à raconter son histoire.

— À l'âge de cinq ans, on m'a diagnostiqué une leucémie lymphoblastique aiguë. C'est le cancer du sang le plus fréquent chez les enfants.

J'ai l'impression qu'il vient de me donner un coup de poing dans le ventre. Je sens même mon corps ployer sous le choc, imperceptiblement. Dom, si beau, si grand, si robuste, a eu une leucémie ? Comment est-ce possible ?

— Je suis désolée, dis-je bêtement, humblement.

Mais après tout, que répondre d'autre ?

— J'ai eu de la chance, lâche Dom en acquiesçant. Je fais partie des cas où l'histoire se finit bien. J'ai pu recevoir ma chimio rapidement. Quatre semaines plus tard, j'étais en rémission. Mais ça a pris des années avant que je sois officiellement guéri. C'est tout un processus. Les check-up, les contrôles, l'attente des résultats à chaque fois. Les nuits blanches. Entendre mes parents pleurer dans leur chambre quand ils croyaient que je dormais. Savoir que mon petit frère était là, à espérer que quelqu'un lui accorde ne serait-ce qu'une miette d'attention, tandis que tout le monde ne se préoccupait que de moi. Ç'a été... Je ne pense pas qu'il y ait de mots pour décrire ce que ça a été.

— J'imagine, oui. Aucun enfant ne devrait avoir à traverser ça.

La main de nouveau sur son bras, je réalise que si les clichés existent, c'est parce qu'ils disent vrai : aucun enfant ne devrait avoir à traverser ça.

— Ce qui m'a le plus marqué, ce sont les infirmiers et infirmières. Les médecins. Les gens qui m'entouraient, poursuit Dom. J'avais l'impression qu'ils se souciaient réellement de moi. Ils appelaient ma mère le soir et le week-end pour prendre de mes nouvelles. Ils m'offraient des cadeaux, me racontaient des histoires, jouaient avec moi. J'ai été tout autant marqué par les membres du personnel soignant qui n'étaient pas très sympas. J'ai donc décidé très tôt que je voulais devenir infirmier. Avoir un impact positif sur le monde. Je voulais que le prochain Dom sache que je serais là pour lui. C'est pour ça que j'ai choisi l'oncologie.

Nous parlons plus longuement de son enfance. De la façon dont elle a été impactée par la conscience permanente de sa propre mortalité. De son frère, gardé chez ses grands-parents durant parfois des semaines. Dom se sent toujours coupable de ce que sa famille a traversé à cause de sa maladie. Puis il prend une profonde inspiration et me demande :

— Et toi ? Qu'est-ce qui t'a amenée dans un 7-Eleven à deux heures du matin ? Je suppose que tu as eu une nuit bien merdique, de ton côté.

— Oui, mais ça va mieux, déclaré-je avant de laisser échapper un petit rire.

Il s'est complètement ouvert à moi : le moins que je puisse faire, c'est de lui donner en retour au moins une fraction de la vérité.

— Affaires de famille, expliqué-je avec un mouvement vague de la main. Mon père voulait que je rentre à San Francisco pour Thanksgiving. J'ai esquivé.

— Pourquoi ?

Décidée à ne pas en dire trop, je me contente de répondre :

— J'ai du mal à regarder mes proches en face, depuis que j'ai réduit notre famille à néant.

— Je ne suis donc pas le seul à me sentir coupable. Intéressant. Et comment t'y es-tu prise, pour réduire ta famille à néant ?

Sa question ne me brusque pas, sans doute parce que j'ai le sentiment que la réponse lui importe vraiment. Que j'ai toute son attention. C'est une sensation inédite... et pas désagréable. Je remue mes orteils dans mes boots et fronce les sourcils.

— Je... ma mère est morte.

Le silence nous assaille de toute part pour nous engloutir. Jusqu'à ce que, finalement, Dom lâche :

— Je suis vraiment désolé, Lynne. Néanmoins, je ne comprends pas trop en quoi c'est de ta faute.

— Ça l'est, pourtant, crois-moi. C'est une longue histoire, mais c'est la vérité.

Je ne suis pas en train d'exagérer, de donner dans le mélo. Je suis effectivement responsable. Et je sais que papa et Renn le pensent aussi. C'est une réalité avec laquelle je vais devoir vivre jusqu'à la fin de mes jours.

— Laisse-moi clarifier la situation, fait-il en se frottant le menton. Tu crois avoir causé la mort de ta mère. Mais puisque tu n'es pas en prison, je vais m'autoriser à émettre l'hypothèse qu'il s'agissait d'un accident. Et ta solution, c'est de priver le reste de ta famille de leur fille et de leur sœur ?

Bien sûr, d'une certaine manière, il a raison... Sauf que ce n'est pas si simple. Quand je regarde papa et Renn, j'ai l'impression d'être la Faucheuse. La mort personnifiée, qui s'est introduite chez eux pour leur dérober leur joie de vivre. De plus, ce n'est pas comme s'ils brûlaient d'envie de renouer avec moi. Le comportement de Renn à mon égard est cordial, tout au plus. La majeure partie du temps, il fait en sorte d'ignorer mon existence. Et papa me traite comme une cousine éloignée à qui il se sent obligé d'envoyer un message de temps en temps.

Je secoue la tête, me lève du capot, fais le tour de la voiture pour m'asseoir sur le siège conducteur. Dom m'imite. Le trajet jusqu'au 7-Eleven, où il a laissé sa voiture, se fait dans un silence qui n'est pas inconfortable. Je dirais que nous sommes tous deux en train de digérer ce que nous nous sommes confié ce soir.

Je me gare derrière sa Mazda MX-5 Miata rouge décapotable. J'ai envie de rire : c'est du Dom tout craché ! Il aime les choses voyantes, qui brillent, aux couleurs vives. Sûrement un reste de l'enfant de cinq ans qu'il a été et qui a bien failli mourir.

Le soleil commence à se lever, colorant la ville de teintes bleues et orange. Dom détache sa ceinture de sécurité puis se tourne vers moi.

— Merci de m'avoir tenu compagnie. Et merci pour le burger.

— D'abord les donuts, maintenant le hamburger. Peut-être que ma vocation est de te nourrir ?

Je lui adresse un clin d'œil. J'essaie de garder l'ambiance légère. Puis j'ajoute :

— J'espère que ça va aller, ta journée.

— J'ai deux entraînements de CrossFit prévus, et mon frère veut que je vienne boire quelques bières chez lui devant le match. Même si ça ne va pas, j'aurai des distractions.

Je tends ma main pour serrer la sienne. Je voudrais ne pas la lâcher, mais je n'ai pas non plus envie d'engager quoi que ce soit de romantique avec lui. Ce que je souhaiterais, au fond, c'est que nous coexistions dans la même sphère. Que nous soyons là l'un pour l'autre. Ça m'avait manqué, d'avoir quelqu'un qui m'écoute. Alors, pour une fois, je brave ma peur du rejet. Je prends un risque.

— Hé, Dom, tu serais d'accord… pour qu'on échange nos numéros ? J'aimerais vraiment qu'on devienne amis.

Dom sourit, tout en dégageant sa main avec douceur.

— Merci pour l'offre, Lynne, mais je ne pense pas pouvoir être ton ami. Je passerais mon temps à espérer quelque chose de plus, et cette situation me rendrait malheureux comme les pierres.

Avant que j'aie pu ajouter quoi que ce soit, avant que j'aie eu le temps de lui dire que Nora allait me tuer en apprenant qu'on s'était revus et que je n'avais pas obtenu son numéro, il se penche vers moi. Il m'embrasse délicatement la joue. Puis Dom descend de ma voiture.

Chapitre 6

Deux semaines passent.

J'omets de raconter à Nora que j'ai croisé Dom à la station-service, j'ai comme dans l'idée que ça me vaudrait une nouvelle session de « Tu-dois-oublier-Joe-ma-grande ». Mais apparemment, Nora n'a pas besoin de Dom pour ça. Un jour que nous sommes installées sur notre couverture à pique-nique au parc, un gars potable me mate en douce. Un gars qui lit. Un livre que j'adore. *L'Infinie Comédie,* de David Foster Wallace.

— Tu devrais te bouger et aller lui parler, m'encourage Nora.

Puis elle roule pour se mettre sur le ventre, cherchant à absorber le moindre rayon qui daignera percer les nuages pour descendre vers nous, aussi minuscule soit-il.

— Merci, mais non merci.

Je me replonge dans mon propre livre – le dernier Stephen King.

— À cause de Joe ?

D'une pression de l'index, elle remonte ses lunettes de soleil sur l'arête de son nez.

— Non, lui dis-je, quand la véritable réponse est « Entre autres. » Je ne suis simplement pas le genre de nana qui se lève pour aller demander sans préambule le numéro d'un gars.

— Il y a un genre de meuf, pour ça ? souligne Nora en clignant des yeux. Tu sais, manifester à quelqu'un son intérêt, c'est toujours prendre un risque. Tu penses sans doute que ton amour-propre vaut *plus* que celui d'une fille qui oserait draguer ce mec ?

— Pas du tout. Gloire aux meufs qui ont le cran de pécho, elles font du monde un endroit un peu plus viable. Mais, je ne sais pas si tu as remarqué, sur le spectre de la prise de risque, je me situe plutôt du côté des dégonflées. Je préfère jouer la sécurité.

C'est ce que Pippa disait de moi. Du coup, je pense à elle et elle me manque. J'ignore si un jour son absence cessera de me faire l'effet d'un membre fantôme et de se rappeler constamment à moi, mais je rêve de ce moment autant que je le crains.

— Tu vas mourir seule comme une vieille sorcière qui fait peur à tout le quartier, gémit Nora en enfouissant son visage dans l'herbe.

— Merci, murmuré-je avant de me replonger dans mon bouquin.

Je suis soulagée de constater que le type qui cherchait à attirer mon attention range le sien, de bouquin, roule sa couverture de pique-nique et avance vers sa voiture.

— Ne fais pas la maligne, Ever. Ce sera triste. Et ne t'imagine pas un instant que je serai là pour changer tes couches ou faire tes courses !

— Nous avons le même âge. Qu'est-ce qui t'autorise à penser que je vais avoir besoin d'une infirmière à domicile tandis que, toi, tu vivras ta meilleure vie d'octogénaire ?

— Même Loki ne sera pas là. C'est pas pour dire, mais ce chat ne rajeunit pas, poursuit-elle en ignorant ma remarque.

— Il vivra pour l'éternité dans mon cœur.

J'ouvre le sachet de Skittles que j'ai acheté au 7-Eleven il y a deux semaines et vide son contenu dans ma bouche. Mais Nora est lancée. Elle continue de parler, ses paroles étouffées par l'herbe grasse.

— Quant à Joe, il est probablement marié, à l'heure qu'il est. Ou du moins, il a une relation stable. Avec une fille charmante. Une artiste. Ils se sont rencontrés à New York. Et bien qu'ils soient ensemble depuis trois ans, ils baisent encore trois fois par jour.

J'ai un sourire blessé, tout en me délectant de la souffrance que ce scénario provoque. La souffrance est aussi une émotion, après tout, et ça fait trop longtemps que je n'ai rien ressenti du tout. Nora a probablement raison. Joe doit avoir vingt-cinq ans. Ce type magnétique, sarcastique et talentueux doit crouler sous les propositions.

— Eh ben, c'était sympa, cette petite conversation revigorante. Merci, Nora.

Nous récupérons notre couverture et nous dirigeons vers ma voiture. Je dépose ma coloc au funérarium, puis je vais à la poste pour envoyer à Renn un énorme colis d'anniversaire pour ses vingt ans. Je lui ai acheté des chaussettes kitsch – sa passion –, une wax australienne pour ses planches de surf et une carte-cadeau Billabong. Je rédige un petit mot. Puis je rentre chez moi.

Je pousse la porte et me dirige vers ma chambre, où je retire mes boots et pose mon sac à dos. C'est là que se trouve généralement le seigneur de ces lieux, installé sur mon lit, affichant un air las. Je ne sais pas pourquoi les chats ont toujours cette expression qui semble signifier « J'en ai ma claque de tes conneries », mais c'est en tout cas l'une des choses que j'admire le plus chez eux.

Seulement Loki n'est pas là. Je me dirige vers le salon.

— Loki Lucifer Lawson, où es-tu ?

Normalement, il miaulerait quelque chose en réponse, qu'on pourrait traduire par « Je ne m'appelle pas Lawson et tu n'es pas ma vraie mère. » Mais pas cette fois.

Est-il encore allé se payer une visite à son *sugar daddy* ?

Je vais dans la cuisine et ouvre une boîte de Whiskas. Je la pose par terre et me lance dans une série de petits sons censés attirer les chats. Rien ne se passe.

Allez, quoi ! Pas encore. Respecte-toi un peu, mec !

Mon pouls s'accélère, j'attrape mon ordinateur portable. Je l'allume et me rends sur la page de mon échange avec Dom.

Je me sens super bête de revenir l'enquiquiner une deuxième fois avec ça. Mais Nora a peut-être raison. Peut-être que Loki en a eu assez de vivre dans un taudis avec Chandler et Joey et qu'il a décidé de s'installer avec Dom, dont l'appartement ressemble au Waldorf Astoria comparé au nôtre.

EverlynneL : Dom, c'est Ever. Loki a une nouvelle fois disparu. J'ai vérifié partout. Je sais que c'est une question étrange, mais est-ce qu'il serait chez toi par hasard ?

(Je jure que je ne le maltraite pas ! Et j'aimerais pouvoir attribuer ses fugues à une phase de rébellion. Mais il a dix ans, soit soixante ans en âge de chat. A-t-on déjà vu sexagénaire plus relou ?)

P.S. : J'ai eu envie de te demander comment tu allais, depuis la dernière fois. Alors je te demande. Tu vas bien ?

E.

Je suis sur le point d'aller chercher mon chat dehors. Mais d'abord, je dois faire pipi. Je ferme l'ordinateur et me dirige vers la salle de bains. Après avoir poussé la porte, je suis surprise de sentir un corps duveteux se frotter contre ma jambe. Je regarde en bas : c'est Loki. L'enfoiré.

— Où crois-tu aller, jeune homme ?

Je le suis. Il était dans les toilettes depuis le début ? Et pour quoi faire ? Ce n'est pas comme s'il s'en servait ! Il a sa litière, qu'il prend un malin plaisir à me voir nettoyer tous les jours.

Loki balance sa queue avec irritation avant de trouver la boîte de Whiskas et de s'autoriser un dîner anticipé. Je m'adosse au mur du couloir et ferme les yeux. Je crois que je suis en train de perdre la boule. À force de solitude, de ressassement. Un bruit de notif m'annonce que j'ai un message. Je sors mon téléphone de ma poche et touche l'écran. Le pouls battant, j'attends qu'il s'affiche, mais la connexion est lente et je me retrouve à faire les cent pas.

DominicG : Hé ! Non, désolé, aucun signe de Loki. Mais je garde l'œil ouvert. P.S. Je me sens mieux. J'espère que tout va bien de ton côté.

Mon cœur se serre. Rien de ce que Dom n'a écrit n'est en soi désagréable, mais bon, ce n'est pas non plus très chaleureux. Un autre message apparaît immédiatement.

DominicG : Et je serais heureux de t'aider à le chercher si tu en as besoin.

Je me rends compte que j'ai sans doute contacté Dom parce que je le *voulais*. Loki n'a été qu'un prétexte. Nora a raison : à un moment donné, il faut que je passe à autre chose. Contrairement à Joe, Dom n'est peut-être pas l'exact reflet de mon âme – il est probable qu'aucun autre homme ne le sera jamais –, mais il est gentil, sympa, intelligent et canon.

EverlynneL : Fausse alerte. Il s'était barricadé dans la salle de bains.

DominicG : Le sexagénaire le plus grincheux de Salem. Content que tu l'aies trouvé.

EverlynneL : Ceci dit… J'aimerais quand même qu'on se voie.

EverlynneL : Tu veux prendre un café cette semaine ?

Un temps s'écoule avant qu'il ne me réponde. Je me prépare à un nouveau refus.

Dom : Au risque de me répéter, Lynne, tu me plais trop pour qu'on soit amis.

EverlynneL : Oui, mais…

Mais ça fait si longtemps, et je me sens si seule, et tu es si gentil, et doux, et drôle.

EverlynneL : Peut-être que je veux plus qu'une amitié.

DominicG : Peut-être, ou assurément ?

EverlynneL : Honnêtement ? Ça dépendra de ta réponse.

Le monde s'arrête sur son axe. Je suis sûre que plus rien n'existe en dehors de ce moment, de cette conversation entre deux personnes qui vivent chacunes à un bout de la ville. Ça m'a manqué, cette nervosité, cette attente. Ça m'a manqué, d'éprouver quelque chose.

DominicG : Ma réponse, c'est oui et non.

EverlynneL : ?

DominicG : Oui, je veux bien te voir. Non, je ne veux pas de café. Prête à être éblouie ?

Je tape « Toujours », mais, intérieurement, je réponds « Rarement. »

DominicG : Rendez-vous ce soir après ton boulot.

Chapitre 7

— Un atelier de céramique, dis-je en regardant autour de moi.

Nora avait raison : Dom est bien décidé à élargir mon horizon - mais, hélas, d'une façon dont je me serais volontiers passée.

Il est 22 h 30. Je pensais que Dom allait m'emmener dîner ou faire une promenade romantique. Mais non. Nous sommes à Les Potes Rient à la Poterie, un atelier ouvert vingt-quatre heures sur vingt-quatre à la périphérie de Salem.

Malgré l'heure tardive, l'endroit grouille de monde. Il s'agit d'un petit espace bondé, avec au centre une longue table ovale sur laquelle sont disposés des tours de poterie individuels et, à côté de chacun d'eux, des bols violets remplis de glaise. Sur les étagères sont exposées les créations des élèves.

Il n'y a pas de clientèle type. Je repère deux autres couples qui, j'en suis sûre, sont là pour leur premier ou deuxième rencard, un groupe de dames d'un certain âge, et ce que je devine être (plus rien ne me surprend) un enterrement de vie de jeune fille. Je me retiens de sourire, car si Pippa avait été là, elle se serait emportée. « Un enterrement de vie de jeune fille dans un atelier de poterie : c'est exactement le genre d'idées que j'attendrais de toi, Lawson ! Alors je te le dis tout net : pour moi, ce sera strip-teaseur, gâteau, et un tel degré de débauche qu'on ne mentionnera plus jamais cette soirée, à moins d'être vraiment bourrées et certaines que les maris ne sont pas dans les parages. C'est clair ? »

— Je sais que ce n'est pas très orthodoxe, mais je voulais sortir des sentiers battus, m'explique Dom avec un sourire en coin.

Il est beau à tomber, dans sa chemise bleu pâle, avec son jean élégant et ses mocassins. Moi, en revanche, je porte une robe noire de goth et mon piercing au septum s'exhibe fièrement. Je suis quasi sûre que si ma mère le rencontrait, elle le trouverait un peu trop parfait à son goût. Le drame de ma vie étant qu'elle ne soit plus là pour juger.

— J'adore, répliqué-je avec un grand sourire pour montrer mon enthousiasme.

Nora sait que j'ai un rendez-vous galant ce soir et, si je ne rentre pas enceinte ou au moins fiancée, j'ai comme dans l'idée qu'elle risque de changer les serrures.

Une dénommée Maria s'approche de nous et se présente : elle sera notre professeure. Elle porte un tablier maculé d'argile et nous tend les nôtres. Nous les enroulons autour de notre taille et la suivons jusqu'à nos postes. Ensuite, elle nous explique ce que nous allons faire. Puis nous nous lançons. L'expérience n'a pas grand-chose à voir avec la célèbre scène du film *Ghost*. C'est bizarre et collant, et un tantinet énervant.

À la fin, Dom et moi quittons l'endroit en laissant nos mugs derrière nous pour les récupérer le lendemain.

Enfin... moi, j'ai fait un mug. Je ne sais pas exactement ce que Dom a fabriqué, on aurait plutôt dit un cendrier écrabouillé.

— Je croyais que tu aimais la poterie ? m'étonné-je.

Je range mon poing dans l'une des poches de ma robe - parce que c'est ce genre de robe, avec des maxipoches pour un maxiconfort.

— C'était ma première fois. J'aime essayer diverses activités, même s'il s'avère que je suis nul.

Ce type est comme un bouquin de développement personnel avec deux jambes et une bouche. Exactement ce dont j'ai besoin.

— Tu pourras prendre mon mug, alors. Demain, je veux dire.

Étant donné qu'il y a environ zéro chance que je revienne le chercher.

— Eh bien, eh bien ! Merci.

Dom me tire son chapeau - un chapeau imaginaire.

— Je l'utiliserai pour boire mon café du matin, dès demain et jusqu'à la fin de mes jours. Ou du moins, jusqu'à ce que l'un de nos enfants le casse par accident. Ce petit sacripant de Dominic Jr. ! Toujours en train de faire des bêtises.

OK. Non, attendez, on rembobine. Quoi ?

Je pile devant sa voiture. Il se retourne, puis revient se poster face à moi.

— Je plaisantais, Lynne. Bon sang, tu verrais ta tête !

— Très drôle, dis-je.

À la vérité, ça me fait du bien de sourire à nouveau. Ça me rappelle à quel point les occasions sont devenues rares.

— Tu ne me fais pas peur, tu sais ?

— Et toi, tu sais que les hommes ne pensent jamais à si long terme ? Moi, par exemple, je ne vois pas plus loin que notre futur mariage, madame G.

Je ris de plus belle, avant de demander :

— Et ce G., c'est l'initiale de quoi ?

— Graves, répond-il. Dominic Ansel Graves. Et toi, quel est ton nom, EverlynneL ?

— Everlynne Bellatrix Lawson.

— Bellatrix ?

Ses sourcils sont si arqués qu'ils touchent presque la racine de ses cheveux. Il a l'air ravi et infiniment amusé.

— Bellatrix, confirmé-je en hochant la tête. Ça signifie « femme guerrière » en latin. Ma mère était le genre à voir les choses en grand, pour sa progéniture.

— Je suis certain que tu seras pareille avec nos enfants, Everlynne Bellatrix épouse Graves.

— Tu sais que, statistiquement parlant, il y a quatre-vingt-dix-neuf virgule quatre-vingt-dix-neuf pour cent de chances que ça n'arrive pas ?

Je me glisse sur le siège passager de sa voiture. Je me sens plus légère que je ne l'ai été en six ans. Dom hausse les épaules.

— Mais zéro virgule un pour cent, c'est mieux que zéro, et ça, c'est une bonne nouvelle pour moi.

— Où allons-nous, maintenant ? m'enquiers-je.

J'ai le sentiment que la soirée n'est pas terminée. Elle ne le sera pas tant que Dom ne m'aura pas embrassée. Il m'a l'air d'être le genre d'homme qui sait ce qu'il veut, et il n'a pas arrêté de fixer ma bouche depuis l'instant où nous nous sommes retrouvés. Je suis prête à lui rendre son baiser, juste pour vérifier que je ne suis pas totalement brisée. Que je peux encore ressentir quelque chose.

— Tu verras, réplique-t-il en démarrant la voiture.

Son sourire me dit ce que sa bouche tait : que le meilleur est à venir.

Nous arrivons au port de plaisance de Pickering Wharf. Dom se gare, fait le tour de la voiture, ouvre le coffre et en sort un plateau de charcuteries fines soigneusement emballé. Ma première réaction est de penser que c'est une nouvelle preuve qu'il est beaucoup plus mature que moi. Non que ça me rebute. Pour tout dire, ce serait bien d'avoir au moins un adulte responsable dans ma vie. Et comme mon père et moi n'avons pas l'air d'être partis pour nous réconcilier... Il sort également deux verres de vin préremplis, puis se dirige vers une des tables d'une baraque à fruits de mer.

Quand nous arrivons sur les bancs, il essuie la condensation pour que nos fessiers ne gèlent pas, ce qui est le parfait geste du parfait petit ami.

Le froid est plus prononcé près de l'océan. L'odeur de la saumure et du sel me ramène à San Francisco.

À ma mère.

Dom doit s'en rendre compte, car sa question suivante me stupéfie.

— Raconte-moi. Comment est-ce qu'elle est morte ?

Il enfourne un grain de raisin dans sa bouche en s'asseyant en face de moi. Je ne veux pas en parler. Ça n'a rien à voir avec lui, seulement, je ne partage jamais les détails de ce qui s'est passé. Même Nora n'en a aucune idée. La seule personne qui sait sans doute, en dehors de papa et Renn évidemment, c'est Pippa. Grâce aux infos locales.

— Je préfère ne pas en parler, ça te va ?

Je souris faiblement et bois une gorgée de vin. Il est rouge, équilibré. Dom lève son pouce.

— Ne te sens obligée de rien. J'aimerais juste entendre parler d'elle.

Alors je lui raconte que maman avait une galerie. Spécialisée dans l'art gothique. J'adorais cet endroit. Je lui dis qu'elle était un esprit libre, une incroyable danseuse. Qu'elle ne savait pas cuisiner, mais qu'elle faisait quand même les meilleurs pancakes du monde. Je lui explique à quel point ma vie a changé après sa mort. J'ai abandonné l'université avant même de commencer l'année, avant même d'avoir mis les pieds sur le campus de Berkeley, et j'ai déménagé à Boston pour m'éloigner.

— Il n'est pas trop tard pour revenir en arrière, déclare Dom.

Il a peut-être raison. Il a peut-être tort. Je n'ai pas le courage d'y retourner et d'affronter les dégâts que j'ai causés.

— Et toi ? fais-je en croquant dans un morceau de cheddar. Un cataclysme familial dont tu aimerais te vanter ?

— Rien que tu ne saches déjà. La plupart des drames, dans ma famille, ont été liés à ma maladie. Sinon, ma mère est institutrice à la retraite, et mon père, qui possédait une entreprise de construction, l'a vendue pour une somme coquette, car ni moi ni mon frère ne voulions prendre la relève. Ils vivent en banlieue. On leur rend souvent visite.

— Et ce frère habite dans les parages, c'est ça ? l'interrogé-je, me souvenant qu'ils étaient censés regarder un match ensemble il y a une quinzaine de jours.

Dom acquiesce.

— Dans le même immeuble que moi, pour tout te dire. Au deuxième étage. Nous avons signé nos baux en même temps. Seph est docker, il charge et décharge les bateaux. Les horaires sont épouvantables, mais la paie est confortable et, étant donné qu'il est bâti comme un Transformer, le travail manuel ne l'effraie pas. Et Renn ?

Il marque un point en se souvenant du prénom de mon frère.

— Renn vient d'avoir vingt ans. Il va à l'université, mais sa vraie passion, c'est le surf. Et aussi croquer la vie à pleines dents, comme s'il s'agissait d'un fruit bien juteux. Voyager, faire la fête... Tu vois le genre ? Il a l'air sorti tout droit d'un fantasme d'adolescente.

Du moins, tel que je me souviens de lui. Renn et moi n'avons pas eu de conversation personnelle depuis six ans. On se contente de SMS laconiques pour se souhaiter bon anniversaire ou joyeux Noël.

Nous finissons la charcuterie et notre verre de vin, avant d'aller marcher. Ma main glisse le long de la rampe tandis que nous nous promenons. Dessus se trouve une fine couche de glace.

— Tu as froid ? s'enquiert Dom.

— Du tout, réponds-je.

Je ne sais pas pourquoi je mens. Je suppose que mon principal défaut, c'est de toujours dire ce que je pense que les autres veulent entendre. Ce n'est pas comme avec Joe, où j'arrivais à sortir tout ce qui me passait par la tête.

Arrête de penser à Joe.

— Tes lèvres sont bleues. Tiens, prends ma veste.

Dom enlève son blouson aviateur et le pose sur mes épaules. Il s'en dégage une odeur d'après-rasage et de masculinité. Je remarque que sa main reste dans mon dos. *Bien joué.*

— Merci.

— De rien. J'aime mettre mes victimes à l'aise.

— Je le savais ! Tu es un tueur en série.

— Seulement quand on me cherche. Alors, sois gentille, tu veux ?

Il m'adresse un clin d'œil. Dom est fait pour moi. Même si je ne ressens pas ce besoin irrépressible de me jeter sur lui. De toute façon, qui souhaiterait être consumé par sa relation ? Mon problème à moi, dans la vie, c'est un sérieux manque de motivation et une absence de ligne de conduite claire. Mais la clarté et la motivation, Dom en a assez pour deux.

— Tu savais que l'océan Atlantique représente environ vingt pour cent de la surface du globe ? me demande Dom en retirant sa main pour s'appuyer contre le parapet et fixer l'immensité noire de l'eau. Il touche le Maroc, le Brésil, l'Islande, Londres et la Floride. J'ai beau être au courant que c'est parce qu'il est gigantesque, moi, ça me donne surtout l'impression que le monde est minuscule. Cette idée qu'il suffit d'embarquer sur un bateau pour se rendre n'importe où.

Je me passe la langue sur les lèvres, qui commencent à se gercer à cause du froid.

— Mon professeur de géographie nous a dit un jour que la partie la plus profonde de l'Atlantique se trouve près de Porto Rico, expliqué-je. Il y a plus de vingt-sept mille pieds de profondeur là-bas.

Il me demande si j'y suis déjà allée. Je secoue la tête.

— Mais c'est sur ma liste de choses à faire. Et toi ?

— Non. Mais t'y emmener est sur ma liste depuis environ deux secondes.

Et, avant que je puisse répondre, il se penche et m'embrasse.

C'est un baiser surprenant. Ardent, sans être agressif. Je sens qu'un mur s'est brisé entre nous. Comme lorsque j'ai nourri Dom l'autre soir et qu'il a réalisé à quel point il avait faim, je suis stupéfaite de ma propre voracité. J'ai faim de ce baiser. De son toucher. Ça m'a manqué – la peau, la chaleur, le parfum d'un autre corps pressé contre le mien. Et c'est ainsi que, pour la première fois en six ans, j'oublie Joe.

J'oublie Joe lorsque Dom enfonce sa langue dans ma bouche, m'attrape par la taille et m'attire à lui.

J'oublie Joe lorsque je réalise que j'aime la rudesse de Dom. Lorsque je gémis contre sa bouche, m'agrippant aux pans de sa chemise. Lorsque je goûte l'amertume de son eau de Cologne alors que mes lèvres s'aventurent dans son cou.

J'oublie Joe lorsque Dom presse son bassin contre le mien en grognant, pour me faire sentir l'effet que je lui fais, puis se saisit de ma nuque et m'embrasse encore plus passionnément. Quand nos dents s'entrechoquent et qu'il y a une explosion de feux d'artifice à l'arrière de mes paupières.

J'oublie Joe lorsque Dom et moi frémissons dans les bras l'un de l'autre. Lorsque le désir m'envahit, comme l'océan, profond, vaste, omniprésent. Lorsque je me sens soudain en appétit pour des nourritures dont j'ai oublié jusqu'à la saveur.

J'oublie Joe, bien que ça me désespère.

Parce que qu'est-ce qu'une nuit, sinon une goutte dans l'océan de l'existence ?

Chapitre 8

Je franchis la porte de l'appartement, certaine de me faire griller. Ma robe est de travers, mes lèvres sont à vif et gonflées, mes cheveux font de gros nœuds. J'ai bien failli aller jusqu'au bout avec Dom. Heureusement qu'il me reste un soupçon de bon sens.

Lorsque j'allume la lumière du salon, je trouve Nora et Colt sur le canapé. Nora est à califourchon sur lui et ne porte rien d'autre que le T-shirt de fac de son bien-aimé. Qui, lui, a le jean déboutonné.

— Ahhh ! m'écrié-je en balançant mon sac à dos. Mais prenez une chambre, bordel !

Mieux : allez dans celle de Nora.

C'est heureux que je n'aie pas beaucoup mangé ce soir, parce que je suis presque certaine d'avoir aperçu le pénis du petit ami de ma colocataire – une longue chose rose qui faisait la jonction entre eux pendant que j'analysais la scène. Je me détourne.

— Comment aurais-je pu deviner que tu allais rentrer ? me demande Nora en riant, un peu gênée.

Au bruit, je dirais qu'ils sont en train de se rhabiller. Moi, je fixe l'horloge de la cuisine.

— Comment s'est passé ton rendez-vous ? s'enquiert Colt.

— Très bien, répond Nora à ma place. Sinon, elle ne serait pas arrivée si tard, avec des lèvres qui ressemblent à deux matelas gonflables.

Ils gloussent en chœur. Je sens mes joues chauffer. Pourquoi est-ce moi qui rougis ? Après tout, c'est eux qui étaient en train de s'envoyer en l'air sur *mon* canapé ! Bon, d'accord, *notre* canapé. Ceci dit, je pense que tout le monde s'accordera à dire que si le canapé n'est pas la propriété exclusive du couple, il n'a pas à être tapissé de fluides corporels suspects.

— J'avoue, c'était super.

Et ça l'était vraiment. Même si une petite part de moi ne se résout pas à abandonner ses béquilles émotionnelles.

— Ça, ça fait plaisir à entendre, déclare Colt.

Oh ! je n'en doute pas. Voilà deux ans qu'il attend que Nora et lui s'installent ensemble. Et c'est moi l'obstacle. Colt ne peut pas emménager ici - c'est un taudis et il est ingénieur en aérospatiale. Sérieux, son travail, c'est *concevoir des avions*. Il vit dans un bel appartement, dans le centre, pourvu d'une baignoire à pattes de lion et d'un chauffage au sol. L'endroit n'attend que Nora.

— Tu n'as jamais été aussi près du but, hein ? le taquiné-je avec un sourire en coin.

— J'avoue, je vote pour M. Parfait, admet Colt en riant. Si le gars était un portefeuille d'actions, j'investirais toutes mes économies.

Je lève les yeux au ciel et, tout en me dirigeant vers ma chambre, je vire mes boots. Colt est parfois un poil direct, mais il ne pense pas à mal, c'est seulement sa façon de s'exprimer. Dans les faits, c'est un mec génial, toujours prêt à rendre service.

Cette fois, je n'ai pas à m'inquiéter de savoir si Loki est là ou non : il est installé sur la table à manger et il regarde le mur.

— Ta petite amie peut déménager quand elle veut ! lancé-je.

— Elle souhaite d'abord s'assurer que tout va bien pour toi, réplique Colt.

— Désolée d'apprendre que ma triste existence entrave la tienne. Je débarrasserai le plancher bien assez tôt, va.

— Bien assez tôt ? La *deadline* est déjà passée depuis longtemps, ma p'tite dame ! claironne Colt en reboutonnant son jean.

Nora lui donne un coup sur la poitrine en riant.

— Tais-toi. Espèce de sauvage !

— C'est moi, le sauvage ? Non : c'est *toi,* la sauvage...

Elle glousse. Et moi, je vais vomir s'ils continuent comme ça.

En remontant le couloir direction ma chambre, je les entends de nouveau s'embrasser et gémir dans le salon. Je pousse la porte, m'enfonce dans la mer de tissus que forment mes draps et ferme les yeux.

De l'autre côté de mes paupières, je m'attends à voir apparaître maman.

Peut-être Renn, peut-être mon père, peut-être Joe.

Mais c'est ma nouvelle obsession qui me contemple. Ses yeux comme du marbre. Sa virilité débordante.

Dom.

Le lendemain, Renn appelle. Il est 8 heures du mat' chez moi, soit 5 heures sur la côte Ouest. Renn a l'habitude de se réveiller aux aurores pour attraper les vagues. Ce qu'il n'a pas l'habitude de faire, c'est de me téléphoner : je suppose donc que c'est notre père qui l'a forcé. Je réponds dès la première sonnerie. Je suis si heureuse de voir son nom apparaître sur mon écran que je pourrais pleurer.

— Tu as reçu mon colis ?

— Euh...

Un bâillement et un gémissement traversent l'air. Voix féminine. Elle l'interroge.

— Renn ? Déjà debout ? Je vais chercher ma planche de surf ?

Encore une nouvelle conquête. Papa m'a dit que c'était devenu une habitude. Je me demande parfois si je suis la cause de ce besoin qu'il a d'avoir constamment une femme pour lui rappeler qu'il est aimé. Si ce que j'ai fait à notre famille en est la cause.

— Renn ? insisté-je tandis que sa phrase reste en suspens.

— Désolé, euh, oui, j'ai bien reçu ton colis. Tes cadeaux déchirent. Merci, sœurette.

Il continue de m'appeler *sœurette* malgré l'état de notre relation. Je lui en suis infiniment reconnaissante. Et je l'aime si fort ! J'aime sa capacité à se montrer cordial, même avec les gens qu'il exècre.

— Joyeux anniversaire, lui dis-je en espérant qu'il devine au son de ma voix le sourire qui étire douloureuse mon visage. Comment ça va, toi ?

— Bien. Super. Écoute, il faut qu'on parle.

Il y a de l'agitation à l'arrière-plan. La fille à côté de lui s'est levée elle aussi.

— Je vais chercher ma voiture, dit-elle.

Elle a l'air vraiment plus âgée que Renn et ses vingt ans, et puis qu'est-ce qui se passe, là-bas ? Je suis soudain effrayée en réalisant à quel point je n'ai aucune idée de ce qui se trame au sein notre foyer. Du moins, de ce qu'il en reste.

— Qu'est-ce qu'il y a ? m'enquiers-je.

— Du changement. Tu dois rentrer.

Je garde le silence un moment. Papa m'a tenu plus ou moins le même discours, tout en insistant sur le fait qu'ils étaient tous deux en bonne santé. Mais je commence à me demander s'il n'aurait pas menti.

— Vous allez bien ?

— Physiquement ? Oui, en pleine forme.

— Des problèmes d'argent ?

C'est peu probable. Papa est l'homme le plus prudent que je connaisse avec les finances. Et il a un super poste. C'était maman, la dépensière. Ce qui n'a jamais empêché mon père de l'adorer.

— Non, répond Renn en s'ébrouant.

— Et au niveau mental... y a-t-il... ? Je veux dire, est-ce que... ? C'est une question difficile à formuler.

— Rien de tout ça. Ce n'est pas l'Apocalypse, Ever.

Ses phrases sont courtes. Son ton agacé.

— Alors, que se passe-t-il ? insisté-je.

— Ce n'est pas un sujet qu'on peut aborder au téléphone. Rentre à la maison. Ça fait des années que tu es partie. Je sais que tu t'en veux et, pour être honnête, papa et moi t'en voulons aussi.

C'est douloureux à entendre, même si je le savais déjà.

— ... Seulement, on a du bordel à gérer, là, alors, s'il te plaît, ramène ton cul à la maison avant qu'il ne soit trop tard.

Trop tard pour quoi ? Je vous ai déjà perdus.

— Mais je vais rentrer ! répliqué-je sur la défensive en me redressant dans mon lit. À Noël. Je l'ai déjà dit à papa.

— Noël, c'est dans trop longtemps. On n'a même pas encore passé Thanksgiving !

— Je n'y peux rien, si j'ai un boulot, Renn.

— Pas la peine de mytho le roi des mythos. Ce n'est pas ton job qui te retient et nous le savons tous deux parfaitement.

Un long coup de klaxon, à l'autre bout de la ligne, déchire mes tympans.

— Tu viens ou quoi ? crie la femme qu'il fréquente visiblement.

Je la déteste déjà. Elle ne voit pas qu'il est occupé, là ?

— Ouais, ouais, marmonne Renn l'air passablement blasé.

Puis il ajoute, d'un ton venimeux :

— Merci pour les cadeaux. Mais la prochaine fois, souviens-toi que je me contrefous du matériel. Tout ce que je vois, c'est que quand on a besoin de toi, tu n'es pas là.

Et il raccroche.

Pour ne rien arranger à mon humeur massacrante, une tempête s'abat sur Salem. Je suis à La Boutique Magique, où j'exécute mes tâches en pilote automatique. Chaque fois que le magasin est vide - et il l'est souvent, car aucun être humain sensé ne se promènerait dans les rues par ce temps -, j'en profite pour rappeler Renn. Je tombe sur sa boîte vocale, encore et encore. Et je n'arrive pas à laisser un message, je ne sais pas trop pourquoi. Ou peut-être que je ne le sais que trop bien. Il a vu juste, je n'ai pas d'excuse valable pour ne pas rentrer. Pour une raison ou une autre, lui et papa ont besoin de moi, et je ne suis pas assez courageuse pour me confronter aux dégâts que j'ai causés. Envoyer des cadeaux d'anniversaire, des cartes et des lettres est plus facile.

Dom m'écrit des textos tout au long de la journée pour s'assurer que je vais bien. Je ne le mets pas au courant de mes drames familiaux. Il est en congé, mais, étant donné que j'enchaîne sur une visite guidée, nous ne pouvons pas nous voir. Alors que je ferme le magasin et que je fais la caisse, j'entends frapper à la vitre. Je pense d'abord qu'il s'agit de la grêle.

Mais quand je lève les yeux vers la vitrine, je constate que Dom est plaqué contre elle, et que, décidé à ne m'épargner aucun cliché, il tient un bouquet qui ploie sous l'eau et une boîte de chocolats en forme de cœur.

La pluie se déverse sur lui, roulant le long de son nez, caressant ses pommettes. Ses cheveux détrempés sont d'un noir de jais. J'ai peur qu'il ne prenne froid. Je pense qu'à présent que je sais ce que je sais, je ne serai jamais plus sereine concernant la santé de Dom. Je me précipite vers la porte, que je déverrouille, avant de l'attirer à l'intérieur.

— Bon sang, Dom. Qu'est-ce que tu fabriques ?

— Je te séduis grâce à mon sens aigu du romantisme. Enfin, j'espère. Ça marche ?

Il secoue les gouttes de pluie comme un chien après le bain. Je ris.

— Pas si tu finis avec une pneumonie ! Si je dois te rendre visite à l'hôpital, je serai furieuse. Je n'aime pas spécialement les hôpitaux.

— HA ! s'exclame-t-il en brandissant un poing victorieux dans les airs. Elle se soucie de moi. Je le savais !

J'attrape le plaid qui traîne derrière la caisse, qui sert généralement au clébard de Jenine, ma boss, pour faire la sieste. Je l'enroule autour des épaules de Dom.

— J'espère que tu n'es pas allergique. Cette couverture équivaut à environ sept canidés de grande taille.

— Écoute, je n'en peux plus de toute cette prévenance, ça m'étouffe. Tu ne le vois pas ?

Puis Dom se penche et se met à déposer sur mon visage des baisers urgents et désespérés. Ses lèvres sont gelées, humides. Je glousse en reculant, essayant de tenir sa tête à distance. Mais il me poursuit à travers la pièce, jusqu'à ce que mon dos entre en contact avec le mur et que nous soyons à l'abri des regards, entre les cristaux et la section tarots. Il laisse tomber les fleurs et le chocolat, qui font un bruit sourd. Les baisers dont il me mitraille prennent la direction de mon cou. Ma volonté de soigner cet inconscient s'amenuise petit à petit et fait place à un désir aussi brûlant que de la lave.

Il empoigne mes fesses et me soulève pour que j'enroule mes jambes autour de sa taille. Puis il presse son bassin contre le mien. Je gémis contre ses lèvres, tire sur ses cheveux. Quand me revient en mémoire qu'il risque vraiment une pneumonie. Alors je me ressaisis.

— Laisse-moi t'examiner, lâché-je à bout de souffle tout en maintenant son visage avec mes deux mains.

Il est un peu pâle et sa peau est froide, mais il va bien. Il agite les sourcils malicieusement, fait semblant de mordre le bout de mon nez.

— Salut. Bonjour. Je me présente, Dom. On se roule des pelles ?

J'éclate de rire.

— Tu es cinglé. Tu le sais, ça ?

— C'est toi qui me rends cinglé, à être si jolie.

Il embrasse la ligne de ma mâchoire.

— Et intéressante.

Mon menton.

— Et, quoi d'autre ? Euh… talentueuse.

Ma gorge.

— Minute, dis-je en laissant mes mains courir sur son torse. Tes vêtements sont trempés. Il faut que tu rentres chez toi et que tu te fasses couler un bain chaud. Je viendrai te soigner dès que j'aurai fini le boulot.

— Tu n'es pas au courant ? Pas de boulot, ce soir : il y a un orage monstre dehors.

Il désigne l'extérieur.

— Contacte ta patronne et demande-lui ce qu'il en est. Nous savons toi et moi ce qu'elle va te répondre.

— Je ne peux pas sécher le travail, Dom !

— Qui parle de ça ? Je suis sûr que tu es la plus consciencieuse des guides touristiques de Salem, mais personne ne va prendre le risque de s'aventurer dehors ce soir.

D'un geste hésitant, je sors mon téléphone et appelle Jenine. C'est elle qui tient le magasin de sorcellerie ET qui organise les visites nocturnes. Elle décroche en laissant échapper une quinte de fumeuse.

— Quelle tempête, hein ? Je n'en avais pas vu de pareille depuis les années quatre-vingt. Il vaudrait mieux qu'il n'y ait pas de coupure de courant, je suis trop vieille pour ces conneries.

Jenine a pour habitude de commencer une conversation par le milieu.

— C'est justement à ce propos que je t'appelle…

Au moment où je lui réponds, un arbre s'effondre sur la ligne électrique, juste dehors. La rue n'est plus qu'un amas de câbles et de bois.

— Merde. Je crois qu'il va falloir que j'appelle le 911 pour signaler l'incident, dis-je.

— Je m'en occupe, me rassure Dom en composant le numéro d'urgence.

Puis il se dirige vers la petite kitchenette à l'arrière du magasin, laissant des empreintes de chaussures mouillées partout.

— Je suppose que ça répond à ta question ? lance Jenine en s'allumant une cigarette.

— Yep, patronne.

— Aucun risque que des clients se pointent, par ce temps. Sans compter que, si tu tombes malade, tu vas manquer des jours. Je me charge de l'annulation.

Je raccroche le téléphone au moment où Dom réapparaît à mes côtés.

— Les secours sont en route.

— Merci. J'ai ma soirée, au fait.

Je ramasse les fleurs et la boîte de chocolats, puis je les serre contre ma poitrine.

— Et merci pour ça, c'est adorable.

Dom sourit. Il est tellement équilibré. Tellement vivant.

— Je *suis* adorable.

— Tu l'es. Et il va me falloir un peu de temps pour m'y habituer.

Dom fait un pas en avant et coince une mèche de cheveux derrière mon oreille.

— J'ai tout le temps du monde. Ou du moins, je l'espère, déclare-t-il lentement, semblant peser le sens de chaque mot.

— On va te faire couler un bain. On fonce à la voiture ?

Ma suggestion a pour effet de dissiper la solennité de l'instant. Sa gravité.

— Laquelle, de voiture ? réplique-t-il en me tirant par le col de ma chemise. La tienne ou la mienne ?

Je réfléchis.

— La tienne. Tu me redéposeras ici plus tard. Parce que, j'aime autant te prévenir, on ne va pas coucher ensemble ce soir.

Je préfère l'avertir, au cas où il se ferait des idées. Dom me plaît énormément, mais je ne suis pas encore prête. Non seulement je n'arrive toujours pas à croire que je mérite un mec comme lui, mais, en plus, je ne suis pas totalement remise de Joe.

— Je me tiendrai bien, parole de scout, dit-il en faisant le fameux salut à trois doigts.

Puis nous courons jusqu'à sa Mazda en riant et en nous bousculant l'un l'autre, têtes baissées pour échapper à la pluie. Conscients tous deux de la tacite vérité.

Je ne reviendrai pas chercher ma voiture ce soir.

Je vais rester chez lui. Nous allons faire des câlins, regarder des films, cuisiner, nous embrasser. Et faire semblant, l'espace d'une nuit, que je suis une fille normale. Une fille comme Nora.

Parce que je crois que, quelque part au fond de moi, je le suis encore.

Chapitre 9

Durant les quatre semaines qui suivent la tempête, Dom et moi ne chômons pas.

Nous nous rendons à Boston – deux fois –, une fois au zoo, et une autre pour faire un tour de ferry dans la baie (qu'avec son accent du Massachusetts, il prononce *bah*). Nous visitons le musée Isabella Stewart Gardner et le musée de la Baleine à New Bedford. Nous profitons d'un jour de congé pour nous offrir une excursion à New York. À Lynn, nous mangeons des huitres à un dollar pièce, à Ipswich nous faisons des emplettes chez un disquaire indépendant. Nous louons des vélos, nous humons des fleurs, nous courons dans des jardins et dansons sous la pluie à chaque occasion. Fidèle à sa promesse, Dom boit tous les matins son café dans le mug que j'ai fabriqué. Du moins, quand il n'est pas de garde.

Je n'avais pas été aussi active depuis Barcelone, mais Dom tient à me faire connaître les dessous de la région.

— Tu as passé assez de temps dans le purgatoire de la Nouvelle-Angleterre, tu peux désormais te considérer comme l'une des nôtres.

Puis il glisse son bras autour de mon épaule et ajoute, avec son accent qui me donne l'impression de converser avec Matt Damon :

— Ça te dit de sortir *dineh* ?

Oui, nous en faisons, des choses, en quatre semaines de relation. Excepté peut-être la plus importante de toutes : coucher ensemble.

Nous nous cajolons, dormons emboîtés comme deux cuillères, nous passons notre temps à nous embrasser et à nous toucher et à nous caresser, mais nous ne sommes toujours pas allés jusqu'au bout. J'appréhende de franchir cette étape finale, peut-être parce que ce serait à mes yeux admettre que la fille que j'ai été ces six dernières années n'existe plus. Ce n'est pas comme si je n'avais pas envie de lui ! J'ai vraiment, vraiment envie de lui. Et je ne connais pas beaucoup de trentenaires qui seraient prêts à attendre aussi longtemps que les choses se concrétisent. Mais Dom se montre compréhensif et il n'a pas encore abordé le sujet.

Le week-end avant Thanksgiving, il passe me prendre pour m'emmener dîner. Comme ce sera notre premier resto à Salem, ça ressemble un peu à une officialisation, à mon sens. Une façon de baptiser notre ville.

Loki est assis sur son rebord de fenêtre, il nous regarde nous éloigner avec une expression malicieuse, balayant de sa queue les airs. Tout en ouvrant la portière côté passager, je pointe un index menaçant dans sa direction.

— Tu as intérêt à bien te comporter avec tata Nora. Et ne t'avise pas d'uriner sur mes boots neuves !

Il feule puis me tourne le dos.

— Déjà la crise d'adolescence, soupire Dom en s'installant derrière le volant.

Je me glisse dans la voiture et l'embrasse. Bon sang, ce qu'il est beau ! Rasé de près, sa coupe de cheveux tout juste rafraîchie. Un sac traîne sur la banquette arrière, plus grand que celui qu'il utilise pour la gym.

— Tu pars en cavale ? Le FBI te traque, c'est ça ?

— J'ai enfin passé mes partiels de *serial killer*, mais j'ai foiré l'épreuve pratique, faut croire.

Il se penche vers moi et me donne un baiser intense, passionné. Qui dure au point que j'en oublie notre sujet de conversation.

— Je t'ai fait faire un faux passeport, murmure-t-il contre mes lèvres. Viens en Argentine avec moi. Askip, leur *dulce de leche* est phénoménal.

Je lisse le col de sa chemise.

— Non, allez, sérieux. Où est-ce que tu vas, comme ça ?

Nous sommes toujours garés devant mon petit taudis. Dom jette un œil à la porte d'entrée, qui est entrouverte. Bizarre. J'aurais juré avoir donné un tour de clé en sortant !

— Qu'est-ce qui se passe ? insisté-je en pivotant de nouveau vers lui.

Il rougit. *Hmm*. Je n'aime pas les mystères. Mais alors, pas du tout.

— Pour ce qui est de notre programme..., commence-t-il en se frottant la nuque l'air gêné. Que penserais-tu si la soirée se transformait en, disons...

— Nuit ? avancé-je pour l'aider.

J'aime quand on passe la nuit ensemble. Du coup, je ne comprends pas toutes ces précautions. Sans compter que ça n'explique pas le sac de voyage.

— J'avais plutôt en tête un week-end entier.

— Tu veux m'emmener en *week-end* ?

— Oui, je t'avoue que j'en crève d'envie, réplique Dom en souriant.

Pile à cet instant, la porte de chez moi s'ouvre et Nora se met à avancer vers la voiture de Dom en faisant rouler l'une de mes valises. Elle a préparé mes *bagages ?* Je ne sais pas ce qui me travaille le plus : l'idée qu'elle ait accompli ça sans m'en parler, ou le fait que Dom et elle communiquent. Certes, ils se sont vus deux ou trois fois et le contact est très bien passé. Mais je n'avais pas réalisé qu'ils avaient échangé leurs numéros !

Nora ouvre la portière arrière et jette ma petite valise à roulettes sur la banquette. Puis elle se penche par la vitre pour me faire un gros bisou sur la joue.

— Et voilà, mes p'tits loups ! Amusez-vous bien à Cape Cod !

Dom lui fait signe de la boucler, mais trop tard. Nora plaque la main sur sa bouche.

— Je viens de foutre en l'air la surprise, c'est ça ?

— Dans les grandes largeurs.

Dom secoue la tête, déçu. Il est absolument craquant.

— Espèce d'adorable mytho ! fais-je en attrapant son visage pour le couvrir de baisers. C'est tellement chou ! *Tu* es tellement chou.

Je suis abasourdie par tant de prévenance.

— En tant que *serial killer,* je fais ce que je peux pour compenser.

Il m'adresse un clin d'œil. Je ne me lasse pas de ce *running gag*. Je nous vois y faire encore référence dans deux, trois, quatre ans. Ce qui est une bonne chose. La preuve que je me projette dans l'avenir.

— Tu t'en sors pas mal du tout, répliqué-je avec un sourire.

— Dois-je en déduire que si un jour j'ai besoin d'aide pour me débarrasser d'un corps...

— Tu peux m'appeler, oui, sans problème. Je serai là pour toi.

Il se penche de nouveau pour m'embrasser, avant de mettre le contact. Je me tourne vers ma coloc.

— Quant à *toi*... Beau boulot. Je ne l'avais pas vue venir.

— Peut-être que tu auras un poil moins envie de me remercier, une fois que tu auras ouvert ta valise, lance-t-elle en riant.

Puis elle s'éloigne en sautillant. Qu'a-t-elle rangé dans ma valise, exactement ? J'ai comme envie de me tourner et d'ouvrir tout de suite. Au lieu de quoi Dom s'engage sur la route. Il m'annonce qu'il a préparé une playlist pour le voyage. Il connecte son téléphone et Nickelback retentit dans l'habitacle. Puis nous avons droit à Dave Matthews Band. Je m'abstiens de lui dire que ce n'est pas ma came. Il s'est donné tant de mal pour mettre sur pied cette escapade romantique ! Nous nous tenons la main durant presque tout le trajet. Parfois, il chante. Parfois, on parle boulot ; on discute d'à quel point Nora est adorable de lui avoir servi de complice. Je découvre qu'il l'a contactée il y a une semaine sur Insta pour lui demander de l'aide.

En six ans dans le Massachusetts, je n'ai jamais mis les pieds à Cape Cod. Je n'ai jamais rien fait. Rectificatif : je n'*avais* jamais rien fait. Dominic est en train de changer la donne. Et partir en week-end à deux semble tellement... mature ! Surtout lorsque, deux heures et demie plus tard, il s'arrête devant une charmante chambre d'hôtes. C'est une maison néocoloniale typique, blanche avec des tuiles anthracite et des jardinières qui débordent de fleurs. Elle est parfaitement entretenue et propose même un restaurant avec terrasse, au sommet du belvédère avec vue sur l'océan. J'attrape la main de Dom et la serre.

— Qu'est-ce que tu en dis ? s'enquiert-il.

— J'en dis que cette nuit tu vas conclure, sans le moindre doute.

Il rit, même si je ne plaisante qu'à moitié. Puis il décharge le véhicule et tend les clés au voiturier. Il m'ouvre la porte en s'inclinant galamment.

— Attends donc de goûter leurs scones. C'est l'endroit préféré de Madame G. Première du nom.

— Madame G. ?

— Mme Graves. Ma daronne. Gemma. Nous passions chaque été ici en famille lorsque j'étais enfant. Enfin... quand c'était possible.

Quand il n'était pas malade.

Mon enthousiasme grandit une fois à l'intérieur, quand la propriétaire, Dana, nous montre notre chambre. Nous nous tenons derrière elle, doigts entremêlés. La façon dont elle nous considère, un joli petit couple, m'arrache un sourire idiot. Dom lui explique qu'il a souvent séjourné ici, elle avoue qu'elle vient de reprendre les lieux. Avant de nous laisser, elle nous remet une brochure de la région, et Dom lui promet d'essayer au moins deux des activités qu'elle nous a suggérées. Il referme la porte. La chambre est petite mais magnifique. Avec moulures, tapis épais, déco sur le thème maritime. Le balcon donne sur un terrain de golf.

Dom se dirige vers la table de nuit et se saisit d'un petit bateau en bois sculpté. Un sourire se dessine sur ses lèvres. Je l'enlace par-derrière et laisse ma tête reposer contre son dos.

— Alors, quoi de neuf, Monsieur le Mec Le Plus Parfait Du Monde ?

— S'il te plaît, ne m'appelle pas comme ça. Ça me donne l'impression d'être Chris Evans, et il a une tête de con.

Il remet la miniature en place et se retourne pour me prendre dans ses bras.

— Tu vois, le petit bateau que je tenais ?

— Oui.

Je jette un coup d'œil par-dessus son épaule afin de l'examiner. Il a été taillé à la main dans du bois de rose, et sa voile est en lin jaune.

— Quand Seph et moi étions gamins et que nous venions ici, nous jouions tout le temps avec. Dans cette même chambre. Que j'ai expressément demandée. Nous essayions toujours de voler le bateau au moment de partir, mais ma mère finissait par nous pincer et par nous forcer à le remettre à sa place. Elle devait nous trouver exaspérants, avoue-t-il avec un petit rire.

— Et adorables, ajouté-je.

— Peut-être, oui. Les dix premières fois. Mais nous avons continué jusqu'à ce que je sois en première année de fac.

En riant, j'embrasse sa mâchoire.

— Tu n'as jamais réussi à en trouver une réplique ?

— Apparemment, il faut des centaines d'heures de travail pour obtenir un tel résultat, et puis le modèle appartient à l'artisan, qui est mort il y a des décennies. J'en ai trouvé des approchants, mais jamais la réplique exacte. De toute façon, c'est celui-ci qui m'intéresse, et pas un autre. C'est une affaire de nostalgie. Ce bateau symbolise les heures passées à faire la roue sur la plage, les *lobster rolls* et nos parents qui s'embrassent quand ils pensent que nous avons le dos tourné.

Il mime un frisson de dégoût et je ris. Mais en réalité, en imaginant cette famille, la jalousie me submerge. Ils ont l'air si normaux, si heureux ! Puis je me rappelle qu'ils ont connu leur lot d'épreuves. Et que, moi aussi, j'ai des tas de souvenirs d'enfance heureux. Même s'ils sont maintenant entachés par ce que j'ai fait.

— Alors, de quoi as-tu envie, ce soir ? demandé-je à Dom en me détournant pour défaire ma valise – et pour l'empêcher de voir mon expression, par crainte de ce qu'il pourrait y lire.

— De toi, répond-il, sérieux comme un pape. Je plaisante. Il y a un super resto au bout de la rue. Tu vas adorer. Ils font des palourdes farcies à tomber. Et après, je te ferai découvrir la glace au homard.

Mais la blague de Dom résonne dans ma tête et recouvre tout le reste. Ce n'est pas comme si ça ne m'avait pas traversé l'esprit. Qu'il m'ait emmenée ici pour conclure. Un coup à la Sean Dunham, avec un peu plus de doigté. Certes, ce n'est pas une suite au Ritz-Carlton après seulement deux semaines de batifolage entre lycéens inexpérimentés. L'endroit est charmant, nous sommes adultes, et ça fait déjà un mois que nous nous fréquentons. Néanmoins... Je ne crois pas que je sois à l'aise avec l'idée qu'il décide pour nous deux que le moment est venu.

— De la glace au homard ? répété-je avec un haut-le-cœur. Ça existe ?

— Ça existe, et c'est la meilleure idée que l'humanité ait eue depuis le pain en tranches, m'assure-t-il avant de se laisser tomber sur le matelas.

Il agite les bras et les jambes, comme s'il essayait de dessiner un ange dans la neige.

— OK, mais je t'en prie, ne sois pas déçu si je rends mon dîner devant tout le monde en y goûtant.

J'ouvre un des compartiments de ma valise et découvre que Nora l'a remplie d'une quantité inimaginable de dessous chics que je n'ai jamais vus de ma vie. Les étiquettes sont encore là. Et certains articles sont troués de façon à laisser accès à des parties du corps qu'aucun autre être humain ne devrait avoir le droit d'explorer. J'ai les oreilles en feu. Je referme rapidement mon bagage avant que Dom n'aperçoive son contenu. La subtilité n'est décidément pas le fort de ma colocataire.

— Mais non, tu vas adorer ! m'assure Dom. On est pareils, toi et moi.

Je me redresse et pivote vers lui.

— Tu le penses vraiment ? Qu'on est pareils ?

— Bien sûr que je le pense. Crois-moi : d'ici la fin de la soirée, tu ne jureras plus que par la glace au homard.

La glace au homard est une horreur.

On dirait de la *cookie dough* dans laquelle on aurait remplacé les brisures de pâtes crues par des miettes de crustacé.

Comme les gâteaux en forme de terrain de football, il s'agit du genre de débordement culinaire à même de vous faire perdre toute confiance en la bouffe.

Les palourdes farcies n'avaient, elles non plus, rien d'exceptionnel. Ce que je ressens est plus qu'une simple déception gustative : c'est une remise en question du bien-fondé de notre couple. Dom trouve que nous nous ressemblons ? Jamais mon âme sœur ne pourrait défendre une ignominie telle que la glace au homard ! Quand je pense que je croyais que le plus grand obstacle entre nous était son amour pour Nickelback...

Non mais, tu t'entends, Ever ? C'est quoi, ton problème ?

Je décide de me concentrer sur les bons côtés. Ce n'est pas comme si notre relation était dépourvue de magie ! Alors que nous rentrons à l'auberge en nous tenant la main, je remarque que l'air est particulièrement vif. Que l'océan scintille dans l'obscurité et dessine des milliers de diamants noirs. L'homme qui enfouit son visage dans mon cou ressemble à un prince Disney. Et je ne parle pas de Kristoff ou de Ferdinand, non : Dom joue dans la même catégorie que le prince Eric ou le prince Naveen.

Je me rappelle que nous sommes ici parce qu'il veut me faire découvrir ses racines, son enfance, l'ADN de son âme. Alors, OK, il aime les fruits de mer, les parfums de glace douteux et Nickelback. Tout cela est associé pour lui à des souvenirs précieux. J'essaie de penser à ce que je ressentirais, si Dom me disait qu'il détestait les rues colorées de San Francisco, ou Oasis, ou les Golden Grams. Je ferraillerais contre lui jusqu'à ce qu'il retire ses propos.

Et puis, ce n'est pas comme si tout le dîner s'était mal passé. Au resto, un groupe jouait, et Dom m'a convaincue de monter sur la table pour danser, ce qui est certainement la chose la plus libératrice que j'aie faite depuis mon piercing. À un moment donné, quand son frère l'a appelé, Dom a mis le téléphone sur haut-parleur et s'est écrié :

— Seph, dis à cette fille à quel point je suis fou d'elle !

L'homme au bout du fil a ri, avant de refuser de coopérer, mais ce petit coup d'éclat nous a valu quelques applaudissements et sifflets de la part des autres clients.

— Épouse-le, ma grande, ou je m'en charge pour toi ! a même crié une femme dans l'assistance.

Sur le chemin du retour à l'auberge, Dom m'entraîne soudain et nous traversons la route qui mène à la plage. Je trébuche, essayant de suivre son rythme.

— Qu'est-ce qu'on fait ? demandé-je.

— Un bain de minuit. C'est le seul coin désert de Cape Cod, je ne vais pas laisser passer une telle opportunité.

Mon cœur s'accélère. Le cadre et l'odeur me rappellent Joe. Les émotions dans ma poitrine me font l'effet d'un linge détrempé et lourd. Mais je me plie au plan de Dom. Ce n'est pas parce que mes sentiments pour lui sont différents de ceux que j'ai éprouvés pour Joe qu'ils sont forcément moins importants, pas vrai ?

Nous nous mettons en sous-vêtements et fonçons dans l'océan en nous tenant la main. Je crie, bravant l'eau glaciale du cap en novembre. Je n'essaie pas de faire marche arrière, même lorsque Dom plonge dans les profondeurs et m'entraîne avec lui.

Je regagne la surface la première. Dom suit de près.

— Oh ! bon sang, elle est gelée, gémis-je.

Je n'ai pas l'habitude de pleurnicher. Mais j'ai le sentiment que Dom aime les filles qui pleurnichent. Les filles délicates, tout en sucre, garanties sans piment.

Et depuis quand se conforme-t-on à ce qu'un mec voudrait qu'on soit ? entends-je Pippa intervenir dans mon crâne. À moins qu'il ne s'agisse de maman. Quoi qu'il en soit, elles ne sont pas contentes que je pleurniche, elles.

— Pauvre petite Lynne, viens-là, dit Dom en emboîtant son corps au mien.

Nous sommes proches de la rive. J'ai retenu la leçon, la dernière fois que j'ai décidé de piquer une tête au beau milieu de la nuit. De ses doigts puissants, Dom presse mes fesses. Je passe d'instinct mes jambes autour de sa taille. Nos dents claquent pendant que nous nous embrassons. Mes tétons sont dressés contre son torse dur. Il m'a déjà vue nue, mais là c'est différent. C'est... *davantage*.

Je ne ressens plus ce désir lancinant et irrépressible d'être Virginia Woolf. D'avoir rempli mes poches de pierres avant d'entrer dans l'eau. Et c'est une grande victoire.

— Confession, dit-il avant d'attraper ma lèvre inférieure entre ses dents.

Le contraste entre l'eau froide sur nos lèvres et nos bouches chaudes me donne des frissons.

— Vas-y, balance.

— Quand je t'ai découverte sur le pas de ma porte, il y a quelques semaines, je t'ai trouvée si cool, si drôle, si jolie, que j'étais en réalité prêt à te demander en mariage.

— Mais... pourquoi ?

Je n'arrive pas à me débarrasser du sentiment que je ne suis pas son genre. Ce n'est pas pour me dévaloriser, c'est juste qu'a priori nous ne sommes pas du tout assortis.

— Parce que tu es magnifique.

Il embrasse mon menton, mon cou, le bout de mon nez.

— Et inspirante. Et douce. Et bienveillante. Ce jour-là, dans mon appartement, je ne voulais pas que tu t'en ailles. Je me suis dit que c'était une bonne chose que tu ne puisses pas lire dans les pensées, sinon tu aurais trouvé que j'étais flippant. Quand on s'est revus, la nuit où j'ai perdu ma patiente... la petite Anna... j'ai eu l'impression que Dieu m'envoyait un signe. J'ai su. J'ai su que nos cœurs étaient faits de la même matière. Fissurés aux mêmes endroits. Qu'ils battaient au même rythme.

Mon front tombe contre le sien. Je ferme les yeux, tremblante. Ses mots sont si beaux. J'ai envie de croire à chacun d'eux. Je réalise qu'une partie de moi y croit. Je ne peux pas nier à quel point ma vie a changé depuis que Dom y est entré. Nora a raison. Qu'importe que nous n'aimions pas la même musique, les mêmes films, que nous n'ayons pas les mêmes passe-temps : Dom est en train de devenir mon meilleur ami. Un meilleur ami sublime et *sexy*.

— Et toi, tu as pensé quoi ? me demande-t-il, ses doigts caressant sous l'eau le point sensible à l'arrière de mon genou. La première fois qu'on s'est rencontrés ?

Je décide de lui dire la vérité.

— Je me suis sentie douloureusement quelconque, comparée à toi.

Ça le fait rire.

— Tu étais sexy, adulte et super intimidant. Je me suis aussi dit que nous n'avions rien en commun.

Il penche la tête pour m'étudier. Ses cils – sombres et longs, des cils de fille – ont accroché de petites gouttes d'eau qui ressemblent à des étoiles tombées.

— J'espère que ça a changé.

Pour toute réponse, je l'embrasse fort. Nous ondoyons l'un contre l'autre dans l'océan. Le frottement et la caresse des vagues sur ma peau m'amènent au bord du gouffre. Mes seins me semblent lourds et souples contre son corps. Il baisse la tête, prend un mamelon glacé entre ses lèvres et le parcourt de sa langue chaude. Je gémis en regardant mes doigts disparaître dans son épaisse chevelure.

— J'ai besoin d'être en toi.

Il fait glisser ses dents sur mon téton, le rendant encore plus sensible.

J'attrape sa main et nous retournons vers le rivage. Je me glisse hors de mes sous-vêtements trempés et je marche à reculons, un index crocheté au sien, lui faisant signe de me suivre. Il s'exécute. Il n'a plus l'air d'un prince Disney. Désormais, il ressemble au Grand Méchant Loup.

— Lynne.

Sa voix est plus grave, plus sourde, plus profonde. Il avance vers moi, m'acculant contre une palissade en bois. Je me sens vivante. L'oxygène se fraye un chemin jusqu'à mes poumons.

— Oui ?

— Il nous faut une capote.

— Pas nécessairement. Je prends la pilule depuis un an, pour traiter mes règles douloureuses et mon acné.

— J'adore les filles qui disent des trucs crus pendant les préliminaires.

Je laisse échapper un rire surpris.

— Oups. Je devrais apprendre à la boucler, c'est ça ?

Il avance. Je recule en trébuchant. J'aime ce jeu. Le chat et la souris.

— Surtout pas. Je veux tout savoir de toi, jusqu'à te connaître mieux que tu ne te connais toi-même.

Dom fait un pas de plus. Le bas de mon dos heurte la surface plane. Je suis essoufflée par les rires, la nage et les baisers. Positivement étourdie.

Avec une précision chirurgicale, il pose ses mains contre la palissade, de part et d'autre de moi. Je n'ai nulle part où m'enfuir. Nos visages sont si proches que je peux goûter son haleine. Il n'y a rien que je désire plus au monde que de faire l'amour avec cet homme, là, maintenant, tout de suite.

— Je suis clean, déclare-t-il d'une voix enrouée.

— Moi aussi.

— Est-ce que tu es... ?

— Vierge ?

Je résiste à l'envie de sourire.

— Désolée de te décevoir, mais non.

— Je voulais juste m'en assurer, parce que je n'ai pas une absolue confiance en ma capacité à être doux, en cet instant...

Il sourit pourtant avec douceur. Je tends ma main et fais remonter mon index le long de sa verge, avant de m'arrêter à son extrémité.

— Eh bien eh bien... Il semblerait que toi aussi, tu te soucies de moi..., dis-je en faisant allusion à notre conversation dans le magasin de sorcellerie, lors de cette tempête il y a quelques semaines.

— Je l'admets. Sans doute un peu trop, d'ailleurs.

Il m'étend sur une dune. Sa bouche se déplace sur ma mâchoire, descend plus bas. Sa langue trace une ligne brûlante entre mes seins, vers mon centre. Mes doigts s'enfoncent dans ses cheveux. Nous sommes couverts de sable et gelés et sourds à tout ce qui n'est pas ce qui se joue, là, entre nous.

Il m'écarte avec sa langue, la posant là où j'en ai le plus besoin, là où le manque de lui se fait violemment sentir. Mes jambes s'écartent, j'avance les hanches, j'en veux toujours plus. Il prend son temps, léchant tranquillement, jusqu'à ce que je n'en puisse plus, physiquement et émotionnellement.

— S'il te plaît, Dom, supplié-je, agrippée à ses épaules.

Son corps remonte et Dom s'introduit en moi. Sans latex entre nous. Plusieurs secondes s'écoulent sans qu'il ne bouge. Je suppose qu'il veut me laisser le temps de m'adapter. Mais lorsqu'il commence à embrasser mon visage, je réalise avec horreur que c'est parce que je suis en train de pleurer.

— Lynne, douce, douce Lynne, murmure-t-il en prenant une autre larme entre ses lèvres. Je suis désolé que les dernières années aient été aussi dures. Mais je suis là pour changer ça. Tu me crois ?

Je réponds par un signe de tête et lui rends son baiser.

Et peut-être que, sans être pareils, on se capte, Dom et moi, car il comprend que je ne veux surtout pas arrêter. Au lieu de se retirer, il me pénètre, de plus en plus fort, de plus en plus vite. Il me faut quelques instants pour me ressaisir, mais après quelques va-et-vient, je commence à me détendre. Je commence à prendre mon pied.

Je me tords sous lui et m'agrippe à ses avant-bras alors qu'une deuxième vague de plaisir déferle sur mon corps. Dom jouit lui aussi.

Il s'écroule sur moi. Je m'enfonce dans le sable, tout en le serrant dans mes bras. Il embrasse le sommet de mon crâne.

— Merci. Je sais que ça n'a pas été facile pour toi. Je te jure que tu ne regretteras pas ta décision.

Puis, après une pause.

— Au fait, c'est moi, la décision.

Je souris. J'ai passé des années à penser que plus jamais ça n'irait, à en vouloir à la terre entière, à Joe, aux téléphones portables, à moi-même.

D'un autre côté, je ne peux m'empêcher de dresser un parallèle entre la dernière fois que j'ai fait l'amour et celle-ci.

Dans les deux cas, avec un mec du Massachusetts.

Dans les deux cas, sur une plage.

Avec à chaque fois un tâtonnement autour de la question de la capote avant de passer à l'acte.

Mais la comparaison s'arrête là. Car, bien que j'aie des sentiments pour Dom, ces sentiments ne me consument pas. Ils ne me mettent pas à l'agonie. Je n'ai pas l'impression que le monde entier s'écroulerait si je le perdais.

Être avec Dom, c'est être en sécurité.

Et c'est exactement ce dont j'ai besoin.

Le lendemain, nous allons observer les baleines, jouer au mini-golf et suivre une initiation à la plongée sous-marine. Lorsque nous regagnons notre chambre, je suis épuisée. Demain, nous rentrerons en voiture et retrouverons le quotidien. Mais nous avons encore une nuit devant nous, et je crains que mon petit ami hyperactif (c'est bien mon petit ami, n'est-ce pas ?) n'en profite pour faire du saut à l'élastique, explorer une voie ferrée abandonnée ou se lancer dans un projet humanitaire à l'autre bout du monde.

Comme s'il lisait dans mes pensées, Dom sort de la salle de bains, suivi d'une traînée de vapeur, une petite serviette enroulée autour de la taille. Son torse tanné par le soleil luit.

— Tu as envie de sortir, bébé ? Boire quelques bières, peut-être assister à un spectacle un peu plus tard ?

Je voudrais dire oui. Après tout, nous sommes dans son fief. Sa maison. Mais la vérité, c'est qu'être Ever me manque. J'ai envie de rester ici avec un bon bouquin et de manger des aliments dont la compo est à base de colorants et d'exhausteurs de goût.

— Ça te dérangerait qu'on reste là ce soir ? demandé-je, affalée sur le matelas.

Dom s'assoit sur le bord du lit et se frotte le front.

— J'ai vidé toutes tes réserves d'énergie, c'est ça ?

— J'avoue.

Je souris.

Il presse mon pied et je retiens un cri de soulagement. Tous mes muscles sont contractés d'avoir passé la journée à marcher. Je ne suis pas aussi athlétique que lui.

— Je suis désolé. Parfois, j'ai tendance à me laisser emporter. Passons une soirée à la Everlynne Lawson.

— Vraiment ?

Je m'illumine. Il acquiesce.

— Quel est le programme ?

Nous commandons du *room service* et faisons l'amour en attendant notre dîner. Le sexe est fantastique et le hamburger avec des frites divin. Ensuite, j'envoie Dom faire une razzia dans les distributeurs automatiques du rez-de-chaussée, avec comme consigne de remonter muni d'un échantillon de chaque barre chocolatée. Pendant ce temps, je vérifie l'offre VOD de la chambre. Lorsqu'il revient, nous atterrissons de nouveau au lit, car il n'y a rien de plus sexy au monde qu'un homme qui vous rapporte des sucreries. Pour ce qui est du film, je propose un classique, mais Dom insiste pour que nous regardions ce que je choisirais si j'étais toute seule. En l'occurrence, *Parasite,* parce qu'il a remporté tout un tas de prix et que j'adore le cinéma étranger : c'est comme gagner un voyage gratuit dans une contrée inconnue.

Le film est génial. Réel, brut. Mais je vois dans un coin de mon œil que Dom pique du nez par intermittence. Lorsque c'est terminé, il essaie de paraître enthousiaste, de me montrer que ça lui a plu, lui aussi.

— Eh ben, putain, une sacrée découverte, dit-il en ouvrant un sachet de M&M's pour m'en verser dans la main. La fin était... waouh.

— Ouaip, carrément chelou. Ça m'a plu.

Son sourire s'efface et ses yeux se posent sur mes lèvres.

— C'est toi qui me plais, Lynne.

Je m'étire dans le lit à côté de lui, embrassant son épaule.

— Tu n'es pas mal non plus, tu sais ?

— Pour tout dire...

Il hésite, avant de poursuivre :

— C'est des conneries, c'est pas que tu me plais.

Je me redresse, confuse. Nous nous fixons l'un l'autre. Il a l'air triste. Un peu pâle.

— Ce n'est pas que… ?

— Non, confirme-t-il en déglutissant, les yeux plongés dans les miens. C'est que je suis amoureux de toi.

— Oh.

— Oh ! oui, répète-t-il en souriant.

La panique serre ma poitrine, gagne le reste de mes organes. Mon cœur bat à tout rompre. Le silence est trop vaste, trop grand, trop fort ; la seule façon d'arranger ça serait de le remplir avec des mots aussi puissants que la déclaration de Dom. Mais je ne peux pas. Je ne peux pas mentir à cet homme qui jusqu'à présent s'est montré extraordinaire avec moi. Il mérite plus que des paroles en l'air. Or, je ne suis pas amoureuse. J'y suis presque, mais pas tout à fait.

— Tu me fais sentir comme personne avant toi, Dom, lâché-je, et chaque mot sonne juste. Tu es l'espoir personnifié.

Je vois bien que ma réponse ne le satisfait pas. Pas à cause de ce que j'ai dit : à cause de ce que je n'ai *pas* dit. Que je l'aime, moi aussi. Il m'attire contre lui, m'ébouriffe les cheveux comme un grand frère.

— Merci, bébé. Tu m'excuses un instant ? Je vais aller chiquer du tabac et abattre un arbre ou deux pour restaurer ma virilité.

Désireuse d'arranger les choses - pour lui, pour Nora, et même un peu pour moi -, je prends ses mains dans les miennes.

— Quand j'étais en CE1, ce que j'espérais le plus au monde, c'était devenir la petite amie de Luke Kim.

Les sourcils de Dom se froncent, il a l'air perdu.

— D'accord… Et… ?

— Je lui ai écrit un mot, mais je ne le lui ai jamais donné. Je n'en ai pas eu le courage.

Je vois que Dom ne me suit pas, alors je bondis hors du lit et lui dis de m'attendre là. Il n'y a ni bloc-notes ni stylos dans la chambre, on ne vient pas dans cet endroit pour travailler. J'enfile des pantoufles et je descends dans le hall pour demander du papier et un stylo. Avant de partir, je glisse à la réceptionniste que je dois à tout prix parler à Dana demain matin.

— Elle sera là vers 6 heures.

Ne voulant surtout pas rater la propriétaire des lieux, je sors le téléphone de ma poche et règle mon réveil sur 5 h 45.

J'écris le mot dans l'entrée, avant de retourner dans la chambre. En poussant la porte, je retrouve Dom dans l'exacte position où je l'avais laissé, l'air perplexe. Je lui fourre le papier dans la main, puis cours me cacher dans la salle de bains.

Coucou Dom,
C'est Everlynne. Je ne sais pas trop comment te le dire, mais je t'aime vraiment beaucoup. J'adorerais que tu deviennes mon petit ami. Je promets d'être une bonne petite amie, d'être toujours gentille avec toi et aussi avec tes copains. S'il te plaît, réponds-moi mais n'en parle pas aux autres, d'accord ?
P-S : je partagerai mes Fruity Loops avec toi si tu dis oui.
Everlynne Lawson

C'est une réplique de la note que j'ai écrite à Luke, où j'ai substitué à son nom celui de Dom. Une minute s'écoule. Mon dos est collé contre la porte de la salle de bains. L'anxiété commence à me gagner. Et si Dom trouvait ça bizarre plutôt que mignon ? S'il ne désirait tout bonnement pas être avec quelqu'un qui ne l'aime pas en retour ? S'il était tellement refroidi par ma conception d'une soirée idyllique qu'il remettait en question toute notre relation ?

C'est alors qu'on toque doucement. Les coups ricochent dans mon dos. Puis je sens que Dom se laisse glisser le long de la porte.

— Des Fruity Loops, hein ?

Je ferme les yeux et souris, gênée.

— C'est la partie négociable, si vraiment tu as un faible pour les donuts.

— C'est le cas, répond-il.

— Alors je te nourrirai d'un donut nature chaque jour. Tu le trouveras sur ton paillasson, qu'il pleuve ou qu'il vente.

J'ai l'intention d'être fidèle à cette folle promesse, d'une manière ou d'une autre. Il est grand temps que je me lance dans un projet et que je m'y tienne. Et puisque le sport est à exclure…

— J'ai d'autres conditions, avant d'accepter ton offre, me prévient-il.

— T'es dur en affaires, remarqué-je. Mais je t'écoute.

— Je ne suis pas d'accord avec la partie où je ne peux pas en parler aux autres. Je veux au contraire le crier sur les toits. C'est OK ?

— Alors ça, il faut que j'y réfléchisse…

Je fais semblant de peser le pour et le contre pendant qu'il rigole. Ce qui me fait plaisir.

— Oui, je crois que ça peut le faire.

— J'ai une dernière condition.

— Espèce de casse-couilles.

— Ne promets pas d'être une petite amie parfaite. Promets-moi juste d'être toi-même. Parce que je pense avoir eu un aperçu de cette fille-là, ce soir… et j'en veux plus.

L'espoir fleurit dans ma poitrine. Je suis emplie de gratitude à l'idée d'avoir trouvé Dom, qu'il m'ait trouvée, qu'il soit si patient.

— Marché conclu ? demande-t-il.

— D'accord.

— Allez !

Nous nous levons en même temps, ouvrons la porte en même temps et tombons dans les bras l'un de l'autre. Pour la première fois, nous sommes parfaitement synchrones.

Et c'est un instant *presque* parfait.

C'est l'aube, Dom dort profondément. Je regarde sa poitrine se soulever et s'abaisser au rythme de ses respirations. Son visage est impeccable, à l'exception des deux ombres sous ses yeux qui témoignent d'un excès de travail et d'un manque de sommeil.

Je me rends à la réception et demande Dana. Je lui dis que j'aimerais acheter le petit navire qui se trouve sur notre table de chevet. Elle me répond qu'il n'est pas à vendre, ce que je sais déjà. Elle ajoute que c'est un artiste local qui l'a créé spécialement pour l'auberge.

— Je suis sûre que le décorateur d'intérieur qui a conçu la chambre n'apprécierait que moyennement.

— Je suis prête à payer n'importe quel prix, dis-je, et je le pense vraiment.

Je veux que Dom comprenne à quel point je tiens à lui. Mais c'est plus profond que ça : je veux être là pour quelqu'un. Et comme je ne sais pas par où commencer avec ma propre famille... Dom semble pour l'heure un objectif raisonnable.

Dana répète qu'elle est désolée mais qu'elle ne peut pas m'aider. J'en suis réduite à la supplier. Je lui raconte l'histoire de Dom. De son frère, de leurs vacances ici, du fait que ce bateau représente plus pour lui que pour n'importe quel autre client qui le verrait durant son séjour. Je raconte même les tentatives de fauche de Dom et de Seph. Dana finit par soupirer.

— Très bien, très bien ! Je ne sais même pas quel prix fixer... Il ne faut pas négliger que chaque pièce est faite à la main... Cinq cents dollars, ça vous paraît convenable ?

J'ai envie de rétorquer que ça me paraît surtout quatre cents dollars de plus que ce que je suis prête à payer. Mais à la place, je tends la main pour serrer la sienne.

— Cinq cents dollars, ça marche.

Chapitre 10

C'est la veille de Thanksgiving et – surprise, surprise – je suis toute seule. Nora m'a invitée aux célébrations de sa famille. « Colt sera là aussi, tu sais », m'a-t-elle dit. « Ma mère adore les grandes tablées. » J'ai inventé une excuse bidon à propos d'un mal de ventre, et à présent je suis tirée d'affaire.

Les festivités en tout genre, c'est un « non » ferme pour moi. Il y a, dans le fait de participer à des réjouissances collectives, quelque chose qui me semble obscène depuis la mort de maman.

J'ai téléphoné à papa et à Renn pour leur souhaiter un bon week-end de Thanksgiving. Renn, plutôt que de décrocher, a répondu par un texto laconique. Mon père, lui, a certes décroché, mais on sentait qu'il aurait clairement préféré parler à un agent du fisc.

Loki sur les genoux, un saladier de pop-corn à moitié vide sous le bras et *RuPaul's Drag Race* à la télé, je me rassure en me remémorant que je ne suis pas la seule à ne pas faire la fête ce soir. Prenez Dom, par exemple. Il n'est pas allé chez ses parents à Dover : à la place, il a décidé d'enchaîner deux gardes à l'hôpital.

Je pense à tous les infirmiers et infirmières, à tous les médecins, à tous les chauffeurs routiers, à tous les policiers et à tous les pompiers, bref à tous les travailleurs essentiels, puis je respire profondément et me ressaisis.

Pourtant, je n'arrive pas à me concentrer sur l'émission. Même quand Loki se lève et me donne un coup de boule, exigeant mes caresses.

En lui frottant le nez d'un doigt, j'attrape mon téléphone et fais défiler les derniers messages que j'ai reçus.

Pippa : Joyeux Thanksgiving, Bitch (ouaip, toujours là, à attendre que tu arrêtes tes conneries. Appelle-moi).

Papa : Dis bonjour aux parents de Nora de notre part.

Je ne pouvais pas lui dire que je comptais rester assise à me morfondre toute seule ce soir. Alors je lui ai peut-être raconté un tout petit mensonge de rien du tout.

Dom : Il y a une bonne ambiance au travail. On a organisé un buffet et certains restaurants ont apporté de quoi réconforter les patients, c'est chouette. Comment ça se passe pour toi ?

Dom : Inutile de dire qu'il y a une chose pour laquelle je suis particulièrement reconnaissant cette année…

Ever : Oh ! vraiment ?

Dom : Ce donut quotidien.

Je lui fais livrer un beignet par jour *via* Deliveroo, même si la pâtisserie coûte moins cher que le service. C'est indéniablement réconfortant, de prendre soin de quelqu'un. Je comprends mieux comment, chez certains, le don de soi devient une véritable addiction.

Je suis en train de me lever du canapé pour poser le saladier de pop-corn dans l'évier quand on frappe à la porte. Comme Nora et moi n'avons pas de sonnette, les livreurs laissent généralement les colis sur le paillasson. Mais je ne pense pas que quiconque livre, à 23 heures la veille de Thanksgiving, aussi commencé-je à élaborer tout un tas de scénarios cauchemardesques autour d'un tueur en série. S'attaquer à des femmes seules le jour de Thanksgiving : c'est minable, même pour un psychopathe. Un peu d'éthique, ce serait trop demander ?

Avant que je ne décide ce que je vais faire, on frappe de nouveau. Je me précipite à la cuisine, laisse tomber le saladier, m'empare d'un couteau et le coince dans mon pantalon de survêtement, au niveau de la ceinture. En avançant vers la porte sur la pointe des pieds, je lance :

— Qui est là ?

Il y a un silence.

— C'est le fameux tueur à la hache. Ouvre.

Je souris, tout mon corps se relâche.

— Désolée, monsieur Tueur, personne n'est à la maison.

— Dommage. Dans ce cas, je vais seulement...

J'entends un bruit de sac en papier et réalise alors qu'il a peut-être besoin d'aide. J'ouvre la porte et découvre mon petit ami sur le seuil, avec un nombre incalculable de plats emballés dans du papier d'aluminium. Il porte encore sa blouse, il est fatigué, il est magnifique et il est tout à moi. Mon cœur se gonfle.

— Surprise, déclare-t-il avant de se pencher pour m'embrasser. Je suis venu avec de la bouffe et des intentions malhonnêtes. Ça va être la teuuuuf !

— Dom, il y en a pour un régiment !

J'attrape deux des plats et me décale pour le laisser passer. Il lâche les sacs dans l'entrée, m'attrape par la taille. Je pense qu'il va m'attirer à lui et m'embrasser, mais à la place il sort délicatement le couteau que j'ai glissé dans mon pantalon de survêtement et le tient entre nous. Un rire secoue ses épaules.

— Bébé, franchement, la façon dont ton esprit fonctionne est un mystère.

— Je ne m'attendais pas à avoir de la visite ! rétorqué-je en le poussant doucement.

— Qui c'est qui ressemble à un fugitif essayant d'échapper au FBI, maintenant, hein ?

— Certainement pas moi, dis-je avant d'attraper le couteau et de le jeter dans l'évier de la cuisine. Il faudrait être vraiment demeuré pour attaquer des agents fédéraux avec un couteau à beurre.

Nous mangeons de la dinde rôtie, des haricots verts, des ignames confites et de la purée de pommes de terre. Une partie de la nourriture provient de restaurants voisins de l'hôpital, le reste a été apporté par les proches des patients. La sauce est impeccable, la farce céleste. Nous ouvrons une bouteille de vin au rabais, que nous buvons dans des verres en plastique – les premiers prix, qui s'enfoncent dès qu'on les prend en main.

Lorsque nous sommes à deux doigts de l'overdose de nourriture, nous nous traînons jusqu'au canapé et continuons de regarder RuPaul. Je suis contente de découvrir que Dom suit l'émission de loin en loin. Finalement, nous avons au moins une chose en commun.

— C'est agréable, fais-je en me lovant contre lui.

— Bien sûr que ça l'est, dit-il en passant un bras autour de mon épaule. Tu avais des doutes sur la question ?

— Disons que je n'ai pas l'habitude. Des célébrations. Du bonheur. De...

— ... la vie ? complète-t-il avec douceur. C'est OK, Lynne. Je suis là pour t'apprendre. Et j'ai tout le temps du monde.

Personne n'a tout le temps du monde, pensé-je.

À un moment, Dom s'allonge et je me sens obligée de lui signaler que ce canapé est gravement contaminé par les fluides corporels de Colt et Nora.

— C'est épouvantable, dit Dom en me renversant sur les coussins et en déposant un baiser dans mon cou. Qu'ils aient marqué leur territoire comme ça. Et si on reprenait la main ? suggère-t-il en baissant mon pantalon de survêtement, avec son sourire en coin, son regard ensommeillé et sa beauté absolue.

— Pitié ! J'ai le ventre d'une femme enceinte de six mois, dis-je en tapotant ma panse tendue.

— Tout pareil.

Il m'imite, frappant sa paume contre ses abdominaux plats. Quelques minutes plus tard, nous sommes en train de nous tortiller sur le canapé, haletants et gémissants, cherchant à soulager la tension. Maintenant, je comprends. Pourquoi Nora et Colt l'ont fait là.

Quand on est bien avec quelqu'un, on veut que le temps qui nous est donné laisse un maximum d'empreintes.

Quelques jours plus tard, alors que j'ai passé la nuit chez Dom, je me réveille à côté d'un mot collé sur le bateau que je lui ai offert et qu'il garde sur sa table de nuit.

J'étais de garde tôt ce matin.
Je t'ai fait du café. Seph m'a dit par texto qu'il avait
acheté des scones.
Deuxième étage. Appartement 294. (Tu es relevée de ta corvée de donuts aujourd'hui.)
Je t'aime,
D.

J'apprécie énormément que Dom n'ait pas peur de me rappeler ses sentiments, même si je ne lui ai pas encore dit que je l'aimais en retour. J'apprécie énormément que mon bien-être passe avant sa fierté. Et j'apprécie plus encore qu'il se soucie de me fournir un petit déjeuner.

Après avoir récupéré la note sur le bateau, je me dirige vers sa salle de bains et j'utilise la brosse à dents qu'il m'a achetée. Il la garde dans un tiroir quand je ne suis pas là. Je porte sa chemise blanche. Elle m'arrive aux genoux. J'attrape un mug parmi ceux en rang sur l'égouttoir et me sers un café. J'ouvre le réfrigérateur pour prendre de la crème, m'arrête pour regarder les photos aimantées qui s'y trouvent, la plupart prises à l'hôpital. Dom a l'air heureux sur chacune d'elles. Il y en a une où il enlace une superbe blonde. Le cliché paraît bien innocent, mais il est comme un rappel que Dom n'est pas seulement mon petit ami : c'est aussi un homme splendide, avec un corps splendide, qui a une vie en dehors de moi.

Je décide que c'est le moment de rencontrer le mystérieux Seph.

Dom et moi sortons ensemble depuis quelques semaines et, à part Nora et Colt, nous avons gardé nos vies complètement séparées. Pour être honnête, me concernant, ce n'était pas vraiment un choix : Nora et Colt sont les seules personnes que je fréquente à Salem. Mais Dom possède tout un univers – un frère, des parents, des amis, des tantes, des oncles, des copains d'université et un groupe de CrossFit avec qui il boit des coups chaque semaine. Je me dis que le fait que je ne les ai pas encore rencontrés prouve qu'il veut avant tout passer du temps seul avec moi. Mais parfois je me pose des questions.

J'enfile mes boots et prends l'ascenseur pour descendre au deuxième étage. Malgré moi, je suis un peu nerveuse lorsque je frappe à la porte de Seph. Je ne le connais qu'à travers les histoires de Dom et c'est assez intimidant. C'est un docker. Il est sarcastique, ironique et pas très sociable. Une fois, j'ai demandé à Dom si Seph avait une petite amie, ce à quoi il a répondu :

— Il en a beaucoup, mais il ne se souvient pas toujours de leur prénom.

Un vrai délice, a priori, ce garçon.

Comme il n'y a aucune réponse, j'insiste, parce que, soyons réalistes, je ne vais pas renoncer à des scones qui sortent du four.

La porte s'entrebâille en grinçant. J'entends un bruit sourd de chaussures sur le parquet.

— Sers-toi. Je file à la douche, me lance une voix bourrue.

D'accord. Me sentant comme une intruse mais ne voulant pas fuir les lieux, je pousse la porte et me dirige vers la cuisine. Si les appartements étaient des gens, celui de Dom serait mère Teresa et celui de Seph... je ne sais pas trop, Gengis Khan ?

Chez Dom, tout est net, minimal, organisé et propre. Seph vit dans le chaos. Les mégots de cigarette débordent d'un cendrier posé sur une table basse bancale, sur laquelle trône une boîte de conserve ouverte avec une cuillère plantée à l'intérieur. Les rares tableaux sont posés *contre* les murs plutôt qu'accrochés. Du linge s'empile près de la salle de bains fermée.

En arrivant dans la cuisine, je découvre une seconde pile, de vaisselle cette fois. Et un panier rempli de scones. Il est intact, délicieusement tentant, et semble avoir été ajouté à ce décor horrifique avec Photoshop. J'en choisis deux, je les enveloppe dans une serviette en papier et je reste plantée là, me sentant comme un meuble inutile.

J'attends que Seph sorte pour se présenter. Au fil des minutes, ma détermination s'effrite. Au bout de six minutes, j'appelle :

— Je peux te faire du café ?

La réponse vient après un silence tendu.

— Encore là ? Tu peux dégager, s'il te plaît ?

Dégager ? Quel genre d'abruti parle ainsi à la petite amie de son frère ? QU'IL NE CONNAÎT MÊME PAS ? Je ravale ma vexation, marmonne un « Trou du cul » et referme la porte derrière moi.

En remontant chez Dom, j'essaie de chasser ma déception. Seph n'a rien à voir avec son frère. Il est grossier, sans-gêne et désagréable. Je ne comprends pas comment il peut jouer les Casanova avec un ego pareil. Mais je ne devrais pas m'en soucier, me dis-je. Ce n'est pas avec lui que je sors.

Un texto m'arrache à mes pensées.

Dom : Tu as eu tes scones ? Ils étaient à la hauteur ?

Ever : Je les ai bien eus, oui. Ils étaient dignes des plus grands poèmes d'amour jamais écrits, je te remercie.

Dom : Et Seph s'est bien tenu, j'espère ? Il peut être un peu grincheux, surtout le matin.

Il ne me vient pas à l'esprit de lui dire la vérité. Je ne veux pas créer de tensions entre les deux frères. Je sais à quel point ils sont proches. De plus, je n'ai pas encore eu l'occasion de me mettre Seph dans la poche. Or, tout n'est pas perdu, même si apparemment mes chances sont minces.

Ever : Tout s'est bien passé.

C'est vague, mais c'est la vérité.

Dom : Bien. Bonne journée, bébé.

Ever : Toi aussi.

Soirée couples avec Nora et Colt.

Dom a réservé dans un pub de Beverly. Il dit vouloir nous amener l'Irlande sur un plateau. Nous faisons le trajet dans la Range Rover de Colt. En chemin, Nora s'interroge : afin de vivre à fond cette expérience irlandaise, ne devraient-on pas se soûler après l'office du dimanche et changer nos noms pour Mary et Desmond, Dom et moi ? Colt lui répond que sa vision de l'Irlande est profondément stéréotypée, avant de faire remarquer que Dom est Irlandais.

— Mi-Irlandais, mi-Anglais, le détrompe Dom en riant. Et puis, tu as raison : nous sommes aussi réputés pour être de fantastiques poètes et de généreux amants.

Nora fait des bruits de bisous depuis le siège passager, couinant de plaisir. Colt fait semblant d'avoir honte d'elle tout en remontant nonchalamment la main sous sa jupe. Sur la banquette arrière, Dom passe un bras autour de mon épaule et me serre contre lui. Il embrasse le bout de mon nez.

— Tu veux confirmer ça, Everlynne ? me taquine Nora.

J'esquive en répondant que, malheureusement, je n'ai pas encore lu les poèmes de Dom.

— Pour toi, je compte en écrire, rebondit mon petit ami en déposant une salve de baisers dans mon cou.

Je me dégage et plaque un doigt sur sa bouche. Il fronce les sourcils et fait semblant de le mordre.

— Ce n'est pas juste, proteste-t-il, mon doigt toujours pressé contre ses lèvres. Et si j'ai quelque chose d'important à dire ?

— Tu en as déjà assez dit pour le trajet, tu ne penses pas ?

Une nouvelle salve de rires nous parvient des sièges avant.

— Et ça, avant même le premier verre, soupire Dom.

Nora glousse.

— Il est parfait, Ev. J'espère que tu le sais ?

Je pense que si Colt et moi n'étions pas dans le paysage, elle sortirait avec Dom en un battement de cil. Cette façon qu'elle a de le regarder, comme s'il était le seul homme dans la pièce… Je ne sais pas, parfois ça me pose question.

— J'ai quelque chose à te demander, murmure Dom entre mes doigts.

Je retire ma main de sa bouche.

— Je vous écoute, monsieur Graves.

— Me feriez-vous l'honneur de m'accompagner aux célébrations de Noël avec ma famille, mademoiselle Lawson ?

Il m'adresse un sourire franc, honnête, sincère.

— Il est grand temps que mes parents apprennent à connaître la femme de ma vie. Il faut que quelqu'un m'explique que je boxe hors de ma catégorie, et je pense que Brad Graves est l'homme de la situation.

Mon instinct me souffle de lui répondre qu'il est trop tôt. Que c'est trop. Dom et moi sortons ensemble depuis quelques semaines à peine.

Mais ces semaines ont été formidables, et elles m'ont amenée à ressentir plus d'émotions que les six années qui les ont précédées. Ce qui n'est pas rien, quand on sait à quel point j'ai été malheureuse.

Je m'apprête à décliner poliment l'offre, à lui dire que j'ai promis à mon père de rentrer à la maison pour Noël – ce qui est vrai –, quand Nora intervient.

— Elle *adorerait !* N'est-ce pas, Ever ?

— Évidemment que j'adorerais. Le problème, c'est que j'ai dit à mon père que...

— Merde !

Dom se frappe le front.

— Bien sûr. Ton père. Je n'y avais pas pensé. Tu as promis de rentrer à la maison pour Noël. N'en dis pas plus.

Il me prend la main, la tapote. Et nous passons le reste du trajet en silence.

Au pub, je comprends que quelque chose ne va pas. Dom me regarde à peine. Il ne pose pas son bras sur le dossier de ma chaise comme il le fait d'habitude, il ne s'extasie pas sur ma tenue, ma commande et mon existence en général. Je mange mon hachis parmentier en feignant que la situation n'a rien de gênant. Je me demande si je manifeste assez de reconnaissance pour la présence de Dom dans ma vie. Il s'intègre merveilleusement à mon quotidien. Il est génial avec mes amis. Il m'offre des cadeaux, de l'attention et un nombre incalculable d'orgasmes. Certes, j'avais prévu de passer Noël à San Francisco, mais j'en ai parlé à Dom il y a plusieurs semaines : comment aurait-il pu s'en souvenir ?

D'ailleurs, mon père n'a plus fait mention de ce projet. Nous n'avons même pas eu de conversation, depuis que j'ai proposé de rentrer. Ce n'est pas comme s'il s'en souciait.

Et ce n'est pas comme si Dom franchissait une limite. Après tout, lorsque je me suis retrouvée seule pour Thanksgiving, c'est lui qui est venu me sortir de ma déprime.

En d'autres termes, Dom m'a sûrement invitée pour ne pas que je me morfonde, et non seulement j'ai rejeté son offre, mais je l'ai aussi chargé d'annoncer à ses parents que je ne serai pas là.

À un moment donné, Nora va aux toilettes et Colt prend un appel à l'extérieur. Je me tourne vers Dom et pose une main sur son genou.

— J'ai l'impression que c'est tendu entre nous. Tout va bien ?

— Bien sûr. Pourquoi ?

— Je ne sais pas. Depuis cette conversation dans la voiture... J'ai le sentiment d'avoir fait quelque chose de mal.

— Pas du tout, c'est moi qui n'ai pas réfléchi avant de parler. Il n'y a aucun souci.

Il y a un silence, avant qu'il ne soupire.

— Bon, en réalité, OK, il y a un souci. Mais ce n'est pas ta faute ! Et je ne veux pas t'impliquer là-dedans, alors oublie.

— Non, dis-moi.

Il regarde à gauche et à droite, comme s'il préférait que personne n'entende.

— Je ne t'ai pas tout raconté, concernant mon cancer. Quand j'avais vingt-deux ans, j'ai eu une autre frayeur. Des résultats d'examens inquiétants. Qui ont nécessité des investigations plus poussées.

Mon cœur est déjà dans ma gorge. J'acquiesce.

— À l'époque, j'étais avec une fille, une certaine Emily. Pour être honnête, ce n'était pas *une certaine* Emily, c'était *mon* Emily. Première petite amie, cavalière au bal de promo, première branlette...

— OK, je vois, je vois ! Pas la peine d'en dire plus !

Je ferme les yeux et agite frénétiquement les mains. Dom glousse.

— Nous étions ensemble depuis le lycée. Quand elle a appris, pour mes examens... que ça ne se présentait pas bien... que je devrais peut-être recommencer la chimio...

Il se frotte la nuque.

— Disons qu'elle a annulé Noël et qu'elle m'a plaqué dans la foulée. Elle a dit que c'était trop pour elle. Qu'elle ne pouvait pas vivre avec cette peur, ce nuage au-dessus de sa tête. Ma mère n'a pas franchement apprécié. Comme je l'ai dit, ça n'a rien à voir avec toi, mais depuis, Mme G. est très sensible à la question de Noël. Surtout quand il s'agit de mes partenaires. Je n'ai pas amené de fille pour les fêtes depuis. Alors, quand j'ai dit à maman que je voulais t'inviter, elle s'en est fait toute une montagne... Mais c'est ma faute, Lynne, pas la tienne.

Même si Dom m'assure que je peux aller à San Francisco, je comprends la situation difficile dans laquelle nous nous trouvons tous les deux. Il ne fait aucun doute que la méfiance de sa mère, si je ne l'accompagne pas, sera parfaitement injustifiée... mais une personne m'a un jour dit que les gens ne sont que la somme de leurs expériences. Qui suis-je pour la juger, si le sujet de Noël la rend irrationnelle ?

J'attrape la main de Dom et presse ses jointures contre mes lèvres.

— Je viendrai.

— Lynne, s'il te plaît.

Il me fait un sourire gêné. Comme s'il aurait préféré ne rien dire.

— Non, vraiment. Mon père... il comprendra.

Au moment où je prononce ces mots, je ressens une bouffée de soulagement. Je réalise, à ma grande honte, qu'il ne m'en a pas fallu beaucoup pour renoncer à San Francisco. Entendre la détresse de Dom m'a certes donné une bonne excuse, mais au fond je préfère passer mes vacances avec de parfaits inconnus plutôt qu'avec la famille que j'ai détruite. Quant à papa et Renn, ils se portent mieux quand je ne suis pas dans les parages. Je ne ferais que gâcher Noël et compliquer la situation.

— Je vais lui expliquer. Je vais m'en occuper, ne t'inquiète pas. Dom ?

— Ouais ?

— Je ne suis pas Emily, dis-je.

— Je sais.

— Je ne vais nulle part.

— On dirait que nos quatre-vingt-dix-neuf pour cent de chances de ne jamais nous marier ont reculé à quatre-vingt-onze...

Il ramène une mèche de mes cheveux derrière l'oreille. Je me penche, attrape son visage et l'embrasse.

— Et tu sais quoi ?

— Hmm ?

Je me jette à l'eau, je ferme les yeux et j'arrache le pansement.

— Moi aussi, je t'aime.

Finalement, j'opte pour la lâcheté.

J'appelle mon père pendant qu'il est au travail – plus précisément, pendant sa réunion hebdomadaire avec ses associés –, et je lui laisse un message vocal, en faisant semblant d'avoir vraiment tenté de le joindre.

« *Papa, c'est moi, Ever. Écoute... Je ne sais pas comment t'annoncer ça. Je suis vraiment désolée, mais je ne pense pas pouvoir rentrer à la maison pour Noël. Il y a eu un imprévu. Un ami m'a invitée et c'est important que j'accepte. Je suis vraiment désolée. Parlons-nous bientôt, fixons une date, et je viendrai. Une date en janvier. Je. . . J'espère que vous vous amuserez quand même sans moi.* » Je sais qu'ils s'amuseront. Je sais que papa et Renn m'invitent pour éviter de se sentir coupables. Ils ont manifesté sans ambiguïté ce qu'ils pensaient de moi, après l'événement. « *Je... eh bien... rappelle-moi. Au revoir.* »

Un jour passe. Puis deux. Le troisième jour, il devient clair que mon père ne rappellera pas. Une part de moi le comprend. Une autre a envie de vider son sac, d'expliquer que j'ai toujours été traitée en intruse depuis ce qui est arrivé à maman. Que chaque fois que lui et Renn me regardent – ce qui n'est pas souvent –, je lis dans leurs yeux la réprobation. Après que j'ai quitté la fac, après que j'ai fui, ils ne m'ont pas téléphoné. Ils ne m'ont pas envoyé de textos. Ils ont tout fait pour m'éviter. Ce n'est que maintenant, des années plus tard, qu'ils commencent à s'intéresser à moi. Et si c'était trop tard ?

Papa me ghoste comme si j'étais un mauvais plan Tinder.

Renn ne me répond pas. Même pas un MDR.

J'envisage d'envoyer un message à Pippa pour lui demander si elle peut y aller pour s'assurer que tout va bien. Mais ça fait si longtemps que je n'ai pas répondu aux siens que ça paraît bien égoïste.

Cependant, malgré ma peine et mes tourments, Dom continue d'égayer le quotidien à coups d'anecdotes incroyables et de projets réjouissants. Noël chez lui sera à base de décorations, de pulls d'une laideur épique, de baisers sous le gui et d'une chorale apparemment extraordinaire.

Et je l'écoute, je prends des notes, prête à tout pour m'intégrer à ma nouvelle famille.

Chapitre 11

Trois coups frappés à la porte me tirent de mon sommeil. Étant donné que c'est le matin, un jour de semaine qui plus est, je ne pense pas tout de suite « serial killer », pour une fois. Je me traîne jusqu'à l'entrée, shootant au passage dans le bol d'eau de Loki par inadvertance.

— Qui que vous soyez, vous avez intérêt à avoir apporté des viennoiseries.

Je regarde autour de moi, papier peint décollé, plancher branlant, jusqu'à ce que je remarque la présence d'une petite boîte carrée posée sur le paillasson. Bien qu'elle soit couverte de timbres et autres étiquettes, je la reconnais instantanément. Je n'ai pas besoin de vérifier l'adresse de l'expéditeur pour savoir qu'elle provient de ma maison d'enfance.

À : Everlynne Lawson
De : Martin Lawson

C'est une gifle, et mon père le sait. Je le sais. Il suppose que je n'ouvrirai pas la boîte. Que je n'aurai pas le cran d'affronter ce qu'elle contient. Il a raison. Le fait qu'il essaie de me blesser, cependant, est nouveau. Eh bien, mission accomplie, papa. Je suis blessée. Un coup de poignard en plein cœur.

Pourquoi me fait-il un coup pareil ?

À contrecœur, je ramasse l'objet maudit et l'embarque dans ma chambre, le tenant à bout de bras pour mettre le plus d'espace possible entre nous. Loki traîne dans mes pattes, sentant probablement ma détresse et voulant rester dans les parages au cas où tout ça dégénérerait en crise de nerfs.

La boîte est lourde. Plus lourde qu'elle ne le devrait. Lourde de souvenirs. De regrets. De toutes les choses que je n'ai pas dites et que j'aurais dû dire. Lourde de ce moment d'insouciance qui a fait basculer ma vie entière. Je la range dans mon placard, entre mes vieilles boots et les robes en tapons que j'ai la flemme de pendre.

Mes mains s'attardent sur la surface en bois gravé. Le bout de mes doigts picote. Une partie de moi veut enlever le couvercle. Une autre partie sait à quel point cela m'affecterait. En ce moment, je suis obligée de refouler pas mal d'émotions pour ne serait-ce que continuer à vivre, et ouvrir cette boîte reviendrait à libérer d'un coup tous mes démons.

J'entends la machine à café se mettre en route. Colt pousse un bâillement. Depuis la porte entrouverte de ma chambre, je le vois s'étirer, mais lui ne me voit pas.

Nora fait son apparition. Elle passe les bras autour de sa taille et laisse sa tête reposer contre son torse. Il lui tapote les fesses.

— Alors, voilà qui est fait. Morticia s'est enfin trouvé un Gomez, et le plus incroyable, c'est qu'il n'a même pas l'air sociopathe ou quoi.

Attendez, il parle de moi, là ? Nora se hâte de prendre ma défense. Elle donne à son petit ami un coup sur la poitrine.

— Arrête de l'appeler comme ça, espèce de langue de vipère.

— Allons, Nor, tu sais que je l'aime bien.

Il lui palpe de nouveau les fesses en se dirigeant vers la cuisine. Elle le suit. Je me colle contre la porte pour pouvoir les entendre.

— C'est une fille géniale. Elle est drôle. Intelligente. Plutôt canon, quand on n'a rien contre le noir. Ce que je ne supporte pas, c'est la façon dont tu la couves.

Colt ouvre le réfrigérateur. Je n'ai pas besoin d'être présente pour savoir qu'il est en train de boire notre lait directement à la brique.

— Je ne la couve pas, objecte Nora.

— Vraiment ? Excellente nouvelle. Emménage avec moi, en ce cas.

— Tu sais bien que je ne peux pas faire ça.

— C'est vrai. Rappelle-moi pourquoi, déjà ?

— Argh ! s'exclame Nora en tapant du pied. Tu ne comprends décidément pas ! Elle n'a pas d'autres amis que moi, ici ! Elle quitte à peine la maison, excepté pour aller bosser. Elle se sent seule. Elle est triste. Elle est perdue. Et... écoute...

Elle prend une inspiration. Je retiens la mienne. Je me fiche d'espionner. C'est après tout de *moi* qu'ils parlent. Et j'ai besoin d'entendre. Ce qu'ils disent, quand ils ne savent pas que je suis dans les parages. La vérité nue, qu'ils préfèrent passer sous silence.

— ... J'ai pitié d'elle, d'accord ? admet Nora.

Je ferme les yeux. L'humiliation enfonce ses crocs si profondément en moi que je m'étonne que ma chair ne craque pas.

— Elle n'a personne au monde. Son job à la boutique est solitaire et, dans l'autre, elle ne fréquente que des touristes. Je suis l'un des piliers de sa vie.

— Tu es un pilier de la mienne, lui rappelle Colt, à présent radouci. Qu'est-ce que cela signifie pour moi ? Tu comptes vivre avec elle pour l'éternité ?

— Ne sois pas ridicule.

Nora laisse échapper un rire nerveux.

— Les choses évoluent rapidement entre Dominic et elle. À mon avis, ce n'est qu'une question de mois avant qu'il lui demande d'emménager avec lui. Il a presque trente ans, tu sais. Il veut se poser.

— Donc mon désir d'habiter avec ma petite amie dépend du désir de Dominic d'habiter avec la sienne ? relève Colt d'un ton railleur.

Je déteste devoir lui donner raison. Je déteste la logique de ses propos.

— Oui, répond tout bonnement Nora. Tu as tout compris.

Je ne sais plus si j'ai envie de la serrer dans mes bras ou de la secouer. Je me mets en travers de son bonheur, même si elle pense agir pour le mieux.

— Espérons seulement qu'elle ne foute pas tout en l'air. Ce Dom est vraiment un mec bien, soupire Colt.

Il sait que, pour l'heure, qu'il a perdu la bataille.

— Ils vont se marier, j'en suis sûre, ronronne Nora.

— Nous nous marierons en premier.

— Ooooooh ! Colty...

La machine couine, annonçant que le café est prêt. Le son de leurs baisers mouillés et de leurs mots doux emplit la cuisine. C'est un autre jour dans le monde.

Un autre jour que ma mère ne verra pas.

Chapitre 12

Pendant que nous roulons vers Dover, le matin qui précède Noël, Dom m'informe qu'il nous a inscrits à un atelier de cuisine jusqu'à l'été et qu'il m'offre des cours de calligraphie - une sorte de cadeau de Noël anticipé.

— Parce que, tu sais, tu m'as dit que tu faisais de l'art avant.

Un sourire timide se dessine sur ses lèvres. L'art est un domaine très vaste, et la calligraphie, elle, n'est vraiment pas une discipline qui m'intéresse.

Je lui suis reconnaissante de tout ce qu'il fait pour moi, mais je me sens aussi un peu étouffée. Je comprends qu'il veuille vivre à cent à l'heure, mais moi j'ai un rythme de tortue. Avec lui, j'ai tout le temps l'impression d'avoir dix trains de retard.

— Ça fait beaucoup d'activités extra-scolaires, relevé-je innocemment.

— Tu ne peux continuer ce travail éternellement. D'une, tu le détestes. De deux, l'art est plus amusant, plus gratifiant et ouvre plus de perspectives.

Je n'ai pas parlé à Dom du fait que mes fameuses créations étaient des tombeaux. Je suis presque certaine que ça le ferait fuir. Étant restée évasive, je ne peux par conséquent pas lui en vouloir de s'être planté.

— Tu as raison, dis-je. Rien ne m'empêche d'essayer. Peut-être que la calligraphie va s'avérer être mon truc.

— Tu as discuté avec ton père, dernièrement ? s'inquiète Dom.

— On a raccroché juste avant que tu viennes me chercher.

Honnêtement, je ne qualifierais pas ce que nous avons eu de conversation. Nous avons échangé des « Tu me manques » vides et évité d'aborder la question de mon absence, ou de la boîte qu'il m'a envoyée, ou du fossé entre nous qui se creuse un peu plus chaque jour.

— J'espère que vous allez trouver un moyen de vous voir. Si tu y vas en janvier, je pourrai peut-être t'accompagner ? J'ai accumulé pas mal de congés, propose Dom.

Rien que d'y penser, j'ai envie de vomir. Je n'ai pas parlé de Dom à mon père. J'aurais trop honte d'admettre que je cherche à être à nouveau heureuse.

— À quoi dois-je m'attendre, concernant ta famille ? demandé-je pour changer de sujet. Prépare-moi.

— Ma mère est géniale. Aucune préparation nécessaire de ce côté-là. Elle est chaleureuse, douce et sociable. Elle t'aimera immédiatement, parce que tu aimes son fils.

Il laisse son assertion un moment en suspens, avant de poursuivre :

— Quant à mon père, il a tendance à rester en retrait. Sur ce point, Seph et lui se ressemblent. Deux gars sombres, renfrognés, frisant parfois la grossièreté. Tant que tu n'abordes ni la politique ni les Red Sox, tu n'auras aucun mal à te le mettre dans la poche. Quant à Seph, vous vous êtes rencontrés.

— Pour tout te dire, non, pas vraiment, avoué-je.

Je n'ai pas évoqué l'incident des scones avec Dom, mais comme d'ici une heure je serai face à Seph, je pense qu'il est temps de clarifier ce qu'il s'est passé. Dom arque un sourcil, surpris.

— Je croyais que c'était le cas ?

— Non, ton frère était sous la douche. J'ai juste pris quelques scones et je suis partie.

— Une fois qu'on le connaît, Seph est un gars en or. Oui, il a une grande gueule, mais son cœur est plus grand encore. Franchement, je ne sais pas ce que j'aurais fait sans lui.

— D'ailleurs, pourquoi ne fait-il pas le trajet avec nous ?

— Il n'aime pas spécialement les roucoulades... Ça le rend dingue. Il voulait certainement éviter d'être coincé au pays des bisous-bébou-tout-doux.

— Il n'est pas heureux pour toi ?

— Il l'est, mais c'est compliqué.

Le téléphone de Dom sonne. Il le met en mode silencieux. Je ne vois pas trop ce qu'il y a de compliqué à se réjouir pour son frère aîné qui a rencontré quelqu'un.

— Il m'a l'air d'avoir un sacré caractère.

— C'est le cas, oui, mais... Ne le catalogue pas tout de suite, OK ? me demande-t-il en souriant. Je t'assure que c'est quelqu'un de bien.

Une heure et demie après avoir pris la route, Dom s'arrête dans une petite impasse pittoresque, devant une vaste demeure grise très Nouvelle-Angleterre. Le garage est assez grand pour y ranger trois voitures, il y a d'immenses baies vitrées et les rosiers sont impeccables.

Dom coupe le contact, fait le tour du véhicule. Il m'ouvre la portière. Je sors et je lisse le pull noir surdimensionné que j'ai enfilé en guise de robe par-dessus un legging noir. En dessous, j'ai mis une chemise blanche à col Claudine, pour avoir l'air davantage BCBG que gothique. J'ai également tressé mes cheveux indomptables et j'ai rentré mon piercing dans mon nez pour que personne ne le voie. Si Pippa était là, elle me traiterait de vendue. D'impostrice. Elle n'aurait pas tort. J'ai du mal à me sentir moi-même, comme ça.

Dom sort nos deux valises du coffre. La porte d'entrée s'ouvre. Une petite femme aux traits fins et harmonieux se précipite vers la voiture. Ses cheveux gris sont coupés court. Son sourire illumine son visage. Elle porte une robe rouge à col roulé. Elle se jette sur Dom et s'écrie :

— Oh ! chéri, comme tu m'as manqué !

Quelque chose en moi se brise. Parce qu'il n'y a rien que je désire plus que d'étreindre *ma* mère pour Noël, mais hélas elle est six pieds sous terre.

Dom embrasse sa mère, lui tapote les joues et recule d'un pas pour l'observer. J'aime les hommes qui se montrent affectueux avec leur mère. J'aime les voir serrer tendrement les femmes qui les ont mis au monde, surtout quand elles font deux têtes de moins qu'eux.

— Tu as une mine superbe, maman.

— Et toi, tu as l'air fatigué. Et beau comme tout. Mais surtout fatigué.

Elle rit. Je me rends compte qu'elle a raison, Dom a l'air *épuisé*. Normalement, je n'y prête pas spécialement attention parce que... eh bien, parce qu'il est infirmier, et que peut-être qu'ils sont tous dans cet état.

— Laisse-moi te présenter ma petite amie, Lynne.

Je ne le reprends pas en précisant que je mon prénom est Everlynne. Il est trop tard pour ça. Il aime m'appeler Lynne : et alors ?

Avec un grand sourire, je tends la main.

— Bonjour, madame Graves. Merci beaucoup de m'accueillir.

— Appelez-moi Gemma, je vous en prie. Merci beaucoup d'être venue ! Dom ne tarit pas d'éloges à votre propos. Je suis heureuse de vous rencontrer enfin.

Elle prend ma valise et avance vers la maison. J'ai beau tenter de protester, rien n'y fait.

— Non, non, vous êtes notre invitée. Maintenant, entrez. Il y a des rafraîchissements et des amuse-bouches, en attendant le dîner. Papa et Seph sont déjà en train de se disputer à propos des Red Sox. Ton intervention serait la bienvenue, mon chéri.

— Waouh, quelle surprise, ironise Dom. Ne t'inquiète pas, je vais les rappeler à l'ordre.

À l'intérieur, la maison des Graves est tout aussi impressionnante et splendide. Parquets, lustres, tapis moelleux, canapés rembourrés. Comme s'il sentait ma nervosité, Dom pose une main dans le creux de mon dos et dépose un baiser sur le sommet de mon crâne.

— Tu t'en sors très bien, bébé, murmure-t-il alors que nous suivons sa mère. Tu lui plais.

Lorsque nous entrons dans le salon, nous constatons qu'il est vide. Gemma met ses poings sur sa taille et fronce les sourcils.

— Ils étaient là il y a une seconde. Où diable ces deux-là ont-ils disparu ?

Elle jette un coup d'œil derrière Dom et moi, et son visage se fend d'un nouvel immense sourire.

— Oh ! les voilà.

Et à cet instant, je le sens. C'est comme une tempête qui se lève, la foudre qui s'apprête à s'abattre. Les petits poils de mes bras se hérissent. J'ai envie de tomber à genoux et de me mettre en boule pour éviter l'électrocution.

Mais il est trop tard, je le sais. L'éclair m'a déjà choisie.

Et il me frappera dès que je me retournerai.

Je pivote. Et là, je le vois.

Seph Graves se tient devant moi, mais je ne le connais pas sous ce nom.

Pour moi, il est Joe. *Mon* Joe. Le membre fantôme qui ne m'a pas laissée en paix ces six dernières années.

Mon premier amour, l'agent de ma chute, est le petit frère de mon copain.

Il est là. En chair et en os.

Et il fait la même tête que si on venait de l'éventrer.

La famille Graves au grand complet me contemple, mais aucun son ne sort de ma bouche. Je suis abasourdie, ma tête est probablement plus blanche qu'un linge.

Je ne peux rien faire sinon fixer Joe/Seph. Son visage est fermé, dur comme de la brique. Une attitude froide et glaciale que je n'avais jamais vue chez lui auparavant. Il ne ressemble pas à Joe – ce qui, je le comprends, est une pensée idiote, étant donné que je ne le connais même pas. Peut-être que c'est son expression habituelle. Peut-être qu'il a toujours l'air de vouloir se frayer un chemin parmi les gens en distribuant des coups de coude.

Oh ! mon Dieu. J'ai envie de vomir.

— Bébé ? Tout va bien ?

Dom frotte mon dos d'un geste circulaire, apaisant, en fronçant les sourcils. Je hoche faiblement la tête, me forçant à me ressaisir.

— Oui... oui ! Désolée, je suis Everlynne.

J'avance pour serrer d'abord la main de M. Graves. J'ai l'esprit tellement parasité, je n'arrive pas à imprimer son visage. À quoi ressemble-t-il ? Il est grand, je suppose, parce que je dois lever le menton pour lui sourire. Derrière le nuage de panique qui se forme devant mes yeux, je distingue également, floutés, une moustache et un gilet. La seule image qui soit en mode portrait, nette et tranchante comme la lame d'un rasoir, c'est celle de Joe.

— Bonjour, répond-il d'un ton bourru.

M. Graves n'est pas spécialement chaleureux. Rien à voir avec la petite boule de lumière qu'il a épousée.

— Je suis Brad. C'est gentil de vous joindre à nous.

C'est gentil à vous d'avoir semé les graines qui ont donné lieu à toutes mes histoires d'amour.

Je me tourne ensuite vers Joe. Il me regarde toujours, d'un air qui oscille entre profonde incrédulité et mépris écrasant. J'ai les genoux qui flageolent. Malgré tous les scénarios que j'ai échafaudés sur ce qui se passerait si nous nous revoyions un jour, jamais je n'aurais pu envisager cette situation. À juste titre. C'est de la torture. La matière dont sont faits les cauchemars.

J'attrape timidement sa main. Je tremble. Ma paume est moite. J'ai l'impression d'être un prisonnier qu'on a surpris en train d'essayer de s'évader. Nos peaux entrent en contact. Ça me fait comme une décharge. Sa paume est chaude, sèche. Grande. Ses yeux soutiennent les miens. Bleus, froids et illisibles.

— *Lynne*, c'est ça ? feule Joe/Seph.

Ce sont les premiers mots qui sortent de sa bouche et ils me font l'effet d'un claquement de fouet. *Il se souvient. Oh ! Seigneur.*

— Et toi, tu es *Seph ?*

J'insiste sur le prénom, reprenant peu à peu mes esprits.

— C'est comme ça que ma famille m'appelle, oui.

Il est poli, mais ce n'est pas du tout le même garçon qu'il y a six ans, qui m'embrassait comme si le monde était sur le point de s'effondrer.

— La route a été bonne ?

— Oui, très bien.

Il se tourne vers son père, ayant apparemment décidé qu'il en avait fini avec cette conversation.

— Je vais me chercher une Guinness.

— Prends en deux, gamin, glousse Brad.

— Quelque chose pour toi, D ? s'enquiert Joe/Seph en désignant du menton son frère aîné.

Dom secoue la tête et nous observe attentivement. Il doit percevoir les vibrations bizarres entre nous.

— Je me réserve pour le lait de poule. J'essaie de convaincre Lynne de goûter.

— C'est peine perdue, mon petit pote.

Je souris. Mon visage est d'argile.

— Pourquoi ne prendrions-nous pas tous un verre ? Je suis sûre que Lynne a envie de boire quelque chose, elle aussi, dit Gemma en nous rabattant vers la cuisine.

Cette fois, c'est plus fort que moi.

— C'est Everlynne. Ou Ever. Dom est le seul à m'appeler Lynne.

Je ne sais pas pourquoi je leur dis ça. Ce n'est pas comme si ça allait m'attirer les bonnes grâces de Joe. Ou comme si j'avais quoi que ce soit à gagner dans cette histoire. Je suis avec son frère désormais. Affaire classée.

Et puis, d'un coup, ça me frappe. J'ai couché avec son frère. J'ai couché avec deux frères, à six ans d'intervalle. Et ils représentent 66,67 % de mes partenaires sexuels, puisque le seul autre rapport que j'ai eu en dehors d'eux était avec Sean.

On peut dire que tu es grave branchée Graves, se moque la voix de Pippa dans ma tête. *Pippa.* Je voudrais l'appeler et lui raconter ce que je viens de découvrir. J'aurais besoin de ses conseils.

Ça ne m'est évidemment d'aucun réconfort de me dire que ça aurait pu être Joe et moi, le couple, ce soir. De me souvenir de la façon dont j'ai coupé les ponts, brusquement, férocement. À mon retour d'Espagne, nous nous envoyions des SMS à longueur de journée. Le dernier échange de textos que nous avons eu ne lui a donné aucun signe avant-coureur. Je le connais encore par cœur.

Joe : J'envisage d'écourter mon voyage.

Ever : Intéressant.

Joe : Vraiment ?

Ever : Eh bien, je suis sûre que ta famille a très envie de te voir.

Joe : Et ils me verront. Un jour ou deux. Ensuite, je pars vers l'ouest.

Ever : L'appel de l'or ?

Joe : Mieux que ça. Vois-tu, j'ai rencontré cette fille…

Ever : Au départ de toute bonne histoire, il y a une fille. Dis-m'en plus.

Joe : Elle est sexy, elle a de super goûts en musique et elle me comprend.

Ever : Est-ce qu'elle a un nom ?

Joe : Oui.

Joe : Mainstream.

Ever : MDR. Je te déteste.

Joe : Justement, parlant de sentiments, accroche-toi bien, parce que j'ai un aveu à te faire.

Il a commencé à taper la suite, mais je n'ai jamais vu son message. Je n'ai jamais répondu.

Désormais, mon appareil de l'époque gît au fond de l'océan Pacifique, couvert de rouille et d'algues.

Et moi, je suis ici, dans une famille qui n'est pas la mienne, pour célébrer loin de la maison une fête qui était sans conteste la préférée de ma mère.

Nous prenons place autour d'une table garnie de tartes – aux patates douces, aux fruits –, ainsi que de vin et de bière.

— De quoi se mettre en appétit avant le dîner !

Le rire cristallin de Gemma résonne dans la pièce chaleureuse et décorée. J'opte pour le vin et vide mon premier verre avant que les tartes n'aient fini d'être coupées. Dom m'en verse un autre en silence, me lançant un regard inquiet. Il faut que je me ressaisisse. Mais chaque fois que je jette un coup d'œil dans la direction de Joe, il m'examine avec ce que je commence à identifier comme étant un mélange d'effroi et de méfiance, tout en buvant sa Guinness en bouteille.

Les souvenirs doivent être en train de lui revenir. La façon dont je l'ai ghosté sans aucune raison et dont j'ai disparu de la surface du globe.

Dom, Gemma et Brad sont en train de discuter. Ils parlent des embouteillages que nous avons eus sur le trajet, des choses à faire à Dover pendant notre séjour, et « Oh ! tu te rappelles la fois où la maison de Mme Pavel a pris feu parce que les enfants avaient allumé la cheminée par peur du Père Noël ? » Ignorer ce bruit de fond est d'une facilité déconcertante.

Plus je regarde Joe, plus je me rends compte que ma mémoire ne lui a pas rendu justice. Il n'est pas aussi beau que Dominic, et pourtant il m'attire bien plus. Son nez trop pointu, ses oreilles un peu décollées, la courbe de ses lèvres toujours étirées en un sourire légèrement moqueur… Il est bâti comme un quarterback, musclé et robuste. Il est bronzé et doré de partout.

Je n'arrive pas à croire que c'est la troisième fois que nous nous rencontrons ainsi. Que le destin nous jette sur la route l'un de l'autre. Et que, chaque fois, un obstacle se dresse en travers de cette route.

Il y a tant que je voudrais lui dire, lui demander, lui *expliquer*, mais ce n'est pas le moment. Je doute que ce soit jamais le moment.

Note de bas de page : je dois tout raconter à Dom. Immédiatement. Fait chier. Quel bordel !

— Et vous, que font *vos* parents, Everlynne ? s'enquiert Gemma.

Les mots *institutrice* et *contremaître* ont voleté dans les airs pendant que je reluquais Joe.

— Mon père est expert-comptable. Il a son propre cabinet. Et ma mère… elle possédait une galerie d'art.

Je retiens mon souffle, espérant qu'ils ne relèveront pas que j'ai utilisé le passé. Aucune envie de me lancer dans une grande discussion autour de ma tragédie familiale. Surtout devant Joe. Heureusement, Gemma et Brad ne s'attardent pas sur le sujet.

— J'ai été deux fois à San Francisco, et les deux fois j'ai été stupéfaite de la quantité de brouillard ! Ce n'est pas comme ça qu'on se représente la Californie, nous autres, fait Gemma en riant.

En souriant, je m'efforce de me concentrer sur la conversation, ce qui nécessite d'ignorer les voix dans ma tête, qui crient *C'EST JOE, et DOM VA SUPER MAL LE PRENDRE et TU DOIS PARLER À L'UN ET À L'AUTRE AU PLUS VITE.*

— Oui, il fait frais sur la côte. C'est pareil à San Diego. C'est quand on s'enfonce dans les terres qu'il fait extrêmement chaud.

— *Foutrement* chaud, me corrige Dom en me tapotant le nez. Tu es une citoyenne de Nouvelle-Angleterre, maintenant : tu es tenue de t'exprimer comme telle.

Je m'efforce de rire, quand tout ce que je voudrais, c'est que cette soirée se termine pour que Dom et moi soyons seuls et que je puisse lui expliquer la situation. Joyeux Noël ? Joyeux bordel, oui !

La soirée s'étire durant des minutes, des heures, des jours, des années. J'ai presque du mal à me souvenir ce à quoi ressemblait ma vie *avant* d'entrer dans cette maison. Après avoir pris une douche et nous être changés, Dom et moi sommes soumis à un dîner en sept étapes. Ensuite, nous buvons des cocktails au coin du feu et ouvrons la porte à la chorale de Noël (Dom n'avait pas menti, ils sont *foutrement* bons). Puis nous nous couvrons bien pour aller voir les décorations de Noël en ville. Nous nous y rendons à pied, et Dom me tient la main pour que je ne glisse pas sur la neige. Gemma insiste pour prendre des photos de son aîné et moi, enlacés devant un énorme sapin de Noël. Elle nous aveugle avec le flash de l'appareil.

Même entourée de tous ces gens, je ne me suis jamais sentie aussi seule. Je me demande ce que font papa et Renn, en ce moment. Passent-ils Noël entre eux ? Sont-ils allés chez tante Mimi pour le réveillon ?

Je m'émerveille du fait que chaque famille a son propre ADN. Ses traditions uniques, ses blagues récurrentes, ses manies. Les Lawson, par exemple, ont l'habitude de dîner tôt et vite, d'ouvrir *tous* les cadeaux avant minuit et de finir avant le lendemain, grâce à un véritable travail d'équipe, un puzzle de deux mille pièces. Quant aux Graves, ils aiment apparemment condenser en une seule journée toutes les activités de Noël possibles et imaginables.

Tout au long de cette épreuve interminable, Joe et moi nous ignorons soigneusement.

Lorsque nous rentrons à la maison, il est près de minuit. En babillant sans relâche, Gemma nous escorte jusqu'à l'ancienne chambre de Dom. C'est une belle chambre, avec un grand lit, un mur peint en bleu et des rideaux vichy marine.

Je ne m'autorise pas à me demander à quoi ressemble l'antre de Joe.

Dom ferme la porte, mais pas avant d'avoir embrassé sa mère pour lui souhaiter bonne nuit. Je m'assois sur le bord de son lit et me prépare à avoir la conversation la plus embarrassante de ma vie.

Tu sais quoi, j'en ai une bonne ! Tu vois, ton frère ? Oui, ton seul frère. Eh bien, il s'avère qu'avant on sortait ensemble-slash-couchait ensemble-slash-j'étais, genre, folle amoureuse de lui.

Ouais... non. J'ai besoin de travailler un peu mon angle d'attaque avant de me lancer.

Tandis que Dom se déshabille et enfile son pyjama, je me demande même si je ne devrais pas d'abord consulter Joe. Après tout, c'est aussi *son* secret. La dernière chose que j'ai envie de faire, c'est causer des problèmes au sein d'une fratrie. Briser une deuxième famille – un talent caché que je me serais bien passée de découvrir.

— Alors ? Quelles sont tes impressions ? m'interroge Dom en se glissant sous les couvertures.

C'est mon tour de me lever et de me préparer à me mettre au lit.

— C'était très chouette. Ta famille est adorable.

— Je te l'avais dit.

Dom laisse son menton reposer sur sa main tout en me regardant enlever mon soutien-gorge. Ses yeux caressent le haut de mon corps, s'attardent sur ma poitrine. Il écarte la couverture et exhibe l'érection qui tend le tissu de son bas de pyjama. Il a envie de faire l'amour. Je lui jette mon soutien-gorge à la figure en affectant un rire léger.

— Oublie tout de suite. Tes parents sont à deux portes d'ici.

— Trois, corrige-t-il en frottant son nez dans mon cou. Tu serais surprise du nombre de salles de bains et de chambres d'amis. C'est Seph qui a la chambre la plus proche, et je l'ai entendu sauter des filles suffisamment souvent pour avoir l'impression de vivre dans un bordel. Le petit a eu une adolescence prolifique. L'heure de la revanche a sonné. Qu'en dis-tu ? Tu m'aides à égaliser ?

La nausée m'envahit. Je me sens comme si Dom venait de m'asséner un coup dans le ventre. Penser à Joe avec d'autres filles fait mal comme si nous étions encore ensemble. Comme si les six dernières années n'avaient pas eu lieu. Bien sûr, mon petit ami actuel ne peut pas le savoir.

Je me change pour enfiler un sweat à capuche noir et un pantalon de survêtement assorti, puis je me mets au lit. Dom m'entoure instantanément de ses bras. Difficile d'ignorer la bite entre nous.

— Elle veut te dire bonjour.

Mon rire sonne faux alors que j'embrasse ses lèvres.

— L'étiquette exige de je la salue en retour. Mais je suis fatiguée et j'ai beaucoup à absorber, après cette journée. Dans le *bon* sens du terme.

C'est la première fois que je lui mens. Jusqu'à présent, je m'étais contentée de ne pas tout lui dire.

— On remet ça à une autre fois ?

Il scrute mon visage durant une fraction de seconde, mais c'est assez pour que je me rende compte qu'il sait que quelque chose cloche. Je retiens mon souffle, suspendue à ce qu'il va dire.

— Bonne nuit, bébé. Je t'aime.

Il a décidé de ne pas chercher à me tirer les vers du nez. Ouf !

— Je t'aime aussi.

Pendant les cinq heures qui suivent, je me tourne et me retourne, en proie à l'insomnie, au supplice, attendant que Joe m'envoie un signe, une indication, ne serait-ce qu'un *souffle*. Quelque chose qui m'éclairerait sur ce qu'il pense, sur ce qu'il ressent.

Mais comme toutes mes prières, celle-ci reste sans réponse.

Chapitre 13

Vers sept heures du matin, l'aube transperce enfin la grisaille du Massachusetts, baignant la chambre d'enfant de Dom de teintes bleues et roses. La lune s'est faufilée derrière les arbres nus. Depuis de longues minutes, je la regarde s'effacer par la fenêtre. Sachant que je ne dormirai pas, je glisse mes pieds dans les pantoufles de Dom et avance discrètement jusqu'à l'oriel qui surplombe le jardin des Graves.

Il est en grande partie pavé, avec des pots de fleurs et des jardinières en bois. Près de la clôture se trouve une table ronde en fer forgé, entourée de deux chaises, et à côté se tient Joe, qui fume sa cigarette.

Je sursaute légèrement en le voyant. Les cernes sous ses yeux m'indiquent qu'il n'a pas dormi non plus, ce qui me donne enfin un sentiment de légitimité. Ça me confirme que ma réaction à ce qui se passe n'est pas excessive. Comme s'il sentait mes yeux sur lui, Joe lève le regard et percute le mien de plein fouet, pendant que, du coin de sa bouche, s'échappe un épais ruban de fumée. Je déglutis, attendant la suite.

Il ne bouge pas.

Il me met au défi. Je le vois dans ses yeux.

Que comptes-tu faire, Ever, rapport à notre petit problème ?

L'un de nous doit déplacer une de ses pièces sur l'échiquier. Et comme c'est moi qui ai choisi de disparaître sans aucune explication, c'est à moi de prendre le taureau par les cornes.

Avec précautions, je sors de la chambre de Dom et me dirige vers l'arrière-jardin.

Une vague de givre déferle sur mon visage lorsque je fais coulisser la baie vitrée. Je reste à bonne distance de Joe, comme si je craignais qu'il ne me morde. Il secoue son paquet souple, puis me le présente. Je refuse d'un mouvement de tête.

— Je ne fume pas.

Et tu le sais pertinemment, me retiens-je d'ajouter.

Il hausse les épaules, tire une bouffée sur sa cigarette en fixant ce qu'il reste de la lune avant qu'elle n'achève de s'évaporer derrière les arbres.

— Alors... Seph, hein ? m'enquiers-je.

Ce n'est pas la meilleure des entrées en matière pour éclaircir tout ce qu'il y a à éclaircir, mais je ne suis pas réputée pour mon éloquence en temps de crise.

— Ma famille insiste pour abréger Joseph en Seph.

Une réponse succincte, pas spécialement chaleureuse, mais pas non plus hostile.

— C'est bizarre, comme diminutif.

— La faute à mon grand-père : c'était le sien. Sinon, tout le monde m'appelle Joe. Et toi, quelle est ton excuse ?

Il fait référence à mon nouveau surnom.

— Tout le monde m'appelle Ever, mais je suppose que lorsque Dom t'a parlé de moi, il m'a appelée Lynne.

— Tout juste, dit Joe en contemplant toujours au loin.

Je décide de m'en tenir à Joe. Je sais ce que ça fait de se voir affublé d'un diminutif qu'on n'apprécie pas spécialement. Je me frotte le front en regardant autour de nous.

— Je dois dire que je flippe un peu de la situation.

— Bienvenue au club. Mets-toi à l'aise, on a de la bière pour ceux qui ont leur carte de membre.

J'aimerais qu'il se retourne et me regarde. Il essaie de garder ses distances, et je suppose que c'est par respect pour son frère. Un silence s'installe.

— Qu'est-il arrivé à ton projet d'écrire ? demandé-je enfin.

— Il est arrivé que je suis devenu adulte.

Un sourire sardonique étire ses lèvres. Ses yeux me survolent rapidement et s'autorisent à croiser les miens, avant de se reporter sur la clôture brune.

— Il était temps que je gagne ma vie.

— On peut écrire tout en gagnant sa vie. Rien n'empêche de publier en ayant un job à côté, dis-je.

Tout en jetant sa cigarette dans une flaque de glace fondue et boueuse, Joe tourne la tête dans ma direction. De la fumée s'échappe de ses narines et ses yeux sont deux fentes menaçantes.

— Très appréciable, cette petite leçon sur comment réaliser ses rêves, mademoiselle Je-Fais-Visiter-Salem-à-des-Ados-Blasés. Balaye devant ta porte, tu veux ?

L'impact de ses mots me fait reculer. Je ne suis pas habituée à cette version de lui. Dure, insensible. Mais, une fois encore, je ne suis pas habituée à lui du tout.

— Comment es-tu au courant ?

— C'est Dom qui me l'a dit. Qu'est-ce que tu fabriques à Salem, d'ailleurs ?

— Je ne suis pas allée à Berkeley.

Je lui offre cette information afin de pacifier la situation. De lui montrer que je ne veux pas qu'on s'engueule. Que je désire m'expliquer.

— Pourquoi ? me demande-t-il.

— Ma mère est morte. Quelques jours seulement après mon retour d'Espagne.

Enfin, son masque d'indifférence tombe et il me regarde. Il me regarde vraiment. Ses yeux sont pleins. Pleins d'émotions que je veux disséquer et dans lesquelles je veux me noyer. Durant une fraction de seconde, je pense qu'il va me prendre dans ses bras. Mais il enfonce les poings dans ses poches arrière pour s'en empêcher, et mon cœur fait une chute libre.

— Oh ! merde. Je suis vraiment désolé, Ever.

Ever. Entendre à nouveau mon nom dans sa bouche me donne envie de me briser en mille morceaux. Pour la première fois, il ressemble à celui dont je me souviens. Ce garçon qui me faisait me sentir aussi brillante et magnifique que le soleil.

— Merci.

— C'est arrivé comment ?

— Elle est passée sous un métro.

Même déglutir me fait mal.

— Pour me sauver.

— Putain de merde.

Joe ferme les yeux. Les larmes qui menacent de déborder piquent les miens. Je n'ai pas raconté à Dom ce qui s'était produit. Ni à Nora. Je ne l'ai raconté à personne. C'est si intime... si violent...

La résolution de Joe se brise. La mienne aussi. Nos corps explosent l'un contre l'autre dans une étreinte désespérée. Une étreinte à vous briser les os. Où les doigts griffent, où les corps fusionnent. Une étreinte si féroce et protectrice que je voudrais ne plus quitter ses bras. Je tremble à son contact. Je le sens trembler aussi. Il caresse l'arrière de ma tête. Je sanglote jusqu'à n'avoir plus de larmes. Le temps perd toute signification. Puis je me souviens que ce n'est pas sur son épaule que je suis censée pleurer.

Je m'écarte, tout en essayant d'imprimer son image. Je sais maintenant pourquoi j'ai été attirée par Dom, la première fois que nous nous sommes rencontrés. Les deux frères ont les mêmes yeux. Du marbre bleu moucheté de gris.

Aucun de nous ne mentionne le fait que j'ai cessé de répondre à ses textos et ses appels. Que j'ai disparu de la surface du globe. J'imagine qu'il a fait le rapprochement.

— Je suis simplement contente que tu ailles bien. Que tu sois en vie et en sécurité. J'ai souvent pensé à toi, tu sais, déclaré-je d'une voix enrouée.

Son visage redevient impassible alors que j'évoque notre séparation brutale. Il recule d'un pas, établissant une distance entre nous.

— Je suis désolée, je...

— Ne le sois pas, dit-il en me coupant la parole. Tu avais autre chose à gérer. Et puis, c'est mieux ainsi. On n'était que des gosses. Prêts à justifier leurs débordements hormonaux par de grandes phrases. Il s'avère que tu as arrêté les grandes phrases en premier. Ce n'est pas ta faute. Ç'a été dur à l'époque, mais je m'en suis remis.

Le fait qu'il dise ça m'ouvre en deux, même si je sais que ça ne le devrait pas. Puis, aussitôt, la culpabilité me dévore. Je me sens affreusement mal que Joe doive nous voir ensemble, son frère et moi. Tout comme je me sens mal que Dom se retrouve, à son insu, au beau milieu de tout ce merdier.

— Je suis heureuse avec ton frère, déclaré-je d'une voix faible.

Peut-être qu'heureuse n'est pas le bon terme. Je n'ai pas été heureuse depuis longtemps. Mais exister fait moins mal quand je suis avec Dom.

— Super, répond-il d'un ton détaché. C'est génial. Dom est un gars super. Il a bon cœur, il est responsable et, soyons honnêtes, c'est lui qui a été le plus gâté par la nature.

Mes narines se dilatent. Pourquoi se comporte-t-il comme ça ? *Comme quoi ? Comme un type qui soutient son frère et qui n'est pas à genoux devant toi ?*

— Écoute, ce n'est la faute de personne si ça s'est passé comme ça.

Je ne sais pas pourquoi je dis ça. Il le sait. Il sait que tout ça n'est qu'une terrible coïncidence.

— En effet. Maintenant que je sais pourquoi tu as disparu, je ne peux pas t'en vouloir. Et quand bien même tu n'aurais eu aucune raison valable de me jeter, ce n'est pas non plus comme si ça m'avait anéanti.

Un rictus amusé étire ses lèvres. Je voudrais disparaître. Mourir.

— C'est seulement que ça m'a surpris, c'est tout, poursuit-il. Mais je propose qu'on se comporte en adultes. Après tout, ce n'est pas comme si on avait fait quelque chose de mal.

— Certes, mais... nous devrions probablement lui dire ce qui s'est passé, suggéré-je.

— Oh ! je t'en prie, Ever.

La tête de Joe bascule en arrière et il laisse échapper un rire.

— J'apprécie ton sens moral aiguisé, mais il n'y a rien à dire. C'était juste une baise.

La façon dont il dit ça me donne envie de le gifler. Je n'y crois pas une seconde. Je ne crois pas *que lui* y croie une seconde. Mais quelles sont mes options ? Le convaincre que ce que nous avons partagé était bien réel ? Pour quoi faire ? Ce n'est pas comme si nous pouvions revenir en arrière. Il n'y a pas de seconde chance pour nous. De chance de s'expliquer. De réparer. De se pardonner.

— À sa place, tu ne voudrais pas savoir ? insisté-je.

Joe fait une grimace qui signifie « T'es sérieuse, là ? » La bonne nouvelle, c'est que quelque chose a enfin percé sa carapace d'indifférence.

— Non. Je serais furieux, s'il me le disait. Si je tombais amoureux d'une fille que Dom a sautée au clair de lune et qu'il me le jetait à la face, je lui démolirais le portrait. Deux fois de suite. On ne peut pas être blessé par ce qu'on ignore.

On ne peut pas être blessé par ce qu'on ignore est l'antithèse démoniaque de *Le savoir, c'est le pouvoir* – chose qu'il m'avait affirmée durant cette nuit que nous avons passée ensemble. Joe a manifestement opéré un virage à 180 degrés, ces six dernières années.

L'entendre tenir ces propos me tue. Non seulement ils soulignent à quel point Dom tient à moi, mais ils me rappellent que Joe ne ressent plus rien à mon égard.

— Je trouve que c'est un peu délicat de garder le secret, dis-je en croisant les bras.

— Désolé que cette situation pourrie heurte ta délicatesse. Tu sais quoi ? On n'a qu'à garder nos distances et faire comme si ce séjour en Espagne n'avait jamais existé. J'ai besoin de mettre de l'ordre dans mes idées. Tu jures de ne rien dire ?

Je suis dos au mur. Je vois bien que Joe veut protéger son frère. Je le veux aussi. Mais le mensonge pèse lourd sur ma poitrine.

Les yeux de Joe me scrutent, ne quittant pas mon visage. Ils me demandent confirmation. Je finis par céder et acquiesce. C'est le moins que je puisse faire.

— D'accord. Oui. Je le jure.

Il se penche pour presser ses lèvres froides contre mon front. Je ferme les yeux.

— Merci, lâche-t-il dans un souffle.

Et, avant que j'aie pu répondre, il se dirige vers la porte et disparaît à l'intérieur de la maison, me laissant enveloppée d'un nuage de tabac.

Pour la première fois en six ans, les digues qui entourent mon cœur rompent. Et tout le chagrin qu'elles retenaient, aussi noir et poisseux que du pétrole, s'en échappe.

Chapitre 14

Noël se déroule sans encombre. Joe et moi passons pro dans l'art de nous ignorer tout en nous jetant sans cesse des œillades. Il y en a plusieurs. Celle qui signifie « C'est quand même fou, non ? » Celle qui signifie « Qu'est-ce qu'on a fait pour mériter ça ? » Lorsqu'il me gratifie d'un silencieux mais parfaitement lisible « Je sais qu'il n'est pas le bon, je le vois sur ton visage », je suis presque tentée de lui rendre la monnaie de sa pièce avec un « Au fait, ton frère est un super coup. »

Je suis surprise que personne ne mentionne à quel point nous nous scrutons, étant donné le peu d'effort que nous faisons pour dissimuler ce qui se passe. Quand Gemma nous demande, à Joe et moi, de ranger la cuisine pendant que les autres s'occupent de la salle à manger, tandis que je fais la vaisselle et qu'il l'essuie, nous ne parvenons pas à nous retenir de nous engueuler à voix basse.

— Tu n'es pas super discret, sifflé-je.

— Ça pourrait être pire. Je pourrais me montrer ouvertement désagréable, amer, emporté...

— Je déteste cette situation ! gémis-je en lui tendant une assiette ruisselante.

— Tu sais, dit-il en la séchant avec un torchon, bizarrement, je trouvais encore plus détestable l'*absence* de situation.

Est-ce sa manière à lui de dire qu'il est heureux de me voir ? Que je compte toujours pour lui ? Je n'ose pas le lui demander.

Il serait injuste de lui poser cette question. Et puis, la réponse aurait des conséquences dévastatrices pour moi.

Le lendemain matin, Dom et moi faisons nos valises, nos adieux, puis reprenons la route. Sur le chemin du retour, en repensant à ma conversation avec Joe, je décide qu'il n'a pas tort. Raconter à Dom ce qu'il s'est passé entre nous n'apporterait rien de bon et ne ferait que le blesser. Il est probable que Dom ne mettrait pas pour autant fin à notre relation, mais enfin, il *saurait*, et ce savoir le hanterait pour toujours.

Il nous imaginerait en train de nous embrasser, de nous caresser, de gémir, d'onduler l'un contre l'autre.

Quand j'arrive chez moi, l'appartement est vide. C'est mieux ainsi. Je dois encore digérer la conversation de Nora et Colt à mon sujet. J'ai envie de leur dire que je vais bien. Qu'ils peuvent emménager ensemble. Qu'elle peut *partir*. Que je ne suis pas seule. Mais la vérité, c'est que je n'ai personne d'autre que Dom, et même cette relation semble bien incertaine en cet instant.

Toute la journée, le temps passe en bégayant. Dom est de garde à l'hôpital et je me retrouve à faire les cent pas dans ma chambre. Mes pensées reviennent sans cesse à Joe, mais je me dis que c'est naturel. Que c'est le choc. Que ça passera. C'est Dom, ma vraie vie. L'homme dont je suis amoureuse.

Je veux à tout prix prouver à Joe qu'il se plante à mon sujet, et je ne sais même pas pourquoi.

Prise d'une envie inexplicable de faire quelque chose de mes mains, je sors la boîte que mon père m'a envoyée comme pour me signifier « Va chier » et verse son contenu sur mon lit. S'y trouve un vieil appareil que maman m'a offert quand je me suis lancée, pré-ado, dans la photo. Les croquis des tombes que j'ai dessinés. Également des Polaroid d'elle et moi dans sa galerie. Des photos de notre visite d'Alcatraz, de nous deux dégustant une glace sur Union Square, de notre traversée du Golden Gate Bridge à vélo et d'une balade en tramway. Ma mère avait coutume de répéter que c'est un crime de ne jamais contempler sa ville avec des yeux de touriste. Nous aimions aussi San Francisco pour ses côtés clichés et nous en profitions entre filles pendant que papa et Renn s'adonnaient à leur passion pour le surf.

Elle me manque tant que je suffoque. Je m'effondre, le visage enfoui dans ma couette, à quelques centimètres seulement de tous ces objets si précieux, et je pleure. Alors que les larmes me submergent, les souvenirs font de même. Mais dans toute cette douleur, il y a également une graine d'espoir. Je me rappelle qui je suis et, plus important encore, qui je peux devenir.

— Tu vas voir, tu vas être fière de moi, Barbie Lawson, murmuré-je en enfilant mes boots.

Je descends en courant et je sors sous la pluie battante pour me rendre au magasin de loisirs créatifs le plus proche, dont je pousse la porte comme une possédée. J'achète un carnet de croquis, des crayons – un coffret de trente-cinq pièces, incluant également fusains et pastels – et un tableau d'affichage avec des punaises. Puis je rentre à la maison, je me prépare une tasse de thé vert, boisson que j'avais l'habitude de boire avec ma mère, et, pour la première fois depuis six ans, je m'autorise à faire quelque chose qui me rend vraiment heureuse.

Je dessine une pierre tombale.

Pour elle.

Lorsque Nora rentre à la maison un jour plus tard, je tente de lui exposer la situation.

— Attends, attends, attends !

Nora agite frénétiquement les mains sous mon nez pour m'arrêter. Nous sommes sur le canapé, Loki sur mes genoux, qui ronronne comme une machine à laver en panne. Je suis à peu près sûre que ma colocataire est soit ivre, soit en pleine gueule de bois, et qu'elle n'est pas en état d'assimiler toutes les infos que je viens de lui balancer. Elle se tient même la tête, sans doute pour éviter qu'elle n'explose.

— Tu es en train de me dire que le mystérieux frère, Seph, est en réalité Joe ? *Ton* Joe ? Et que tout ce temps, vous viviez dans la même ville ?

J'acquiesce, tout en guettant sa réaction.

— Putain, Ever... On dirait que tu es maudite, ma pauvre !

Je n'apprécie que moyennement ce commentaire. Ce qui en soi n'est pas grave. Nora a le droit de dire les choses comme elle le pense. C'est moi qui ai choisi de lui raconter mes mésaventures. Mais je ne peux pas m'empêcher de songer que Pippa me manque. Elle avait le don de toujours trouver les mots justes. Les solutions. Si elle avait été avec moi, elle aurait pris les choses en main et m'aurait fourni une analyse précise de la situation ainsi que la marche à suivre. Seulement, j'ai coupé les ponts avec elle après la mort de ma mère. Non que je lui en aie voulu, elle n'y était pour rien. Mais je me détestais trop, je ne me sentais plus digne d'être son amie.

— Pardon, je manque de tact, s'excuse Nora en me tapotant l'épaule. Ce que je veux dire, c'est que, même si c'est fou que vous vous retrouviez enfin après toutes ces années, j'imagine que tu te rends compte que tu ne peux pas être avec lui, n'est-ce pas ? Avec Joe, j'entends.

Elle me sonde du regard, pour s'assurer que je ne me suis pas mis en tête des idées insensées. Je détourne les yeux et glousse.

— Bien sûr que non, enfin !

— Ouf !

Nora s'essuie le front pour appuyer ses propos.

— Parce que tu ne *peux pas* quitter Dom. Je veux dire, n'importe quelle fille serait chanceuse de l'avoir, mais, en plus, vous allez particulièrement bien ensemble. Il te comprend. Vous êtes complémentaires.

Le problème avec les conseils de Nora, c'est que je ne sais plus s'ils sont donnés dans mon intérêt ou le sien. Je devine que ça l'arrangerait, si Dom me proposait demain d'emménager avec lui. Ce qu'il serait tout à fait capable de faire, le connaissant.

— Eh bien, c'est juste que... parfois je me demande.

Ça y est, les mots sont lâchés.

— Tu te demandes quoi ? m'interroge-t-elle en penchant la tête pour m'examiner.

— Si Dom et moi allons si bien ensemble ou si c'est juste que nous voulions tous les deux…

Tomber amoureux. À tout prix. J'ai *besoin* de Dom parce qu'il remplit ma vie, donc l'aimer a été une évidence. Il est ma bouée de sauvetage. Quant aux raisons qui font qu'il m'a choisie, je n'en suis pas encore tout à fait certaine.

— Évidemment, que vous allez bien ensemble ! Tu crois que je ne suis pas troublée par d'autres hommes, de temps en temps ? Parce que ça m'arrive ! Et plus souvent qu'on ne pourrait le penser. Mais en fin de compte, je sais que c'est Colt qu'il me faut.

OK, certes, ai-je envie de répondre. *Seulement, c'est le truc, avec les relations : tout le monde n'a pas la même.*

— Je ne suis pas sûre que ce soit le bon, dis-je.

Parce que c'est la vérité. Et c'est encore plus vrai en ce moment même.

— Bah, je sais pas, tu l'aimes ? me demande Nora.

— Oui, bien sûr.

— Et au pieu, c'est comment ?

— Au pieu, c'est *génial*.

— Tu penses qu'il fera un bon père ?

Nora me mitraille de questions à une vitesse ahurissante.

— Dom ? Il va être incroyable. Je l'imagine déjà avec son gant de base-ball lancer des balles sur une pelouse parfaitement tondue.

— Alors tu l'as, ta réponse. C'est le bon. Pas besoin d'épiloguer.

Je ne pense pas que ce soit aussi simple, mais j'ai comme dans l'idée que cette discussion va rapidement tourner en rond. Nora ne veut pas que je m'interroge sur mes sentiments. Elle fait partie de l'équipe Dover (Dom et Ever). Loki saute de mes genoux et se dirige vers son bol. Nora soupire d'un air rêveur.

— Quoi ?

Je la regarde de plus près, remarquant pour la première fois qu'elle n'est ni bourrée ni en pleine gueule de bois. Elle est *perchée*. Son sourire est assez grand pour qu'on y loge une banane dans le sens horizontal.

— Rien. Rien du tout, répond-elle en agitant de nouveau la main sous mon nez – pour la sixième fois depuis qu'elle a franchi la porte, réalisé-je.

Et enfin, je le vois. Le gros diamant qui scintille à son annulaire.

Je pousse un cri perçant et nous nous mettons à bondir de concert sur le canapé en nous tenant les mains. Les mots volent en l'air comme des confettis. « Oh, mon Dieu ! » et « Remontre-moi la bague » et « Tu vas être une si jolie mariée » et « Comment s'y est-il pris ? »

Il nous faut dix minutes pour arrêter de pleurer, de nous étreindre et de nous pâmer devant l'énorme caillou que Colt a choisi pour elle. Elle me raconte qu'il a fait sa demande à Noël. Elle avait commencé à déballer tous ses cadeaux et Colt a exigé qu'elle garde le plus petit pour la fin. Ses parents ont filmé la scène. Depuis, Colt et elle trendent sur TikTok. Puis elle me montre la vidéo de Colt, un genou à terre, tandis que sa mère crie en fond sonore : « Fonce, Nora ! », et je pleure, puis je ris de nouveau. Parce que je suis si heureuse pour elle ! Et parce que, moi aussi, je veux connaître ce type de stabilité.

Une petite voix me rappelle que c'est à portée de main. Je peux choisir la perfection. Tout ce que j'ai à faire, c'est tourner le dos à une unique nuit en Espagne.

Hashtag Dover.

Chapitre 15

Deux jours plus tard, je me rends chez Dom pour cuisiner. Je m'en tiens à mon (unique) spécialité : des pâtes avec une sauce en pot achetée au supermarché du coin et des pilons de poulet panés. Dom a fait de nombreuses heures supplémentaires cette semaine afin de remplacer ses collègues qui sont en vacances. Comme nous n'avons pas couché ensemble chez ses parents, nous en sommes à sept jours d'abstinence. Honnêtement, je ne suis pas sûre d'avoir envie de faire l'amour avec lui en ce moment. Je suis encore trop empêtrée dans mes sentiments.

Je déteste lui cacher des choses, c'est pourquoi j'essaie de compenser en étant la petite amie qu'il mérite. J'ai également conscience que l'heure tourne et que Nora est à deux doigts de m'annoncer qu'elle déménage. Elle *devrait* déménager. J'ai déjà gâché assez de vies comme ça, au cours de ma brève existence.

J'ai fait les calculs et je peux payer le loyer seule. C'est probablement mieux que je garde l'appartement au moins un an de plus. Je ne me vois pas sauter le pas et emménager avec Dom, étant donné tout ce qui se passe.

— Ce repas est incroyable, bébé, gémit Dom en dévorant un pilon.

Ma mère disait toujours qu'on pouvait en apprendre beaucoup sur un homme en observant la façon dont il mange son poulet frit. Quand on en vient à la nourriture, Dom est un sauvage. Il se lèche les doigts, dépiaute sa viande à la main, la broie avec ses dents. De l'huile coule sur son menton. Il est aussi comme ça durant le sexe. Affamé, cru, incarné. Pourtant, dans presque tous les autres domaines de la vie, il est doux, accommodant, presque placide ; les deux versions de lui coexistent ; mais je ne peux m'empêcher de soupçonner qu'il y en a une qui est plus vraie que l'autre. Ce qui m'ennuie, c'est que je ne sais pas laquelle.

Une fois que Dom a fini de manger, je débarrasse la table, je fais la vaisselle et je lui masse les pieds pendant que nous regardons l'adaptation cinématographique d'un livre qu'il a zappé de lire pour son club de lecture. Nous sommes couchés. À un moment donné, ma boucle d'oreille tombe et je m'accroupis par terre pour la chercher. Dom met le film sur pause et m'aide. Il secoue la couverture et les oreillers. Il remonte le couloir en louchant vers le sol. Il est presque arrivé au bout, quand ma main effleure une fine chaîne en or sous son lit. Je l'attrape. Elle serpente entre mes doigts, scintillante. La lettre S pend.

S pour Sally ?

Sonya ?

Salepute ?

— Dom ? l'appelé-je en inclinant le collier pour l'examiner à la lumière des rayons qui traversent les stores vénitiens.

Il se dirige à grands pas vers sa chambre.

— Oui, bébé ?

En silence, je brandis la chaîne, attendant un éclaircissement. Il tend la main et la récupère, fronçant les sourcils.

— Oups.

— Oups, en effet. Tu peux m'expliquer ?

J'ai le cœur qui bat la chamade. Je réalise que c'est ma porte de sortie. Si Dom m'a trompée, je peux tourner les talons et m'en aller sans me sentir coupable. Et alors... Alors quoi ? J'irai voir Joe ? *Oh ! au fait, c'est fini avec ton frère. Que dirais-tu d'aller boire un verre pour rattraper le temps perdu ?*

Non mais, c'est quoi mon problème ? Pourquoi je pense à ça ? Je ne veux pas rompre avec Dom. Je l'aime. Il est mon refuge.

Dom me rend le collier en ébouriffant ses cheveux parfaits.

— Ça remonte à avant qu'on ne se mette ensemble. Bien avant. Elle s'appelait Sierra. C'était un plan Tinder. Je ne fais pas ça d'habitude, mais je venais de perdre un patient et je me sentais très mal. Inutile de dire que je suis allé faire tous les dépistages nécessaires par la suite. Et puis, j'ai lavé les draps. Au moins cinq cents fois. Je les ai fait *bouillir*. La femme de ménage n'a pas dû passer sous le lit, je lui parlerai demain.

Même si Dom n'a rien fait de mal (officiellement, en tout cas), je suis toujours un peu refroidie, à la fois par le collier et par son explication. J'éprouve également un étrange sentiment de déception en apprenant qu'il n'a pas commis d'acte répréhensible. Cela signifie qu'il est bel et bien parfait, en définitive. Et la perfection, comme nous le savons tous, ne laisse pas de place aux évolutions et autres changements.

— Quoi, tu ne me crois pas ? me demande-t-il, choqué et blessé.

— Si, je te crois. Bien sûr que si !

Comment est-ce que j'en suis arrivée à m'excuser ? Maintenant, c'est moi qui me sens mal.

— C'est juste le contrecoup. J'ai vraiment flippé.

Dom me prend le collier, puis le jette théâtralement à la poubelle. Il frotte ses mains l'une contre l'autre pour dire « Bon débarras. »

— Voilà. C'est fait. On oublie, d'accord ? C'était avant que je sache que tu existes. Avant que je ne devienne l'homme que tu as soixante-seize pour cent de chances d'épouser un jour. Tu as changé la donne, Lynne.

— En parlant de changer la donne...

J'esquisse un sourire en chantonnant dans ma tête *C'est OK, tout est OK.*

— ... c'était censé être un pourcentage de chance de ne *pas* t'épouser. Tu as modifié les règles.

Il crochète l'encolure de mon T-shirt avec son doigt et m'attire à lui pour un baiser sauvage.

— Je peux me montrer un joueur assez vicieux, admet-il.

— Vicieux, ça me plaît…

J'oublie ma boucle d'oreille manquante et le film lorsque ses dents frôlent le côté de ma mâchoire, grignotent et mordent doucement en se dirigeant vers mes seins. Puis Dom s'arrête, semblant soudain se souvenir d'un truc.

— Au fait, tu as appelé le numéro que je t'ai donné, pour la calligraphie ?

Ma vieille amie l'anxiété revient me faire un petit coucou. Je me sens comme si j'avais une *to-do list* à laquelle j'étais incapable de m'atteler.

— Non, j'attends février. Janvier est un mois très chargé pour moi. Des visites guidées tous les jours. L'inventaire de la boutique. Je ne vais même pas réussir à trouver le temps d'aller voir ma famille.

C'est ma version de la vérité, et elle est plutôt trouble. Techniquement, je n'ai pas été invitée, depuis Noël.

— Et je vais devoir faire pas mal d'heures sup. Obligée. Maintenant que Nora est fiancée, elle pourrait déménager d'un instant à l'autre.

« *Et puis j'ai aquaponey,* glousse maman dans ma tête. *Tu as donné à ce garçon toutes les excuses possibles et imaginables pour esquiver ce cours, excepté la véritable : tu n'es tout bonnement pas intéressée !* »

— Tu sais, tu pourrais toujours emménager ici, propose-t-il. Je veux dire, Loki a déjà laissé entendre qu'il n'y verrait pas d'inconvénient.

— Merci pour l'offre, mais je ne veux pas qu'on se sente contraints de vivre ensemble.

— Je ne me sens pas contraint. Tu te sens contrainte, toi ?

Je ne sais pas comment répondre. Oui ? Non ? Parfois ?

— Non, dis-je enfin, parce que ce n'est pas la faute de Dom si j'ai un grain et que je suis complètement obsédée par son petit frère.

— Bon, en ce cas, c'est réglé. Quand Nora déménagera, tu emménageras avec moi.

— Je propose qu'on laisse cette conversation de côté, pour le moment.

Dom fait semblant d'attraper un objet invisible entre nous et de le mettre de côté.

— D'accord, mais n'espère pas pour autant être tirée d'affaire. Tu n'as pas besoin de tout gérer toute seule. Je suis là pour toi, bébé.

Un sentiment entre la gratitude et l'agitation me comprime la poitrine. Je me penche pour l'embrasser. Sa paume exerce une poussée dans le creux de mon dos et je tombe sur lui. Il place mes cuisses de part et d'autre de sa taille et roule sur moi, prenant le contrôle de la situation. Je ne peux plus repousser l'inévitable. Il passe la main entre nous, sous ma jupe, et écarte ma culotte pour caresser mon sexe. Je suis trempée. Même si mon cerveau n'est pas sûr de ma relation avec Dom, mon corps, lui, n'a aucun doute. Ce qui est embarrassant et agaçant, et surtout déconcertant.

Il me jette un regarde languide sous ses paupières lourdes.

— J'ai envie de toi, dit-il.

Je ne peux quand même pas le repousser ! Nous sommes censés faire l'amour. Un jeune couple en plein dans sa phase lune de miel. Maintenant que Joe n'est plus ce souvenir idéalisé, menaçant constamment de s'effacer, mais une vraie personne, que je peux voir quand je veux, son aura va diminuer.

— Je..., commencé-je, mais Dom est déjà en moi.

Encore habillé, son jogging en molleton simplement baissé sur les hanches.

Je sursaute de surprise, enfonce mes doigts dans ses épaules et mon bassin recule. Dom saisit mes fesses et m'empale sur son érection, me remplissant jusqu'à atteindre les racines de mon être.

— Ahhhh..., gémis-je en rejetant la tête en arrière.

Le plaisir est trop intense, trop addictif. C'est bon, mais c'est aussi différent de d'habitude. Pendant tout le temps où nous faisons l'amour, je me sens déconnectée. J'ai l'impression de flotter, de planer, de ne pas être présente à l'instant. Ça ressemble presque à de la masturbation. Nous jouissons tous les deux. Lorsque Dom s'effondre à mes côtés, épuisé et en sueur, je réalise que nous ne nous sommes pas embrassés de tout l'acte. Il prend une mèche de mes cheveux et l'enroule autour de son index.

— Oh ! j'ai failli oublier.

— Hmm ?

Je lui souris, avec l'impression d'être une poupée de porcelaine précieuse, fragile, incroyablement vide. Je peux entendre l'écho de chacun des battements de mon cœur.

— Seph a suggéré qu'on déjeune tous ensemble cette semaine. Apparemment, il se sent coupable de ne pas avoir cherché à mieux te connaître à Noël.

Je ne sais plus comment respirer. Ou du moins, je ne sais plus comment respirer correctement. Je suis en train de tanguer.

— Qu'en dis-tu ? demande-t-il.

Il est impossible que Dom sache ce que j'ai en tête. *Je* ne sais même pas ce que j'ai en tête ! Pourtant, son épaule se crispe contre la mienne, comme si tout son corps parait un coup.

Je n'arrête pas de penser à ton frère. Je n'ai jamais cessé de penser à lui. Je déteste que ce soit le cas. Je me déteste d'être incapable de faire les bons choix dans la vie.

Je me penche pour attraper sa lèvre inférieure entre mes dents et la sucer dans ma bouche.

— Il n'est pas forcé. Je ne suis pas un cornet de frites : tout le monde n'est pas obligé de m'aimer.

— Tu es la quintessence du cornet de frites, Lynne.

Dom rompt notre baiser, l'air sérieux, déterminé et… triste, je dirais ? Mais pourquoi ?

— Mieux : tu es un beignet avec un glaçage au sucre. Comme celui que tu m'offres chaque matin.

Presque chaque matin. Je me tiens à mon engagement de petite amie parfaite.

— Alors, je lui réponds quoi ?

Dom me regarde d'un air inquisiteur. A-t-il perçu quelque chose ? Impossible. Il m'en aurait parlé, sinon. La réponse est, bien entendu, « Non, plutôt crever. » Je me sens incapable de me maîtriser en présence de Joe. Et ma conception de l'enfer, c'est me retrouver en tête à tête avec les deux frères, coincée entre ce qui aurait pu être mon *pour toujours* et ce qui risque fort de devenir mon *à jamais*. Je n'ai aucune idée des raisons qui ont poussé Joe à faire cette suggestion saugrenue. L'une des dernières choses qu'il m'ait dites, c'est « Tenons-nous à distance. » Pas exactement une invitation chaleureuse. Il cherche peut-être à prouver quelque chose. À me montrer jusqu'où il est prêt à aller pour jouer son rôle de frère soutenant.

Ou peut-être qu'il est sincère, qu'il fait vraiment ça pour Dom. Dans ce cas, il est indubitablement plus respectable que moi, parce que je n'ai aucune intention de me soumettre à ce genre de torture émotionnelle.

Quoi qu'il en soit, je ne sais pas quelle est la bonne réponse. Je ne sais pas si Dom veut que je fasse un effort ou non. Pour l'instant, il a l'air un peu hésitant. Je navigue donc à vue.

— Laisse-moi vérifier mon emploi du temps et je te dis, OK ?

Je passe la paume sur ses pectoraux. Il me contemple encore un moment, avant de presser ma main et de l'embrasser.

— Je peux lui répondre ce que tu m'as dit plus tôt. Que tu es débordée ce mois-ci. Il comprendra.

Il semblerait que Dom n'est pas non plus très enthousiaste à l'idée d'une petite réunion à trois. Je suis soudain traversée par la possibilité que peut-être il en sait plus qu'il ne le laisse entendre. Il pourrait même nous avoir vus, Joe et moi, dans l'arrière-jardin. Quand nous sommes tombés dans les bras l'un de l'autre et que le monde entier a cessé d'exister. L'idée qu'il soit au courant me cause une douleur à la poitrine.

— Tu es un vrai pote, dis-je en lui présentant mon auriculaire. Je te ferai savoir quand mon emploi du temps se sera un peu libéré. *Deal* ?

Il passe son auriculaire dans le mien.

— *Deal*.

— Je t'aime, Dom.

— Je t'aime aussi, bébé.

Et ce doit être vrai, car même si nous ne retrouvons pas ma boucle d'oreille le lendemain, il débarque par surprise à mon travail pour m'offrir une nouvelle paire. Deux diamants.

Le must du must. Tout comme lui.

Une semaine s'est écoulée depuis que j'ai revu Joe chez ses parents. Le réveillon du nouvel an s'est déroulé dans l'effervescence d'une fête, d'un chaste baiser à minuit et de résolutions vides pour l'année à venir.

La présence de Joe persiste, imprégnant les trottoirs, saturant l'air. Salem est soudain devenu son territoire exclusif. C'est comme séjourner dans le même hôtel qu'une célébrité.

Je surprends son odeur dans l'ascenseur de l'immeuble de Dom. Je tressaille au moindre grand brun, me demandant si c'est lui. Il remplit mes journées, durant lesquelles je n'arrête pas de penser à lui. Et mes nuits aussi, tandis qu'il s'immisce dans mes rêves.

Je continue ma vie. Je souris, je fais mes courses, je caresse Loki et, par des nuits givrées et pleines d'étoiles, je monte sur une estrade invisible sur Essex Street.

Des nuits comme celle-ci.

— Bonsoir à tous et bienvenue aux Nuits de Salem. Je m'appelle Everlynne et je serai votre guide. Je sais, je sais : j'ai l'air d'une sorcière… parce que j'en suis une.

Je m'incline, cape noire drapée autour de moi, récitant mon texte. Les appareils photo clignotent, les adolescents gloussent. C'est déprimant de constater que la routine vide chaque chose de sa magie. Même lorsqu'on a un travail aussi cool que le mien.

Je me redresse, déplie ma colonne vertébrale, et c'est là que je le vois. Je me fige. Les mots se ratatinent et font marche arrière.

Joe se tient juste devant moi, la foule de touristes lui servant de toile de fond.

Un Levi's élimé. Un caban qui a bien vécu et qui crie « mystérieux rocker britannique ». Des yeux célestes qui semblent voir au-delà de mes vêtements, de ma peau et de mes défenses. Et ce visage. Ce visage qui est comme ma maison.

Son regard est une flèche empoisonnée qui m'atteint droit au cœur. Tous les yeux sont braqués sur moi. Suspendus. Me jaugeant. M'étudiant.

Que fait-il ? Plus précisément, que fait-il *ici* ? N'avions-nous pas décidé de garder nos distances ? J'ai rempli ma part du marché. Pourquoi n'en fait-il pas autant ? Et pourquoi une fraction de moi – plutôt conséquente – est-elle à ce point heureuse et soulagée de le voir ?

Je fais un pas vers lui. J'ai les jambes qui flageolent. Et je ne crois pas être capable d'articuler une phrase complète. Pourtant, j'y parviens.

— C'est réservé aux gens qui ont un billet.

Je ne veux pas de lui ici. Dans ma bulle, dans mon monde, dans... *moi*.

Joe brandit un QR code froissé. Il a dû l'acheter en ligne. Son visage est impavide.

— Tu as acheté une entrée ?

— Venir sans aurait été impoli.

— Pourquoi tu as fait ça ?

— Parce que tout travail mérite salaire.

— Ne joue pas à ça. Tu sais ce que je veux dire.

Ses narines se dilatent, ses yeux se baissent vers ses baskets.

— Parce que je pense qu'à Noël nous étions trop choqués pour faire correctement face à la situation et que nous avons des choses à nous dire.

C'est une raison valable, mais je n'y crois pas un seul instant. Je sais qu'il est là pour les mêmes raisons que je veux à tout prix l'éviter : le lien qui nous unit est trop puissant.

— Tu pouvais me contacter sans débarquer à l'improviste, fais-je remarquer d'un ton sec.

Je ne me sens pas capable d'avoir une conversation en tête à tête avec lui.

— Tu aurais esquivé. Je te fais peur, et nous le savons tous les deux, rétorque-t-il sans ambages.

— Va te faire foutre, Joe.

Il n'a pas le droit de me démasquer comme ça.

— Sur une plage en Espagne, par exemple ? réplique-t-il avec un sourire caustique. Je te rappelle que c'est ce qui nous a mis dans ce pétrin.

Je regarde l'heure à mon poignet. Cinq minutes seulement se sont écoulées depuis le début de la visite. Il en reste quatre-vingt-cinq.

— Tout va bien ? me demande une femme en avançant pour poser une main sur mon épaule. Vous êtes toute pâle.

Je lui adresse un sourire.

— Oui, bien sûr. Reprenons !

Je tape dans mes mains et regagne ma place au centre du groupe, bien décidée à survivre à cette soirée.

— Eh bien, mes chers camarades aux morbides obsessions, nous allons aborder l'histoire de la ville de Salem, dont évidemment la chasse aux sorcières de 1692. On va parler meurtres, fantômes, malédiction, guerre de Sécession. Bref, on va passer un bon moment !

Tout le monde glousse.

Tout le monde sauf *lui*.

L'heure et demie qui suit est une torture. Je fais comme si Joe n'existait pas, même si le monde semble s'être mis à tourner exclusivement autour de lui. Je me sens empruntée, comme si chaque mot qui sortait de ma bouche risquait d'être décortiqué. Je ne m'écarte pas de mon script, ne fais aucune blague. J'avance dans un champ de mines, sur la pointe des pieds, cherchant juste à *traverser*.

Finalement, ces quatre-vingt-dix minutes passent, et j'ai l'impression qu'elles ont duré six jours. J'achève ma visite comme je le fais toujours :

— Deux jeunes filles, qui sont sorties des rangs et qu'un médecin a diagnostiquées comme étant sous l'emprise du diable, ont déclenché cette hystérie. Ont divisé la communauté. Par elles, la haine a germé dans le cœur de chaque habitant du Nouveau Monde. Mais ne vous y trompez pas : ce n'était pas la faute des jeunes filles. Nous avons encore un long chemin à parcourir en termes de cohésion sociale. La meilleure façon de commencer ? Par nous-mêmes et par nos propres préjugés.

Les gens applaudissent. Je traîne pour répondre à quelques questions. Joe reste en retrait, appuyé contre un lampadaire, la lumière de l'écran de son téléphone éclairant son visage ciselé. Il m'attend, et un mélange de nausée, d'excitation et d'effroi m'envahit.

Il est si beau, si vivant, si *réel* que sa seule présence ici me déstabilise.

Quand les derniers touristes se sont éloignés, je me dirige vers lui. Nous nous faisons face et ressemblons à deux crétins bourrés prêts à se battre. Je croise les bras sur ma poitrine.

— Qu'est-il arrivé à ta suggestion de se tenir à distance ?

Joe donne une pichenette à l'arrière de son paquet souple de Lucky Strike. Le filtre d'une cigarette jaillit de l'ouverture. Il le prend entre ses dents, tire la clope d'un mouvement nonchalant de la tête, qu'il allume avec désinvolture.

— Ce n'est pas une visite de courtoisie.

Intérieurement, je me moque de la jeune fille que j'ai été. Celle qui est tombée amoureuse de lui. Joe est le cliché absolu du *bad boy*. Seulement, dans son cas, ce n'est pas un numéro, une façade. Il n'a pas, derrière, une personnalité dissimulée ; on sait à quoi on a affaire et il n'y a pas de petits caractères cachés au bas du contrat. Si je devais émettre une hypothèse sur la façon dont il mange son poulet frit, je dirais qu'il l'annihile, comme tout ce qu'il touche. Il est l'orage, je suis l'éclair, et chaque fois que nous nous rencontrons, c'est le chaos.

— Ça, j'avais compris, réponds-je sèchement. De quoi veux-tu parler ?

— Pas ici, fait-il en secouant la tête. Chez toi ?

— Ha ! Le fait que tu oses seulement suggérer cette possibilité...

— En ce cas, tu peux me dire quelle est l'alternative ? Si nous allons chez moi, Dom risque de nous apercevoir, rétorque-t-il en haussant un sourcil.

— Chez toi, c'est également hors de question.

J'attrape mon sac à dos et me dirige vers ma voiture. Il m'emboîte le pas. Sa foulée est si rapide, ses jambes si longues que j'ai l'impression de le ralentir.

— Si c'est à propos de cette histoire de déjeuner, je ne peux réellement pas, Joe. J'ai beaucoup de travail en ce moment. Considère donc que nous en avons terminé, que c'est fini, c'est réglé. Je respecterai ton souhait et ne dirai rien à Dom à notre sujet. Mais, s'il te plaît, ne m'oblige pas à faire semblant que nous sommes les meilleurs amis au monde, toi et moi.

Ça fait trop mal, m'abstiens-je d'ajouter.

Chaque mot que je prononce a le goût d'une balle de revolver, je peux sentir sa saveur métallique sur mes gencives. J'ouvre la portière côté conducteur d'un geste emporté. Vif comme l'éclair, il tend le bras et la claque. Son corps est si près du mien que je peux percevoir la chaleur qui en irradie. Je pivote vers lui, paupières plissées.

— Recule ou je t'envoie mon genou dans les couilles.

Avec une lenteur étudiée et un demi-sourire, Joe fait un minuscule pas en arrière, si bien que toute ma peau continue de vibrer de la proximité de la sienne.

— Ever, lâche-t-il d'une voix rauque.

Je ferme les yeux. Bon sang, je suis dans la merde. Mon nom sur ses lèvres suffit à me liquéfier de l'intérieur. J'ai beau essayer, je me sens impuissante.

— Non, le coupé-je, refusant d'entendre la suite. Je ne peux pas faire ça à Dom. Je ne peux pas me faire ça à *moi*. Je porte déjà assez de culpabilité pour une vie entière.

Les doigts de Joe s'enroulent autour de mon épaule. Je résiste à l'envie de m'effondrer contre sa poitrine et de sangloter. C'est si bon ! Si bon d'être touchée par lui. J'essaie de déterminer si ce contact est approprié ou non. Mais je suis tellement perdue que je suis incapable de trancher.

— Ouvre les yeux. Regarde-moi.

J'obéis. Nous nous fixons.

— Je ne vais pas t'embrasser, me tranquillise-t-il.

Sa voix n'est pas dépourvue d'autosatisfaction. Probablement qu'il sait qu'il le pourrait, s'il le voulait. Il a conscience que je n'arriverais pas à le repousser.

— Je n'ai pas peur de toi, déclaré-je en plissant les yeux.

— Vraiment ?

Mes propos ont l'air de l'amuser – autant qu'on peut avoir l'air amusé, quand on est à ce point impassible et ténébreux.

— Peut-être que c'est un tort. Que tu devrais avoir peur, étant donné la façon dont tu réagis à ma présence.

— Tu vas me dire pourquoi tu es là, à la fin ?

Je lui ai posé la question mille fois ! Il jette sa cigarette sur le trottoir.

— Après Noël... Je ne sais pas ce qui s'est passé. Ou plutôt, je ne suis pas *sûr* de ce qu'il s'est passé. Mais soudain, pour la première fois en six ans, j'ai commencé à...

— ... écrire, terminé-je à sa place.

Ses yeux s'écarquillent légèrement, mais il veille à ne rien laisser paraître : ce serait indigne du grand Joe Graves que de montrer ses émotions. J'opine, cette fois complètement déprimée.

— J'ai recommencé à faire des croquis après t'avoir vu, moi aussi. Pour la première fois en six ans.

Il semblerait que nous ayons cessé de créer à peu près au même moment. Comme si, lorsque nous nous sommes quittés, nous avions emporté la muse de l'autre et l'avions gardée en otage. Je comprends maintenant de quoi il s'agit. Une proposition de troc. « Rends-moi mon talent et je te rendrai le tien. » Ce n'est pas moi, que Joe veut : c'est ce que je suis capable de lui restituer. Son inspiration.

— Qu'est-ce que ça signifie, à ton avis ? grogne-t-il, l'air agacé.

Je hausse les épaules, essayant d'ignorer le fait que sa main est toujours posée sur l'une d'elles.

— Je ne sais pas. Qu'on se rend créatifs ?

— C'est plus que ça, et tu le sais, déclare-t-il comme si de rien n'était.

— Que nous sommes les muses l'un de l'autre, me corrigé-je.

— Oui, acquiesce-t-il, mi-soulagé, mi-furieux. Et c'est franchement tordu.

— Ça n'en demeure pas moins vrai, dis-je en posant mon pied à plat sur la carrosserie de ma voiture. Mais ça n'a aucune importance. Nous devons penser à Dom.

Dom, si beau et si doux. Qui m'a demandé d'emménager avec lui. Mon plus grand supporter. L'homme qui m'aimait avant que j'apprenne à m'aimer.

— Alors, qu'est-ce que tu suggères ? D'abandonner notre art ? De tourner le dos à notre unique chance de produire une œuvre ?

Joe a l'air consterné. Comme si nous avions tous deux une mission essentielle qui exigeait des sacrifices. Et peut-être que c'est le cas. Quand, exactement, ai-je cessé de croire en moi ?

Le jour où maman est morte. Le jour où tu as causé sa mort.

— De l'art ? lâché-je avec un grognement méprisant. Tu parles de mes gribouillis ?

Joe se pince l'arête du nez, exaspéré. Je vois bien qu'il lutte contre une centaine d'émotions. Sa loyauté envers Dom. Son désir d'écrire. C'est un beau bordel. *Nous* sommes un beau bordel. Ni ennemis ni amis. Et même s'il est évident que Joe ne me garde pas rancune de notre histoire, il est clair qu'il est en colère. Enragé comme je le suis. Contre le monde entier. Contre cette situation.

Il fouille dans sa poche avant et en sort un paquet de mouchoirs en papier. Il en tire un et l'agite entre nous.

— Bon, recommençons à zéro.

— Je ne veux rien recommencer du tout.

Peut-être que si je continue à le répéter, ça finira par être vrai.

— Tu n'as pas le choix. J'ai brandi le drapeau blanc. Il y a des règles, en ce monde, Ever. Tu ne peux pas attaquer un négociateur qui avance vers toi désarmé.

Mais il se trompe, il n'est pas le négociateur : il est l'arme qui me tient en joue.

— Écoute, je ne sais pas pourquoi on se retrouve dans cette merde, ajoute-t-il en passant la main dans ses cheveux noirs. J'y ai pensé toute la semaine. Peut-être que j'ai fait quelque chose de vraiment affreux dans une vie précédente. Que c'est mon châtiment karmique.

C'est ce que je me suis dit aussi à mon propos. Ce qui n'est pas une surprise : lui et moi sommes pareils.

— Ou peut-être que toi et moi n'étions pas faits l'un pour l'autre, poursuit-il. Ou peut-être est-ce juste le hasard qui nous a conduits là. Quoi qu'il en soit, ça ne change rien au fait que je n'ai pas réussi à écrire un mot depuis le jour où tu as quitté l'Espagne. Or, la semaine dernière, j'ai écrit quatre pages.

Il prend une grande inspiration et ajoute :

— Recto verso.

— Ça m'a fait du bien, admets-je en me mordant la lèvre. De créer à nouveau.

Son regard se pose sur ma bouche.

— Je peux faire en sorte que tu te sentes encore mieux.

Mes sens s'aiguisent et ma température corporelle monte lorsqu'il fait un nouveau pas en avant. Il se penche, ses lèvres effleurent le creux de mon oreille.

— En te rendant ton inspiration, Ever. Pas en te faisant jouir.

Je le repousse, presque violemment.

— Allez, lance-t-il avec un petit rire, j'essayais juste de détendre l'atmosphère !

— Qu'est-ce que tu suggères ? m'impatienté-je.

— Qu'on se voie. Qu'on traîne. Qu'on échange des idées. Qu'on parle de livres, de musique, de l'existence en général. Ça restera strictement platonique. Tu réveilles quelque chose en moi, Ever. On n'a pas besoin d'être ensemble. On peut se contenter… d'être dans la vie l'un de l'autre. De profiter de cette étincelle.

— Tu ne comprends donc pas ? répliqué-je en balayant d'un revers de la main sa rhétorique. C'est exactement pour ça qu'on ne peut pas traîner ensemble ! Tu sais ce qui arrive aux étincelles ?

— Elles se transforment en flammes.

Résigné, il secoue la tête.

— Alors, tu le sens, toi aussi, hein ?

— Au plus profond de mes os, admets-je.

— Qu'est-ce que ça change ? Il existe pléthore de gens qui rêvent de baiser et qui ne le peuvent pas. Nous ne sommes pas des animaux ! On peut quand même se parler sans que ça vire à l'échange de fluides corporels ! On peut être…

Il ne dit pas *amis*, parce que nous ne pouvons pas l'être. Je souris tristement.

— Être quoi ? Ce serait de toute façon trahir Dom. La tromperie émotionnelle reste de la tromperie.

Il fronce les sourcils, l'air ombrageux.

— Dom n'y verra pas d'inconvénient. Je peux être ami avec sa copine.

— Vous avez une bonne relation ? demandé-je, me souvenant du ressentiment que Joe avait exprimé à l'égard de sa famille en Espagne.

Maintenant, tout s'explique. Durant leur enfance, Dom a accaparé toute l'attention et Joe est resté en marge, à la périphérie des préoccupations de ses parents. Il existait pour eux, sans exister vraiment.

— Bien sûr qu'on s'entend, répond Joe en haussant les épaules. Tout roule entre nous.

— Tu m'excuseras, mais ce n'est pas frappant.

— Nous avons nos griefs. On en trouve dans toutes les fratries. Et j'ai des désaccords avec lui, dont je ne compte pas parler avec toi. Mais je l'aime. Infiniment. Bien trop pour faire quelque chose que, j'en suis certain, nous regretterions tous les deux.

Ne sachant quoi répondre, je digère la sentence en silence.

— Alors ? insiste-t-il. Que dis-tu de s'aider mutuellement ?

— Je suis désolée, Joe, je ne peux pas.

Son regard, fait de défiance et de rage, me déchire. Mes défenses s'écroulent une à une, comme un mur qui s'effondre. J'ai envie de me mettre à genoux pour les ramasser brique par brique et les ériger de nouveau.

— Ever, lâche-t-il à voix basse.

C'est une supplique. *S'il te plaît, aide-moi.*

Je secoue la tête, serrant les lèvres pour étouffer un sanglot.

— Je déteste ça, putain, fait-il en fermant les yeux.

La gorge nouée, le poids entier du monde sur les épaules, je lui tourne le dos. Je me glisse dans ma voiture et je m'en vais.

Laissant derrière moi ces briques imaginaires. Et mon cœur, bien réel, lui.

Chapitre 16

Quinze jours après que Joe s'est pointé sur mon lieu de travail, Dom brandit deux allers-retours pour un week-end prolongé à Porto Rico. C'est une surprise, mais elle est loin d'être malvenue. J'ai bossé comme une dingue ces derniers temps, sans doute pour oublier ce gros bordel que parfois j'appelle affectueusement ma vie.

Sans réelle famille (je sais bien que je ne suis pas la victime dans l'histoire), avec un père et un petit frère qui ne me parlent plus, une colocataire qui planifie son évasion et un fantôme surgi du passé qui a le pouvoir de ruiner mon existence, j'ai de bonnes raisons de vouloir fuir.

L'Univers décide évidemment de me faire un gros doigt d'honneur en la personne de Joe, qui nous dépose à l'aéroport de Boston. Ce dernier semble tout à fait à l'aise avec le fait de conduire son frère et son ex-copine prendre leur avion pour leur escapade romantique. Il est enfoncé paresseusement dans son siège, un bras reposant sur le volant comme s'il était le *Dieu du Nil* de Michel-Ange.

Dom est à l'avant, je suis à l'arrière. Les frères paraissent de bonne humeur. Ils crachent leur haine contre les Yankees – ils évoquent un match en particulier – et je comprends en cet instant à quel point ils sont proches. Plus que Renn et moi ne l'avons jamais été. Ils ont cette forme de proximité naturelle, de camaraderie. Tout un tas de références communes et de *private jokes*. Ça me perturbe, étant donné la façon dont Joe semblait, il y a quelques semaines à peine, déterminé à obtenir ce qu'il voulait de moi, sans se soucier particulièrement de son frère. Mais je suppose que les relations sont complexes. Que Joe peut haïr son enfance tout en aimant le frère qui a rendu cette enfance insupportable. Et que Dominic peut adorer Joe, tout en l'enviant d'être l'enfant en bonne santé.

— Babe Ruth a voulu m'assassiner avant même que je sois né. Comment peut-on justifier une pareille violence ? plaisante Dom.

— Quatre-vingt-six ans sans remporter le championnat, mec. J'aurais dû venir au monde à New York.

Les deux se regardent et sourient, avant de lancer, à l'unisson :

— Naaaan !

— C'est quoi, l'histoire ? demandé-je depuis la banquette arrière. C'est parce que les Yankees ont débauché Babe Ruth que les Red Sox ont connu une traversée du désert ?

— Pas réellement, répond Joe en secouant la tête. Mais le Bostonien est de mauvaise foi et il a la rancœur tenace.

— Je voudrais également souligner que c'est nous qui avons inventé la *ola*. La légende dit que la *ola* est née à Fenway Park, parce que les sièges du stade sont si proches que chaque fois qu'un spectateur se lève pour passer, tous ceux de la même rangée sont forcés de se mettre debout. Et comme la rangée derrière ne voit rien, elle se lève à son tour. Et ça fait une *ola*, explique Dom, les yeux pétillants.

— Super anecdote, le charrie Joe.

— Et tout ça à propos d'un stade vraiment merdique. Le talent, mon ami, le talent, rétorque Dom, ce qui les fait éclater de rire.

C'est un rappel qu'ils sont quasiment siamois, ces deux-là. Ils ont emménagé au même moment dans la même ville, dans le même *immeuble*. C'est moi, l'outsideuse.

Puis la conversation dévie vers sur ce que Dom et moi allons faire à Porto Rico.

— Manger, danser, prendre des photos et... tu vois, quoi.

Dom laisse échapper un petit rire tandis que mon estomac se contracte.

— Et toi, au fait ? Tu vois toujours cette fille ? Stacey, Tracy ?

Merde. Merde, merde, merde, merde, merde. Je ne m'attendais pas à ce que le fait d'apprendre que Joe fréquente quelqu'un me fasse un tel effet. Maintenant, je n'arrive pas à m'empêcher de l'imaginer en train de faire l'amour avec une femme sans visage. Le tout dans ma chambre, pour une raison qui m'échappe. Il me sourit lentement, avec son rictus en croissant de lune, tout en la pilonnant allègrement. Ce serait bien son style, tiens.

— Presley, le corrige Joe d'un air dégagé.

— J'y étais presque, pas vrai, Lynne ?

Dom croise mon regard dans le rétroviseur.

— Mm-hmm.

— Comment va-t-elle ? s'enquiert Dom.

— Je n'en sais rien, t'as qu'à lui demander, répond Joe en haussant les épaules.

Cette fois, c'est lui qui croise mon regard dans le rétroviseur. Je sais pertinemment ce qu'il a en tête. *Non, je ne te donnerai pas le plaisir de savoir ce qui se passe dans ma vie amoureuse. Tu vas devoir dealer avec le fait de ne pas avoir d'infos, ma grande. On sait tous les deux que le doute est pire que la vérité.*

— Elle a l'air géniale, en tout cas, s'émerveille Dom. Elle est drôle, gentille, super avec toi, et elle a un super job. Et puis elle est... *méga canon !* Désolé, bébé, je t'assure qu'elle ne me fait aucun effet, je ne fais qu'énoncer la vérité : cette fille ressemble à un top model.

Couteau, voici Cœur. Cœur, je te présente Couteau.

Joe sourit sans rien dire. Je me demande si ça me ferait aussi mal de découvrir quelque chose de similaire à propos de Dom, puis je me souviens que j'ai trouvé un pendentif dans sa chambre et que, même si ça m'a agacée, je n'ai pas eu cette impression qu'on était en train de me tailler en petits morceaux pour nourrir les alligators.

Je sais que je n'ai aucune légitimité à être jalouse. Pas quand Dom a déclaré que nous passerions notre week-end à faire des galipettes. Mais le problème, avec les sentiments, c'est qu'ils ne se soucient guère de la raison.

— Allez, donne-lui une chance, frérot. Sérieusement. Essaie de sortir avec elle juste une fois, pour voir.

Dom rayonne, tout en énergie positive. Comme toujours. Pourquoi faut-il qu'il soit à ce point optimiste, dans la vie ?

— Ouais. Peut-être. Je verrai.

Puis il gare sa vieille jeep Cherokee en double file. Je réalise que nous sommes devant notre terminal. Joe se glisse hors de la voiture et sort nos valises. Alors que je regarde les muscles de ses bras se contracter sous son T-shirt, je me souviens de la sensation que ça faisait, de m'agripper à eux pendant qu'il s'enfonçait en moi. Pendant qu'on faisait l'amour, sur une plage. Dom et lui échangent une accolade fraternelle et se tapent dans le dos.

— Bon voyage, frangin, dit Joe.

— Merci de nous avoir déposés, mec.

Joe s'approche ensuite de moi pendant que Dom cherche nos passeports dans son sac à dos. Il appuie sa main dans le creux de mes reins, étreinte silencieuse mais possessive. Ses lèvres se frayent un chemin à travers ma crinière rousse.

— L'offre tient toujours, murmure-t-il. Pas de sexe. Juste de l'art.

— Amuse-toi bien avec Presley, persifflé-je en retour sans pouvoir m'en empêcher.

— Tu es adorable de t'en soucier, dit-il en déposant un rapide et chaste baiser sur ma joue. J'en ai bien l'intention.

Avant que je puisse ajouter quoi que ce soit, avant que je puisse me débattre et hurler « Comment ose-t-il ? » il saute dans sa voiture et s'éloigne. Dom passe un bras par-dessus mon épaule.

— On y va, bébé ?

« Du bonheur en préfabriqué. »

C'est ainsi que ma mère qualifiait l'idéal pavillonnaire. Raison pour laquelle elle a insisté pour que nous demeurions à San Francisco, même lorsque tous les amis de mes parents ont commencé à s'installer dans les banlieues alentour. Lafayette, Orinda, Tiburon, Sunnyvale. Elle appelait ça une fausse bénédiction. Les gens pensent que leur vie sera plus heureuse avec une plus grande maison, une plus grosse voiture, un jardin potager. Mais la richesse n'est pas forcément synonyme de bonheur. La vie en ville demande de batailler, et batailler maintient vos instincts et vos appétits aiguisés.

Là, maintenant, tout de suite, je me sens plutôt banlieusarde jusqu'à l'os.

— Tu ne trouves pas que cet arbre ressemble à Chewbacca ?

Je pointe du doigt l'arbre en question au cours d'une balade dans le centre historique de San Juan, le lendemain du jour où Joe nous a déposés, avant de repartir mon âme rangée dans sa poche. Dom et moi venons de savourer d'incroyables pâtisseries à la noix de coco et des *empanadas* au crabe. Nous nous promenons en amoureux dans les rues étroites et pavées. Les bâtiments anciens forment un kaléidoscope de couleurs pastel. Mon petit ami n'a jamais été aussi beau et prévenant.

— À qui donc ?

Dom penche la tête de côté, fixant l'arbre couvert de mousse espagnole.

— À Chewbacca ! m'exclamé-je.

— Ne te moque pas, mais j'ai pas la réf, me lance Dom en se marrant.

— Tu n'as jamais regardé *Star Wars* ? Tu sais bien : *La Menace fantôme, La Guerre des clones.*

— Non.

— Oh ! mon Dieu, Dom. Comment est-ce possible ?

— J'en sais rien ! s'exclame-t-il en brandissant les bras en l'air, hilare. Parce qu'à l'âge où les gamins regardent ça, j'étais trop pris par la chimio ?

Mon sourire retombe instantanément. Quelle idiote je fais ! J'aurais pu y penser. Dom remarque mon expression et se précipite pour me serrer dans ses bras.

— Non, bébé, non ! Ne te sens pas mal à cause de ça. Tu n'as qu'à... m'aider à rattraper le temps perdu.

Il embrasse mes lèvres. Je fonds dans ses bras. Il sent si bon. Il *est* si bon ! *Est-ce vraiment si mal de vouloir vivre en banlieue ?* m'interrogé-je. C'est pourtant le désir de plein de gens.

— Transmets-moi ton savoir. Initie-moi à la magie de Chewbanka.

— Chewbacca.

— Oui, celle-là même.

— *Celui*-là même ! fais-je en riant tout en le tirant en direction de l'hôtel. Viens, on doit d'urgence t'organiser un cours de rattrapage en histoire du cinéma.

— Pendant qu'on y est, j'étais aussi nul en anatomie, gamin. Je dis ça, je dis rien.

J'envoie le revers de ma main valdinguer contre sa poitrine, me sentant soudain légère et heureuse. Nora a raison, j'ai trouvé le bon. Il me fait rire. Il m'apporte de la joie. Contrairement à son petit frère, il n'est ni dur, ni insensible, ni invivable. Il n'est pas San Francisco, sale et vallonnée, creusée de tunnels pour le métro - l'une des pires inventions de l'histoire de l'humanité (il est absolument hors de question que je reprenne un jour le métro).

— Je te promets de t'apprendre aussi quelques notions de biologie.

— Merci, Maîtresse.

Pendant les deux jours qui suivent, Dom et moi nous nourrissons de *mofongo*, allons au casino et nous envoyons en l'air à la moindre occasion. Au moment de reprendre l'avion, je me sens plus proche de lui que jamais. Plus sûre de notre relation. Oui, retrouver Joe a été un sacré rebondissement. Un rappel douloureux de ce qui aurait pu être, une réminiscence amère du passé. J'ai perdu pied lorsque nous avons repris contact, mais je touche de nouveau la terre ferme. Je ne laisserai pas une nouvelle fois Joe gâcher mon bonheur. La prochaine fois que nous nous parlerons, c'est moi qui l'encouragerai à sortir avec Presley. Peut-être même qu'on pourrait organiser un resto tous les quatre ? Prendre le taureau par les cornes et tordre une bonne fois pour toutes le cou à mes doutes ?

L'Univers a dû entendre mes prières puisque, cette fois, nous prenons un taxi. Je n'ai pas besoin de demander pourquoi Joe n'est pas venu nous chercher, Dom me l'explique spontanément.

— C'est l'anniversaire de ma mère demain. Le grand six-zéro. Joe a passé le week-end à Dover. Je sais que je m'y prends un peu à la dernière minute, mais est-ce que ça te dérangerait qu'on aille dîner là-bas demain soir ? Ça lui ferait extrêmement plaisir.

— Bien sûr ! réponds-je avec un sourire radieux.

— Merci.

Il prend ma main et l'embrasse.

Lorsque nous arrivons à Salem, je demande au chauffeur de me déposer en premier. Je dois m'assurer que Loki va bien. Dans l'appartement, je découvre un mot que Nora a laissé sur le frigo.

Je suis chez Colt.
J'espère que tu as pris du bon temps à PR.
Je t'aime, xoxo

Je l'arrache et le jette à la poubelle puis pars en quête de Loki. Ces derniers temps, Nora se sent beaucoup moins coupable de se consacrer à Colt. Je suis heureuse pour eux. Et, pour être honnête, je n'ai plus l'impression de devoir à tout prix m'accrocher à elle pour surnager. Je pense même que je tiendrais le coup si elle déménageait dès la fin du mois. Je me jure de l'encourager à le faire.

Je trouve Loki affalé sur mon lit. Il me regarde avec un enthousiasme débordant, ce qui en langage de chat se manifeste par un clignement de paupières afin de signifier qu'il m'a vue. Lorsque je tends la main pour le caresser, il me présente son ventre et relève le menton pour que je puisse lui gratter la gorge.

— Je t'ai manqué ? m'enquiers-je d'une voix fatiguée.

Il roule les yeux, se lève et quitte la pièce.

Je prends une douche, je fais ma lessive, j'essaie d'appeler mon père (et tombe sur sa boîte vocale. Une fois de plus.) Puis je savoure un délicieux repas équilibré à base de Reese's Puffs. Sur mon tableau d'affichage sont punaisés quelques croquis datant de la semaine où j'ai revu Joe. J'y jette un coup d'œil et quelque chose en moi s'étiole, parce que je comprends que Joe avait raison. Quand on ne se voit pas, on ne crée pas. Et quand je ne crée pas, c'est comme si je manquais d'oxygène.

Ce n'est qu'en retournant dans le salon pour éteindre toutes les lumières avant de me mettre au lit que je l'aperçois. Le paquet de feuilles A4 qui a été glissé sous ma porte et que j'ai raté depuis le début. L'une d'entre elles porte même l'empreinte de mes chaussures. Je tombe à genoux pour les ramasser. Je n'ai pas besoin de les examiner pour savoir d'où elles proviennent ou ce qu'elles sont, je le comprends tout de suite.

Je rassemble les pages éparpillées. Elles sont dans le désordre, évidemment. Pourquoi Joe se serait-il donné la peine d'utiliser une agrafeuse ? Écrites à la main, elles forment un violent cyclone d'encre bleue et noire. Il a dû user plusieurs stylos bille pour en produire une telle quantité.

Les tenant d'une main tremblante, je commence à en lire des bribes.

... c'était bien entendu la faute de Kerouac. C'était lui qui avait affirmé que les écrivains se nourrissent de nouvelles expériences tout comme les fleurs se nourrissent de lumière.

C'était lui qui avait poussé le jeune Jack à prendre la route et à passer les frontières de l'État, à laisser derrière lui les champs de maïs puis les gratte-ciel. À avancer, vers la ligne d'horizon, toujours. Et par conséquent, c'était lui qui avait poussé Jack à la rencontrer.
... certains soirs, à présent que sa voiture était HS et qu'il était contraint de faire du stop, Jack s'allongeait sur un coin d'herbe, le regard braqué vers le ciel. Il rêvait d'y faire un trou. De s'y glisser. De réapparaître dans un autre univers, meilleur que celui-ci. Un monde où les gens faits pour être ensemble peuvent être ensemble. Il s'était baigné dans des étangs boueux et s'était nourri en faisant les poubelles. Pourtant, jamais il n'était aussi désespéré qu'en contemplant le ciel nocturne. Si clair, si pur et plein d'étoiles. Il ferma les yeux et la vit. La fille. Peut-être était-elle devenue une femme, à présent. Qui qu'elle soit, il lui appartenait corps et âme, mais elle ne lui appartenait plus.

Et puis soudain, je la trouve. La première page. Sur laquelle un post-it jaune est collé. Barré de seulement trois mots tracés au feutre rouge :

JE T'EN PRIE.

C'est une épée plantée dans ma poitrine. J'aurais envie d'attraper mon téléphone et de l'appeler pour qu'on s'engueule, mais je n'ai pas son numéro. J'aurais envie de le trouver sur les réseaux sociaux pour lui écrire, mais il n'est pas sur les réseaux sociaux – j'ai déjà vérifié. J'aurais envie... J'aurais envie de me rendre chez lui, dans son appartement, et de lui dire ma façon de penser, mais il est à Dover chez ses parents à l'heure qu'il est.

Une part de moi voudrait également l'aider. Mais l'autre part, plus importante encore, a peur de ce que cela signifierait.

Je retourne le post-it et remarque que Joe a griffonné son numéro de téléphone au dos. Une fois de plus, il a anticipé ma réaction. Je lui écris un message.

Ever : Tu imagines ça comment ? Cette entraide ?

Il me répond dans la seconde.

Joe : Pour être honnête, je n'en sais rien encore.

Ever : On risque de se faire du mal.

Joe : C'est déjà le cas.

Je suis allongée sur le sol froid, les yeux rivés à l'écran. Je me sens terriblement mal. Comme si j'avais commis une infidélité. Mais je me sens aussi exactement à ma place. Comme si, peut-être, Joe était celui que j'avais trompé. Je sais, c'est n'importe quoi – c'est juste que je suis complètent paumée.

Ever : Tu es injuste. Je pensais que jamais je ne te reverrais ! Comment aurais-je pu deviner que tu étais tout près ?

Quelques secondes s'écoulent avant qu'il ne réponde.

Joe : Pourquoi es-tu ici, Ever ? Dans mon État. Sur mon territoire.

Ever : Je n'en sais rien.

Joe : Dis-moi quelque chose que tu sais, en ce cas.

Ever : Je ne veux pas que tu sois avec Presley.

Il tape, puis efface. Tape, puis efface. J'ai le cœur serré.

Joe : Je ne veux pas non plus être avec Presley.

Ever : Nous devrions effacer cette conversation.

Joe : Tu fais comme tu veux. Moi, je n'ai rien à cacher.

Je remarque qu'il n'a pas dit qu'il ne voulait pas que je sois avec Dom.

Ever : Comment peux-tu affirmer ça, quand c'est toi qui m'as demandé de ne rien raconter à ton frère ?

Joe : Il y a une différence entre mentir et omettre une part de la vérité. Si jamais il découvre tout, j'assumerai.

Joe : Écoute, j'aime mon frère. Ça ne veut pas dire que je ne peux pas t'avoir. Il peut avoir accès à ton corps. Et moi accès à ton monde intérieur.

Ever : Tu penses que ça lui suffira ?

Joe : Je pense qu'il ne te comprend pas, qu'il ne te connaît pas, donc que ça n'aura aucune importance pour lui, oui.

Ever : Et pour toi, ça en a ?

Joe : Tu sais bien que oui.

Je ferme les yeux et prends une profonde inspiration. *Tu sais bien que oui. Oui, oui, oui.*

Ever : Et que me resterait-il, à moi ? S'il prenait mon corps et que tu prenais… tout le reste ?

Joe : C'est simple, tu nous aurais l'un et l'autre.

Joe : C'est ce que tu veux depuis le début, non ? Les deux frères.

Il y a du vrai là-dedans et il le sait. Dom est l'option raisonnable. Sûre. Il est aussi, pour l'instant, ma seule option. Joe... il n'a après tout jamais sous-entendu qu'il était au menu. Et quand bien même il le serait, une relation avec lui serait trop bordélique, trop douloureuse...

Ever : Dom prend tout. Et je te laisse traîner avec moi de temps à autre. C'est ma dernière offre.

Je cède. Parce que je le peux. Parce que, au moins sur le papier, tout ça est bien innocent. Parce que je rayonne, et que je n'ai jamais rayonné, et que je veux rayonner chaque fois que Joe et moi parlerons. Je veux vivre en technicolor. Je veux écouter de vieux albums des Smiths allongée sur le sol en dessinant pendant que Joe écrit. Je veux la crasse de la ville, puis revenir dormir en banlieue une fois la nuit tombée. Même si je sais que cet arrangement ne connaîtra pas une fin heureuse.

Joe : Dom a bien de la chance.

Ever : Notre arrangement est un arrangement de travail.

Joe : En ce cas, je vais nous aménager un espace de travail chez moi.

Ever : Je me charge des playlists.

Joe : Pas de Blur.

Ever : Tu me prends pour qui ?

Joe : :)

Mon cœur hoquette, parce que Joe n'est pas le genre de mecs à envoyer des émojis. Pas besoin de lui avoir écrit souvent pour le savoir.

Ever : Oh ! une dernière chose : nous disons tout à Dom.

Il met un temps avant de répondre, cette fois.

Joe : Si vraiment tu tiens à te tirer une balle dans le pied…

Ever : Seigneur, je regrette déjà de t'avoir donné mon accord.

Joe : Les regrets font les bonnes histoires.

Chapitre 17

Sur le trajet pour Dover, Dom se montre agité et distrait. Lorsque je lui demande ce qui se passe, il m'avoue avoir fait des heures supplémentaires pour compenser le long week-end qu'il a pris, tout en continuant sa pléthore d'activités.

— Quand as-tu dormi pour la dernière fois ? Vraiment dormi. Pas juste piquer un somme.

Maintenant que j'y prête attention, il a l'air lessivé. Comme s'il n'avait pas fermé l'œil depuis un siècle. Dom fronce les sourcils, réfléchissant à la question.

— Il y a deux jours. Et sur le vol retour, aussi.

— Le sommeil, ce n'est pas comme les Pilates, Dom ! Trois fois par semaine, ça ne suffit pas.

— Je vais faire des efforts, me rassure-t-il en me frottant le dos.

Ce ne sont que des paroles en l'air. Je sais bien qu'il n'en fera rien. Dom est incapable de ralentir le rythme. Il veut croquer la vie à pleines dents. Chaque jour est pour lui un hamburger bien gras. Il refuse de commander la salade, de temps à autre.

— Non, tu ne vas pas en faire et je le sais. Il faut que tu te libères du temps, dis-je en secouant la tête. Le CrossFit. Ton club de lecture. Les films. L'un des trois doit sauter.

— C'est facile pour toi de dire ça. Tu ne sais pas ce que c'est. De contempler sa propre mortalité dans les yeux, jour après jour. C'est dur, pour moi, de renoncer à quoi que ce soit.

Cette fois, ça ne prend pas.

— Tout d'abord, tu ne possèdes pas le monopole des angoisses existentielles, mon grand. Moi aussi, je vais mourir un jour. Deuxièmement, tu as encore beaucoup de temps devant toi.

— Ça, tu n'en sais rien, chérie, me lance-t-il avec un rapide regard en coin. Je suis désolé, mais tu ne le sais pas.

— Tu te comportes de façon étrange, aujourd'hui, remarqué-je en me mordillant nerveusement le coin du pouce.

— Je suis désolé. Je ne cherche pas à déclencher une dispute. C'est juste que... Tout est sous contrôle.

Dom décolle un instant son regard de la route pour m'adresser un sourire rassurant, et notre voiture se met à dériver vers la voie opposée. Le camion qui arrive en face klaxonne bruyamment, avant de se déporter sur le côté. Dom s'exclame « Merde », puis donne un brusque coup de volant pour revenir sur notre voie. Je laisse échapper un cri, plaquée contre la portière côté passager.

— Désolé, désolé, marmonne Dom, l'air sincèrement contrit. Bordel. C'était moins une !

— Putain de merde !

Ma voix est stridente. Mes poings sont serrés. Je tremble comme une feuille.

— Je n'ai pas fait attention. Je t'ai dit que j'étais désolé !

— Et du coup, tout est pardonné ?

— Tu peux me lâcher, s'il te plaît ?

Il n'est vraiment pas dans son état normal et je n'arrive pas à savoir pourquoi.

Si nous emménageons ensemble, je pourrai le surveiller de plus près. Je ne me sens pas prête à franchir cette étape, surtout étant donné tout ce qui se passe avec Joe. Mais je veux absolument sauver Dom comme il m'a sauvée. Et en ce moment... il a l'air d'avoir besoin d'un sacré coup de main.

Quelques minutes plus tard, nous nous garons devant la maison de ses parents. Dom ouvre ma portière et s'incline.

— Salut.

— Salut, réponds-je avec raideur.

Il me fait un baise-main.

— C'est moi. L'homme que tu as quatre-vingt-dix pour cent de chances d'épouser. Je suis désolé de ce qui vient de se passer. Je ne reprendrai pas le volant avant d'avoir rattrapé mon sommeil en retard. Tu veux bien me faire un sourire ?

Il a beau être redevenu le Dom enjoué et adorable que je connais, je continue d'être inquiète. C'est moi qui vais conduire, sur le chemin du retour. La simple idée de l'imaginer derrière le volant m'effraie, à présent.

J'esquisse un sourire. Il me remercie discrètement.

Des rires et le bruit d'une télé diffusant un match de foot nous parviennent du salon. Nous suivons le bruit. Bientôt, je me retrouve face à Gemma, Brad et Joe. Ce dernier a l'air parfaitement à l'aise dans son jean usé et ses Timberland. Il ne ressemble pas du tout à un homme capable de ruiner la vie d'une fille. De lui ôter sa mère, et peut-être son petit ami, et certainement sa santé mentale.

« La ville a tendance à nous corrompre, disait maman. Mais un peu de corruption, c'est tellement amusant ! »

Nous nous regardons comme deux personnes qui ont de gros secrets dans leurs poches. De la dynamite qui pourrait faire exploser la pièce entière.

— Hé, dis-je en fixant Joe.

— Comment ça va ? me demande-t-il.

— Tu es toute bronzée ! s'exclame Gemma en se levant d'un bond. C'était sympa, les vacances ?

Elle s'interpose entre nous, comme si elle pouvait percevoir la tension qui circule. S'ensuit une tornade de bises et de plaisanteries. Je tends à Gemma les fleurs et le présent que je lui ai achetés – un assortiment de bougies et de savons artisanaux –, qu'elle range à côté d'une pile de cadeaux emballés. Nous nous retirons dans la salle à manger pour le dîner. Dom et Joe parlent du nouveau gymnase qui a été aménagé dans leur immeuble. Brad a commandé des pizzas et des ailes de poulet pour que Gemma n'ait pas à cuisiner. Il ne nous épargne pas la blague de tout bon père de famille qui se respecte, sur les efforts que lui ont demandé les préparatifs du repas.

Joe et moi échangeons un regard lorsque Gemma nous raconte la surprise qu'il lui a faite pour son soixantième anniversaire. Brad l'a emmenée voir un ballet, ce qu'il déteste, et dîner dans le restaurant d'un yacht club, ce qu'il déteste également parce que « Personne ne devrait payer quatre-vingt-dix dollars pour un homard dans le Massachusetts, bordel ! » Joe rit.

— Personne ne devrait payer ne serait-ce qu'un dollar pour un homard.

— Mais peut-être que l'amour consiste simplement à supporter les erreurs de jugement et les fautes de goût de l'autre afin de parvenir à s'entendre, philosophe Brad tout haut.

Le pied de Joe effleure le mien sous la table. Je ne sais pas si c'est intentionnel ou non. Ce que je sais, en revanche, c'est que ça ne devrait pas me provoquer un tel frisson. Dom me prend la main.

— Je pense que les goûts de Lynne complètent merveilleusement les miens. Qu'est-ce que ça dit de moi, à votre avis ?

— Qu'elle te mène par le bout de la bite, réplique Joe d'un ton dégagé.

— Joe ! Ton langage ! gronde Gemma sans pouvoir malgré tout se retenir de rire.

— Ainsi fonctionnent les mariages : quand madame va, tout va, dit Dom en haussant plusieurs fois les sourcils pour enfoncer le clou.

— C'est qu'on met la charrue avant les bœufs, à ce que je vois, lance Joe avant de se jeter sur son aile de poulet.

Il la dévore. Un véritable sauvage. Comme je le soupçonnais. Ma mère ne se trompe jamais. C'est pourquoi la façon dont Dom mange son poulet me perturbe à ce point : ça ne cadre pas avec sa nature tempérée et bienveillante.

— Je suis un bœuf, à présent. Su-per, marmonné-je, essayant par une blague de faire redescendre la tension qui commence à s'élever autour de cette table.

— Écoute, mec, je t'aime. Je mourrais pour toi s'il le fallait. Mais... tu es simplement jaloux parce que je ne suis plus sur le marché et que je n'ai plus à traîner sur Tinder, lance Dom tout en levant sa bouteille de bière en l'honneur de Joe.

— Il y a au moins un point sur lequel tu n'es pas totalement à côté de la plaque, rétorque Joe avant de prendre une gorgée de Guinness.

J'avale de travers, me mets à tousser, marmonne de piteuses excuses et m'enferme dans la salle de bains pour une rapide séance d'hyperventilation agrippée au lavabo. Je me regarde dans le miroir en secouant la tête.

— Il n'y a vraiment que toi pour te retrouver dans ce genre de situation, Ever.

Lorsque je reviens, Dom et Joe sont en train de rire, se remémorant la fois où ils se sont enveloppés de papier bulle et ont sauté de leur cabane dans les arbres, avec pour effet de se casser chacun un bras. Cette relation est définitivement schizophrène. On sent bien qu'ils s'aiment et se protègent l'un l'autre, mais il y a une rivalité et une amertume sous-jacentes. Je crois vraiment ne pas en être l'origine, que cela provient de quelque chose de plus profond. Qui précède ma rencontre avec les frères Graves.

Après le dîner, nous retournons dans le salon. Gemma commence à déballer ses cadeaux avec cérémonie. Elle ouvre d'abord le mien, qui semble la ravir sincèrement.

— Everlynne, c'est fantastique ! Merci beaucoup. Ça faisait un moment que je voulais de nouvelles bougies.

Puis c'est au tour de Joe. Son cadeau est enveloppé dans un papier de soie délicat. Je me penche pour jeter un coup d'œil et voir de quoi il s'agit. Lorsque Gemma le découvre, les larmes lui montent aux yeux.

— Oh ! Seph, chéri...

Elle saisit le présent, le serrant contre sa poitrine. Il s'agit d'une robe années soixante couleur pêche. Gemma lève les yeux vers son fils.

— Mais... comment ?

Il est affalé dans un fauteuil, en train de jouer avec l'étiquette de sa bouteille de bière.

— Ça fait un an que j'y pense. Que je me demande où elle peut bien être passée. Le mois dernier, j'ai commencé à donner des coups de fil. Dont l'un d'eux à la femme qui a racheté notre maison à Church Creek. Je lui ai demandé si je pouvais jeter un coup d'œil à son grenier. Elle a accepté. Ça m'a pris une bonne partie du week-end dernier. Mais maintenant, elle a un grenier parfaitement rangé, et toi, tu as ta robe.

Dom se penche vers moi et me serre le genou.

— C'est la tenue que maman portait pour son premier rendez-vous avec papa. Elle pensait ne jamais la revoir.

Un nœud se forme dans ma gorge. Quel beau geste ! Gemma manque de reverser son cadet quand elle se jette sur lui pour le prendre dans ses bras. Dom lui tend une petite boîte verte, en souriant d'un air d'excuse.

— Bon, j'aime autant prévenir, ce n'est pas un cadeau coup-de-poing-dans-le-cœur comme celui de Joe...

— Stop. *Tout* n'a pas besoin de se transformer en compétition.

Les mots glissent avec aisance de sa bouche, comme si elle les avait déjà prononcés des centaines de fois. *Je le savais*. Ces deux-là ont une relation complexe et il vaut mieux que je ne m'en mêle pas.

Elle dénoue le ruban de satin blanc et sourit à son fils aîné. Dom rougit et baisse la tête. Gemma ouvre la boîte et prend un bracelet en perles. Il est magnifique. Élégant et discret. Mais il ne peut rivaliser, en matière de symbole, avec la robe qu'elle portait le soir où elle est tombée amoureuse, et Dom le sait.

— Désolé, ce n'est pas vraiment...

Il se gratte l'ombre de barbe qui assombrit ses joues, penaud.

— Dominic ! s'exclame Gemma tout en fixant le bracelet à son poignet. Mais qu'est-ce qui te prend, à la fin ? C'est merveilleux. Tu travailles tellement dur, je suis surprise que tu aies trouvé le temps de m'acheter quoi que ce soit !

Elle se précipite pour le serrer dans ses bras. Alors qu'ils s'embrassent, les yeux de Joe croisent les miens. Il m'adresse un demi-sourire, d'un air entendu. Et soudain, je n'ai jamais rien désiré aussi fort au monde que passer du temps avec lui. En tête à tête. Même si ça doit faire mal, même si ça doit signer ma perte.

— Mais je crois que je vais pouvoir rivaliser avec la surprise de Joe, tout bien considéré.

Dom adresse un clin d'œil à son petit frère.

— ... Parce que j'ai un autre cadeau.

— Eh bien, eh bien, eh bien.

Brad s'assoit en croisant les chevilles sur la table basse.

— N'oublie pas que je t'ai emmenée voir un ballet, Gem. Parce que ces garçons essaient de faire monter les enchères, et tout ce que tu trouveras dans mon enveloppe, c'est une carte-cadeau Nordstrom.

— Alors, pour tout dire, il ne s'agit pas vraiment d'un cadeau pour maman, explique Dom en se levant. Même s'il est évident que ça va lui faire incroyablement plaisir...

Mon cœur s'accélère. J'oublie soudain comment respirer. *Non. Non. Non.* Le pire, c'est peut-être de comprendre ce qui est en train de se passer avant tout le monde. Je peux anticiper chaque action de Dom : son langage corporel, c'est ma LV1.

Il s'agenouille devant moi dans le salon de ses parents.

Je voudrais mourir.

Je ferme les yeux en pensant à la réaction de mon père quand je lui annoncerai mes fiançailles. À ma mère, qui ne sera pas présente au mariage. Et à Pippa, qui finira bien par apprendre la nouvelle un jour, par hasard, et qui risque fort de déclarer : « Elle a fini par épouser un Ken ? Peut-être que je ne la connaissais pas si bien que ça, en définitive. » Je pense à notre vie future, en banlieue. Je pense aux SUV Honda spécialement conçus pour accueillir trois sièges bébé. Je pense aux dîners à quatre, avec Joe et ses conquêtes. Aux cours de cuisine, de calligraphie et de poterie.

Puis je me souviens que je ne suis pas forcée de dire oui.

Excepté que je le *suis*. Je le suis parce que Dom a misé sur moi, à un moment de ma vie où il était le seul. Je le suis parce que Dom rend ma vie plus belle. Parce qu'il a regardé au fin fond de mes tripes, a contemplé ma noirceur et mes insécurités, et qu'il a choisi de rester. Et parce que Dom ne va pas bien, pas vraiment. Il a besoin de mon aide pour dépasser ce qui lui est arrivé. Il est en mode autodestruction. Je ne peux pas lui tourner le dos en ce moment.

Mais tous ces arguments ne font pas le poids face à la vraie raison pour laquelle je ne peux pas refuser : parce qu'il fait sa demande en public. Je ne peux tout bonnement pas lui dire non devant sa famille entière.

— Lynne, dit-il en se raclant la gorge. Je sais que nous ne nous connaissons que depuis quelques mois, mais ce sont des mois au cours desquels j'ai éprouvé plus de sentiments que dans toute ma vie. Je suis tombé amoureux, j'ai gagné une amie, j'ai découvert l'existence de Chewbacca, j'ai emmagasiné des souvenirs qui me sont encore plus précieux que ceux de mes étés à Cape Cod - tout ça avec toi.

Gemma roucoule. Je me force à ouvrir les yeux. Tout ce que je vois, c'est Dom et l'espoir qui se lit sur son visage.

Montre-toi honnête, dit maman dans ma tête.

Montre-toi impitoyable, renchérit Pippa.

Mais leurs voix sont assourdies.

— Everlynne Bellatrix Lawson - mon Dieu, j'adore ce prénom ! Il est tellement unique, déclare Dom en riant. Me ferais-tu l'honneur de faire ce que tu estimais n'avoir à quatre-vingt-dix-neuf virgule quatre-vingt-dix-neuf pour cent aucune chance de faire et m'épouser ? Parce que, bébé, j'ai toujours cru aux miracles, et tu es mon zéro virgule zéro un pour cent préféré.

Le silence s'étire pendant quelques instants avant que je ne sorte finalement un « Oui » étouffé. Il est petit, incertain, douloureux, mais il est là.

Je n'ai pas le choix. Il m'a mise sur la sellette. Comment aurais-je pu répondre « Non » devant toute sa famille ?

Ensuite, tout va très vite. Dom me soulève et me fait tournoyer dans les airs comme si je ne pesais rien. Notre baiser est tendre et bref. Gemma et Brad se précipitent pour nous féliciter.

— Bienvenue dans la famille !

Gemma prend mon visage entre ses mains et me dépose une grosse bise humide sur chaque joue.

— J'espérais depuis longtemps trouver une excuse pour m'acheter un nouveau costume, fait Brad avec un clin d'œil.

Je cherche Joe du regard. Il est à la même place que tout à l'heure, dans le fauteuil. Il n'a pas bougé d'un pouce. Ses mâchoires sont serrées. Il semble calme, mais, sous la surface, je peux sentir qu'il est en miettes. Je le suis aussi. Mais je suis également heureuse. Et il existe une part de moi, égoïste et affreuse, qui se réjouit que Joe ne puisse plus jamais échapper à ma proximité. Nous serons bientôt liés pour toujours.

— Seph, viens féliciter ton frère, lui ordonne Gemma.

Elle saisit la main de Joe et tente de le tirer hors de son fauteuil. Il ne bouge pas. Dom passe son bras autour de moi et penche la tête de côté.

— Tout va bien, frangin ? s'enquiert-il.

Joe ne cesse de jouer avec la pierre de son briquet.

— Félicitations.

— Merci.

— Tu as intérêt à la traiter correctement.

Il y a dans cet avertissement un sous-entendu, comme si jusqu'à présent Dom ne m'avait pas bien traitée, ce qui est complètement faux ! Dom s'est montré formidable.

— Je suis sérieux, insiste Joe.

Dom baisse un peu la tête. Je ne comprends pas la raison de cet échange et ça me perturbe.

Le regard de Joe se porte sur moi. Il y a quelque chose dans ses yeux. Quelque chose que je ne parviens pas à déchiffrer, mais qui indique clairement qu'il en a assez. Qu'il a beau aimer profondément son frère, cette mascarade doit cesser.

Pendant un instant, je pense que tout va s'arrêter là. Que Joe va leur avouer ce qu'il s'est passé entre nous. Qu'ils vont me fiche à la porte de leur maison et que je vais devoir rentrer à Salem à pied. Mais Joe se lève, prend sa bière et s'en va.

— J'ai besoin d'une clope.

Une heure plus tard, Dom et son père rangent la cuisine pendant que Gemma prend un appel sur le patio. Dom me demande si je peux lui apporter son équipement de tennis qui se trouve dans le placard de sa chambre. Apparemment, il a un match la semaine prochaine. J'ai envie de lui signaler que ce n'est pas vraiment le moment de se remettre au tennis, étant donné qu'il a à peine le temps de dormir, mais je me retiens. Oui, on va s'engueuler à mort sur le sujet, mais pas devant sa famille. Le poids de la bague en diamant à mon doigt me donne une autorité nouvelle : j'ai l'intention d'avoir une sérieuse discussion avec Dom à notre retour à Salem, d'examiner son emploi du temps et de l'obliger à l'alléger. Je comprends qu'il veuille croquer la vie à pleines dents, mais, à l'heure actuelle, c'est plutôt la vie qui est en train de ne faire qu'une bouchée de lui.

J'ai également l'intention de mettre au clair le fait que nous ne nous marierons pas dans l'année. Précipiter ainsi les choses ne serait juste ni pour lui ni pour moi.

Lorsque j'arrive au deuxième étage, je passe devant la chambre de Joe. La porte est entrebâillée. Je le vois allongé sur son lit. Je ne parviens pas à m'en empêcher : je la pousse légèrement et jette un coup d'œil.

Longtemps, j'ai rêvé de cette possibilité. Chaque jour, chaque heure même. Pénétrer l'antre de Joe. Maintenant que j'y suis enfin, une satisfaction douce-amère m'envahit. Tout est exactement comme je me l'étais figuré. Le mur noir. Les posters de groupes (les Kinks, Oasis, Duran Duran). Les étagères de livres (Kerouac, Ginsberg, Burroughs, Bukowski).

— Joe ?

Pas de réponse.

— Tu m'ignores ?

Manifestement, c'est le cas, car je n'ai droit qu'à ses chaussettes qui bougent en rythme au bout du lit. J'ouvre en grand, excédée.

— Super mature de ta part, Trouduc. Nous étions devant tes parents ! Qu'est-ce que j'étais censée...

C'est alors que je vois qu'il a ses écouteurs dans les oreilles. Il en arrache un. Ses yeux se transforment en deux fentes hargneuses. L'heure est à la fureur. Excepté qu'il n'est pas le seul à être furieux. Je suis furieuse, moi aussi. Furieuse d'avoir dit oui parce que je m'y suis sentie contrainte. Furieuse que Dom se soit débrouillé pour obtenir ce qu'il voulait, une fois de plus. Furieuse de savoir que si j'éprouvais pour Dom ne serait-ce qu'une fraction de ce que j'éprouve pour son petit frère, rien de tout cela ne me poserait problème.

Furieuse contre mon père et Renn, qui sont comme toujours aux abonnés absents.

Et furieuse contre moi-même, qui profite du bon cœur de Nora au lieu de lui dire de déménager fissa.

— Tu t'es trompée de frère. Le lit que tu cherches, c'est la porte à côté.

— Arrête ça.

J'entre en trombe dans sa chambre.

— Arrêter quoi ? me demande-t-il froidement. J'espère que tu n'es pas venue ici pour me parler ? Parce que...

Il saute du lit, prend les clés sur son bureau et les glisse dans sa poche.

— ... j'ai un rendez-vous. J'ai décidé de donner une nouvelle chance à Presley. Après tout, elle taille de super pipes.

Mes larmes coulent avant que je ne puisse les stopper. Je pourrais le gifler – encore faudrait-il que je pense qu'il le mérite. Ce qui n'est pas le cas.

— *Joe...*

Mon ton est le même que le sien la nuit où il m'a suppliée de l'aider.

— Arrête, avec tes *Joe !* Tu fous quoi, putain ?

Il se poste face à moi d'un air plein de défi.

— Tu le connais à peine. Tu n'as aucune idée de qui il est. Tu es avec lui depuis... quoi, trois, quatre mois ?

Je suis plutôt d'accord avec lui : la progression de ma relation avec Dom a été... *inhabituelle*. Est-ce que Mercure rétrograde ? Depuis quand Joe, le hargneux, le colérique, l'insupportable Joe, est-il la voix de la raison ?

— Écoute, j'ai été acculée, me défends-je en passant une main sur mon visage. Ne sois pas aussi injuste.

— Oh ! c'est moi qui suis injuste ?

Il arque un sourcil diabolique.

— C'est un point de vue intéressant. Nous prenons un engagement, je change mes plans pour toi, je réorganise ma vie *entière* autour de toi. Un beau jour, tu disparais sans même me dire « À plus. » Tu m'as expliqué pourquoi et je ne vais pas t'en vouloir : tu as traversé une épreuve. Seulement, je n'en avais aucune idée ! Et tu reviens me hanter, sous forme, non d'un fantôme, mais de la fiancée de mon frère. S'il te plaît, dis-m'en plus sur tes putains de déconvenues, Ever !

— Arrête de te comporter comme un connard, pesté-je. Ce n'est pas comme si je m'étais servie de ton cœur comme d'une balle antistress ! Et, en bas, nous avions un public. Qu'est-ce que j'étais censée répondre ?

— *Non,* rétorque-t-il en me regardant comme si j'étais une idiote finie. Trois lettres. Un *n*, un *o*, puis un autre *n*. Tu connais ?

— Bien sûr que je connais ! Je l'ai utilisé un nombre incalculable de fois avec Dom, avant qu'on ne commence à sortir ensemble, parce que je n'étais toujours pas remise de *toi !*

Je ferme les poings et me mets à boxer son torse.

— Espèce de trou du cul imbu de sa personne !

Mais Joe, imperturbable, poursuit, sans même m'écouter ou paraître sentir les coups.

— ... je suis bien sûr prêt à te trouver des circonstances atténuantes. Apparemment, tu as une faiblesse lorsqu'on en vient à ce que les Graves ont dans le calbute. Juste pour être sûr : tu as conscience que mon père est déjà pris ?

Cette fois, ma main atterrit sur sa joue droite. Le claquement vif résonne dans mes oreilles. Quand son visage se tourne lentement vers le mien, je constate qu'un affreux sourire en coin étire ses lèvres. C'est la première fois que je trouve Joe laid. Il me fait penser à Rhett Butler dans cette scène où il laisse Scarlett O'Hara se débrouiller seule avec un cheval volé à moitié mort et une carriole pleine de gens. C'est le problème, avec Joe : je ne sais jamais s'il m'aime ou s'il me déteste. Si je l'indiffère ou s'il fait juste semblant, pour se protéger.

— Tu n'aurais jamais dû faire ça. Me gifler.

Il se passe la langue sur les lèvres avec un sourire diabolique. Je déglutis.

— Pourquoi ça ?

— Parce que, maintenant, je sais à quelles profondeurs je suis capable de t'atteindre. Tu m'as dans la peau. Comme ce tatouage que tu avais si peur de te faire : je suis là pour toujours. Même le laser ne servirait à rien, sinon à laisser une cicatrice.

Puis, avec un égoïsme effrayant, il enveloppe de sa main ma gorge, ma mâchoire, et m'embrasse.

Mon corps est une chaîne de volcans qui entrent en éruption les uns après les autres. Ma colonne vertébrale, une rangée de dominos qui tombent pièce par pièce jusqu'à ce que mes jambes se dérobent. C'est un baiser chaud, désespéré, brut. Ses doigts s'enroulent autour de mon cou et il m'attire vers lui. Mes lèvres se heurtent aux siennes et je pousse un grognement lancinant. Sa langue entrouvre ma bouche. Elle ne demande pas : elle exige d'y pénétrer. L'imbécile que je suis cède. Son corps se plaque contre le mien. Ce contact se répercute jusque dans mes orteils. Joe mord ma lèvre, brouillant la frontière entre plaisir et douleur. Il me marque, il fait en sorte que ma bouche enfle.

Nous nous embrassons avec une telle passion que j'ai l'impression que nous sommes tous deux sur le point de prendre feu. Mais ce baiser n'a pas le goût qu'il devrait. Il ne ressemble en rien à ceux que nous avons échangés durant cette fameuse nuit en Espagne. Il a le goût de la colère, de la vengeance et de la haine. Il a le goût de ce que j'éprouve envers moi-même lorsque je songe à la passivité dont j'ai toujours fait preuve face à la vie.

— Non !

Je repousse Joe, mais c'est moi qui perds l'équilibre. Puis je plaque ma main sur ma bouche.

— Bordel de merde, qu'est-ce qu'on vient de faire ?

La tête de Joe se renverse et son regard se tourne vers le plafond. Il a l'air sur les nerfs – et je ne peux pas le blâmer.

— On vient de s'embrasser. Je suis sûr que tu connais le concept.

— Ne joue pas au plus malin. Parce que, pour ma part, je...

— Laisse-moi deviner : tu regrettes ? Je commence à entrevoir un schéma.

— Comment peux-tu te montrer aussi désabusé ?

Il se passe une main dans les cheveux et se met à faire les cent pas dans la pièce.

— Ne t'inquiète pas, je ne dirai rien à ton merveilleux petit ami. Désolé, *fiancé*. Encore un secret à fourrer dans la boîte de Pandore. Eh bien, eh bien, ce mariage va connaître des débuts mouvementés ! Je vais devoir prier pour vous.

La référence ne passe pas inaperçue. *Save a Prayer*. Il se souvient de ma chanson préférée au monde. Contrairement à Dom. Puisque Dom et moi ne parlons jamais de musique.

— L'hypocrisie, tu arrêtes. Ce n'est pas moi qui ai décrété qu'il ne fallait pas lui parler de ce qu'il s'est passé il y a six ans !

J'en ai assez de faire continuellement les mauvais choix quand on en vient à cet homme. Apparemment, dès que je suis près de lui, mon self-control est bon à jeter à la poubelle ! Joe a un petit rire sombre.

— Si tu le dis, *Lynne*.

— Et arrête, avec tes *Lynne*, tu veux ? Ce que nous venons de faire à Dom est horrible.

— Épargne-moi ta bonne conscience. Personne n'y croit.

Joe enfonce ses pieds dans ses baskets. Il va voir Presley et il n'y a rien que je puisse faire pour l'en empêcher.

— ... Et quand bien même ta culpabilité serait sincère, Ever : en aucun cas *je* ne me sens fautif de t'avoir embrassée.

— Pourquoi es-tu à ce point en colère ? lui demandé-je.

Ce n'est pas systématiquement le cas. La plupart du temps, il semble résigné face à notre destin.

— Parce que, répond-il d'un ton calme, posé, blasé, nous n'avons jamais rompu. Techniquement, tu es toujours ma petite amie.

Ses mots me font l'effet d'un coup de poing dans la figure. Je recule en titubant.

— Tu ne peux pas être sérieux !

— Je n'ai jamais été aussi sérieux. Pas de discussion de rupture, pas de rupture.

Il range ses lacets dans ses baskets au lieu de les attacher.

— Nous avons eu une rupture atroce, mais c'*était* une rupture. Et je suis désolée de t'avoir fait tant de mal.

— *Tu* t'es fait du mal, ma grande. Tu as choisi la norme.

Ses mots me frappent. Malgré les années, je n'ai jamais oublié : « Je me méfie des gens mainstream, je ne vois pas ce qu'ils apportent au monde. Être dans la norme, ça n'a rien d'intéressant. »

Mais j'ai besoin d'être normale ! J'ai besoin de ce confort. J'ai besoin de cette sécurité.

— Tu as cessé d'être une option le jour où j'ai embrassé ton frère ! aboyé-je. On ne peut pas lui faire ça, et tu le sais !

— On croirait entendre un disque rayé. Ta morale à deux balles m'ennuie.

Il laisse échapper un soupir irrité. Je sens son exaspération. Et soudain, ça me saute aux yeux. Tout ce qu'il a perdu, au fil des ans, au profit de Dominic. L'attention de leurs parents. Le sommeil. La sérénité. La possibilité de passer en premier, dans quelque domaine que ce soit. Encore aujourd'hui, Dom est l'enfant chéri. Celui qui est allé à l'université, qui a une carrière, qui va se marier.

— Le pire, c'est que tu refuses de voir qu'il n'y a que dans notre relation que tu prends toujours les *bonnes* décisions - même si ce ne sont pas les plus reluisantes ou les plus acceptables socialement. Toutes les autres foirent, y compris celle avec Dom, parce que tu choisis toujours la facilité.

Il a raison. Il a raison, et il est temps que j'assume mes erreurs. Surtout celles que j'ai laissées en Californie.

L'épaule de Joe frôle la mienne tandis qu'il quitte la pièce à grands pas. C'est alors que j'entends les mots qui me bousillent.

Qui font de moi un vieux pull effiloché, dont on aurait tiré le fil jusqu'à ce qu'il ne reste plus rien :

— Je t'aimais, Ever Lawson. Mais je veux que tu saches que tu es la pire chose qui me soit jamais arrivée.

Chapitre 18

J'ai conduit jusqu'à Salem sans permettre à Dom de prendre le volant. Nous sommes maintenant tous deux appuyés contre sa voiture, le silence entre nous si manifeste que je peux le sentir sur ma langue. Comme je ne lui fais pas assez confiance pour le laisser seul avec un véhicule en ce moment – ou avec une machine à café, soit dit en passant –, je l'informe que je vais aller chercher Loki chez moi avec sa Mazda, avant de revenir chez lui. Dom ne proteste pas. Fidèle à lui-même, il se montre compréhensif et coopératif. *Parfait*. Il m'embrasse le cou, me presse contre sa voiture de sport, les mains sur ma taille.

— Tu as passé une bonne soirée ? murmure-t-il contre ma peau.

— Bien sûr.

Mon esprit dérive involontairement vers Joe. Je pense à ses mots. À ce baiser. Il est encore sur mes lèvres. Un secret à peine formulé.

Je dois tout dire à Dom. Je ne peux pas planifier notre mariage sans lui avoir avoué la vérité.

Je dois lui dire que cette demande, c'est trop, trop vite. Que nous devons ralentir la cadence. Sinon, nous allons blesser encore plus de gens. Et nous faire du mal.

Lorsque j'essaie de m'éloigner, Dom me serre plus fort dans ses bras et me dit :

— Mets Loki dans sa caisse de transport, prends quelques vêtements et dépêche-toi. J'ai besoin d'être en toi.

La preuve de son désir pour moi est collée contre mon ventre, pressante, exigeant qu'on s'occupe d'elle.

— Il faut d'abord qu'on parle, dis-je.

— De quoi ?

Il s'éloigne, me scrute.

— Tu n'es pas en train de te dégonfler, n'est-ce pas ?

J'ai un rire léger, forcé, tandis qu'intérieurement j'agonise.

— Il faut juste qu'on mette deux ou trois choses au point.

Je vois bien que cette perspective ne l'enchante pas, mais il acquiesce.

— D'accord. Je t'attends.

— J'en ai pour un petit moment. Il faut aussi que j'achète des tampons.

En réalité, je n'ai pas besoin de tampons. Je n'ai pas mes règles. Mais pas moyen que je fasse l'amour avec Dom ce soir, quand bien même il me pardonnerait ce qui s'est passé avec Joe.

— Je vais te les acheter, fait Dom en m'embrassant sur le front. Occupe-toi d'aller chercher tes affaires.

— Je peux m'en charger en chemin, protesté-je.

— Il y a une pharmacie de l'autre côté de la rue. Et comme tu prends ma voiture, ajoute-t-il sur le ton de la plaisanterie, je n'ai pas d'autre choix que d'y aller à pied, alors tu n'as aucune raison de t'inquiéter, OK ? Pas d'accident de la route pour moi ce soir.

— Ne plaisante pas avec ça.

Puis, me rendant compte que j'ai failli oublier quelque chose, j'ajoute :

— Je t'aime.

— Je t'aime aussi.

D'une tape sur la fesse, il m'encourage à partir. Dans la voiture, une fois au calme, je me repasse en boucle la scène avec Joe.

« Je t'aimais. »

Il a utilisé le passé, tandis que je suis toujours là, coincée dans le présent, à me languir de lui.

Après avoir avoué à Dom ce baiser avec son frère, il est presque certain qu'il rompra les fiançailles. Et ce qui m'effraie le plus, c'est le profond soulagement que j'en ressens. Non que je n'aime pas Dom – seulement, je suis aussi amoureuse de son frère.

Peut-être que m'éloigner un temps de la famille Graves me ferait du bien. Ça n'empêcherait pas Nora d'emménager avec Colt. Apprendre à vivre seule me serait sans doute profitable.

Lorsque je franchis le seuil de mon appartement une demi-heure plus tard, ma colocataire n'est pas là. Je ne me souviens pas de la dernière fois qu'elle a dormi à la maison. À ce stade, ce n'est plus une colocataire, mais une bienfaitrice qui prend en charge la moitié de mon loyer. Je m'accorde une douche rapide, pousse Loki dans sa boîte de transport et prépare mon sac.

J'ai attrapé le bloc-notes près du réfrigérateur et je m'apprête à laisser un message à Nora, quand mon téléphone, dans ma poche arrière, sonne. Je le sors et vois le nom de Joe s'afficher. Mon cœur s'emballe. Pendant une seconde, j'envisage de ne pas répondre. Ou du moins, je fais semblant de l'envisager. Mais je ne peux pas résister à la tentation. Je balaie l'écran en soupirant.

— Écoute, je sais que notre conversation n'est pas finie...

Il me coupe net.

— Tu dois aller à l'hôpital.

— Quoi ? lui demandé-je.

— L'hôpital de Salem. Tu dois y aller ! Maintenant, tout de suite ! Dom est dans un état critique.

Je laisse tomber le bloc-notes et le stylo. Mes jambes tremblent. J'essaie de respirer, mais l'air ne descend pas jusqu'à mes poumons.

— Qu'est-ce que tu racontes ? Comment ? Pourquoi ?

— Ever. Ever. Ever.

La voix de Joe est rauque, comme s'il avait hurlé. Le fait que son habituelle nonchalance l'ait abandonné me précipite dans l'hystérie la plus complète.

— C'est arrivé il y a environ une demi-heure. Il traversait la rue en revenant de la pharmacie. Il a été renversé par un camion.

— Oh, mon Dieu ! beuglé-je. Qu'est-ce qui s'est passé ? Le conducteur était ivre ?

J'ai besoin de quelque chose ou quelqu'un à blâmer. Le rugissement du moteur et la pluie qui frappe la voiture de Joe m'indiquent qu'il est en route. Je passe à l'action moi aussi, faisant le tour de l'appartement en courant, enfilant mes chaussures à la hâte.

— Ils ne savent pas, lâche enfin Joe. Ils ne savent rien, Ever. J'ai reçu l'appel il y a seulement dix minutes. Deux témoins qui étaient là ont dit qu'il est tombé sur la voie. Pendant que le feu était vert.

— Tombé ? répété-je d'une voix étranglée.

Un nouveau silence. Cette fois, je me rends compte que Joe essaie de contrôler ses émotions.

— Oui.

— Mais comment ? Comment quelqu'un peut-il juste tomber sur la voie comme ça ? Ça n'a aucun sens !

Joe ne répond pas.

— On ne chute pas sans raison ! Il a dû se passer quelque chose, argumenté-je, sans personne en face pour me contredire.

Je n'arrive même plus à penser. Je me précipite vers la porte, avant de me rappeler que je n'ai pas mes clés.

— Commande un taxi, m'ordonne Joe. Pas question que tu prennes le volant. Il pleut à verse et tu n'es pas en état.

Je n'ai pas la capacité mentale de me disputer avec lui, présentement. Aussi me contenté-je d'ignorer sa recommandation.

— Où sont Gemma et Brad ?

— Ils sont en route. Moi, je devrais arriver d'ici une vingtaine de minutes. Je viens de quitter Pres...

L'appartement de Presley. Ou sa chambre, plus précisément. Il n'a pas besoin d'en dire plus. De toute façon, en cet instant, je m'en contrefous.

— J'en ai pour dix minutes, lui réponds-je. Appelle-moi quand tu seras arrivé.

Je ne sais pas comment je fais pour accomplir tous ces gestes banals qui n'exigent habituellement aucun effort de ma part. Boucler ma ceinture de sécurité. Manœuvrer le volant. Attendre aux feux de circulation. Me garer. Sur le parking des urgences, je coupe le moteur, enroule mes doigts autour du volant et pousse un hurlement si strident qu'il me laisse avec la nausée.

Puis j'essuie mes larmes, je sors de la voiture et je me dirige vers l'accueil. La réceptionniste m'envoie dans une autre aile. Apparemment, Dom est en chirurgie. On m'indique une salle d'attente dotée de chaises bleues déprimantes, d'un petit comptoir d'accueil et de grandes fenêtres donnant sur le parking.

Je reste debout devant des portes battantes qui s'ouvrent par intermittence sur un long couloir auquel je n'ai pas accès. Dom est quelque part là-dedans, mais je ne suis pas sûre du type d'intervention qu'ils sont en train de pratiquer sur lui. Je ne sais rien et ça me rend folle.

Je ne m'autorise pas à penser que la dernière chose qu'il a faite, c'est aller à la pharmacie pour m'acheter des tampons. Pour des règles *imaginaires*. Je ne me torture pas avec la stupidité des circonstances. Avec leur manque de sens. Je ne peux pas m'infliger ça pour le moment. À la place, je fais les cent pas, jouant avec le diamant à mon doigt. Il ne peut pas mourir comme ça. Les gens ne se fiancent pas pour mourir le jour même. Ce n'est pas comme ça que le monde fonctionne.

Une petite femme blonde en blouse bleue traverse le couloir, direction la salle d'attente. Elle est essoufflée. Est-ce l'un des médecins qui ont pratiqué l'opération ? Peut-elle me renseigner ? Je m'apprête à lui poser la question, quand elle me dépasse et frappe des deux mains le comptoir d'accueil.

— Belinda ?

— Docteur Nelson !

La réceptionniste se lève et contourne le comptoir pour l'étreindre brièvement.

— Je suis désolée, vraiment… C'est un cauchemar !

La blonde laisse échapper un faible gémissement, avant de tapoter l'épaule de Belinda.

— J'ai appelé le Dr Hansley. Il est en train d'opérer. C'est un trauma craniocérébral.

— Il vous a dit comment ça se passe, là-dedans ?

La blonde secoue la tête. Peut-être ne parlent-elles pas de Dom. Je sais bien qu'il n'y a pas qu'une seule opération en cours, dans cet hôpital. Mais j'arrête néanmoins de faire les cent pas pour écouter leur conversation. Parce qu'il n'y a rien d'autre à faire.

Pour la première fois, la blonde remarque ma présence. Elle se tourne vers moi, le visage affable malgré son évidente détresse.

— Pardon, vous attendez quelqu'un ?

— Oui, fais-je d'une voix éraillée avant de me ressaisir. Dominic Graves.

— Vous êtes une amie ? Une patiente ?

La blonde avance vers moi. De près, elle est belle, d'une beauté froide, un peu comme un cygne. Avant que j'aie le temps de répondre, elle me tend la main.

— Je suis le Dr Sarah Nelson.

— Sarah !

Je prends sa main et la serre, soulagée. C'est la femme que j'ai vue en photo sur le frigo de Dom. Pour cet événement caritatif auquel il a participé en début d'année.

— Dom m'a parlé de vous, bien sûr.

Je repense à la fois où il a mentionné qu'un médecin prénommé Sarah lui avait suggéré de vérifier sur Craigslist, lorsque Loki a surgi sur son balcon. Sarah m'adresse un sourire triste.

— Oh ! merci.

— Avez-vous des informations concernant son… état ?

Je me passe nerveusement la langue sur les lèvres. C'est tellement gentil de sa part d'être là, de s'assurer qu'il va bien ! Mais ça ne me surprend guère. Dominic est un homme extraordinaire, qui se fraye un chemin dans de nombreux cœurs. Sarah respire un grand coup.

— J'ai appelé le neurochirurgien de garde dès qu'on m'a avertie que Dom avait été admis ici. C'est une opération délicate. Je sais seulement que Dom s'est fracturé le crâne. Il y a plusieurs hémorragies et le tissu cérébral est atteint.

Je plonge mon visage entre mes mains et je pleure. Je déteste me sentir si impuissante ! Que les choses échappent ainsi à mon contrôle ! Je déteste l'arbitraire de cette situation. Ce mauvais coup du sort. Sarah se penche vers moi pour me frotter le bras.

— Je sais, c'est terrible. Terrible.

Au lieu de lui répondre, mes sanglots redoublent. Elle me serre dans ses bras. Je ne comprends pas pourquoi tous ceux que j'aime finissent par mourir ou par être grièvement blessés. Maman. Dom. Peut-être que je suis maudite. Peut-être que la meilleure chose que je puisse faire pour mon père et pour Renn, c'est rester à l'écart. Peut-être qu'ils le savent pertinemment et que c'est pour ça qu'ils ne m'appellent plus.

Pas étonnant que tu sois obsédée par les tombes. Tous ceux que tu approches finissent six pieds sous terre.

— Je devrais téléphoner à sa famille..., me glisse Sarah d'une voix douce. Voir si Gemma et Brad sont au courant.

Je m'écarte d'elle en reniflant. Enfin, j'ai l'occasion de me montrer utile.

— Ils le sont. Ils sont en route.

Sarah fronce les sourcils.

— Vraiment ?

— Oui. J'ai parlé à Joe... Je veux dire, Seph, il y a une vingtaine de minutes. Tout le monde est en chemin.

Pour la première fois depuis le début de notre échange, Sarah a un mouvement de recul. Une frontière invisible se crée entre nous. Elle me regarde soudain comme si j'étais une autre personne.

— Au fait, vous ne m'avez pas dit comment vous connaissiez Dom.

— Oui, pardon, hoqueté-je en lui tendant la main. Je suis Everlynne.

— Everlynne... ?

Apparemment, ça ne lui dit rien. Elle ne prend pas la main que je lui tends.

— Sa fiancée, fais-je en retournant la main pour qu'elle voie la bague étincelante qui s'y trouve.

— Sa fiancée ? répète-t-elle.

— Oui.

— Intéressant.

— Pourquoi donc ?

Soudain, le Dr Sarah n'a plus l'air aussi engageant.

— Parce que je suis sa petite amie.

Chapitre 19

Le sol ne se dérobe pas sous mes pieds. Le monde n'explose pas en mille morceaux. Et pourtant, quelque chose se brise en moi. Je comprends que je ne serai plus jamais la même personne désormais.

Dom a une petite amie.

Dom mène une double vie.

Ça fait *ding-ding-ding* dans ma tête alors que les indices se mettent en place. Ô qu'ils semblaient anodins, pris indépendamment les uns des autres. Si innocents, si minuscules.

Le fait que Dom ne m'ait jamais emmenée nulle part à Salem.

Ses gardes, bien trop nombreuses même pour un infirmier, qui parfois l'occupaient trois ou quatre nuits d'affilée.

La façon dont Joe m'a assuré ne pas se sentir coupable de m'avoir embrassée. Dont il n'a cessé, depuis le début, de sous-entendre que Dom n'était pas le saint que je voulais bien croire.

Ce dégoût que lui provoque ma relation avec Dom... Sait-il que ce dernier me trompe ? Bien sûr qu'il le sait. Si Sarah connaît Gemma et Brad, elle connaît également Joe. Et soudain, ça me frappe.

Le collier.

Le collier.

Le collier.

La lettre S. *Sarah*.

Elle et moi avons occupé le même lit, roulé dans les mêmes draps, embrassé la même peau du même homme pendant toutes ces semaines et tous ces mois. Maintenant que je sais, je peux voir sa présence partout dans l'appartement. Les photos sur son réfrigérateur. La façon dont les tasses sont toujours rangées par couleur dans le placard. Et ce déodorant pour femmes que Dom m'a prêté une fois, et qui soi-disant appartenait à sa mère...

Sarah prend la parole et, bien que son ton soit sec, il ne m'échappe pas que son menton tremble.

— Je ne sais pas trop ce que vous espérez provoquer comme réaction, là. Dom et moi sommes ensemble depuis trois ans.

— Je suis désolée, dis-je.

Et c'est vrai, je suis désolée - pour *moi*, pas pour elle.

— ... Mais c'est la vérité. Il m'a demandé de l'épouser ce soir. Lors du dîner d'anniversaire de sa mère.

Sarah ferme les yeux. Elle commence à intégrer l'information. À me croire. Moi, j'ai encore du mal à accepter cette nouvelle réalité. Dom ne peut pas être un salaud infidèle. Ça ne lui ressemble pas. Lui, le sauveur des filles paumées. Lui, l'homme doux, charmant, tout en fossettes, qui a fait irruption dans ma vie et l'a rendue si belle.

— Depuis combien de temps êtes-vous ensemble ? me demande-t-elle en s'essuyant les yeux.

— Trois mois.

Ce n'est rien, comparé à trois années. *Je* ne suis rien. Sarah est splendide, elle est médecin, et moi, je suis... moi. À quoi pensait Dom ? Pourquoi a-t-il entamé une relation avec moi ?

— Je suppose que c'est pour ça qu'il a arrêté de m'inviter chez ses parents.

Un rire frêle s'échappe de sa gorge.

— Je croyais que c'était à cause d'une incompatibilité entre nos horaires de garde ! Waouh !

Les doubles portes s'ouvrent dans un claquement. Joe apparaît comme un mirage, exsudant une énergie sombre. Il nous voit, Sarah et moi, face à face, et fait une grimace. Quelque chose qui signifie visiblement « Merde », et « Putain, Dom, espèce d'abruti. » Du Joe tout craché.

— Seph, gémit Sarah tandis que ses épaules s'affaissent. Oh ! mon Dieu.

Je ne sais pas si elle fait référence à l'accident, à la gravité de l'état de Dom, à son infidélité ou tout ça à la fois.

— Sar. Tu tiens le coup ?

Seph et Sar. Il ne m'en faut pas plus pour confirmer que ces deux-là se connaissent.

— Pas du tout, dit-elle.

Les yeux de Joe se tournent vers moi. Il prend la température. Il essaie d'évaluer mon degré de colère.

Parce que c'est facile – et parce qu'il le mérite –, dès qu'il s'approche de moi pour me serrer dans ses bras, je le gifle. Cette fois, c'est le côté gauche qui est touché. Deux baffes en une journée, ce doit être un record, même pour lui. Il se frotte la joue.

— Je l'admets, je ne l'ai pas volée.

— Salaud, pesté-je.

— Coupable. On en parlera plus tard.

Il se tourne vers Sarah.

— Des nouvelles de lui ?

Sarah enveloppe ses bras autour d'elle. Je constate qu'elle observe attentivement notre interaction et qu'elle la trouve étrange. Elle secoue la tête.

— Pas encore, mais j'allais essayer d'entrer au bloc.

— Tu devrais, l'encourage-t-il d'un ton ferme. Vas-y.

Après nous avoir jeté un regard impuissant, Sarah s'éloigne à grands pas dans le couloir. Joe et moi restons seuls. Il semble idiot de parler de la tromperie de Dom alors qu'il pourrait ne pas s'en sortir. Mais d'un autre côté, c'est le seul sujet possible. Concernant son état, il n'y a rien à dire, puisque nous ne savons rien. Dr Sarah Nelson est exactement la distraction dont j'ai besoin pour oublier que mon fiancé est entre la vie et la mort.

— Il avait une double vie, dis-je sans détour une fois que Sarah est partie et qu'il ne reste plus que nous deux entre ces murs vert menthe.

Je remarque que Belinda, la réceptionniste, s'intéresse de près à ce qui se passe dans sa salle d'attente. Cela fait dix minutes qu'elle lit la même page de son roman. Joe se gratte le menton en détournant le regard.

— C'est mon frère, Ever. Qu'est-ce que j'étais censé faire ? Le balancer ?

Sa mâchoire se crispe.

— J'ai tenté de t'indiquer de multiples façons que ce n'était pas la fin du monde qu'on se soit embrassés.

— On ne soigne pas le mal par le mal ! explosé-je.

— Selon moi, quand tu es assez con pour tromper deux femmes formidables, c'est que tu ne mérites aucune des deux.

— Pourquoi ne l'as-tu pas raisonné ?

— Tu ne crois pas que j'ai essayé ? tempête Joe, l'air exaspéré. J'ai fait de mon mieux pour instiller un peu de bon sens dans son crâne. Des centaines de fois. Tu t'imagines sans doute que j'ai pris plaisir à être spectateur de tout ce bordel ? Surtout alors que tu étais impliquée ?

— Oui, rétorqué-je, même si je ne suis pas sûre de le penser. Je crois que tu as tiré une sorte de satisfaction perverse à savoir que cette relation était viciée. Condamnée. Que j'ai été prise pour une imbécile...

— Tu ne me connais pas.

Sa voix, tranchante comme un rasoir, découpe chaque mot.

— Jamais je ne me serais volontairement rendu complice d'un tel merdier. Tu sais pourquoi ?

Je tressaille, remarquant qu'il arbore un sourire affreux et amer. Celui d'un homme rongé par la douleur.

— Parce que je sais ce que ça fait d'avoir le cœur brisé.

C'est atroce. De constater comment, malgré ma colère et ma peur, tout ce que je voudrais, c'est m'agenouiller devant lui et lui demander… quoi ? De m'aimer ? De me comprendre ? De me pardonner ? Qu'est-ce que j'attends, au juste, de cet homme ?

— Pourquoi Dom m'a-t-il demandé de l'épouser ? l'interrogé-je pour changer de sujet. Pourquoi m'a-t-il demandé d'emménager chez lui alors qu'il a une petite amie ? Qu'est-ce que…

— La relation de Sarah et Dom bat de l'aile depuis un an, me coupe une nouvelle fois Joe. Ils n'arrêtent pas de rompre. Elle est partie en mission avec Médecins Sans Frontières pendant un temps, elle est revenue, elle a failli accepter un boulot à Portland… Ça fait un moment que c'est les montagnes russes. C'est pour ça que mes parents t'ont accueillie à bras ouverts. Ils étaient convaincus que c'était fini avec Sarah.

— Quand l'a-t-il emmenée à Dover pour la dernière fois ?

Joe passe la main dans ses cheveux.

— Je ne sais pas. Pâques ?

Dom a de la chance d'être dans la salle d'opération en ce moment, parce que serais capable de lui mettre une droite, en dépit de son état de santé.

— Il m'a raconté qu'il n'avait amené aucune fille à Noël depuis Emily, fais-je remarquer.

Pourquoi ce détail m'affecte à ce point ? Je n'en sais rien. Il semble si insignifiant, comparé au reste. Est-ce que j'essaie de me convaincre de l'absolue noirceur de Dom, à l'heure où je risque de le perdre pour de bon ? Pour l'instant, ça ne marche pas.

— Qui est Emily ?

Joe me regarde comme si j'avais perdu la tête. Je fronce les sourcils.

— Emily. Son ex-petite amie.

— Dom n'est jamais sorti avec une Emily.

Tout mon corps tremble. J'ai l'impression d'être sur le point d'exploser. Il a inventé Emily ! Pour me manipuler ! Le salopard.

— Donc lui et Sarah, ce n'était pas sérieux, récapitulé-je en essayant de garder mon calme. Mais il m'a quand même demandé de l'épouser alors qu'il avait une autre petite amie.

— Il était… *est,* se reprend Joe. Écoute, Dom est une personne difficile à cerner. Je ne sais jamais ce qu'il a en tête. Je pense que, la plupart du temps, il ne le sait pas lui-même.

— Pourquoi n'a-t-il pas rompu avec elle tout de suite ? insisté-je, comme si Joe était responsable, comme si c'était lui qui était à blâmer.

Il me jette un regard épuisé, frotte ses jointures contre sa mâchoire.

— Tu veux la vérité ?

— Oui, j'ai besoin de comprendre.

— Parce que, depuis sa plus tendre enfance, Dom est habitué à ce qu'on lui passe tout. Il a voulu avoir le beurre et l'argent du beurre si possible. D'autant que, tant qu'il ne t'avait pas passé la bague au doigt, il n'avait aucune certitude concernant votre avenir. Il a préféré se garder Sarah sous le coude. Pourtant, je pense qu'une partie de lui l'aime sincèrement et l'aimera toujours. Il a été dévasté, quand elle est partie au Yémen. C'est pourquoi il a eu besoin de…

— De quelqu'un qui n'aurait ni carrière, ni emploi du temps chargé, ni existence en dehors de lui, complété-je. Quelqu'un qu'il pourrait façonner selon son bon vouloir.

Chaque mot a un goût amer. Parce que je commence à comprendre quel a été mon rôle, dans le scénario de Dom. Dès le départ, il m'a vue comme la fille esseulée qu'il avait rencontrée dans des circonstances bizarres. Pas de famille, pas d'amis, pas de projets. Je ne risquais pas de m'enfuir. D'accomplir quoi que ce soit dans lequel il ne serait pas inclus.

Il t'a emmenée à un cours de poterie parce qu'il savait qu'il allait te modeler selon ses désirs.

Il n'y a pas assez d'air dans la pièce. Dans cette ville. Dans tout l'Univers.

— Dès qu'il a mis un genou à terre dans le salon de nos parents, j'ai compris qu'il avait enfin fait son choix.

La pomme d'Adam de Joe frémit alors qu'il déglutit. Il a l'air ravagé et je n'ai plus envie de me battre contre lui. D'ailleurs, il a raison : il n'a rien à se reprocher. Il savait ? Et alors ? Jamais je ne balancerais Renn moi non plus, quoi que ce dernier fasse.

Sarah et moi étions en compétition. L'ancienne *versus* la nouvelle. Et maintenant, je comprends pourquoi Sarah a suggéré à Dom de vérifier Craigslist, quand Loki a débarqué sur le balcon : elle était là, dans l'appartement.

Joe se tourne vers Belinda.

— Quand allons-nous avoir des nouvelles de mon frère ?

L'employée cale le signet de son livre relié.

— Nous aurons plus d'informations dès que l'un des médecins ayant pratiqué l'opération se présentera, monsieur Graves.

— Merci pour rien, marmonne Joe.

— Pas de nouvelles, bonnes nouvelles, récité-je en me frottant le front. S'ils continuent d'opérer, c'est qu'il n'est pas mort.

Ce dernier mot explose entre nous comme une grenade. Nous nous regardons tous deux, yeux écarquillés.

C'est à ce moment que Sarah repasse en trombe par la salle d'attente, vêtue d'une blouse propre, d'un masque et de tous les accessoires que portent les chirurgiens. Elle pousse par la double porte qui mène au bloc sans nous accorder un regard.

— Il va s'en sortir, n'est-ce pas ? demandé-je à Joe.

Il prend ma main et la serre sans prononcer un mot. Cette pression est sa seule réponse.

Gemma et Brad se présentent à l'hôpital en pyjama, des UGG identiques aux pieds. Deux officiers de police arrivent également. Ils nous informent que le chauffeur du SUV qui a percuté Dominic, un quadragénaire père de trois enfants, a été soumis à un alcootest et ne conduisait pas sous emprise. Selon les témoins, Dom s'est soudain écroulé, tombant du trottoir sur la chaussée au moment où le véhicule tournait à droite. Dom a non seulement subi l'impact, mais il a été traîné sur la route le temps que la voiture achève son virage.

Sarah n'est pas encore sortie de la salle d'opération. Les médecins qui s'occupent de lui n'ont pas donné de nouvelles.

Nous avons l'impression d'être coincés dans l'un des cercles de l'enfer de Dante. Peut-être le cercle de la trahison.

— Je vais chercher du café pour tout le monde, dis-je aux Graves avant de me retirer dans la petite cafétéria à l'autre bout du service.

Je suis agitée, déconcentrée. Je suis également pressée d'appeler papa et Renn, de leur dire que je les aime. Que je sais qu'entre nous, rien n'est dû ou acquis. Que je suis désolée d'être nulle. Que je vais l'être moins à partir de maintenant - promesse que je compte tenir, car il n'existe aucune garantie que nous soyons là demain. Nous devons profiter de chaque jour qu'on nous donne.

Pendant que j'attends les quatre tasses de café et des pâtisseries que personne ne mangera, j'envoie un bref message à Nora pour l'informer de l'accident. Je lui explique que, dans la précipitation, j'ai laissé Loki dans sa cage de transport. Je lui demande si elle peut le sortir de là, s'assurer que sa litière est propre, qu'il a de l'eau et de la nourriture.

Elle me répond immédiatement pour me dire à quel point elle est désolée et horrifiée de la situation, que Colt et elle sont en route, et pour me demander de la tenir au courant.

L'employée de la cafétéria me donne un plateau pour que je transporte ma commande. Je me dirige lentement vers la salle d'attente. Il ne sert à rien de se précipiter. J'ai l'impression que jamais les chirurgiens ne sortiront de ce bloc. Il est cinq heures du matin et nous n'avons toujours reçu aucune nouvelle. Le plus effrayant, c'est de sentir à quel point je commence à me satisfaire de cet état de bienheureuse ignorance. Je préfère la perspective de ces limbes d'incertitudes à celle, terrible, de l'annonce de son décès.

Plus je me rapproche de la salle d'attente, plus je comprends qu'un drame est en train de se jouer. S'il s'avère que Sarah fait une scène, je vais hurler. Les Graves n'ont pas besoin qu'on les mêle à cette affaire, là, tout de suite. Mais quand je pousse les portes avec mon épaule et que je vois deux médecins à l'air épuisé, une Sarah éplorée, un Joe et un Brad comme morts de l'intérieur, je comprends.

Gemma, prostrée par terre, n'est plus qu'un amas de membres désarticulés. Elle sanglote à chaudes larmes.

Le plateau me glisse des mains. Un liquide brûlant éclabousse mes tibias, mais je ne le sens pas. Brad et Joe se tournent vers moi. Ils me parlent, mais je ne comprends pas ce qu'ils me disent. Tout est blanc, parasité. Je trébuche en arrière. Je recule.

Non. Non. Non.

J'ai l'impression d'avoir la tête sous l'eau. Je ne les entends pas, et c'est tant mieux.

Je me retourne et commence à courir. Ou plutôt, à essayer de courir. Je suis comme un bébé girafe faisant ses premiers pas. Mes jambes s'emmêlent, je chute. Un autre corps me retient par-derrière. Son poids m'est tragiquement familier. Ses bras me serrent et me contiennent en entier. Ses lèvres effleurent mon oreille. Elles me disent :

— Chut... Je te tiens. Je te tiens. Vas-y, lâche tout.

Je m'effondre complètement. Je donne des coups de pied, je pleure, je crie. Je me griffe le visage. Je me fous de tout. Je ne sais pas combien de temps ça dure. Tout ce que je sais, c'est qu'au bout d'un moment je n'ai plus aucune énergie. Je ne suis plus qu'une poupée de chiffon dans les bras de Joe.

— Il faut que nous nous occupions de Gemma, dis-je d'une voix faible, congestionnée par les larmes et la morve.

C'est toujours la mère qui souffre le plus.

Joe se lève et me tend la main, que je prends en reniflant.

Puis, ensemble, nous entrons dans notre nouvelle réalité : un monde sans Dom.

Chapitre 20

Nous restons ensemble durant les heures qui suivent, dans un état d'hébétude postapocalyptique.

Par *nous*, j'entends : Joe, Brad, Gemma, Sarah et moi.

Cette dernière et moi n'échangeons pas beaucoup, mais quand nous le faisons notre attitude est dépourvue d'hostilité. Nous sommes toutes deux épuisées et nous suintons le désespoir. Même les trahisons et l'infidélité sont bien peu de choses, ramenées à l'échelle d'une vie. Qu'importe que Dom nous ait fait passer pour deux idiotes, s'il n'est pas là pour que nous puissions l'engueuler ? La colère, j'ai trop donné, et elle ne fait pas le poids face à la douleur de le perdre.

Joe nous conduit à l'appartement de Dom, où je prépare du thé pour tout le monde, en mode pilote automatique. Sarah découpe un Valium avec un couteau à beurre, puis elle en tend une moitié à Gemma et l'autre à Brad. Elle propose également un calmant à Joe et moi. Nous refusons.

Joe s'enferme dans la chambre de Dom et passe quelques coups de fil. Je ne sais pas quoi ressentir. Je ne sais pas quoi penser. Et j'ai peur du moment où je commencerai à prendre réellement conscience de ce qui est arrivé.

Gemma, Sarah et moi sommes dans le salon, en train de boire notre thé. Apparemment, Dom s'est tout bonnement effondré au beau milieu des voitures. Je crois qu'il était trop épuisé pour rester debout. Je me suis toujours inquiétée de son manque de sommeil.

Sarah ressent le besoin de combler le silence, parce qu'elle est médecin et parce qu'elle était présente lors de ses derniers instants.

— Il n'a pas souffert.

Elle porte la tasse à ses lèvres, laissant la vapeur former une moustache de condensation.

— Il n'a rien senti du tout. C'était un trauma craniocérébral. Ce qui veut dire que, dans le choc, son crâne s'est enfoncé et a endommagé son cerveau. Il a été inconscient tout le long. N'a pas su ce qui se passait. Ce n'est pas grand-chose, mais j'ai pensé que vous seriez soulagés de l'apprendre.

— Alors pourquoi l'intervention a-t-elle pris des heures ? l'interrogé-je.

Elle lève le regard vers moi, apparemment surprise que je lui adresse la parole. Ses yeux se posent sur ma bague de fiançailles et se remplissent à nouveau de larmes. Je range ma main sous ma cuisse, gênée. Elle se racle la gorge.

— Il n'est pas mort tout de suite. Ils ont essayé de stopper l'hémorragie et d'évaluer les dommages causés au tissu cérébral.

— Donc, même s'il avait survécu...

Gemma presse ce qu'il reste d'un mouchoir en papier contre son nez. Des lambeaux sont collés à ses joues, ses lèvres, mais personne ne dit rien.

— Oui, répond Sarah avec douceur en tendant la main pour toucher le genou de Gemma. La convalescence aurait été extrêmement longue et, bien que ce ne soit pas mon domaine d'expertise, je dirais que les atteintes au cerveau auraient été importantes. Il n'aurait plus pu mener la même vie.

— Merci... d'avoir expliqué tout cela, dis-je.

Parce que, d'une certaine manière, ça aide. De savoir que Dom n'a pas eu à subir ce long coma végétatif.

Gemma s'effondre, prend nos deux mains et déclare :

— Je suis vraiment désolée, les filles. J'imagine sans peine à quel point ça doit être difficile pour vous deux de rester dans la même pièce. Mais, à voir la façon dont vous gérez cette situation complexe, je comprends mieux pourquoi Dom a eu tant de mal à faire un choix entre vous.

Sarah et moi échangeons un regard horrifié. Je suis sûre qu'elle non plus n'apprécie pas qu'on parle d'elle comme de la deuxième jambe d'un jean bien coupé. Quant à mon acceptation de Sarah, elle n'a rien à voir avec mes sentiments pour Dom, et tout à voir avec le fait que cette dernière ne connaissait pas mon existence et n'a donc rien fait de mal.

— Ce n'est rien, répond sèchement Sarah. Nous aimions tous Dominic.

Finalement, Joe sort de la chambre de son frère et donne à ses parents toutes sortes d'informations administratives. Il pose une main sur mon épaule.

— Tu devrais appeler quelqu'un. Je ne te laisserai pas partir d'ici tant que je n'aurai pas la certitude que tu ne resteras pas seule.

Je redoute ce coup de fil, mais je sais qu'il est nécessaire. Je prends mon téléphone et m'enferme dans la chambre de Dom. En sentant son odeur, une nouvelle salve de larmes déborde. Odeur de son lit, de son après-rasage, de son linge, de sa vie. L'idée que je ne vais plus l'avoir à mes côtés est surréaliste. Que les signes de sa présence vont s'estomper, que ses biens seront rangés ou donnés. Que son corps ne sera plus chaud, fort et vivant.

J'appelle mon père, certaine qu'il ne décrochera pas. Pourquoi le ferait-il ? Ça fait six ans que mon comportement vis-à-vis de lui est merdique. Mais peut-être que les parents ont un sixième sens, car cette fois-ci, non seulement il répond, mais il le fait dès la deuxième sonnerie. Sans que j'aie eu le temps de me donner le droit de raccrocher. De me dire « Tant pis, j'aurai essayé. »

— Everlynne, lance-t-il d'un ton tranchant.

Au son de sa voix, je craque. Sans plus aucune retenue, je gémis de douleur. Je ne reconnais pas ma propre voix. J'ai l'air d'un animal. Sa façon de parler change instantanément. Il se radoucit.

— Oh... ne... ne pleure pas. Je... hum... Everlynne, s'il te plaît, dis-moi ce qui se passe. Je déteste te savoir dans cet état.

Bien sûr, ces paroles ont pour seul effet de redoubler mes sanglots. Parce que j'ai tourné le dos à un père extraordinaire. Qui me lisait des histoires. Qui, à force de regarder des vidéos YouTube avec moi, a appris à danser. Qui a toujours affirmé que j'étais talentueuse et belle et que je pourrais faire tout ce que je voudrai dans la vie en y mettant du mien.

— Qu'est-ce qui s'est passé ? Dis-moi.

J'entends la porte de son bureau se refermer.

— Papa, je suis vraiment désolée. Tellement désolée de la façon dont je me suis comportée...

Je n'arrive pas à finir ma phrase. Il s'éclaircit la gorge et tente à nouveau de m'apaiser.

— Je suis ton père. Je suis là pour toi, même si par moments je désapprouve tes agissements. Maintenant, explique-moi ce qu'il se passe, que je puisse t'aider.

Mais il ne peut pas m'aider. Personne ne le peut. J'ai perdu Dominic, et personne ne peut le ramener.

— J'avais un fiancé, déclaré-je en hoquetant.

— Un fiancé ?

Il a l'air abasourdi.

— Oui.

— Et... tu as rompu avec lui ?

Il avance avec prudence, visiblement déconcerté.

— N-n-non.

Ma bouche peine à articuler chaque mot.

— Il est mort.

D'énoncer la réalité me fait une nouvelle fois perdre pied. Comme dans une noyade sans fin.

— Ton fiancé est mort ? répète mon père.

Je vois bien qu'il est désorienté, choqué.

— Oui.

Il marque une pause, le temps de digérer l'information. Enfin, il prend la parole.

— Comment est-il mort ? Quand ?

— Dans un a-a-accident de voiture. Hier. Quelques heures après nos fiançailles. Je ne sais pas quoi faire.

C'est probablement la chose la plus vraie que j'aie jamais dite. Oui, je ne sais pas quoi faire, ce que je suis censée faire. Ni dans les prochaines minutes, ni dans la prochaine heure, ni dans les prochaines semaines. Je n'ai aucune idée de la manière dont je suis censée me comporter en ce moment. Il n'y a pas de protocole pour la suite.

De l'autre côté de la ligne, le silence règne. Pendant un instant, je pense que mon père a peut-être raccroché. Je ne suis même pas sûre de pouvoir lui en vouloir, après tout ce qui s'est passé.

— Je prends l'avion, Ever. Ne bouge pas, j'arrive. Aujourd'hui.

— Oh. Tu n'as pas besoin de faire ça...

— Je t'aime.

Ces mots me frappent avec la force d'un semi-remorque. Il les a prononcés d'une voix rauque. Avec ardeur.

— Tu m'entends, Everlynne ? Je t'aime.

Je pleure à nouveau à chaudes larmes, mais cette fois de soulagement. Il m'aime. Il m'aime encore. Après tout ce qui s'est passé, il veut quand même être là pour moi.

— Merci.

— Tiens le coup. J'arrive.

La communication coupe.

Pour la première fois depuis que Joe m'a appelée pour m'annoncer l'accident de Dom, je me souviens de comment respirer.

La cérémonie se déroule à cercueil ouvert.

Dominic Graves, fidèle à lui-même malgré un trauma crânien, présente un visage parfait et dépourvu de cicatrices.

Nora était chargée du maquillage. Elle m'a d'abord demandé si ça ne me ferait pas bizarre. Je lui ai répondu que non, même si je n'avais en réalité aucune idée de ce que j'en pensais.

J'ai passé la semaine à me sentir totalement déconnectée. J'ai l'impression que la vie se déroule à ma périphérie.

Je ne dors pas, même s'il m'arrive de perdre momentanément conscience en divers lieux de mon appartement. Mon père et Renn ont atterri à Salem il y a sept jours. Ils séjournent dans un joli petit hôtel du centre-ville et se présentent chaque matin à ma porte avec du café. La première fois, ils ont apporté des donuts, mais ça m'a rappelé ma promesse et j'ai sangloté, le nez dans la boîte, en faisant un foin pas possible – comme s'ils étaient censés être au courant.

Papa et Renn s'entendent très bien avec Nora et Colt. De l'extérieur, les choses ont l'air très cordiales, nous ressemblons à n'importe quelle famille. Mais nous ne sommes pas n'importe quelle famille, et tout ce que nous taisons s'accumule entre nous pour former une montagne invisible de chagrin.

Renn a tellement changé ! Il est si grand, si fort à présent. Et aussi égaré, et orphelin. Mon père également paraît transformé. Mais ce n'est pas nécessairement négatif. On dirait qu'il a perdu quelques kilos et qu'il va parfois chez le coiffeur, maintenant que maman n'est plus là pour rafraîchir sa coupe.

Ils sont arrivés le jour où j'ai contacté papa, comme ce dernier l'avait promis. Même si l'enterrement ne devait avoir lieu qu'une semaine plus tard, aucun des deux ne s'est plaint de manquer les cours ou le travail.

Je choisis de ne pas voir le corps de Dom avant la cérémonie. Ce qui est ironique, pour quelqu'un à ce point obsédé par les tombes. Peut-être que je ne suis rien d'autre qu'une hypocrite. Peut-être est-ce pour cela que Dom et moi nous entendions si bien. Après tout, il s'est avéré hypocrite, lui aussi. Même si, étrangement, je pense à peine à sa trahison, concentrée que je suis sur sa perte.

Alors que nous écoutons le sermon, depuis le banc d'une église de Dover, je tiens fermement la main de mon père. Renn appuie affectueusement son épaule contre la mienne.

Je ne me permets pas de demander à papa s'il m'en veut, ou ce qu'il voulait me dire il y a quelques mois. Je n'aborde pas la question de l'avenir de notre relation quand tout sera fini. Je n'ose pas non plus demander à Nora à quoi ressemblait Dom lorsqu'elle travaillait sur lui. Je me sens incapable de faire la conversation avec qui que ce soit. Je ne suis qu'une énorme meurtrissure, enflée, à vif. Les choses qui me dérangeaient – l'emploi du temps chargé de Dom, ses « Lynne » et ses « bébé », ses goûts musicaux atroces – me semblent maintenant des détails insignifiants et minuscules. Je donnerais des semaines, des mois, des années de ma vie juste pour pouvoir l'embrasser et le toucher à nouveau. Pour lui dire que je l'aime. Pour lui expliquer que je n'avais pas vraiment besoin de tampons.

Je n'avais pas besoin. De. Tampons.

La cruauté du destin me fascine. Avoir permis à Dom de survivre au cancer pour finalement le faucher dans la fleur de l'âge. Je me demande également combien de deuils une personne doit subir avant de renoncer au bonheur. Je ne sais moi-même pas où je me situe, sur l'échelle des pertes. Quant au bonheur, il semble une création fantasmagorique, en ce moment.

Après la cérémonie, les gens défilent devant le cercueil pour jeter un dernier regard à Dom. Je me glisse hors de l'église et passe devant Sarah, Gemma et Brad, qui se tiennent près de la porte, faisant front ensemble. J'essaie de trouver la force d'être jalouse, mais je suis tellement épuisée que je n'y arrive même pas.

En contournant le cimetière, je remarque Joe près d'une mare pleine de canards, adossé à un tronc d'arbre, en train de fumer. Le soleil danse autour de lui comme une auréole, et malgré moi mon cœur se serre devant sa beauté. Lui aussi a l'air fatigué. Je comprends soudain. Pourquoi il fume. Ce n'est pas pour avoir l'air cool ou pour se la jouer écrivain maudit : c'est parce qu'il se sent coupable - qu'il s'est toujours senti coupable - d'être celui qui est en bonne santé. Le frère sans cancer.

Je m'approche de lui, en vacillant un peu sur mes talons chics.

— Je peux t'en taxer une ? lui demandé-je quand j'arrive à sa hauteur.

Il ne fait aucune remarque et me tend son paquet souple, même s'il sait pertinemment que je ne fume pas. J'arrache une cigarette et la coince entre mes lèvres. Il l'allume pour moi puis range le briquet dans sa poche avant.

— Merci, dis-je.

— C'est fini ?

Il désigne d'un mouvement de la tête l'église derrière moi, en plissant les yeux.

— Oui.

— Et tu n'es pas restée ?

— Ils sont en train de le regarder. Dans son cercueil. Ça semble si barbare ! Pourquoi quiconque voudrait-il s'infliger ça ? Je ne trouve pas ça respectueux. C'est même tout le contraire.

— Tu as décidé de partir en croisade contre le christianisme ? me demande-t-il l'air amusé.

Si je ne le connaissais pas mieux, je considérerais sa légèreté inconvenante. Mais je le connais, profondément, intimement, et je sais que les sarcasmes sont pour lui une armure. À l'inverse de son défunt frère, qui se protégeait derrière des remparts de gentillesse et de douceur.

— Non, fais-je, c'est juste que je ne comprends pas le plaisir qu'on peut avoir à contempler un mort.

— *Je préfère que ça tombe sur toi que sur moi*, résume Joe en dégageant son mégot d'une pichenette et en recrachant la fumée dans la direction opposée. Les êtres humains nourrissent une étrange fascination pour la mort. Tu devrais le savoir mieux que quiconque.

Il fait référence à mes tombeaux. À mon travail de guide touristique à Salem. Maintenant qu'il le dit, je dois bien admettre que j'ai un penchant pour le morbide. Je n'ai pas touché à mon carnet de croquis depuis ce baiser que nous avons échangé et je suis certaine qu'il n'a pas écrit un mot non plus. La flamme qui existait entre Joe et moi s'est éteinte depuis la nuit où Dom est mort.

— Comment tu gères tout ça ? me demande-t-il.

Je tire une bouffée sur ma cigarette. C'est atroce. Quelle idée de s'infliger ça ? Qui plus est de nombreuses fois par jour ? J'ai l'impression d'avoir roulé une pelle à un cendrier.

— Je gère que dalle, avoué-je. Je... Je n'arrive même plus à sentir que je suis en vie. Je me contente d'exister. Et toi ?

— Je dois m'occuper de mes parents, ça me permet de ne pas trop penser et ça me donne une raison d'avancer. Quand tu sais que les gens dépendent de toi, tu n'as pas le choix.

Je fais semblant de tirer encore quelques taffes, juste pour sauver la face. Il me regarde avec une étincelle amusée.

— Tu t'y prends mal.

— Tu parles de la vie en général, ou... ?

— De la cigarette. Mais c'est vrai que ça pourrait aussi concerner ta vie. Tu dois laisser la fumée descendre au fond de tes poumons. Si tu te contentes de la garder en bouche, tu risques un cancer de la langue.

— Un cancer du poumon serait préférable ? demandé-je en toussant.

— Bon, on arrête le carnage.

Il arrache la cigarette de mes lèvres et la coupe en deux.

— *Tu te tues à petit feu, mon gars.*

La façon dont il imite Pippa à la perfection, avec son accent traînant de Californienne frivole et imbue d'elle-même, me fait soudain ressentir un manque aigu. Pour ma meilleure amie, et pour la vie d'avant. Avant Dom. Avant Joe. Quand ma mère était encore de ce monde, que Pippa et moi étions comme deux siamoises et que ma plus grande préoccupation était de découvrir si j'étais oui ou non asexuelle.

— Qu'est-ce que tu vas faire maintenant ? m'interroge Joe.

Il parle comme si c'était des adieux, car ce sont des adieux. Il n'existe plus rien qui nous relie. Dom est parti. Notre seule excuse pour nous fréquenter nous a été enlevée.

— Je ne sais pas. Et toi ?

Il hausse les épaules.

— Je reprends le travail lundi prochain. Le monde se fiche bien que vous ayez perdu votre meilleur ami, votre frère ou votre fiancé. Ce qui est à la fois une bénédiction et une malédiction. On est obligé de continuer d'avancer, comme de foutus hamsters dans leur roue, qu'on soit prêt ou non.

— Je ne suis pas prête à retourner à la vie, déclaré-je.

— Ça viendra.

Il déglutit avec difficulté et ses yeux brillent de toutes les larmes qu'il ne verse pas alors qu'il tend la main pour écarter une mèche rousse de mon front.

— Un jour ou l'autre. Et quand ce sera le cas, j'espère que tu trouveras ce que tu cherches, Ever.

C'est alors que je me rends compte que j'ai oublié quelque chose. Je retire la bague de fiançailles de mon doigt et la lui tends. Elle s'enlève facilement, car je n'ai presque pas mangé de la semaine.

— Tu peux la donner à Gemma ? S'il te plaît ? Je suis sûre qu'elle veut la récupérer, et elle est occupée...

— Avec Sarah.

Joe se détache du tronc d'arbre et commence à se diriger vers l'église. Je le suis.

— N'en tire aucune conclusion. Tu es trop murée dans tes propres sentiments. Sarah est médecin. Elle est clinique et pragmatique. Elle est exactement ce dont ma mère et mon père ont besoin.

— Je ne suis pas en colère, lui assuré-je.

Mais je le suis. Même si j'ai conscience que ce n'est pas très charitable de l'être.

— Prends la bague, insisté-je.

— Bien que j'adore jouer les coursiers, je pense que tu devrais la donner toi-même à Gemma.

Il dépasse l'église sans s'arrêter. Où va-t-il ? Comme s'il lisait mes pensées, il déclare :

— Je m'en vais. Je ne peux pas faire ça.

— Tu ne peux pas faire quoi ? demandé-je en trottant à sa suite.

Joe déverrouille sa voiture et se glisse sur le siège conducteur.

— Je ne peux pas les regarder le mettre en terre. C'est n'importe quoi. Et, connaissant Dom, il n'aurait certainement pas voulu que toi et moi assistions à ça. Viens avec moi, Ever.

Il s'arrête, me regarde plein d'espoir. Je me tiens devant la portière conducteur de sa voiture. Elle est grande ouverte. Je jette un coup d'œil en direction de l'église. Les gens commencent à sortir au compte-gouttes.

— Mon père et mon frère sont à l'intérieur.

— Ils comprendront, me rassure-t-il avec conviction.

— Et où est-ce qu'on irait ? demandé-je, abasourdie.

— Chez moi.

— Je ne me fais pas confiance quand je suis près de toi.

Mon Dieu, quelle horreur d'avouer ça à voix haute au frère de l'homme qu'on est en train d'enterrer et que j'étais censée épouser ! L'égoïsme humain n'a-t-il donc aucune limite ?

Un sourire sinistre étire ses lèvres.

— En ce cas, on est deux.

Je recule d'un pas. Je ne veux pas faire quelque chose que je regretterais, et je pense que je finirais par le regretter très fort, si je montais dans la voiture de Joe. Ma tête se secoue. Joe baisse la sienne. Sa posture de tournesol, si caractéristique.

— Je déteste ça, déclaré-je alors que de nouvelles larmes me piquent les yeux.

— Me dire à nouveau au revoir ?

Je hoche la tête. Combien de fois sommes-nous censés nous perdre, lui et moi, au cours d'une seule vie ?

— Tu me prendrais dans tes bras ? lui demandé-je en haussant les épaules d'un air impuissant.

— Je ne peux pas, ça ferait trop mal. Essaie d'être heureuse, tu veux, Ever ?

Puis Joe claque la portière derrière lui. Et il s'en va. Emportant la maigre promesse de bonheur qu'il me restait encore.

PARTIE 2

Chapitre 21

Voilà trois semaines qu'on a enterré Dom, et je suis toujours au fond de mon lit. Trois semaines que j'ai déposé mon père et Renn à l'aéroport. Avant qu'ils ne montent dans leur avion, papa m'a serrée dans ses bras et m'a dit :

— Ma porte t'est toujours ouverte, minouche. Je pense que tu as besoin de t'éloigner un temps du Massachusetts.

Trois semaines que mon cœur a battu la chamade quand j'ai compris qu'il était sincère. Trois semaines que Nora vit à plein temps chez nous parce qu'elle s'inquiète pour moi.

Trois semaines que Colt a piqué sa crise, puis s'est excusé auprès de nous deux.

Trois semaines que je n'ai pas changé mes draps, ni fait les courses, trois semaines depuis ma dernière douche.

Je passe tout mon temps au lit. Parfois, je me lève pour ouvrir au livreur, comme le laissent deviner les montagnes de plats à emporter vides qui jonchent le sol de ma chambre. Il m'arrive d'aller aux toilettes. Je nourris et abreuve Loki religieusement. Mais la plupart du temps, je reste couchée.

Le lendemain des funérailles, j'ai quitté mes deux emplois sans préavis. Jenine, ma patronne, s'est montrée compréhensive. Il faut dire qu'elle n'a pas eu trop le choix : j'ai perdu mon fiancé, j'ai tous les droits.

Plus rien ne me rattache vraiment à Salem. Je n'ai pas de travail ici, pas d'amis, pas de racines. La ville est imprégnée de la présence de Dom. Elle est une plaie béante pour moi. Voilà pourquoi je ne mets pas le nez dehors.

Mais San Francisco me rappelle que ma mère est morte. Donc, à l'heure actuelle, je ne peux vivre ni dans un endroit ni dans l'autre. Et comme il faut bien que j'existe quelque part, la chose la plus facile est... eh bien, ne rien faire.

Je suis trop distraite pour regarder la télévision, pour lire des livres. Je passe le plus clair de mon temps à consulter les réseaux sociaux de Dom, m'accrochant à ce qui reste de lui. Ça ne me laisse pas grand-chose, Dom n'était pas très porté sur le virtuel. Je n'arrête pas de regarder ses trois uniques photos Instagram, encore et encore. Je me plonge dans la section commentaires. Je vérifie les profils de toutes les personnes qui ont liké. C'est ainsi que je trouve le compte de Sarah. Il est public, mais peu fourni. Il y a un cliché d'elle et Dom qui se sourient dans une boîte de nuit. Je remarque que Dom a réagi à ses publications jusqu'à la fin.

Oui, deux jours avant sa mort, il a aimé une photo d'elle et a commenté avec une rangée de cœurs. Selon toute vraisemblance, à ce moment-là, il avait déjà décidé de me demander en mariage.

Je lui en veux tellement ! Parfois, je souhaiterais le ressusciter juste pour le gifler. D'autres fois, je promets à Dieu que s'il me le ramène, je ne me plaindrai pas. Je lui pardonnerai. Je ferais comme si rien ne s'était passé.

J'entends Colt et Nora se disputer dans le salon :

— ... a dit qu'on emménageait ensemble. J'en ai ma claque de tout ça, Nor ! Ça fait des années. Pas des mois, des années, geint Colt.

Tandis que je fixe le plafond depuis mon lit, je me demande s'il se rend compte à quel point nos murs sont fins.

— Qu'est-ce que je suis censée faire, Colt ? Elle vient de perdre son fiancé !

— Son fiancé depuis quatre heures !

— Ne sois pas cruel, réplique-t-elle, apparemment consternée. Tu n'as pas de cœur ou quoi ?

— Qui sait quand elle se sentira mieux, à présent, hein ? Tu vas rester coincée ici pour toujours. Je ne peux plus vivre comme ça. Je ne le peux pas, point barre.

Je tombe d'accord avec Colt : Nora devrait emménager avec son futur époux. Elle ne peut pas continuer *ad vitam* à me servir de béquille. Je rassemble l'énergie nécessaire, repousse ma couette et me dirige vers le salon en clopinant. Je frappe trois coups sur le mur pour signaler ma présence. Nora et Colt se tournent vers moi, surpris.

— Tu as quitté ton lit, remarque ma colocataire, incrédule.

— Oui. Juste le temps de vous informer que j'ai des projets pour ce soir.

Je souris. Mes joues me font tellement mal que je suis étonnée que la peau de mon visage ne se déchire pas.

— Des projets ?

Les sourcils de Nora remontent jusqu'à la racine de ses cheveux.

— Oui.

— Avec qui ?

— Avec Joe, dis-je en essayant de garder l'air naturel.

En dehors d'eux, il est la seule personne que je connaisse en ville. Pas le choix.

— Sympa, lance Colt en croisant les bras. Tu veux qu'on te dépose ?

— Non, je voulais juste vous prévenir. Donc si jamais vous avez envie de sortir ou quoi, vous pouvez. Pas de souci. Et tant qu'on y est, fais-je en me tournant vers Nora et en prenant une profonde inspiration. J'apprécie vraiment tout ce que tu fais pour moi. Mais, par pitié, ne laisse pas ça gâcher ton existence. Je te promets que je vais bien ! Déménage. Vis ta vie. Tu seras toujours mon amie. Tu pourras garder un œil sur moi. Et tu seras la bienvenue ici quand tu veux. Tu pourras même conserver ton jeu de clés. J'ai ruiné assez de vies comme ça, Nor : je ne veux pas ajouter la tienne à la liste. Emménage avec Colt.

— Dieu merci ! lance Colt, yeux levés et mains jointes dans une position de prière. Pour info, Ever, je t'adore. C'est juste que... Je n'ai pas envie qu'on reste bloqués. Nous tous. Moi. Elle. *Toi.*

— Oui, Colt, bien sûr, fais-je avec un sourire de première communiante. Le fait que tu répètes constamment que tu m'adores excuse sans problème ton attitude de connard. Beau boulot, mon gars.

— S'il te plaît, ne le prends pas comme ça, me supplie Colt.

Nora nous regarde successivement avec une expression douloureuse.

— Nous allons te déposer, décrète-t-elle.

— Pas besoin de...

— Si, insiste-t-elle. Je ne veux pas que tu y ailles toute seule. Et puis, ce sera sympa de croiser Joe.

— Je ne suis pas une enfant, Nora.

— Je sais, lance-t-elle d'un ton enjoué comme si tout roulait, que Colt et moi ne venions pas de nous engueuler. Mais moi, je suis une future maman poule, donc je ne te laisse pas le choix.

À contrecœur, j'appelle Joe pour l'avertir que je l'ai entraîné dans mon mensonge et que maintenant nous devons au moins faire semblant d'avoir un truc prévu ce soir. Il a décroché à la troisième sonnerie, à la fois surpris et inquiet.

— C'est ta façon de me dire que tu as envie de me voir ? grogne-t-il, même si je peux sentir qu'il est heureux de m'entendre.

Pourquoi ne le serait-il pas ? Après tout, il s'est toujours montré favorable à l'idée qu'on passe du temps ensemble. Contrairement à moi. En grimaçant, j'explique en détail la situation.

— J'ai raconté à Nora que j'avais des projets pour qu'elle puisse enfin quitter l'appartement et faire quelque chose avec Colt. Et comme tu es la seule personne que je connaisse dans cette ville...

— Arrête, tu me flattes.

Je laisse échapper un petit rire enroué.

— J'ai un don pour dire aux garçons ce qu'ils rêvent d'entendre.

— Si elle te dépose, autant se voir, non ?

— Oh. Je suis certaine que tu as d'autres plans..., dis-je pour botter en touche.

— Qu'est-ce qui te fait croire ça ? Quoi que tu t'imagines, je suis certain que tu es à côté de la plaque.

Puis, après un silence inconfortable, il me demande :

— Tu as mangé, aujourd'hui ?

Je pose ma tête sur l'oreiller. C'est étonnamment réconfortant, d'entendre sa voix.

— Nora dit que j'ai perdu au moins cinq kilos.

— Il ne doit plus rester grand-chose de toi, en ce cas.

— Majoritairement de la colère et de l'auto-apitoiement.

C'est une blague : en réalité, je ne pense pas qu'il reste quoi que ce soit de moi. Je me sens complètement vide.

— Qu'est-ce que tu veux manger ? m'enquiers-je. Je peux prendre un truc en passant.

— Non. Donne-moi une heure, je vais acheter des steaks et des patates. Et des brocolis. Tu as besoin de brocolis.

— Tu feras une super maman, un jour.

Décidé à m'ignorer, il ajoute simplement :

— Ever ?

— Oui ?

— Mets une bonne paire de pompes et un manteau chaud. On part en vadrouille.

Une heure et demie plus tard, je suis en bas de chez Joe. Colt et Nora m'observent depuis leur Range Rover, de l'autre côté de la rue. J'ai l'impression d'être une enfant qu'on a déposée à la fête d'anniversaire d'un camarade de classe. Je suis si désarçonnée par le fait d'être dehors, par la sensation étrange que ça fait d'être enfin sortie de la maison, que je ne m'attarde pas sur la pensée que, techniquement, je suis au pied de l'immeuble de Dom.

J'attends que Joe m'ouvre, mais à la place il descend. Il m'ignore d'abord et traverse la rue pour saluer Nora. J'oublie de respirer en le voyant trotter sur l'asphalte. Pendant une fraction de seconde, je m'attends à ce que l'Univers, en qui je n'ai plus franchement confiance, envoie une voiture pour le renverser. Mais Joe parvient sans encombre au niveau de la fenêtre passager et s'y penche. Épuisé, moins musclé qu'il y a un mois, mais sain et sauf.

Après une brève discussion avec mon amie, il réapparaît à mes côtés.

— Tu as un couvre-feu, minus ?

— Je n'ai qu'un an de moins que toi, protesté-je.

— Ça ne répond pas à ma question.

Foutu Joe.

— Vingt-trois heures. Nora vient me chercher. C'est la mère intrusive que je n'ai jamais eue.

Joe laisse échapper un rire et m'ouvre la porte. Au lieu de prendre l'ascenseur, nous descendons au garage. Même si nous ne l'évoquons pas, je sais que ce petit endroit confiné nous rappelle Dom.

— Ça va, tu es bien couverte, dit Joe.

— Au fait, on va où ?

Je cligne des yeux, hébétée.

— Tu verras bien.

C'est bizarre de monter dans la voiture de Joe sans Dom, sans ses commentaires sur les Red Sox et sa façon de blaguer. Nous sortons de Salem, passons aux abords de petites villes de la Nouvelle-Angleterre, fendons l'obscurité. Le ciel est sans étoiles.

— C'est toi, le fameux tueur à la hache ? demandé-je, juste pour combler le silence.

— Oui, répond Joe, sérieux comme un pape, les yeux rivés sur la route.

Je glousse et bâille en même temps.

— Non, vraiment, insiste-t-il. Regarde sur la banquette arrière.

Je tourne la tête et, bien entendu, tombe sur une hache. Elle a l'air vieille, le manche en bois est moucheté de peinture blanche. Mon cœur s'accélère et je reporte mes yeux sur Joe.

— Par pitié, dis-moi que tu es en train de te foutre de ma gueule.

— Je ne vais pas te faire de mal ! s'esclaffe-t-il.

— Alors qui va-t-on assassiner ?

À présent, il rit à gorge déployée, et je réalise à quel point ce son m'a manqué. Il résonne jusque dans ma poitrine.

— Personne.

— En ce cas, pourquoi...

— Fais-moi confiance, tu veux ?

Je décide d'essayer. De le *faire*. Joe n'a jamais cherché à me nuire. Malgré tout ce que je lui ai fait subir, il s'est toujours montré formidable avec moi, même si, souvent, c'était à sa manière.

Enfin, nous arrivons à destination. Une casse auto aux abords de Manchester-by-the-Sea. Joe se gare et sort de la voiture en embarquant la hache. Je le suis en silence. Il s'arrête près de la clôture et range la hache sur son épaule musclée.

— Je te fais la courte échelle ? propose-t-il.

— On entre par effraction dans une casse auto ?

Je pose la question lentement, pour qu'il comprenne bien à quel point le projet paraît insensé.

— On dirait bien, oui.

— OK, très bien.

Il laisse tomber la hache, s'accroupit et joint ses doigts, en bon marchepied humain. Je baisse les yeux vers lui et, mon Dieu, j'aimerais tant ne pas avoir... ne pas pouvoir... ressentir tout ce qui me traverse, là.

— Attention, je pèse mon poids, l'avertis-je.

— Tu pèses ton poids en conneries, oui, lâche-t-il en souriant d'un air fatigué. Allez, grimpe.

J'obéis, saute par-dessus la clôture et atterris sur les fesses. Je pousse un grognement essoufflé. C'est la première fois en trois semaines que je bouge mon corps. Joe laisse tomber sa hache de l'autre côté, avant de franchir sans peine l'obstacle. Ensemble, nous nous enfonçons dans la casse seulement éclairée par quelques lampadaires.

Nous nous arrêtons devant une carcasse de voiture rouge, sale et sans roues. Joe me jette un regard.

— C'est mon endroit préféré depuis que je vis à Salem. Je suis venu ici la nuit où j'ai appris pour Dom et toi. Et aussi la nuit après la mort de Dom. Je viens... beaucoup plus souvent que je ne le devrais.

— Qu'est-ce que tu y fais ? lui demandé-je.

Pour toute réponse, il lève la hache et brise d'un coup la vitre de la plage arrière.

— Ça, c'est pour tous les matchs des Red Sox que je ne verrai plus avec mon frère !

Le verre explose dans un vacarme terrible. Je recule en glapissant.

— Et ça, c'est pour tout ce que je ne pourrai plus lui dire !

Il écrabouille le toit de la voiture.

— À toi de jouer, dit-il en me passant la hache.

Je mets un moment avant de m'en emparer, puis je cède. Elle est lourde. Je souris, pour moi-même. Cette plaisanterie a duré des mois entre Dominic et moi, et enfin je ressemble à une vraie tueuse en série... même s'il n'en saura jamais rien.

Je ferme les yeux et inspire profondément.

— Ça, c'est pour tous les baisers que tu ne me donneras plus, Dom !

J'écrase la hache contre le pare-brise. Il se fissure, mais n'explose pas. Joe se tient derrière moi, surveillant la scène d'un œil attentif. D'un air sombre, il hoche la tête.

— Et ça, c'est pour tous les baisers que tu lui as donnés à *elle !*

Cette fois, je parviens à atomiser le pare-brise. Et ça fait un bien fou ! Je me sens puissante. Je me sens... à ma place.

— Ça, c'est pour la mort de ma mère !

Je vise la portière arrière et l'enfonce.

— Ça, pour ma relation foireuse avec mon père et mon frère !

Je brise un phare.

— Et ça, c'est pour toutes ces fois - *bam* - de l'existence - *bang* - où j'ai l'impression - *boum* - d'être trop bizarre et trop intense !

Ce n'est qu'après avoir mis la voiture en pièces, en nage, haletante, que je remarque que Joe applaudit. Le froid hivernal lèche mes os à travers la laine de mon manteau. Je pivote vers lui et lui tends la hache.

— À toi de jouer.

Je peux à peine parler tant je suis essoufflée. Ça, c'est de l'entraînement cardio. Les tueurs à la hache doivent être en excellente condition physique.

Joe secoue la tête.

— Je crois que j'ai fini.

— Allez. Une petite dernière.

Je souris. Oui, je souris vraiment. Et c'est peut-être parce que je fais cet effort - essayer d'être normale - qu'il décide de me donner satisfaction en prenant la hache.

Il l'écrase contre le capot, achevant la voiture, qui s'effondre.

— Ça, c'est pour avoir rencontré la bonne fille au mauvais moment, en être tombé amoureux et l'avoir payé putain de cher, lâche-t-il d'une voix calme en me regardant.

Je détourne le visage pour ne plus le voir et lance :

— Rentrons à la maison.

Après un retour tranquille, nous grimpons dans l'ascenseur. Alors qu'il monte, je demande à Joe si c'est douloureux de vivre encore ici.

— D'une certaine manière, oui. Mais d'un autre côté, ça me permet de me sentir plus proche de lui. Donc j'ai choisi de ne pas prendre de décision précipitée.

Nous entrons dans l'appartement, qui est bien moins bordélique que le jour des scones. Propre et vaguement rangé, il est plutôt agréable. Je me rends compte que Joe a remonté la pente, après avoir découvert que Dom et moi étions ensemble.

Joe commence à préparer le dîner dans la cuisine tandis que je m'affale sur le canapé et fixe le plafond. L'odeur des steaks grillés, du brocoli à la vapeur et des pommes de terre aux herbes me chatouille les narines. Il sert deux assiettes et les apporte sur la table basse, autour de laquelle nous nous asseyons, par terre, devant la télévision.

— C'est follement romantique, plaisanté-je.

— Ironise, ironise... Tu vas t'en mordre les doigts, quand tu verras le film que j'ai choisi.

Nous regardons *Dumb and Dumber*. Une valeur sûre. Exactement ce dont on avait besoin. C'est drôle, pas besoin de se prendre la tête pour suivre, et ça nous fait un sujet de conversation pendant que nous dînons. Joe insiste pour que j'avale au moins trois fleurettes de brocolis : je fais mine de me débattre et de gémir. Lorsque nous avons terminé, je débarrasse et me lance dans la vaisselle. Je ne m'étais pas sentie aussi normale depuis longtemps.

— Tu aurais quelque chose à boire ? lui demandé-je en séchant les assiettes avec un torchon.

Joe ouvre le réfrigérateur et jette un coup d'œil à l'intérieur.

— De l'eau, du jus d'orange, du Coca. Je peux te faire du café si tu veux. Mais je te préviens, je n'ai pas de sucre. Je ne touche pas à cette merde.

Dixit le fumeur.

— J'avais en tête un truc un peu plus costaud.

Il se redresse, un sourcil levé.

— Mauvaise idée.

— Ça fait des semaines que je n'ai pas bu un verre - depuis l'anniversaire de ta mère, pour être exacte. Et nous avons beaucoup de choses à nous dire. Je voudrais me donner un peu de courage.

— Tu ne voudrais pas plutôt prendre une douche, sans vouloir te vexer ?

Ses yeux se posent sur ma tignasse en forme de nid d'oiseau. Elle est grasse, emmêlée et pèse une tonne sur mon crâne.

— Je ne suis pas le moins du monde vexée. Et je vais te dire, j'obéirai peut-être, si on me sert un verre.

Joe referme le frigo puis prend appui dessus, bras croisés.

— OK, faisons un marché.

Je le regarde d'un air interrogatif.

— Je fournis de l'alcool et tu prends une douche.

Je me rends compte que je porte un pantalon de survêtement et un sweat à capuche qui n'ont pas été lavés depuis un mois. Je pue probablement. Je me brosse certes les dents régulièrement, mais mon corps n'est pas entré en contact avec du déodorant ou de la crème hydratante depuis trois semaines. Et, signe encourageant, j'en ai enfin assez conscience pour en ressentir de l'embarras.

— Tu veux dire, avec du savon et tout ?

Je fais la moue, essayant de détendre l'atmosphère.

— Et tout, confirme Joe. Tu as de la chance, mon shampoing fait aussi après-shampoing, gel douche et même micro pour le karaoké. Il est sur le point de devenir ton meilleur ami.

— Pfff... La routine beauté des garçons est tellement limitée...

— Avec tout le respect que je te dois, tu n'es pas franchement en position de juger, minus.

Je sens un sourire se dessiner sur mon visage. Joe me regarde fixement, attendant la confirmation que je vais suivre sa recommandation. Que je vais prendre une douche. Je lève les yeux au ciel.

— OK. Mais n'en profite pas pour mater.

— Parole de scout.

Il se dirige vers l'un des placards et en sort une bouteille de tequila ainsi que deux petits verres.

— Allez, on se met une race.

Nous buvons le premier shot dans la cuisine. Il me brûle la gorge. Le deuxième et le troisième passent mieux. Joe saisit la bouteille par le goulot et se dirige vers le balcon. Je le suis. Nous nous asseyons sur deux chaises en plastique. Séparés par une table ronde, nous observons la rue animée tandis que l'hiver fait peu à peu place au printemps. Les arbres n'ont plus l'air si nus. Je n'arrive pas à croire que Dom ne sera pas là pour les cerisiers en fleur. Pour les glaces sur la plage. Pour les vacances à Cape Cod. Ce qui me rappelle...

— J'espère que tu as pris le bateau, dis-je à Joe. Celui de la chambre d'hôtes, que j'ai offert à Dom. Je sais ce qu'il signifiait pour vous deux.

— Je t'avoue que j'ai du mal à désirer les anciennes possessions de Dom.

Joe s'allume une cigarette, et moi, je me demande s'il m'inclut dans les anciennes possessions de Dom – avant de me souvenir que ça devrait n'avoir aucune importance.

— Et ne va pas t'imaginer que tu as des droits sur sa succession, plaisante Joe, avant de s'assombrir de nouveau. Putain... Le perdre, après tout ce qu'on a traversé... Le destin a vraiment un drôle de sens de l'humour.

Nous avalons un autre shot.

— Alors dis-moi, comment ça s'est passé ? Comment as-tu décidé de me jeter ? Je comprends bien que tu n'avais pas spécialement la tête à t'occuper de ta vie sentimentale pendant que tu étais en deuil de ta mère, mais un petit : « Hé, au fait, j'ai d'autres chats à fouetter. Bonne continuation » aurait été sympa.

Il balance son briquet sur la table.

L'alcool me délie la langue. Tout comme cette compagnie inattendue et agréable. Sans compter que je viens de faire mon premier vrai repas depuis des semaines. Je jette un coup d'œil à la rue pavée, en contrebas.

— Tu te souviens de quand c'est arrivé ?

— Quand quoi est arrivé ?

— Le moment où j'ai cessé de te répondre.

Il réfléchit un instant.

— On parlait de ma future visite à San Francisco.

Je mordille ma lèvre inférieure.

— Ce jour-là, quand tu as commencé à m'écrire, j'attendais le métro. Je me tenais sur le bord du quai avec ma mère. Je ne lui prêtais pas beaucoup d'attention. Tu dois comprendre qu'à ce moment-là, alors que je venais de rentrer chez moi, tout ce que je voulais, c'était passer mes journées accrochée à mon téléphone, à attendre que tu m'envoies un texto. C'était vraiment pathétique. Ma mère a pratiquement dû me traîner pour que je vienne lui filer un coup de main à la galerie.

Je glousse. Maman voulait tellement que je quitte la maison !

« Je comprends : tu es amoureuse et le monde est bien terne en comparaison, mais Joe ne va pas se présenter à la porte dans les huit prochaines heures, alors autant m'accompagner. »

Joe tire une bouffée de sa cigarette. De la fumée s'échappe de sa bouche et de son nez, lui donnant un air diabolique.

— J'écoute.

— Tu venais de commencer à m'écrire et j'étais tout excitée. Je virevoltais sur le bord du quai, attendant la suite. J'étais tellement absorbée par notre échange que j'en ai oublié où j'étais. Et... eh bien, je suis tombée sur la voie.

Joe ferme les yeux. Il secoue la tête, pour en chasser l'image qui vient d'apparaître.

— Tu as été blessée ? s'enquiert-il en déglutissant.

— Je me suis foulé la cheville et cogné le crâne. Un train approchait. Ma mère a essayé de me hisser sur le quai. C'était une femme menue. Très menue. Elle a fait comme elle pouvait, mais j'étais dans le gaz, avec une cheville tordue, et je pesais une tonne. Personne n'a voulu prendre le risque de l'aider.

Je respire profondément, je tremble. Joe se penche en avant et me sert un autre verre de tequila. Je l'avale d'un trait en grimaçant, avant de poursuivre mon récit.

— Finalement, elle a réussi à me remonter sur le quai, au prix d'un tel effort qu'elle est tombée à son tour. Cinq secondes plus tard, c'était fini. Le train approchait. J'ai essayé de l'attraper, j'ai vraiment essayé. Mais elle...

Je hoquette, je sens des larmes rouler sur mes joues.

— ... Elle a dit : « Certainement pas ! »

Certainement pas ! Alors j'ai obéi. Je ne me suis pas avisée de faire ça, et tout le reste – vivre, aller de l'avant, me pardonner ce qui s'était passé.

Tout me revient. Tous les détails auxquels j'ai essayé si fort de ne pas penser ces six dernières années. Les regards terrifiés. Horrifiés. La honte. La culpabilité. Les cris. Le silence étrange qui a suivi. La police. Les ambulanciers. Les assureurs. Gentils, mais fermes. Les larmes de Renn et de mon père. Les questions de Pippa – tant de questions, trop de questions. Les officiers qui me demandaient, encore et encore, de leurs voix pleines de douceur et de bienveillance, de raconter les dernières minutes. Et moi, honnête, stupide et effrayée, leur expliquant que j'avais fait des cabrioles sur le bord du quai parce qu'un garçon qui me plaisait venait de m'envoyer un texto.

Je me doutais qu'ils jugeaient. *Je* me jugeais.

— Je n'ai plus jamais pris le métro.

Je n'ai pas l'impression que c'est moi qui parle, juste ma bouche qui forme des mots que je découvre avec étonnement.

— Et plus jamais je ne le ferai. Je ne peux pas voir un train sans... sans...

Sans que les images ne me reviennent. Les odeurs. La scène.

— Ever, dit Joe avec douceur. Ce n'était pas ta faute. Ça aurait pu arriver à n'importe qui.

— Mais c'est à moi que c'est arrivé.

Je lui adresse un sourire triste. Je le discerne à peine, à travers le rideau de mes larmes. C'est à moi que c'est arrivé *deux fois*. Dom est le deuxième décès dont je suis responsable.

— Je me souviens que pendant que les policiers me parlaient, que mon père et Renn essayaient désespérément de comprendre ce qui s'était passé, tu continuais de m'envoyer message sur message. L'écran vert n'arrêtait pas de clignoter. Jusqu'à ce qu'un des agents me demande de ranger mon portable. Je l'avais encore à la main. Je ne l'ai pas lâché, même quand je suis tombée sur les rails et que je me suis cogné la tête.

Des larmes apparaissent dans les yeux de Joe. Je ne me rappelle pas l'avoir jamais vu pleurer. Pas même à la mort de Dom. Mais là, il pleure, et quand je lui tends la main, il la prend comme si elle était en sucre. Avec précaution. Comme si je risquais de me dissoudre.

— Alors tu t'es blâmée pour la mort de ta mère et tu m'as blâmé pour ta chute.

De sa main libre, Joe écrase sa cigarette dans un cendrier. Je passe mon pouce sur ses jointures.

— J'ai laissé le téléphone se décharger complètement, puis, quelques jours plus tard, je l'ai jeté dans l'océan. Je voulais me jeter avec, mais je n'en ai pas eu le courage. Tu comprends, on ne pouvait pas être ensemble après ce qui s'était passé. Je me sentais tellement coupable ! C'était à cause de notre relation qu'elle était morte. La perspective de continuer comme si de rien n'était me révulsait. Aller à des rendez-vous, faire l'amour, rire, vivre... Toutes ces choses tellement insignifiantes, en regard de ce qui venait de se produire. Et, oui, la fac en faisait partie. Faire des études était un moyen d'assurer mon avenir, mais je ne méritais pas d'avoir un avenir. Il fallait que je reste éternellement prisonnière de cet instant, tout comme maman en resterait éternellement prisonnière. Alors j'ai lâché Berkeley. J'ai coupé les ponts avec Pippa et mes autres amis.

— Pour te punir, complète Joe.

Je descends un autre verre de tequila. Ma vision commence à se brouiller.

— J'ai emménagé à Boston. Rétrospectivement, c'est facile de comprendre pourquoi. Même si c'était inconscient, je voulais te croiser. Je me suis raconté tout un tas de conneries. Que Boston offrait de super opportunités professionnelles. Que si jamais je décidais de reprendre mes études, j'aurais l'embarras du choix parmi toutes les super universités de la région. Que c'était assez loin pour que jamais mon père et Renn ne viennent me chercher par la peau des fesses. Et voilà comment je me suis retrouvée totalement libre de me détruire.

Joe ne dit rien. Il se contente d'écouter. Et, mon Dieu, que ça fait du bien de lui parler de nouveau ! Sa façon de me regarder est comme un soleil. Elle me donne de la chaleur et de la force.

— Mais, rapidement, j'ai réalisé que la ville était trop grande, trop grise, trop rude. Et puis surtout, elle me faisait penser à toi. Et la douleur de te perdre, en plus de perdre ma mère, ç'a été trop. Je n'en pouvais plus. J'ai déménagé à Salem. Ça me semblait un bon endroit pour retrouver l'inspiration. *Spoiler alert :* Salem n'a rien changé. Mon inspiration est partie en même temps que ma mère.

— Je ne pense pas que ton inspiration soit partie, dit Joe avec prudence. Je pense qu'elle est toujours en toi, qu'elle cogne à la porte, qu'elle attend de sortir. Tu l'as enfermée à double tour parce que tu sais que recommencer à créer, ce serait recommencer à avancer. À t'accomplir.

Nous échangeons un long regard, avant que je ne lui serve un autre shot.

— À toi de me dire à quoi ont ressemblé ces six dernières années.

L'ombre d'un sourire étire ses lèvres.

— Eh bien, comme tu l'as probablement déjà compris, j'étais parti en Europe parce que Dom venait de recevoir la confirmation que tout allait finalement bien après des résultats d'analyses inquiétants.

Je lève le pouce. Le fait est que, après ce qui s'est passé avec Sarah, je ne peux plus réellement savoir quelle est la part de vérité et la part de mensonges dans tout ce que Dom m'a raconté. Au cours du mois écoulé, je n'ai cessé de réexaminer chaque détail de ma relation avec Dominic Graves. En fin de compte, même la colère et la douleur ne peuvent effacer le fait que je l'aimais sincèrement. Et qu'il a emporté dans la tombe toutes les réponses dont j'aurais pourtant eu tant besoin.

— Je voulais m'éloigner de Dom. Pas parce que j'étais indifférent à ses problèmes – au contraire, j'étais trop investi. Mais, étant donné que tout allait bien, je me suis dit que c'était l'opportunité de commencer à vivre vraiment. Vivre pour moi. Écrire, boire, baiser. Une existence sans attaches et solitaire. Une perte dans les méandres de mon être afin de découvrir qui j'étais vraiment.

Joe se caresse le menton, plongé dans ses pensées.

— Puis j'ai croisé ton chemin, et tu as foutu en l'air tous mes projets. Je n'ai pas pu t'échapper, même si j'ai essayé de toutes mes forces. Je ne pensais à rien d'autre qu'à toi. J'ai écrit des lettres à Dom et à mes parents à ton sujet. Je leur ai dit que j'avais rencontré mon âme sœur. Et je n'en étais pas spécialement content. Ce qui me travaillait, c'était plutôt : « Pourquoi l'avoir trouvée avant d'avoir couché avec au moins quinze filles ? Avant d'avoir signé un contrat d'édition ? Avant d'avoir pris mon propre appart ? » Enfin... Ça, c'est les questions que j'ai réservées à Dom, tu t'en doutes ; j'ai évité de les poser à mes parents.

Ses aveux me déchirent. J'ai l'impression qu'ils rouvrent toutes mes blessures. Jamais je n'avais envisagé qu'il tienne à moi autant que je tenais à lui.

— J'ai acheté un billet retour avant même t'en avoir parlé, admet Joe en détournant le regard pour que je ne voie pas ses joues se colorer. Le plan, c'était de rentrer chez moi, de faire mes valises, de déménager en Californie et de prier pour que tu ne te rendes pas tout de suite compte que tu sortais avec un loser. J'espérais que d'être à tes côtés m'aiderait à achever mon manuscrit.

Je serre sa main dans la mienne en fermant les yeux. Découvrir sa version des faits est si douloureux ! Parce que nous sommes passés à ça du conte de fées. Nous avons été à deux doigts que ma mère soit encore en vie et en bonne santé. À deux doigts que Joe me rejoigne.

— Mais ensuite, j'ai cessé de te répondre, complété-je.

— Ce qui ne veut pas dire que j'ai cessé d'essayer.

Il se frotte la nuque, fronce les sourcils.

— J'ai continué à t'envoyer des messages. Puis des mails, en tentant diverses variantes de ton prénom. Je n'arrivais pas à croire que j'avais été assez bête pour ne pas te demander ton nom de famille ! Everlynne est un prénom tellement rare, je t'aurais trouvée en un clin d'œil.

Je soupire : j'ai ressenti exactement la même chose.

— Et puis, j'ai décidé de venir à San Francisco quand même.

Joe a un sourire triste en fixant un point invisible au sol.

— Tu es venu ?

Mon cœur bondit dans ma gorge. Il saisit la bouteille de tequila par le goulot et rentre. Je le suis. Il continue de parler, tout en me présentant son dos.

— J'y ai passé quinze jours. J'ai traîné dans tous les endroits où je pensais avoir une chance de te croiser. Le Beat Museum, des cafés, les lieux que tu m'avais dit aimer. J'étais désespéré au point que ma mère a commencé à s'inquiéter. Elle m'a suggéré de voir un thérapeute.

— Tu l'as écoutée ?

Il secoue la tête en rangeant la tequila dans le placard.

— Pas la peine. Après San Francisco, j'ai réalisé qu'il n'y avait rien que je puisse faire pour te reconquérir. J'ai arrêté d'écrire. J'ai pris des petits boulots. Un an et demi plus tard, Dom a reçu une offre pour un poste à Salem et m'a entraîné avec lui. Il pensait qu'un changement d'air me ferait du bien. Et nous voilà.

Il se tourne vers moi avec un sourire sans joie.

— Nous voilà, répété-je.

Pendant un moment, nous nous dévorons des yeux. Mais il détourne le regard en premier.

— Il est temps de prendre une douche, Boule puante. Je vais te chercher une serviette.

Joe me frôle en se dirigeant vers le couloir. Ma main se tend pour se saisir de son poignet. Il s'arrête. L'atmosphère entre nous est lourde. Chargée de tension, de danger, de tristesse et d'angoisse.

Il se dégage. Doucement, mais fermement.

— Non, merci. Je refuse de rejoindre le panthéon de tes erreurs et tes moments d'inconséquence.

Il se dirige vers ce que je présume être sa chambre, quand je lui attrape de nouveau la main. J'ai tellement envie de lui que je me fous d'avoir l'air désespéré.

— Viens, l'encouragé-je, me sentant d'humeur particulièrement destructrice.

La vie est pourrie, injuste et arbitraire. Elle est aléatoire, elle est cruelle et elle nous a bien baisés, l'un et l'autre. Plus rien n'a d'importance. Joe n'est pas devenu écrivain, je ne suis plus artiste et Dom est mort. Tous nos rêves sont partis en fumée, il ne reste plus rien pour quoi se battre.

Joe se tourne vers moi, agacé.

— Qu'est-ce que tu fous, Ever ? Je viens de te décrire le précipice dans lequel m'a plongé notre rupture. Tout ça, ce n'est qu'un jeu pour toi ?

Ça n'a rien d'un jeu, non. C'est un face-à-face avec le garçon que je n'ai jamais cessé d'aimer. Qui est devenu un homme que j'aime tout autant. Je me hisse timidement sur la pointe des pieds et pose mes lèvres sur les siennes. Ses paupières se ferment et il pousse un soupir.

— Ne fais pas ça.

— Ne fais pas quoi ?

— Me donner de l'espoir s'il n'y en a aucun.

Mais l'espoir est la seule chose qui m'empêche de renoncer à respirer. Je me hisse de nouveau, embrassant cette fois la pointe de son menton. Joe s'affaisse.

— Ever, s'il te plaît.

J'embrasse son cou, je fais courir ma langue brûlante sur sa pomme d'Adam.

— Putain. C'est parti, grogne-t-il.

Je sais que c'est mal. Je sais que c'est une idée de merde. Et surtout, je sais que je vais le regretter. Et pourtant, j'embrasse l'endroit où son cou rejoint sa poitrine, je mordille ce coin de peau. Puis j'attends un moment avant de faire rouler ma langue dessus et de l'aspirer, exerçant une légère pression avec ma bouche.

— Je...

Je pose ma main sur son entrejambe et, à travers son pantalon, je sens son érection gonflée qui palpite contre ma paume. Qui tressaille. Me mettant au défi de la serrer. Je lève les yeux vers lui et bats des cils innocemment.

— Tu disais ?

C'est à ce moment-là qu'il abandonne ce qu'il lui reste de sang-froid. Il m'attrape par les cheveux et me fait reculer jusqu'à ce que mon dos s'écrase contre un mur. Il m'embrasse avec une telle avidité que je crois qu'il va m'arracher un morceau du visage. Nous ne sommes plus que dents et langues tandis que nous nous déshabillons frénétiquement l'un l'autre dans ce couloir. Nous écartons les fringues au sol à coups de pied. Aucun de nous ne prend l'initiative de nous diriger vers la chambre à coucher. Nous savons tous deux à quel point ce qui se joue là est fragile. La facilité avec laquelle l'un de nous pourrait y mettre fin.

Je pue et mes jambes ne sont pas rasées, mais je sais que Joe s'en fout. Nous sommes nus jusqu'à la taille, mais nous portons encore nos sweats. Sa main se pose sur mon ventre alors que j'empoigne sa queue. Je commence à la caresser pendant qu'il s'occupe de moi. Je suis tellement mouillée que je devrais être gênée, mais je suis trop ivre pour m'en soucier.

— Putain, grogne-t-il contre ma bouche en me dévorant. Tu es trempée.

Il enfonce deux doigts en moi, m'écartant, me préparant. Je frotte mon pouce contre son gland, étalant dessus un peu de liquide séminal.

— Tu peux parler.

— Ever ?

Il s'arrête, s'éloigne de moi et plante dans mes yeux un regard sérieux.

— Oui ? réponds-je en haletant.

— Ce que je vais te demander est très important.

— D'accord.

— Est-ce que tu m'autorises à te baiser ?

— Oui, dis-je, soulagée.

J'attrape son visage et l'embrasse.

— Oui, je t'en supplie. Par pitié, baise-moi.

Il me plaque contre le mur et s'enfonce en moi d'un seul coup. Sans capote. Il me cloue contre le mur et va et vient en moi avec une intensité animale. Nous sommes ivres. Nous sommes sans limites. Et nous sommes pleins de larmes. Elles coulent de nos yeux tandis que je m'accroche à lui. Sa tête est logée dans le creux de mon cou. Ce qui se passe, là, n'a rien de beau ou de sexy. C'est la danse macabre de deux êtres brisés qui cherchent un moyen de ne faire plus qu'un, tout en sachant que c'est impossible, que nous échouerons.

— Presley, haleté-je en plantant mes ongles dans sa chair. Tu la vois toujours ?

Il grogne, s'enfonçant de plus en plus profondément en moi. La honte m'envahit. Mon plaisir est si tangible que je peux le goûter sur ma langue. Sa sombre saveur. Je suis sur le point de jouir et j'ai une conscience parfaite de ce que je suis en train de faire.

Oui, je suis ivre. Mais pas assez pour oublier que je baise avec le petit frère de mon fiancé décédé alors que je porte encore à mon doigt la bague qu'il m'a offerte.

— Réponds-moi, exigé-je.

— Tu sais très bien que Presley ne signifie rien pour moi, dit Joe avant de me faire taire d'un baiser violent. Tant qu'il te restera un souffle de vie, aucune fille ne signifiera jamais rien.

Je me dissous dans ses bras. Des vagues et des vagues de plaisir déferlent sur moi. Je me blottis contre lui. Puis il jouit à son tour. Je souris, un sourire funeste. Le sourire de quelqu'un qui vient de commettre l'irréparable et qui n'en a pas encore conscience.

Nous tombons tous deux par terre, membres entremêlés. Nous sommes en sueur, nous sentons. Il s'écarte de moi. Nous fixons le plafond. Je me demande si nous nous posons tous les deux la même question. Si lui aussi imagine Dom, quelque part là-haut, dans le ciel, en train de nous regarder. De secouer la tête en disant à ses nouveaux colocataires : « Vous voyez ces deux connards ? Ce sont ma fiancée et mon frère. »

— Je suis la pire personne au monde, dis-je en fermant les paupières.

— Ne te flatte pas. Ce titre m'est réservé.

— Non.

— Je suis son frère.

— Je porte toujours sa bague à mon annulaire.

Il grogne et se frotte le visage d'une main.

— Bon point. J'imagine que je vais devoir tuer un chiot ou un truc du genre pour remporter la médaille.

— Ce n'est pas drôle.

— Ce n'était pas mon idée, me rappelle-t-il en fouillant dans son jean pour en sortir un paquet de cigarettes.

Je regarde ma montre. Il est 23 h 30. De loin, j'entends mon téléphone sonner. Il est là où je l'ai laissé, dans le salon. Je parie que c'est Nora. Je parie qu'elle est en colère. Je ne vais pas avoir le temps de prendre une douche ici, en définitive.

— Tu crois qu'il nous aurait pardonnés ? demandé-je à Joe.

— Tu crois que tu lui dois des excuses ? Après ce qu'il t'a fait ? réplique-t-il en s'allumant une cigarette.

Il essaie d'avoir l'air ferme et sûr de lui, mais je peux percevoir le léger tremblement de ses doigts. Il n'est pas tout à fait OK avec ce qui vient de se passer. Je réfléchis à la question, avant d'avouer :

— Je n'en sais rien.

— Tu vois, c'est ça le truc, Ev: je ne suis pas sûr que tu sois forcée d'endosser les mêmes responsabilités et répondre aux mêmes attentes qu'une fiancée lambda.

Au lieu de répliquer, j'essaie d'imaginer Dom nous surprenant en train de faire ce que nous venons de faire. Et, quel que soit le scénario que je déroule, ça ne se passe pas super bien.

— À quoi penses-tu ? me demande Joe.

— Que je vais prendre un aller simple pour San Francisco, réponds-je sans même y réfléchir. Oui. Je crois qu'il est temps.

Soudain, il me semble que c'est la meilleure idée que j'ai eue depuis des années.

— Tu *pars* ?

Il s'est redressé, en appui sur ses coudes, et ses yeux lancent des éclairs.

— Il n'y a rien qui me retienne ici, me justifié-je, désemparée, en me redressant à mon tour.

Ce n'est qu'une fois les mots sortis de ma bouche que je réalise à quel point ils sont mal choisis. Comme si Joe n'était rien. Comme s'il n'était pas digne de mon temps, de ma compassion, de mon amitié. Et ce n'est pas tout : il m'a explicitement demandé il y a quelques minutes de ne pas jouer avec ses sentiments. Or, c'est ce que j'ai fait. J'ai fait en sorte que nous couchions ensemble, et maintenant, je pars. Je suis une personne atroce. Doublement atroce. Triplement. La pire au monde.

Joe se lève et fonce à sa chambre. Il claque la porte.

— Joe ! l'appelé-je. S'il te plaît !

Il ne répond pas.

C'est le signe que je devrais y aller.

Je ramasse mes affaires et entre dans l'ascenseur en m'essuyant la joue du revers de la main. Le diamant à mon doigt m'érafle le visage. Une goutte de sang s'écoule.

Chapitre 22

Les villes sont comme les gens : elles ont un meilleur profil. Pour San Francisco, il s'agit de sa vue aérienne. Elle est tout bonnement magnifique. L'océan. Le Golden Gate. Les collines couvertes de maisons. Les épais serpents de brouillard qui s'engouffrent dans chaque rue. Je comprends pourquoi cet endroit fascinait tant maman.

Le commandant annonce que nous atterrirons dans dix minutes.

Loki miaule dans sa caisse, lassé de ce petit espace clos. Sans surprise, il ne s'est pas montré un compagnon de route spécialement conciliant. Machinalement, je lui glisse une autre friandise.

— Tiens bon. On sera chez nous dans quelques minutes, mon pote.

Une partie de moi est effrayée par ce que je vais trouver en rentrant enfin. J'ai été absente pendant plus d'une demi-décennie. Papa et Renn m'ont avertie qu'ils avaient quelque chose à m'annoncer. C'était il y a plusieurs mois déjà. Quoi que ce soit, je suppose que s'ils n'ont pas souhaité aborder le sujet pendant qu'ils étaient à Salem, c'est que c'est à même de me bouleverser.

Et puis il y a l'autre part de moi. Celle qui est fière d'avoir enfin sauté le pas et d'être de retour. Je sais que c'est ce que ma mère aurait voulu. Et je sais que Nora est soulagée, même si elle ne l'admettra jamais. Ma colocataire m'a assuré qu'elle conserverait le bail de l'appartement jusqu'à ce que j'aie pris une décision concernant mon avenir. Mais je suis prête à parier mes deux reins que, après m'avoir déposée à l'aéroport avec Colt (six heures après que j'aie quitté le domicile de Joe), ils sont rentrés fissa empaqueter ses affaires.

Mon père et Renn m'attendent avec des ballons et un panneau « Bien venue à la mézon ! » Leur objectif ? Me coller la honte. Les autres passagers ricanent. Je passe devant eux, ma valise dans une main et mon chat dans l'autre, en faisant mine de ne pas les connaître. Renn me court après et passe son bras autour de mon épaule.

— Les gars, c'est ma sœur. Ma sœur biologique ! On a le même patrimoine génétique ! annonce-t-il à tout le terminal.

Il fait environ quatre têtes de plus que moi et je ne l'avais pas remarqué avant.

— Tu sais à quel point je suis tatillonne, quand on en vient à l'orthographe.

Je me dégage en tentant de dissimuler mon sourire, profondément honteuse d'avoir attendu une tragédie pour enfin revenir.

— D'accord, je suppose que la pancarte était de trop. Mais admets que c'était drôle, s'esclaffe Renn.

Je pivote et le serre dans mes bras, me sentant soudain épuisée et heureuse d'être de retour. La Californie, c'est chez moi.

Papa me tapote l'épaule amicalement. Il est beaucoup plus réservé que Renn. Il continue de protéger son cœur, ne sachant comment tout ça va se passer. Renn attrape la caisse de Loki. Il jette un coup d'œil à l'intérieur.

— Hé ! La boule de poils. T'es doué avec les souris, j'espère ? Parce que la maison Lawson ne propose pas la pension complète.

Je ne peux qu'imaginer le regard hargneux que Loki lance à mon frère.

— C'est bien que tu sois là, lâche papa d'une voix étouffée.

— Je suis vraiment désolée d'être partie si longtemps.

Je frissonne en sentant l'odeur familière de son après-rasage. Celui que maman lui offrait pour Noël et son anniversaire, afin qu'il n'en manque jamais.

Nous trottons jusqu'à la voiture de notre père, mais c'est Renn qui prend le volant. Un rappel que maintenant il conduit. Ces dernières années, j'ai été tellement absorbée par mes propres malheurs que j'ai raté la transformation de Renn en jeune homme. Un jeune homme très beau, un peu maladroit.

Le secret qu'ils m'ont caché est suspendu au-dessus de nos têtes comme une guillotine. Ou peut-être que c'est moi qui me fais des idées. J'ai envie de poser des questions à ce sujet, mais je ne veux pas gâcher l'ambiance, qui est pour l'instant chaleureuse.

— Bon, dites-moi, vais-je découvrir que vous avez transformé la demeure de mon enfance en maison close ? Je veux savoir à quoi m'attendre.

— Elle a deviné, pour la surprise, papa, répond Renn le plus sérieusement du monde. Je t'avais dit que « lupanar » était un thème trop évident pour sa fête d'accueil : on aurait dû choisir « cirque ».

Papa donne un coup de coude à Renn.

— La maison est exactement comme tu l'as laissée. Nous parlerons des changements qui se sont opérés dans nos vies quand tu seras confortablement installée.

L'anxiété me coupe le souffle.

Papa me demande ce que je veux faire en arrivant. Comme c'est la fin d'après-midi, je propose de déposer Loki pour qu'il puisse explorer son environnement, puis de sortir manger un morceau. Mon père trouve que c'est une bonne idée et, quand j'interroge Renn pour savoir s'il a faim, il me répond qu'il a toujours faim, ce qui est logique quand on fait un mètre quatre-vingts et qu'on passe ses journées à surfer.

Dès que nous arrivons à la maison – qui, Dieu merci, ne s'est pas transformée en bordel – j'ouvre la caisse de Loki et je lui sers ses bols d'eau et de nourriture. J'installe une litière dans la buanderie, même si je suis presque sûre qu'il va passer les prochaines vingt-quatre heures caché sous le canapé.

Une fois que j'ai terminé, je regarde autour de moi. La maison est presque identique à celle que j'ai laissée. Presque. Mais pas tout à fait. Je ne sais pas comment l'expliquer – elle n'a plus l'air si triste. Les affaires de maman sont toujours là : tableaux, photos, plaid favori. Mais l'endroit a été fraîchement repeint, avec notamment un mur violet. Quelques nouvelles œuvres d'art ont été accrochées et un bouquet de fleurs trône sur le comptoir de la cuisine.

— Prête à y aller ?

Mon père me tapote l'épaule d'un air réconfortant. C'est maladroit, c'est touchant. J'acquiesce. Nous retournons à la voiture. Cette fois, c'est moi qui conduis. C'est important pour moi de reprendre le volant, après ce qui est arrivé à Dom. De lutter contre la tentation de l'évitement. C'est l'évitement qui m'a menée à tourner le dos à ma ville natale. Et je ne pourrai plus jamais monter dans un métro. Trop de souvenirs douloureux.

— Où est-ce qu'on va ? demandé-je.

— Le Cheesecake Factory sur Union Square ? propose Renn, les yeux brillants. Je m'enfilerais volontiers deux de leurs corbeilles de pain en attendant les entrées.

— Trop fréquenté et trop touristique.

Je tire la langue à Renn à travers le rétroviseur. Pendant un instant, nous sommes seulement deux ados normaux qui se chamaillent pour le plaisir.

— C'est toi qui décides, Ever, tranche papa en s'asseyant à côté de moi.

— Mais elle a toujours des idées pourries..., se plaint Renn.

— Comment le sais-tu ? lui demande notre père. Ça fait des années que tu ne l'as pas vue.

Eeeeeet revoilà le ventre noué !

Résolue à jouer la sécurité, je choisis le resto où la famille au grand complet avait ses habitudes, le dimanche. Il se trouve dans le quartier chinois et s'appelle Le Boui-boui de

George. De l'extérieur, c'est vraiment un bouge. Niché dans un immeuble délabré de quatre étages où le linge des locataires pend par-dessus l'enseigne et la dissimule à moitié.

Nous entrons et le vieux George en personne vient nous accueillir, bien que l'endroit soit bondé. Je suis tellement surprise que je manque de tomber à la renverse.

— Martin. Renn. Ever ! Eh bien, voilà une tête que je n'avais pas vue depuis longtemps.

Il se dépêche de nous conduire à notre table, en me bombardant de questions sur Boston – « Est-ce qu'il pleut souvent ? » « Est-ce que la ville est belle ? » « Est-ce que les loyers sont aussi élevés qu'ici ? » J'ai l'impression de n'être jamais partie. D'être de retour dans mon ancien quartier. Bien que je me sente dévastée, quelque chose germe parmi les cendres.

« Ça s'appelle l'espoir, ma grande. Et ça a toujours été là. Suffisait de lui donner un petit coup de pouce », se lamente la voix de Pippa dans ma tête.

Je suis encore un peu étourdie lorsque George revient prendre notre commande. Comme je suis en ce moment incapable de lire un menu sans fondre en larmes (merci, Dom), j'opte pour ma madeleine de Proust : un sandwich aux röstis avec un œuf bien coulant. Sans surprise, Renn et mon père commandent eux aussi leur plat favori. Renn opte pour un double cheeseburger avec frites, et papa une grosse salade Cobb avec supplément bacon. Puis il ajoute :

— Et pour madame, ce sera comme d'habitude.

— Elle a toujours eu un faible pour mes pancakes à la citrouille, approuve George sans inscrire la commande dans son calepin.

Il se souvient de tout.

— Tu commandes pour *maman* ?

Je jette un coup d'œil à mon père, à la fois surprise et étrangement touchée par son geste. Il hausse les épaules.

— Chaque dimanche. C'est la tradition, tu te souviens ?

Oui, je me souviens. Mais je ne pensais pas qu'ils la perpétuaient.

— Renn et toi continuez de venir chaque semaine ?

Il y a de l'étonnement dans ma voix. Et aussi une blessure. Je n'ai pourtant pas le droit de me sentir lésée. Partir était mon choix.

— Oui, m'informe Renn avant d'aspirer bruyamment son soda XXL par la paille.

— Et qu'est-ce que vous faites des pancakes, ensuite ?

Renn soupire, ses yeux s'assombrissent.

— Regarde autour de toi, Ev. On est à San Francisco. On trouve toujours quelqu'un qui a besoin d'un bon repas chaud offert.

Notre dîner arrive rapidement. Les ingrédients sont frais. Le pain de maïs est tiède et le beurre fondant. Me voilà transportée dans le passé. Je me souviens de maman qui l'étalait sur le bout de mon nez avant de grimacer, ce qui me faisait rire.

Je constate avec étonnement que me remémorer ça me provoque plus de bonheur que de souffrance.

Nous mangeons et parlons, c'est fluide. Je sens mon père agité – presque fiévreux – de me voir ici, en chair et en os. Je commence à me demander si ses répliques cinglantes et sa placidité, que j'ai toujours attribuées à un détachement de sa part, n'étaient pas en fait la manifestation d'une profonde meurtrissure laissée par mon absence.

J'essaie de paraître enjouée, même si c'est épuisant. Je suppose que je veux marquer des points avec eux. Leur prouver que je suis digne d'affection, malgré ce qui s'est passé.

Mon père paie l'addition et nous rentrons tous à la maison. En arrivant, nous découvrons que Loki a fraîchement baptisé sa nouvelle litière. Il n'a même pas pris la peine de recouvrir sa crotte. Elle attend, à la vue de tous, que quelqu'un la remarque.

— Tu comptes la jouer comme ça, hein ? lance Renn en regardant mon chat de travers.

Puis mon frère grimpe les marches de l'escalier quatre à quatre jusqu'à sa chambre.

— Au fait, Ever, si tu comptes sur moi pour changer la litière, alors tu devras faire toutes mes lessives jusqu'à la fin des temps. Je préfère te prévenir.

— Comme si ton linge sale sentait meilleur que le caca de Loki ! lui réponds-je en me tenant à la rampe.

Papa me propose un thé dans le jardin, que j'accepte. Je sais ce qui m'attend. Il va me révéler ce grand secret qu'ils m'ont jusqu'ici caché. Je l'aide à préparer nos mugs et nous sortons.

Le jardin de mes parents est la partie de leur maison que je préfère. Il y a d'immenses bacs partout, remplis de légumes et de fruits, ainsi qu'une serre où maman faisait pousser des aubergines, de la laitue, et cetera. La terrasse est petite, exiguë, charmante, et elle donne sur l'océan Pacifique. Mon cœur bat la chamade lorsque je remarque que l'endroit est toujours magnifique, et parfaitement entretenu. Je ne savais pas que papa avait la main verte.

Nous nous asseyons sur deux chaises et regardons l'océan qu'on discerne à travers la clôture brune. Mon père prend une grande inspiration.

— Tu n'es pas rentrée depuis six ans. Beaucoup de choses ont changé. Je sais que tu as changé. Et… eh bien, nous aussi.

Je bois une gorgée de mon thé à la menthe. Pour l'instant, il ne me dit rien que je ne sache déjà, mais j'ai comme dans l'idée que ça ne va pas durer.

— Oui, acquiescé-je. Les traumatismes et les tragédies changent les gens. Je ne m'attends pas à ce que vous soyez les mêmes.

— Avais-tu prévu de revenir un jour ? me demande-t-il.

— Bien sûr !

— Alors, pourquoi es-tu partie ?

Il m'interroge, plutôt que de prendre son courage à deux mains et de m'annoncer sa mystérieuse nouvelle.

— Pourquoi ? répété-je.

C'est fou. J'ai été tellement accaparée par mon deuil, par le merdier que j'ai foutu avec Joe, qu'il ne m'est pas venu un instant à l'idée que ma famille exigerait probablement des réponses. Je les ai abandonnés. Ils méritent une explication. Je me redresse sur mon siège.

— Je crois que je ne parvenais pas à supporter la culpabilité. Chaque fois que je posais les yeux sur Renn et toi, je voyais bien que vous étiez anéantis. Et je savais que j'étais responsable de tout ce chagrin. Et puis... eh bien, je voulais vous aider. Chaque fois que vous me regardiez, ça crevait les yeux. J'avais causé cette douleur. J'étais embarrassée et humiliée par ce que j'avais fait. Je pensais que je vous rendrais un grand service en disparaissant.

— Embarrassée, répète-t-il. Tu pensais qu'on t'en voulait ?

— Je savais que vous m'en vouliez.

Je modifie ma position et range mes pieds sous mes fesses.

— C'était clair comme de l'eau de roche.

Il ferme les yeux, secoue la tête.

— Oui. Non. Peut-être. J'étais bouleversé. Peut-être que mon regard sur toi a changé, mais pas parce que je pensais que tu étais responsable ! Seulement, je ne savais pas comment m'y prendre, avec ton frère et toi. Je ne savais pas comment vous réconforter. Je n'ai pas imaginé un instant que tu puisses t'en rendre compte. Je suis désolé.

— C'est à moi de m'excuser, papa. Je suis désolée, vraiment. Toi, tu as fait ce que tu as pu. Et en plus, on ne peut pas dire que tu avais tort : *j'ai* causé cet accident. Tout ça à cause d'une amourette débile.

Mon père boit une gorgée de thé, avant de demander :

— Débile, vraiment ? Je veux dire... Ta mère m'en a parlé. Je me souviens qu'elle m'a raconté que tu étais éperdument amoureuse de ce garçon. Qu'il était intelligent et créatif et qu'il te faisait rire. Ça ne me paraît pas débile du tout.

Je déglutis.

— Non, dis-je enfin. Cette amourette n'était pas débile du tout. *Il* n'était pas débile du tout. Il était même génial.

Indépassable, en réalité.

— Je l'ai revu, à Salem, tu sais. Par hasard, bien sûr. Une sorte de coup du sort.

Mon père hoche lentement la tête, en soutenant mon regard.

— Seph, je suppose ?

— Comment as-tu su ?

Mes yeux se remplissent de larmes. Rien que de penser à la famille Graves, j'ai envie de me mettre en boule et de pleurer. Je suis également surprise qu'il n'ait pas supposé qu'il s'agissait de Dom. Après tout, c'est lui que j'étais censée épouser.

— J'ai vu la façon dont vous vous regardiez, à l'église. Lorsque vous discutiez sous cet arbre. Il se comportait comme si rien au monde n'importait en dehors de toi. Il y avait quelque chose de très protecteur dans sa façon de te traiter. Il m'a rappelé moi à la mort de ta mère. Tout ce que je voulais, c'était vous mettre à l'abri, Renn et toi.

Prise en flagrant délit. La main dans le sac. Et pourtant, étrangement soulagée de pouvoir enfin en parler avec quelqu'un.

— De toute façon, Joe et moi ne pouvons pas rester en contact. Ce serait trop compliqué.

— Tu vois, je crois que c'est ça, le problème, Everlynne. Ce que tu ne comprends pas - ce que ta génération ne comprend pas, j'ai l'impression - c'est que c'est toujours compliqué. Toujours. La perfection n'existe pas. L'embarras et la honte font partie du lot. Ils font partie de la vie. Tu ne peux tout bonnement pas y échapper. Tout ce que tu peux faire, c'est relever bravement les défis de l'existence. Quand ta mère est morte, elle a emporté une partie de moi dans la tombe. Mais te perdre, en plus de ça ? Ne plus pouvoir te serrer dans mes bras, te parler, pleurer sur ton épaule et te laisser pleurer sur la mienne ? Ça a rendu les choses insupportables. Certains jours, je me demandais à quoi bon me lever. Puis j'entendais ton frère ronfler dans le couloir et je me souvenais : il y a *toujours* quelqu'un pour qui se battre.

Je pense aux infidélités de Dom. Aux mots durs de Joe, avant qu'il ne m'embrasse, le jour où son frère et moi nous sommes fiancés. Je ferme les yeux.

— C'est difficile de pardonner aux gens. Y compris à soi-même.

— Je vais te répéter ce que ta mère me disait toujours. Parce que je pense que c'est vrai. « Sois reconnaissant envers ceux qui t'ont aidé quand tu étais au plus mal, et sois-le également envers ceux qui ne t'ont pas tendu la main. Les premiers sont précieux, mais ce sont les seconds qui t'ont permis de t'en rendre compte. »

Je fonds en larmes pour la millionième fois de la semaine, enfouissant mon visage dans mes mains. Papa continue de parler.

— Non, chut, ne te sens pas mal. Même si tu pensais que nous étions en colère, tu aurais dû rester. Tu aurais dû te battre pour cette famille. Cela fait six ans que Renn et moi essayons de redevenir qui nous étions, et nous aurions bien eu besoin d'une paire de bras supplémentaire.

Je mets ma tasse de côté et me jette dans ses bras, pleurant contre sa poitrine. Il me serre. Timidement d'abord, puis, lorsqu'il sent mon corps trembler contre le sien, plus fort. Il lâche son mug, qui se brise à nos pieds. Il pose sa main à l'arrière de ma tête.

— Bon sang, Ever. On pensait t'avoir perdue pour toujours !

— Je pensais t'avoir perdu pour toujours, dis-je entre deux sanglots et un hoquet. Je pensais que tu me détestais.

— Je ne t'ai jamais détestée.

Enfin, sa voix se brise. Enfin, je peux entendre l'émotion qu'elle contient.

— J'ai seulement détesté la situation, et j'aurais souhaité que ta mère soit vivante pour qu'elle me dise comment faire pour te récupérer.

Il apparaît que, depuis tout ce temps, c'est exactement ce dont j'avais besoin. Un câlin de mon père. La confirmation qu'il m'aime malgré tout. Salem était ma couverture. Je m'étais ensevelie dessous parce que je pensais que mon père ne voulait pas de moi.

Il s'écarte de moi en m'agrippant les bras.

— Hé ! J'ai oublié de mentionner le meilleur.

— Qui est ? demandé-je en reniflant.

J'ai le hoquet et je ne ressemble à rien.

— La guerre que Renn et moi avons menée : nous l'avons gagnée. Nous sommes toujours une famille. Nous rions. Nous sortons. Nous faisons des virées, des voyages, des fêtes et des dîners. Nous avons des *private jokes*. Tout ce dont nous avions besoin, c'était que tu nous reviennes. Et maintenant que c'est fait, tout va aller pour le mieux.

Pour la première fois depuis longtemps, je parviens à croire en quelque chose.

Je crois en ma famille.

Chaussée des pantoufles de papa, je nettoie les débris de porcelaine sur la terrasse. Pendant que je balaie, il arrose les jardinières. De temps en temps, je lève la tête pour l'observer. Il fait un travail épouvantable et manque de noyer chaque poivron. Je n'ai aucune idée de la manière dont il a réussi à maintenir ce potager en vie pendant si longtemps.

Je me sens plus légère, après la conversation que nous avons eue. Mais aussi éreintée par cette interminable journée et par le vol. Je ne sais pas comment je me sentirai demain, mais je sais qu'aujourd'hui, j'ai tenu le coup : c'est un bon début. Le monde ne s'est pas arrêté quand je suis partie du Massachusetts. Papa et Renn n'ont pas changé les serrures et ne m'ont pas ordonné de dégager. Et, même si je me sens coupable de ce que j'ai fait à Joe, de la façon dont nous nous sommes quittés, j'accepte qu'il ne veuille plus entendre parler de moi.

— Tu es certain de savoir ce que tu fais ? demandé-je après quelques minutes à regarder mon père, qui vient de vider son quinzième arrosoir.

Aucune chance qu'il ait pu entretenir ce magnifique jardin ainsi. Impossible également qu'il ait pu payer une telle facture d'eau. Papa laisse tomber l'arrosoir à ses pieds et passe une main dans ses cheveux.

— J'ai comme l'impression que tu m'as démasqué, lâche-t-il en souriant.

— Je trouvais étrange que le jardin ait survécu sans maman, avoué-je en haussant les épaules. Qui s'en occupe, alors ? Lawrence ?

Lawrence est notre jardinier depuis que j'ai trois ans. Maman et lui passaient beaucoup de temps ensemble, à défricher, planter et rire. Papa secoue la tête.

— Il a dû prendre sa retraite il y a trois ans. Il s'est fait opérer du genou, et puis sa fille avait besoin de lui pour garder les petits-enfants pendant qu'elle était au travail... tout ça devenait trop pour lui.

Papa monte les trois marches qui le séparent de la terrasse. Je pose le balai contre le mur puis m'époussette les mains.

— Ne me dis pas que c'est Renn qui s'en charge ?

— Renn ?

Il laisse échapper un rire aigu et nerveux.

— Je ne lui confierais même pas la vaisselle sale !

— Vous avez un nouveau jardinier ?

Je fronce les sourcils, perdue. Il secoue la tête.

— Je ne me sentais pas à l'aise à l'idée d'autoriser un inconnu à toucher à la création de Barbie.

— Alors qui s'en charge, à présent ?

— Ever...

Il pose ses mains sur mon épaule.

— Ce que j'ai essayé de te dire... La raison pour laquelle je voulais que tu rentres pour Thanksgiving, l'année dernière, est que je fréquente quelqu'un.

Le silence nous submerge. Je n'ai aucune idée de ce que je ressens face à ce qu'il vient de me dire. Une partie de moi est en colère. Comment ose-t-il oublier maman ? Comment ose-t-il sortir avec quelqu'un ? Est-ce qu'il *couche* avec cette femme ? Qu'est-ce que c'est que ce bordel ? C'est insupportable. Cette maison est celle de maman, remplie des affaires de maman. Il est profondément injuste que quelqu'un d'autre s'occupe de son jardin. De sa *famille*.

Mais je ne peux m'empêcher de ressentir aussi un intense soulagement. Parce que, tout ce temps, il n'est pas resté seul. Parce qu'il a eu une épaule sur laquelle pleurer, même si ce n'était pas la mienne. Parce qu'il faut beaucoup de courage pour aller de l'avant après avoir perdu l'amour de sa vie. Et parce qu'en définitive je ne veux que son bonheur. C'est ce que maman aurait voulu, elle aussi.

Il m'est également difficile de juger la vie sentimentale de quelqu'un, étant donné ma situation personnelle. Pour mémoire, j'ai couché avec Joe alors que je portais encore la bague de fiançailles de son frère à mon doigt.

— S'il te plaît, dis quelque chose, n'importe quoi, insiste papa en reculant d'un pas, le visage grimaçant.

— Je… Je ne sais pas ce que je ressens, admets-je. Est-ce qu'elle dort dans le lit de maman ?

Son expression est éloquente. Oui, c'est le cas. Elle dort dans le lit de ma mère. D'accord. *D'accord.* J'inspire. Je compte jusqu'à dix dans ma tête. Je me rappelle que la perfection n'existe pas. Que j'ai moi-même couché avec Joe et que je l'ai laissé tomber. Que les humains sont des créatures profondément défaillantes. Ce qui compte peut-être, c'est que nous ne soyons pas malveillants. Que nous ne cherchions pas délibérément à blesser autrui. Si papa est passé à autre chose, ce n'est pas pour me faire du mal.

— Es-tu heureux avec elle ? m'enquiers-je d'une petite voix.

Il regarde ses chaussures. Il réfléchit.

— Je suis moins malheureux quand je suis avec elle, répond-il enfin.

Ce qui est, bien sûr, exactement ce que je ressentais envers Dom. Cette certitude apaisante que j'étais accompagnée par quelqu'un qui voulait faire disparaître ma souffrance. La petite amie de papa est-elle comme Dom ? L'amour qu'il lui porte est-il hésitant, confortable, raisonnable ? Je n'ose lui poser la question.

— Est-elle...

J'essaie de formuler ce que je veux lui demander. Jolie ? Drôle ? Artistique ? Excentrique ? Est-elle maternelle ? Contient-elle un monde entier ? Complété par, cerise sur le gâteau, un accent du nord de l'Angleterre et une collection de CD d'Oasis et des Smiths ?

Papa continue de me fixer comme si je détenais dans ma main tous les secrets de l'Univers et qu'il en avait vraiment, vraiment besoin, là, pour sauver le monde.

— Termine ta phrase, m'ordonne-t-il.

— Je crois que ce que j'essaie de te demander, c'est... est-ce que je vais bien l'aimer ?

Je déglutis. Un lent sourire se dessine sur son visage.

— Je pense que oui. Je pense qu'il est impossible de ne pas l'aimer. Renn l'adore.

Je suis sûre qu'il veut simplement se montrer rassurant, mais je ressens une rage silencieuse à l'idée que mon frère ait accepté quelqu'un dans notre famille sans se battre. Notre mère était-elle à ce point remplaçable ?

— Je suis heureuse, déclaré-je enfin.

Puis, d'une voix plus forte, j'ajoute.

— Oui, je le suis. Très heureuse. Vraiment.

Ce n'est peut-être pas l'exacte vérité, mais ça finira par le devenir. Je vais me faire à la situation. Pas le choix.

— Vraiment ? Tu ne penses pas que c'est trop tôt ? me demande-t-il, le regard étincelant.

— Eh bien, tout dépend de la date à laquelle tu l'as rencontrée...

— Il y a huit mois.

Il rougit franchement. Mon père, la personne la moins émotive de la Terre.

— Alors OK, ça me va.

Je reprends le balai et mon activité, juste pour avoir quelque chose à faire de mes mains.

— Parle-moi d'elle.

Il me dit qu'elle s'appelle Donna. Qu'elle a son âge. Veuve, deux enfants – l'un né la même année que moi, l'autre légèrement plus âgé. Elle a été joueuse de tennis professionnelle avant de devenir entraîneuse. Et Renn s'entend très bien avec elle, ainsi qu'avec ses fils Dylan et Ashton.

Je promets de la rencontrer bientôt. Il acquiesce, l'air penaud.

— Qu'est-ce qu'il y a ? lui demandé-je.

C'est alors que tout se met en place. L'effroi m'envahit. Oh ! non. J'ai vraiment été absente pendant une éternité.

— Elle vit ici, désormais, n'est-ce pas ? C'est pour ça que la maison est si belle. C'est pour ça qu'il y a des fleurs sur le comptoir de la cuisine et que le jardin est luxuriant.

Mon père a l'air désolé. Il tortille ses doigts comme un écolier pris en faute.

— C'est allé vite, admet-il. Elle a emménagé en décembre. C'est pour ça que je voulais te parler de toute urgence en novembre. Je ne voulais pas que tu te sentes laissée de côté.

J'ai soudain le sentiment d'être une invitée dans la vie de mon père. Et je ne l'ai pas volé.

— Réponds juste à une dernière question, demandé-je.

Il me jette un regard interrogatif.

— Qui fait les meilleurs pancakes : maman ou elle ?

— Oh ! Donna ne cuisine pas de pancakes sous ce toit. C'est la règle. Nous avons tous les deux décidé très vite que c'était mieux ainsi. Trop de souvenirs. Si on a envie de pancakes, on sort.

Il agite une main dans les airs. Et moi, je souris.

— En ce cas, tout est bon pour moi. Je monte me coucher, papa.

Chapitre 23

J'ai la réponse à ma question – comment je me sentirai demain – en me réveillant.

Et c'est : mal. Je me sens très mal.

J'ai une conscience aiguë d'avoir perdu trois des personnes auxquelles je tenais le plus : maman, Dom, et maintenant sans doute Joe. Certes, Joe n'est pas mort, Dieu merci, mais, vu la malédiction qui semble s'abattre sur tous ceux que j'aime, je pense qu'il vaut mieux que je le laisse tranquille plutôt que d'essayer de maintenir un quelconque lien.

De plus, il faut bien l'admettre, même si je suis heureuse pour papa, je suis également anéantie par l'idée qu'il est amoureux d'une autre femme.

Je passe les deux semaines qui suivent enfermée dans ma chambre. Point positif : cette fois, je ne suis pas aussi pathétique que durant le mois qui a suivi la mort de Dom. Non, maintenant, je suis officiellement une épave fonctionnelle. Je me douche tous les jours, pas le choix : Renn et papa se relaient pour frapper à ma porte quand je rechigne. Je suis de corvée de cuisine les mardis et vendredis. Ils insistent pour que je prépare des repas sains. Avec lentilles, légumes et tout. « Les plats surgelés de chez Costco ne comptent pas », ont-ils décrété. Le reste du temps, je reste au lit. Je lis, je pleure, je réfléchis.

Je n'ai pas de nouvelles de Joe et je ne m'attends pas à en avoir. Après tout, j'ai couché avec lui puis déménagé à l'autre bout du pays. Une *nouvelle* fois. À la différence que, ce coup-ci, il doit affronter le fait que nous avons tous deux trahi Dominic. Il doit l'affronter seul.

Et je m'en veux, bien sûr. Mais me punir ne changera rien. Ça ne fera que peser sur l'existence de Renn et de mon père. Alors, chaque jour, je m'autorise à aller un peu mieux.

À mesure que je cicatrise, je prête une oreille de plus en plus attentive aux bruits qui s'élèvent d'en bas et s'immiscent à travers les lattes du parquet. Ce sont ceux d'une vie heureuse. Donna vient à la maison tous les jours. J'ai su par Renn qu'elle s'était installée chez Dylan, le temps que je m'adapte, ce qui, je dois l'admettre, plaide plutôt en sa faveur.

Je ne l'ai pas encore rencontrée. Je fais en sorte d'être dans ma chambre chaque fois qu'elle est là. Mais je l'entends cuisiner pour papa et Renn lorsqu'ils jugent ma nourriture immangeable (ce qui est toujours le cas). Je l'entends siffler et chanter de vieilles chansons des années 1980 (Duran Duran, Air Supply, Tina Turner) tout en jardinant. Et elle n'oublie jamais de demander à Renn s'il a besoin de quelque chose lorsqu'elle va au supermarché.

Je ne peux que constater qu'elle n'a rien d'une atroce marâtre de conte de fées. Ces fragments d'elle, que je glane sans que nous soyons contraintes d'interagir, m'aident à accepter sa présence dans notre vie. Mais j'ai au fond de moi la crainte que tout ça ne soit qu'un numéro. Une comédie qu'elle joue, consciente que je l'écoute.

Il y a d'autres sons joyeux. Ceux de Renn et ses amis qui rient, jouent à des jeux vidéo ou boivent des bières sur la terrasse. Le rire de papa, qui regarde la rediffusion de *The Office* tous les jours après le travail même s'il connaît par cœur toutes les répliques de Michael Scott. Les miaulements de Loki, qui tente de mendier auprès de chaque personne qu'il croise un morceau de pastrami.

Et, à un moment donné, deux semaines après m'être enfermée dans ma chambre, l'idée d'interagir avec les autres ne me semble plus si insurmontable. Comme dans bien des cas, c'est l'appel de la nourriture qui provoque le changement.

Cela se produit un samedi, par une matinée ensoleillée. Donna, papa et Renn sont en bas, en train de prendre leur petit déjeuner. Une odeur de pain au levain, de beurre, de bacon et de haricots flotte dans la maison et me met l'eau à la bouche. Normalement, j'attends que tous soient partis pour descendre manger les restes.

Mais, aujourd'hui, je n'ai plus le sentiment que ce serait la fin du monde si je rencontrais la femme dont papa est tombé amoureux. Surtout si cela signifie consommer du bacon et du jus d'orange fraîchement pressé.

Je sors de ma chambre dans mon kigurumi Cookie Monster, bien décidée à envoyer le message clair qu'il n'y a rien à attendre de moi. L'escalier grince lorsque je le descends et la peur me prend aux tripes quand je pense à tous les regards qui vont se poser sur moi.

Mais, arrivée au pied de l'escalier, je les vois tous trois assis autour de la table à manger, en train de discuter avec animation : ils ne remarquent pas tout de suite ma présence. Ou peut-être me laissent-ils le temps de souffler avant de s'adresser à moi. Donna est menue, rousse, comme maman, avec un visage étroit et les dents du bonheur. Elle n'est pas aussi belle que feu Barbie Lawson, ce qui me réconforte – même si c'est petit et mesquin –, mais elle dégage une énergie similaire. Celle d'une femme fondamentalement gentille, qui cependant ne se laisse pas marcher sur les pieds.

Papa est le premier à se rendre compte que je suis là. Sa fourchette lui échappe et il se met à cligner des yeux comme s'il avait vu un fantôme. Je sens bien qu'il ne sait pas quoi dire. Donna suit son regard pour observer ce qu'il fixe. Son visage s'illumine lorsqu'elle m'aperçoit.

— J'adore ton kigurumi, dit-elle en enfournant un morceau de bacon dans sa bouche avec désinvolture. Où l'as-tu trouvé ?

« Tu m'as l'air d'avoir la fâcheuse habitude de convoiter ce que les femmes Lawson possèdent, Donna », suis-je tentée de lui répondre d'un ton sec. Mais je m'abstiens. Pour papa, et pour Renn.

— Mon amie Nora me l'a acheté sur Internet, je n'ai pas le nom du site.

Elle se lève. Elle porte... un kigurumi en forme de hot-dog. Avec du ketchup, de la moutarde et tout le reste. Ai-je bien vu ? Ça existe ? Un sourire se dessine sur mes lèvres, que je retiens de justesse. Je ne suis pas Renn. Je ne trahirai pas maman pour un simple pyjama.

— Où as-tu trouvé le tien ? demandé-je en retour, d'un ton qui n'est certes pas hostile, mais qui ne déborde pas non plus de chaleur.

Papa et Renn échangent des œillades en silence. Ils sourient.

— Renn me l'a offert pour Noël. Le magasin s'appelle Rad & Bad, il me semble.

— Vraiment ?

Toujours debout, je me tourne vers Renn.

— Comme c'est étrange qu'il ait réussi à te dégotter ce chouette cadeau ! Moi, ça fait quatre ans que je dois me contenter d'un calendrier avec des chats et de bombes de bain.

Or, je ne possédais pas de baignoire à Salem.

Renn pointe dans ma direction sa fourchette pleine d'œufs brouillés et de bacon.

— C'est parce que je ne fais des efforts que pour les gens dont je suis proche. Or, tu avais disparu.

— Nous avons été proches, déclaré-je, sans ressentir l'immense tristesse qui m'envahit d'habitude lorsque je pense à tout ce qui a changé au cours des dernières années.

Au lieu de cela, j'espère que nous pourrons peut-être arranger les choses.

— Nous l'avons été, oui. Et maintenant, tu vas devoir ramer pour revenir dans mes bonnes grâces.

Renn vide cul sec son verre de jus d'orange avant de le reposer sur la table d'un geste brusque.

— Tu peux commencer par me masser les pieds tous les soirs.

Donna pousse avec ses orteils la chaise en face de la sienne.

— Assieds-toi, Ever. Il y a une assiette pour toi et le pain au levain est tout frais.

— C'est toi qui l'as fait ?

Je me gratte l'arête du nez et ne bouge pas.

— Est-ce que j'ai l'air d'une femme qui a trop de temps sur les bras ? réplique-t-elle en levant les yeux au ciel.

Alors je m'assieds. J'engloutis une quantité inimaginable de nourriture, que j'arrose de jus d'orange. Je ne parle pas beaucoup. Donna, Renn et papa discutent entre eux. De temps en temps, ils me demandent ce que je pense de telle ou telle chose, mais globalement je ne me sens pas obligée de participer à la conversation. Ils ne me bombardent pas de questions. Ce qui me surprend le plus, c'est à quel point ces trois-là se comportent comme une famille. Il est évident que *je* suis l'intruse, dans l'histoire. Donna appelle Renn « Ruin » et Renn l'appelle « Danny ». Mon père et elle font du bénévolat au centre communautaire. Il devient clair qu'en rentrant j'ai décidé de m'immiscer au sein d'un foyer qui fonctionne à la perfection. Alors, même si ça ne me fait pas franchement plaisir, et même si je trouve totalement bizarre qu'une inconnue vive dans la maison où j'ai grandi, je fais savoir à Donna qu'elle n'est pas obligée de rester chez Dylan et qu'elle peut revenir.

— Ne te mets pas à l'écart pour moi. D'autant que, comme tu peux le constater, je suis la plupart du temps dans ma chambre.

Je hausse les épaules, essayant de me la jouer cool. Donna sourit.

— On espère tous te voir plus souvent hors de ta chambre.

— Ah, elle tente déjà de me changer..., réponds-je avant d'adresser un sourire vénéneux à mon père. Quel bon parti, papa !

— Ravale ton seum, m'ordonne Renn en me filant un coup de pied sous la table. Sérieux, qu'est-ce qui cloche avec toi ? Elle essaie juste d'être gentille.

— Ever, épargne-nous ce genre de commentaire s'il te plaît, ajoute mon père d'un ton ferme.

J'attends que Donna se lance dans un numéro de Marraine la bonne fée et bafouille quelque chose comme : « Oh ! non, pas de souci : je comprends. » Au lieu de quoi elle arque un sourcil et rétorque :

— Tu sais, il n'y a qu'une personne ici qui va en pâtir, si tu décides de passer le reste de ta vie dans ta chambre, et ce n'est pas moi.

VLAN ! Tu viens de te faire verbalement gifler, rigole Pippa dans ma tête. *C'était énorme ! Un vrai instant Kodak.*

Je me frotte le visage, me sentant soudain épuisée.

— Désolée d'être...

Insupportable. Désagréable. Repoussante. Dois-je continuer ?

— ... difficile.

— Tu viens de perdre ton fiancé, me rassure Donna d'une voix douce. Crois-le ou non, en tant que personne qui est passée par là, je trouve que tu ne t'en sors pas si mal.

— Je n'ai pas de point de comparaison. Je me suis enfuie rapidement, lorsque papa a perdu maman, alors je ne l'ai pas vu quand il a touché le fond, marmonné-je en jouant avec ce qu'il reste dans mon assiette.

— J'ai été une véritable épave. Perdre l'amour de sa vie est la chose la plus difficile qui soit, déclare mon père. Mais la bonne nouvelle, c'est que... on *finit* par aller mieux.

Il a appelé maman l'amour de sa vie. Devant Donna. Et elle ne lui a toujours pas planté une fourchette dans le bras. J'ai le sentiment qu'un énorme rocher vient de quitter ma poitrine.

— Quelle délicieuse conversation, si amusante ! lance Renn. Mais je propose quand même qu'on en change. Comment tu te sens, Ev ?

Je réfléchis intensément, avant de répondre :

— Mieux... Je crois.

C'est sincère. Certes, j'ai encore mal. Je pense toujours à Dom. Mais je n'ai plus l'impression de n'avoir aucun contrôle sur mes émotions. La colère que j'avais envers lui a presque disparu. Elle a été remplacée par une forme de résignation apaisée : Dom était loin d'être l'homme parfait que je croyais, et ça me va. Jamais je n'aurai l'occasion d'avoir des réponses, de clore une bonne fois pour toutes ce chapitre ; jamais je ne saurai ce qui lui est passé par la tête pour faire ce qu'il a fait – et ça me va aussi.

— *Mieux* ou *bien ?* insiste Renn.

— Mieux.

Je tartine de beurre un morceau de pain avant de le mettre dans ma bouche.

— Et peut-être même un peu bien, grâce aux sucres rapides.

— Assez bien pour venir surfer avec nous ? Mes potes et moi, on part dans une demi-heure. L'océan est calme. Idéal pour les mauvais surfeurs comme toi.

Je lui fais un doigt d'honneur. Il rit.

— Ça fait un moment qu'ils veulent te saluer, ajoute-t-il avec un haussement d'épaules.

— Tu as conscience que j'ai tendance à casser un peu l'ambiance, ces temps-ci ?

— Je ne sais pas trop comment t'annoncer ça..., dit Renn avant de faire semblant de prendre une grande inspiration. Mais tu as toujours eu tendance à casser l'ambiance. Seulement, au moins, maintenant, tu as une bonne excuse.

Je lui lance un morceau de pain, qu'il gobe à la volée et mâche tranquillement.

— Tu vois ce que je suis contrainte de subir ? demandé-je à Donna, en désignant Renn.

Elle sourit.

— Il a essayé de me convaincre de l'affronter à un combat de pets, l'autre jour. Je pense que c'est sa manière à lui d'exprimer son affection.

Et c'est là que ça se produit, je ne peux pas m'en empêcher : j'éclate de rire. C'est du Renn tout craché !

— T'es dégueu ! m'écrié-je en poussant l'épaule de Renn.

— Et toi, tu essaies juste de gagner du temps. Alors ? Tu viens, ou tu as déjà pris rendez-vous avec un album de Marilyn Manson et ton oreiller ?

J'adore les amis de Renn. Lorsque nous étions plus jeunes, ils nous suivaient, Pippa et moi, comme des chiots pathétiques, mendiant la moindre miette d'attention. Nous étions plus âgées, plus expérimentées, et nous ne sentions pas le bouc ou les chaussettes sales. Ce qui suffisait largement à nous doter d'une aura de rock stars.

— Je pense qu'Ever a besoin d'un peu de temps pour elle, rétorque papa d'un ton sévère. Non que j'aie quoi que ce soit contre tes amis surfeurs, chômeurs et fumeurs de marijuana.

L'entendre énumérer toutes les tares des amis de Renn me rappelle à quel point j'aimais traîner avec eux. Cette bande rassemble les gens les plus tolérants que je connaisse. Ils ne verraient probablement rien à redire si je décidais d'organiser une cérémonie satanique au beau milieu de l'océan. Et, oui, il y a des chances que j'éclate en sanglots sans préavis - ça m'arrive souvent, ces derniers temps -, mais je ne pense pas que ça les effraierait. En outre, je pourrais profiter de l'occasion pour me dégourdir les jambes. Vérifier, après toutes ces années d'abstinence, si je suis vraiment aussi mauvaise en surf que Renn le prétend.

— Je viens, déclaré-je, à ma grande surprise et celle de mon frère.

Ce dernier dissimule son sourire en portant à ses lèvres la canette de soda qu'il vient d'ouvrir.

— Bravo, papa. Beau boulot.

— Je peux t'emprunter l'une de tes planches ? m'enquiers-je.

— Pas la peine, j'ai soigneusement entretenu la tienne, m'informe Renn avec un clin d'œil.

Mon cœur s'emballe dans ma poitrine.

— Vraiment ?

Il acquiesce.

— C'est ce que font les frères et les sœurs dignes de ce nom. Tu devrais essayer, un jour, pour voir.

— Bon, tout ça me paraît parfait, lance Donna. Ça laisse à votre père et moi le temps de préparer un barbecue pour ce soir. Vous en pensez quoi ?

J'en pense que c'est parfait.

Non, pas parfait, me corrigé-je, me souvenant que la perfection n'existe pas en ce bas monde.

Mais *bien,* c'est déjà ça.

Nous avons rendez-vous à Ocean Beach, le spot préféré de Renn. Les vagues peuvent atteindre plus de quatre mètres en hiver et les vents sont imprévisibles. Ce n'est pas un spot de carte postale comme ceux qu'on trouve en Californie du Sud. L'eau qui passe sous le Golden Gate Bridge déplace des bancs de sable et parfois le brouillard est épouvantable. Mais Renn soutient que surfer les vagues parfaites de Malibu, c'est un truc de flemmard, ennuyeux, et j'ai tendance à le rejoindre sur ce point.

Renn conduit sa Wrangler rouge, nos deux planches fixées sur les barres de toit. Les fenêtres sont baissées. Ses boucles blond vénitien dansent sur son front. La saumure, le sel, les effluves alléchants de pâtisseries matinales me ramènent à notre enfance. Je pense à Joe. Que fait-il en ce moment ? Avec qui est-il ? Parfois, je suis tentée de lui envoyer un texto. Mais je me rappelle à quel point je l'ai blessé et je me ravise.

— Tu vois quelqu'un, alors ? demandé-je à Renn.

Il est grand temps que je m'intéresse à la vie amoureuse de mon petit frère. D'autant que le petit frère en question n'est plus si petit. La dernière fois que nous nous sommes parlé au téléphone, il était au lit avec une femme qui avait l'air bien plus âgée.

— Je vois beaucoup de gens, dit-il en éludant.

— Dois-je comprendre que tu n'as pas de petite amie ?

Il se gratte la mâchoire.

— Non.

— Il y a quand même quelqu'un, insisté-je. Tu esquives, mais si la réponse était aussi simple, tu m'aurais tout bonnement dit que tu ne fréquentais personne.

Renn roule les yeux.

— Il y a quelqu'un. Mais rien de sérieux.

— Pourquoi ça ?

— C'est une question que tu devrais poser à son mari.

— Oh ! Renn.

Je sursaute. J'ai beau ne pas être prude, je trouve l'idée choquante. Que Renn couche avec une femme mariée. Alors qu'il n'a même pas l'âge de commander de l'alcool dans un bar ! C'est un garçon bien, avec la tête sur les épaules. Pourquoi s'embarquer dans une situation aussi toxique ?

— Tu vois, c'est exactement pour ça que je ne voulais pas te le dire.

Il s'engage sur le parking de la plage.

— Je savais que tu aurais une opinion aussi arrêtée qu'une voiture en panne. Ce n'est pas si grave que ça en a l'air.

— Explique-moi, alors.

Je croise les bras sur ma poitrine.

— Elle ne me fait pas chier et n'exige rien de moi. Elle est indépendante et n'a pas besoin qu'on sorte avec ses amies reloues. Elle est... plus mature.

— Qu'entends-tu, exactement, par « plus mature » ? Je veux dire : en termes d'âge ?

— Trente...

— Trente !

— ... deux.

— Renn !

Je lui donne une tape sur le bras. Il rit.

— Lâche-moi avec tes *Renn*, sœurette. Ça fait des plombes que son mari la trompe, il l'a bien cherché. C'est un gros bonnet de la finance. Toujours absent. Qui saute régulièrement son assistante.

— Comment l'as-tu rencontrée ?

— Elle est venue prendre des leçons de surf l'été dernier. Son thérapeute lui avait conseillé de se trouver un hobby qui la mette au contact de la nature, histoire de se changer les idées, étant donné qu'elle ne se sentait pas prête à confronter monsieur. À mes yeux, c'est simple : s'il n'est pas fidèle, pourquoi le serait-elle ?

— À mes yeux, c'est simple : pourquoi voudrais-tu te fourrer dans une situation aussi explosive ?

— Il n'y a pas de situation.

Il gare la jeep, ouvre sa portière.

— Je m'amuse, c'est tout. C'est sans conséquences.

— Tu veux plutôt dire : inconséquent ? Parce que ça l'est, Renn. Pour toutes les personnes impliquées. Toi compris.

Renn me lance un *tssss* navré en secouant la tête, avant de désigner la plage.

— Les autres sont là-bas.

Il me tend ma planche et prend la sienne, puis avance. J'en déduis que, pour lui, la conversation est terminée. Mais pas pour moi. Je me jure de revenir à la charge quand il s'y attendra le moins. Nous nous dirigeons avec nos combinaisons vers le rivage, où nous retrouvons Ryland, Tim et Clayton. Leur planche de surf sous le bras, ils semblent prêts à affronter les vagues. Et, la vache, ils ont tous grave grandi depuis la dernière fois !

— Bordel de merde, meuf, t'es devenue *canon !* s'exclame Clayton en me donnant un coup d'épaule.

— Hé ! Ferme-la. Je suis là, je te rappelle, l'engueule Renn.

— Ouais, Ever. T'es super jolie. La tragédie te va bien, ricane Tim.

Renn lui balance un coup de poing dans le bras. Un gros.

— Ta gueule, sale con.

— Excuse-les, me fait Ryland en soupirant. Ils sont super mauvais dans tout ce qui concerne… eh bien, les rapports humains.

Je lui fais signe que ça va.

— Il en faut plus pour me choquer.

— Ouais, mais n'empêche, sérieux, désolé pour ton fiancé, insiste Clayton avec une grimace contrite.

Je me demande comment ces gars réagiraient s'ils apprenaient ce que Dom a fait. S'ils connaissaient toute l'histoire. Je souris.

— Pour tout vous dire, je commence à me sentir mieux.

— Tant mieux, approuve Clayton. Tu vas avoir besoin d'être en forme, pour encaisser la raclée que tu vas prendre. Je suis sûr que tu es rouillée.

— Je vais tous vous mettre à l'amende, lancé-je d'un ton joyeux. Mais si ça vous rassure d'ouvrir votre clapet à merde avant de recevoir votre branlée, allez-y, c'est ma tournée.

Clayton donne un coup de coude à Renn.

— Pourquoi tu nous as raconté qu'elle était déprimée ? Elle a l'air dans son état normal. La même grande gueule que d'habitude.

Ils ne me traitent pas comme si j'étais en porcelaine, et ça me plaît.

Une minute plus tard, nous fonçons vers les vagues. Nos pieds frappent le sable mouillé. Nous fendons l'atmosphère. Je suis un bébé tortue qui vient de sortir de l'œuf et qui se précipite vers l'océan pour augmenter ses chances de survie face à un prédateur. Mes poumons s'ouvrent. Mes membres se délient. Ma mémoire musculaire me rappelle qui j'étais, qui je suis, qui je suis censée être. Mon corps heurte l'eau froide et, soudain, je suis dégrisée. Je suis lucide.

Je suis *vivante*.

Ma bouche lâche un rugissement. L'euphorie me gagne. La joie simple et intense d'être en vie, en bonne santé, dans cet océan infini, aux abords d'une des villes les plus incroyables au monde, me coupe le souffle.

« *Tu es à la maison maintenant* », murmure maman quelque part en moi. « *Détends-toi. Souris. Profite.* »

Mon corps glisse sur la planche de surf. Je ferme les yeux. Les garçons crient à côté de moi.

— Ne vole pas ma vague, enfoirée !

— Je te l'avais dit ! T'es tellement rouillée que si je te touche, j'attrape le tétanos.

— Hé, mec, ta sœur va bien ?

En ce moment, je vais mieux que bien : je suis sincèrement convaincue que tout *ira* bien. Que je vais surmonter la perte de maman et celle de Dom.

Mais peut-être que je n'ai pas à m'infliger la perte de ceux qui sont encore de ce monde. Peut-être que je n'ai pas à me sentir si fautive et à me croire foutue d'avance.

Et c'est ainsi que je décide qu'il est temps que je présente mes excuses à Joe.

Sur le chemin du retour, Renn ouvre deux canettes de San Pellegrino et m'en tend une. Nous sommes tous deux mouillés et tremblants, bien que nous n'ayons pas froid. L'adrénaline circule dans mes veines. Mon corps avait besoin qu'on lui rappelle qu'il fonctionne encore. Qu'il est capable.

Renn ne dit rien. Je sais qu'il ne veut pas qu'on aborde une nouvelle fois le sujet de sa petite-amie-qui-n'en-est-pas-une, mais je ne peux pas m'en empêcher. Je m'éclaircis la gorge avant de lui raconter ce dont je n'ai jusqu'à présent parlé avec personne d'autre que Joe. Même Nora.

— Dom... il avait une copine.

— Quoi ? Tu l'as, genre, piqué à une meuf ?

Je secoue la tête.

— Il avait une double vie. Je n'étais pas au courant de son existence. Il était avec elle depuis trois ans.

— Le salaud ! crache mon frère. Comment l'as-tu découvert ?

— À l'hôpital, lorsque je me suis précipitée à son chevet. Elle était là aussi.

— Mais quel connard !

Je suis contente qu'il soit en colère, parce que je compte utiliser cette situation contre lui dans environ une seconde.

— Qu'aurais-tu fait, s'il avait survécu ? Tu serais restée avec lui ? m'interroge Renn.

Cette question, je me la suis posée des milliers de fois ces dernières semaines. En y apportant chaque fois une réponse différente.

— Non, je ne pense pas. Je veux dire, je serais restée pour m'occuper de lui, pour le soigner. Mais pas en tant que petite amie.

— Aucun doute, tu es plus charitable que moi. Comment se fait-il que tu le pleures, après ça ? C'est éclaté.

— Ce n'est pas parce qu'il s'est avéré être une personne douteuse que je dois à mon tour laisser mon humanité de côté.

Je joue avec la bague de fiançailles à mon doigt. Oui, je la porte encore. Et, oui, je serais bien incapable de dire pourquoi.

— Cela dit, ça t'aide peut-être à comprendre les raisons pour lesquelles je n'ai aucune envie que tu te mettes dans ce genre de situation.

Renn gémit, puis ferme les yeux alors que nous nous arrêtons à un feu rouge.

— Ce n'est pas pareil.

— Tu vaux mieux que ça. Je ne veux pas que ton choix pèse sur ta conscience ou ton karma. Ça pourrait te retomber dessus au moment où tu t'y attends le moins.

— Je t'assure que c'est vraiment pas sérieux. On s'amuse, c'est tout.

— Trouve-toi une meuf célibataire pour t'amuser, et je te jure que je te foutrai la paix.

— Les filles ne se contentent jamais d'un truc fun.

— Pas toutes, fais-je remarquer. Tu sais, aussi incroyable que cela paraisse, il y a bien une nana ou deux qui parviendront à ne pas tomber folle amoureuse de toi, même après avoir couché avec toi.

Finalement, vaincu, Renn lève les bras au ciel.

— Très bien ! C'est OK. Je vais rompre. Bon sang, ce que tu peux être chiante ! Tu ne veux pas retourner à Salem ?

— Je pense au contraire que je vais rester dans le coin un moment.

Renn se tourne vers moi avec un sourire.

— Pour être honnête, je suis ravi d'entendre ça. Tu sais qui d'autre va être ravie ?

Je lui jette un regard interrogatif.

— Pippa.

Plus tard, après que Donna et papa nous ont préparé un véritable festin et ont ouvert une bouteille de rouge, je suis de nouveau dans ma chambre.

Loki est sur mes genoux. Il commence à s'habituer à la vie ici. Il est heureux d'avoir un jardin où il peut peaufiner son bronzage et nous dégotter diverses offrandes, par exemple des souris et des colibris.

Je décide qu'il est inutile de repousser l'inévitable. Je dois des excuses à Joe. Mais l'appeler me semble si... indélicat. Presque intrusif. Et si, après tout ce qui s'est passé, il préférait ne plus jamais entendre le son de ma voix ?

J'opte donc pour le SMS. Ainsi, il aura le temps de digérer ce que j'ai à dire, d'y penser à tête reposée et de choisir quoi répondre. S'il choisit de répondre.

Ever : Je voulais juste t'envoyer un petit signe de vie, car je suis notoirement connue pour ne pas avoir été à la hauteur sur ce point tout au long de notre histoire. Je vais bien. Je suis à San Francisco. Je suis avec Renn et mon père et sa copine, Donna, qui possède un kirugumi hot-dog, détail qui devrait suffire à te donner un aperçu de la personne.

Ever : Comment vas-tu ? Tu travailles toujours au port ? Comment vont Gemma et Brad ? Vous tenez le coup ?

Ever : OK, j'ai menti. Je n'écris pas pour te donner de mes nouvelles. De toute façon, je ne vais pas présumer que tu désires en avoir après la façon dont je me suis comportée. Non, si je t'écris, c'est parce que je voulais que tu saches que je suis désolée. Profondément désolée. Je sais que tu n'avais pas prévu qu'on couche ensemble. Je sais que tu le regrettes. Je sais que tu devras vivre avec ce regret pour le restant de tes jours. Et je te demande pardon de t'avoir mis dans cette position. Tout est de ma faute. Je t'ai séduit (si on peut appeler ça comme ça). C'est moi qui ai voulu qu'on boive. C'est moi qui me suis assurée qu'on boive trop.

Ever : Je suis vraiment, vraiment désolée. Tu me manques.

J'expire et j'attends.

Je fixe l'écran pendant une minute. Puis dix minutes. Puis vingt. Puis une heure. À un moment donné, je m'endors et le téléphone tombe sur mon visage. Je suis tellement épuisée que je n'ai même pas le courage de le ramasser.

À mon réveil dimanche matin, j'ai un bref message. Trois petits mots. Et chacun d'eux pèse une tonne.

Joe : Je te pardonne.

Chapitre 24

Le lundi, j'ouvre les messages de Pippa. Je m'apprête à lui répondre par texto, mais je me ravise et décide de l'appeler. Contrairement à Joe, Pippa a longtemps espéré ce coup de fil, je le sais. Aussi mérite-t-elle un peu de lèche et de zèle : elle a suffisamment attendu comme ça.

Elle décroche à la quatrième sonnerie, bâillant à mon oreille.

— Lawson. C'était couru que le jour où tu te déciderais enfin à faire signe je serais de repos et que tu foutrais en l'air ma grasse mat'.

— Désolée.

Je jette un coup d'œil à ma montre – il est 9 h 45 – tout en faisant les cent pas dans ma minuscule chambre d'enfant.

— Je peux rappeler plus tard. Ou attendre que tu m'appelles. Comme tu veux.

— Seigneur Jésus Christ, grogne-t-elle. *Tellement* tendue. Au moins, ça n'a pas changé. Quoi de neuf ?

J'essaie de trouver les mots justes, qui ne cessent de se dérober. Je crois également que je suis une fois de plus en train de pleurer. C'est plus fort que moi. Elle ne me fait pas de reproches. Elle ne me demande pas où j'étais passée ces six dernières années. Elle ne rend pas cette reprise de contact difficile, gênante ou pénible. J'inspire profondément et essaie d'avoir l'air aussi décontractée qu'elle.

— Je suis à San Francisco.

— Quelle surprise, ironise-t-elle en bâillant.

— Tu étais au courant ? demandé-je, stupéfaite.

— Renn me l'a dit.

— Vous êtes restés en contact ?

J'essaie de dissimuler mon étonnement derrière une fausse toux. Le rire de Pippa redouble.

— Heureuse de constater que tu fais toujours ce truc. Tousser pour masquer ta nervosité.

— Je ne suis pas nerveuse, mens-je.

— Vraiment ? Alors, en ce cas, pourquoi tu te ronges les ongles, ma petite ?

Je me rends compte que je suis en train de les croquer. Je retire mes doigts de la bouche et m'essuie la main sur mon T-shirt. Comment ai-je réussi à tenir tout ce temps sans parler à Pippa ? Elle seule peut me rappeler avec autant de force ce que c'est que d'avoir une mère. Comme cette dernière, elle connaît tout de moi, même mes pires travers. *Surtout* mes pires travers.

— Nous buvons un café en moyenne une fois par mois, Renn et moi, m'explique-t-elle.

— Aucun de vous ne boit de café, fais-je remarquer.

— J'ai dit « café » ? Je voulais dire « bière ».

— Il n'a pas vingt et un ans.

— Sa fausse carte d'identité affirme le contraire.

Elle rit, et je me sens instantanément mieux, bien que Joe m'ait battu froid et signifié poliment d'aller me faire foutre dans son dernier message.

« Je te pardonne » est un euphémisme pour « Ne t'inquiète pas pour moi. Reste de ton côté du continent, surtout, et laisse-moi tranquille. »

Cela va à l'encontre de tous mes instincts, mais j'ai décidé de respecter sa volonté.

Il y a un bref silence, avant que Pippa ne soupire :

— Très bien, tu as gagné : je t'autorise à m'inviter à prendre un verre et à déjeuner.

Ça me fait rire.

— Où veux-tu aller ? C'est toi qui choisis.

Mais je connais déjà sa réponse, nous avons nos habitudes : dans le meilleur resto de San Francisco, Wayfare Tavern.

— Je te préviens, je compte commander un cocktail. Non, plusieurs cocktails. Histoire de faire grimper la note.

— Lâche-toi. Quand ça ? m'enquiers-je.

— Ce midi. Ne sois pas en retard.

Elle raccroche et je sors de ma chambre en titubant. Nous sommes lundi, Renn est à la fac et mon père au travail. Donna est assise dans la cuisine, où elle lit le journal et écoute la radio, comme si on était encore les années 1990. Une phrase de l'animateur la fait rire. Elle est assez attachante, dans le genre t'es-pas-ma-mère. Elle jette un coup d'œil par-dessus le bord de ses lunettes de lecture et sourit.

— Bonjour, Ever. Je te prépare un café ? Une omelette ?

Je secoue la tête et m'assois face à elle. Elle pose son journal et se recule sur sa chaise.

— Tu as l'air... *songeuse.*

— J'ai beaucoup de choses en tête, dis-je, toujours incertaine de ce que je ressens à son égard.

Mon cœur a désespérément envie de la rejeter, mais tout le reste de mon être se rend bien compte qu'elle est gentille et empathique, alors qu'elle n'a aucun besoin de l'être. Après tout, je ne suis pas une ado en crise : je vais sur mes vingt-cinq ans. Elle tapote le plateau de la table.

— Décharge-toi un peu ici. Je suis plutôt douée, pour écouter.

Je me mordille les petites peaux autour du pouce, décidant qu'il vaut mieux se confier à elle que tout garder pour moi.

— Je viens d'appeler ma meilleure amie, que j'ai complètement laissée tomber depuis six ans. Je la vois à midi. Dans notre restaurant préféré. Je ne sais même pas à quoi elle ressemble désormais. Ni ce qu'elle fait dans la vie. Ou si elle est mariée.

— C'est une bonne nouvelle : ça veut dire que vous aurez des choses à vous raconter, ça va limiter les blancs.

Donna lève son mug de café, comme si elle portait un toast.

— Elle s'est donné un mal de chien pour reprendre contact. Et si elle s'avérait déçue par ce que je suis devenue ? Si elle se rendait compte que toutes ces années elle m'a idéalisée ? Si *elle* décidait qu'elle ne voulait plus qu'on soit amies ?

— C'est très peu probable, me rassure Donna avec un sourire indulgent, mais si jamais ça arrive, tu y survivras. Tout comme tu as survécu à tout ce que tu as traversé jusqu'à présent.

C'est une réponse étonnamment bonne. Honnête, mais encourageante.

— Bien. Maintenant que c'est réglé, que dirais-tu d'aller à Westfield t'acheter de nouveaux vêtements ? Pour avoir l'air au mieux de ta forme pour ce déjeuner ?

— Pourquoi ? Quelque chose dans mon look du jour cloche ?

Je feins la naïveté, mais je sais pertinemment que j'ai l'air au fond du trou. Je porte un vieux T-shirt de Renn et un pantalon de yoga déchiré. Donna ne gobe pas mon numéro : elle persiste et signe.

— Tu as l'air de quelqu'un qui n'est pas sorti depuis près de deux mois. Ce qui est peu ou prou le cas. Allez, on décolle.

— Non, merci, tu n'es pas ma vraie mère, déclaré-je en levant les yeux au ciel pour plaisanter.

— Je ne cherche pas à l'être. J'ai mes propres enfants et ils me donnent assez de fil à retordre comme ça. Maintenant, viens.

Elle se lève et pose son mug de café dans l'évier.

— Je peux mettre mon kigurumi, pour cette petite virée shopping ? la taquiné-je.

— Seulement si je peux mettre le mien, répond Donna d'un ton pince-sans-rire.

— C'est un défi ?

Je hausse les sourcils. Donna me lance un regard innocent.

— J'ai élevé deux garçons. N'essaie même pas de te mesurer à moi. Je n'ai aucune limite.

— Si tu portes ton kigurumi à Westfield, je te paie le café, répliqué-je.

— Si *tu* portes ton kigurumi à Westfield, je te paie de nouvelles fringues.

Puis, après une pause, elle nuance.

— Dans la limite de trois cents dollars. Je ne tiens pas à me faire plumer.

Nous scellons l'accord d'une poignée de main. Avant d'aller enfiler nos kigurumis.

Puis nous faisons la course jusqu'à sa voiture.

Je gagne.

Une séance de shopping et un relooking plus tard, Pippa est assise en face de moi au restaurant. C'est tout bonnement surréaliste. Elle est encore plus éblouissante que dans mes souvenirs. Elle est vêtue d'une robe d'été couleur sauge. Ses cheveux tombent en cascade jusqu'à ses fesses. Elle ne porte pas de bague de fiançailles mais possède un authentique sac Gucci, et là a toujours été sa véritable ambition.

— Tu as l'air parfaite, lâché-je, le souffle court.

— Tu as l'air de quelqu'un que je n'ai pas vu depuis cinq ans, connasse.

Elle presse ma main dans la sienne et commande deux cocktails. Je suppose qu'elle est venue en transports en commun et qu'elle n'aura pas à conduire. Moi, j'ai pris un Uber jusqu'ici, mais je crois que je vais rentrer à pied. Elle semble résolue à ne pas se limiter à deux ou trois verres et à engloutir mon budget taxi. Or, emprunter le métro n'est pas une option.

Pippa m'informe qu'elle est web designeuse pour un site de vêtements de seconde main, ce qui explique le sac Gucci. Elle vit avec son petit ami, Quinn, à Haight-Ashbury. Lorsque je la félicite, elle m'avertit qu'elle a déjà vécu avec Bryan, Jason et Dan, et que je ne devrais sans doute pas tirer de plans sur la comète. Comme toujours, elle me fait rire.

— Dois-je en déduire que ce n'est pas sérieux entre vous ?

— J'ai une définition toute personnelle de « sérieux ». Vois-tu, j'ai la ferme conviction que je possède... douze, peut-être quinze âmes sœurs. Jusqu'à présent, je n'en ai rencontré que sept, me lance Pippa en s'esclaffant. J'ai su que Quinn était l'un de mes promis lorsque je l'ai amené ici et que nous avons tous deux commandé les fruits de mer et le champagne. Je l'ai regardé et je me suis dit : cet homme ne pourra jamais maintenir un tel train de vie à moins de devenir riche. Je ferais mieux de rester dans les parages pour voir comment il s'en sort.

— Et alors, c'est le cas ? demandé-je en riant. Il est devenu riche ?

— Il est en bonne voie, m'assure-t-elle.

— Qu'est-ce qu'il fait comme boulot ?

Le repas arrive. Pippa se jette sur son poulet frit bio, et moi, je tente de croquer une bouchée de mon burger.

— Il possède une boîte de nuit dans le Tenderloin.

— Ça ne t'inquiète pas trop ? Le savoir constamment entouré de belles femmes à moitié ivres ?

Elle envoie balader mon interrogation d'un revers de la main.

— Je sais qu'il ne me trompera jamais. Je lui fais une absolue confiance. Je lui ai même donné mes identifiants Netflix !

En secouant la tête d'un air sombre, je déclare :

— Tu ne peux jamais être sûre. Crois-moi, je parle en connaissance de cause.

Elle me jette un regard compatissant.

— Je suis vraiment désolée d'apprendre que tu as été trompée, Ever, mais cela signifie seulement que tu ne connaissais pas la personne avec qui tu étais. Quand tu découvres réellement quelqu'un – que tu décides de peler une à une toutes les couches jusqu'à atteindre le cœur –, tu sais toujours si tu peux lui faire confiance ou non. Et ne va pas me dire que je fais fausse route, parce que, toi et moi, nous savons pertinemment que quand tu as quitté l'Espagne et que ce Joe y est resté, tu n'as pas craint une seconde qu'il te fasse cocue.

Je ne suis pas loin de m'effondrer en pleurs, ce qui, j'en ai conscience, est pathétique. Mais Pippa a touché une corde sensible, et maintenant ma blessure la plus récente, encore toute fraîche, s'est rouverte et saigne abondamment.

Elle a raison. Peut-être que le problème était que je ne connaissais que superficiellement Dom. Parce que, oui, je *savais* que jamais Joe ne me ferait ça, quand je me suis contentée de supposer que Dom ne le ferait pas. Dom a toujours été une sorte d'énigme à mes yeux – ce qu'il voyait en moi, pourquoi notre relation fonctionnait. Alors qu'avec Joe, je me sentais à ma place.

— Tu as peut-être raison, marmonné-je.

— Pourquoi « peut-être » ? J'ai *toujours* raison.

Je tends les doigts pour prendre une frite. Pippa attrape ma main au vol et la tire.

— Attends un peu. Tu es fiancée ? *Bitch*, les détails ! *Tous* les détails. Et que ça saute !

Il semblerait que Renn ne lui confie pas tout, lors de leur conversation mensuelle.

Alors je lui parle de Dom. De comment nous nous sommes rencontrés. Comment il est mort. Pourquoi c'était une fois de plus ma faute. Je lui raconte le coup des tampons. La culpabilité, qui ne me lâche pas. Et tout le reste. Joe, le fait que nous soyons les muses l'un de l'autre, même si nous ne sommes plus en contact parce qu'apparemment on ne peut pas garder nos fringues sur le dos quand on est ensemble et qu'en plus je n'ai pas super envie qu'il meure. Or, tous les gens que j'aime meurent. Le visage de Pippa change d'expression environ vingt fois par minute tandis je lui raconte mes cinq derniers mois.

Une fois qu'elle a tous les éléments en main, elle fait signe au serveur de nous apporter d'autres cocktails et quelques shots pour faire bonne mesure.

— Tu veux dire qu'il t'est arrivé tout ça et que tu n'as pas décroché ton téléphone pour me demander conseil ? Mais, bon sang, quels sont mes torts ? Qu'est-ce que je t'ai fait ?

— À ce propos...

Même si c'est dur, je lui avoue la vérité. Que j'avais honte de l'appeler - plus que ça : j'étais mortifiée. Que j'ai disparu parce que j'étais incapable de répondre à ses questions. Et aussi parce qu'elle m'offrait un amour et un soutien que je pensais de ne pas mériter.

— Salem a été un moyen de me punir. D'être anonyme. De m'effacer. Je travaillais, mangeais, dormais, c'est tout. Mais le drame, c'est que, croyant me punir, je n'ai pas vu que je punissais également tous les gens pour qui je comptais. Je suis désolée, tellement désolée, Pips ! Je n'aurai pas assez de dix années pour m'excuser auprès de tous ceux que j'ai blessés.

— Dix années ? répète Pippa avec une moue en vérifiant ses ongles. C'est excessif. Perso, je me contenterai d'un mois à ramper. À condition, bien sûr, que tu paies les boissons. De toute façon, tu n'es pas la seule à blâmer. Quand j'ai appris ce qui s'était passé avec ta mère, je n'ai pas su comment me comporter, quoi te dire. Je me suis sentie totalement démunie. Je t'ai bombardée de questions et de SMS pour te manifester que j'étais là, sans penser à ce que ça pouvait te faire. Or, ç'aurait dû être ma première préoccupation.

— Nous étions si jeunes toi et moi..., soupiré-je.

Pippa prend ma main dans la sienne. Le serveur nous apporte deux autres cocktails.

— Tu es encore jeune, Ev. Et je suis désolée que tu aies perdu Dom, vraiment, mais il te reste plein de raisons de vivre.

Des larmes coulent sur nos deux visages.

— Allez, *bitch*, lance Pippa en s'essuyant rapidement le coin de ses yeux. Tu es en train de ruiner mon maquillage.

Je ris.

— Ma première impulsion, à Noël, quand j'ai découvert que Joe et Dom étaient de la même famille, ç'a été de prendre le téléphone et de t'appeler. Pour que tu me dises quoi faire. Comment arranger la situation.

— Oui ? Eh bien, tu aurais dû. J'aurais géré. J'ai vu tous les épisodes de *Des jours et des vies*.

Un nouveau rire s'échappe de ma bouche, malgré mes larmes.

— Qu'est-ce que tu m'aurais dit ?

— La vérité. Que c'est Joe, depuis toujours et pour toujours. Tu sais comment on dit « toujours », en anglais ? *Forever*. For Ever[1], si tu préfères. Il est fait pour toi et tu le sais.

Elle sourit.

— Dom était un palliatif. Par conséquent, tu étais toi aussi son palliatif. Tu aurais dû te battre pour Joe. Tu aurais dû écouter ton cœur et pas tes peurs.

— Il ne veut plus rien avoir à faire avec moi, confessé-je d'une voix enrouée.

— As-tu essayé de lui parler ?

Je confirme d'un hochement de tête.

— Il n'a pas dit grand-chose, mais il s'est montré clair.

— Il va peut-être changer d'avis.

— Ou pas.

— Le temps atténue même les douleurs les plus vives.

Elle a raison, bien sûr.

Elle a raison, et maintenant je pense au genre de vie que nous aurions eu, si j'avais appelé Pippa le lendemain de Noël et lui avais tout raconté.

Je soupçonne que l'unique raison pour laquelle Dom a jeté son dévolu sur moi, c'est parce que j'étais différente de Sarah. Son antithèse, même. Je ne risquais pas de partir, de l'abandonner pour suivre ma vocation. Je représentais pour lui ce qu'il représentait pour moi : le confort et la sécurité. L'ironie du sort veut que ce soit ce désir de sécurité qui ait justement causé notre perte, à tous.

Si j'avais rompu avec Dom… Il serait retourné vers Sarah. Il ne serait pas allé me chercher des tampons.

Là, il aurait été en sécurité.

Il existe un univers parallèle où Dom et Sarah et Joe et moi sortons parfois à quatre. Où nous partons en vacances

1. Littéralement « pour Ever » (NdT).

ensemble. Où nous sommes avec la personne que nous aimons réellement.

— Je sais ce que tu penses, lance Pippa avant d'aspirer par sa paille. Mais tu te trompes. Ce n'était pas ta faute. Nos destins sont joués d'avance. Tu n'as pas écrit l'histoire de Dom ou celle de Barbie.

Je voudrais la croire. Mais c'est impossible.

Progressivement, l'hiver fait place au printemps. Je ne vis plus cloîtrée, même si je m'autorise de temps à autre une petite séance d'auto-apitoiement.

Au début, ce qui me pousse à quitter ma chambre, ce sont les tâches que Donna me confie. La lessive, les courses, l'entretien du jardin. Quand je proteste et lui fais remarquer que je passe mon temps à travailler, elle m'appelle « Cendrillon ».

— Je suppose que ça fait de toi la vilaine marâtre, répliqué-je un jour en tirant la langue comme une sale gosse.

À ma décharge, elle est en train de me forcer à plier les sous-vêtements élimés de mon père.

— Tu le penses vraiment ? me répond-elle avec un regard innocent. Je suis flattée. Rien ne vaut un bon méchant, dans une histoire : les gentils sont toujours *si* ennuyeux !

Mon père me presse pour que je réfléchisse à la suite. Je suis au beau milieu de ma vingtaine, je vis chez lui, je ne paie pas de loyer, mais je compense en faisant la lessive, comme une pré-ado ordinaire. Seulement, l'idée de partir à la découverte de qui je suis et ce que je veux me paralyse encore.

Changer, c'est accepter de devenir une nouvelle personne que ma mère ne connaîtra jamais. Ce qui revient, pour moi, à lui dire adieu.

C'est une réflexion que je partage avec ma thérapeute, Lina, que je vois deux fois par semaine. Parce que, soyons honnêtes, j'ai quelques problèmes à régler.

Une autre que je vois chaque semaine, c'est Pippa. Je traîne avec Renn et ses amis à la moindre occasion. Nora et moi échangeons un coup de fil hebdomadaire. Elle vit désormais avec Colt. Ils préparent leur mariage et, l'autre jour, elle m'a demandé si je souhaitais y assister.

— Tu te moques de moi ? ai-je répondu. Non seulement je serai là, mais je compte vous signer un bon gros chèque, histoire de compenser ce que je vous ai fait subir.

Lorsque je lui ai demandé si elle était encore en contact avec Joe, elle m'a répondu :

— Non. Il ne décroche plus quand on l'appelle, depuis quelque temps. Je pense qu'il veut qu'on lui fiche la paix. Mais je l'ai aperçu, l'autre jour, dans la rue.

— Quand ? Où ? Avec qui ? l'ai-je pressée.

Il y a eu un silence gêné, avant qu'elle ne dise :

— Je ne devrais pas...

— Accouche, Nora, ai-je quasiment aboyé.

Elle a soupiré, avant de céder.

— Je l'ai vu à la pharmacie. Avec une fille. Une brune. Il avait le bras autour de son épaule.

Ça m'a fait tellement mal que j'ai passé le reste de la journée à me tenir la poitrine pour empêcher mon cœur de se déverser, mais ça n'aurait pas dû. Joe essaie d'aller de l'avant. Et il a bien raison ! Nous ne pouvons pas être ensemble. J'ai été fiancée à son frère. Je l'ai blessé, la dernière fois que nous nous sommes vus. Puis je suis partie sans me retourner. *Une nouvelle fois.*

Pour mon vingt-cinquième anniversaire, ma famille m'organise une fête sur le thème de Halloween, même si nous sommes en juin. Donna invite Dylan et Ashton, que j'ai déjà rencontrés à plusieurs reprises. Renn m'offre une planche de surf Malibu. Fabriquée à la main, avec des décorations gothiques.

— Parce que tu es nulle et que tu as besoin d'une planche pour débutants, et parce que je t'aime suffisamment pour me montrer honnête à ce sujet.

C'est le premier cadeau personnalisé qu'il m'offre en six ans : je suis tellement touchée que je ne réagis même pas à son insolence.

Donna m'offre l'intégrale de Jane Austen en relié.

Papa m'offre deux billets pour un groupe que j'ai cessé d'écouter à l'âge de seize ans, mais c'est l'intention qui compte.

Je passe la journée à attendre un message de Joe, et comme il ne vient pas, je décide de lui écrire. C'est plus fort que moi, il me manque tellement ! Le temps n'y fait rien. C'est ce qu'on appelle un deuil. Comme pour Dom. Comme pour ma mère.

Mais ce n'est pas l'unique raison pour laquelle j'ai envie d'avoir de ses nouvelles. Je ne peux pas m'empêcher d'être inquiète pour lui. Oui, il se débrouille très bien tout seul, il a appris très tôt à le faire, mais il vient de perdre son frère, et mon comportement avec lui n'a pas arrangé les choses.

Ever : J'ai eu vingt-cinq ans aujourd'hui. Comment est-ce que tu gères les célébrations, depuis que Dom est parti ?

Comme il ne répond pas, j'envoie un autre texto. Ce qui, j'en ai conscience, est le signe que je flirte avec l'épisode maniaque.

Ever : Parfois, je pense si fort à toi que ça m'empêche de dormir. S'il te plaît, dis-moi que tu vas bien.

Il répond au bout d'un moment.

Je vais bien. Joyeux anniversaire, E.

Mon cœur bat si vite que j'ai l'impression que je vais vomir. Il a répondu ! Ce n'est pas grand-chose, mais c'est un début.

Et il s'exhibe dans Salem avec une brune, tout en évitant scrupuleusement le moindre contact avec ton entourage ou toi, ai-je le bon sens de me remémorer.

Ever : Tu écris ?

Joe : Tu connais la réponse à cette question.

Ever : Mais ça va mieux ?

Joe : Je te laisse te référer à ma réponse précédente.

Ever : Quand est ton anniversaire ? Tu ne me l'as jamais dit.

Il va bientôt avoir vingt-six ans. Je me souviens qu'il a presque exactement un an de plus que moi.

Joe : Le 10 août.

Ever : Et qu'est-ce que tu voudrais, comme cadeau ?

Joe : Pourquoi pas un peu de cohérence de ta part ?

Stupéfiant : plutôt que de me clouer le bec, sa repartie m'encourage à poursuivre.

Ever : Je trouve que je suis cohérente : étant donné que rien n'était possible entre nous, je suis partie.

Joe : Ta logique m'échappe complètement. Après tout, Dom n'est plus là : nous ne risquions pas de le blesser.

Joe : Je te l'ai dit. Je t'ai prévenue. Ne me brise pas une nouvelle fois le cœur. Or, c'est exactement ce que tu as fait.

Je commence à taper : « Tu n'es pas amoureux de moi, tu l'as été, et je suis partie précisément PARCE QUE moi je le suis toujours. » Mais c'est trop grandiloquent, trop frontal, alors j'efface. Puis j'écris : « Tu parles d'un cœur brisé ! Tu parades déjà en ville avec une autre. » Mais j'efface aussi, car je ne veux pas donner l'impression que je l'espionne. Finalement, je me contente d'une réponse toute faite.

Ever : Je serai toujours là pour toi, si un jour tu as besoin de moi.

Je m'attends à un nouveau commentaire sarcastique de sa part, mais tout ce que je reçois, c'est un émoji pouce levé.

Puis je n'entends plus parler de Joe pendant un moment.

Au cours de la première semaine d'août, je passe les grilles d'un petit cimetière à Half Moon Bay.

San Francisco a proscrit les enterrements sur son territoire depuis 1900, au motif que la population de la ville est trop dense. Oui, c'est exact : les enterrements ont été décrétés dangereux pour la santé. Les amateurs d'ironie apprécieront.

C'est pourquoi nous enterrons nos proches dans les environs, et non dans la ville même.

Barbara « Barbie » Lawson aimait Half Moon Bay, une ville côtière qui a conservé sa beauté sauvage. Il s'agit d'une enfilade de plages surplombées de falaises. Mon père a choisi ce lieu car il pensait que la vue lui plairait.

Je suis venue seule. On est en semaine, papa travaille, Renn suit des cours d'été. De toute façon, quand bien même ils auraient été disponibles, c'est quelque chose que je dois faire par moi-même.

Je n'ai pas assisté à l'enterrement de ma mère. J'étais trop occupée à balancer mon téléphone du haut d'une falaise et à me détester pour lui rendre un dernier hommage. De plus, je ne supportais pas la perspective d'être scrutée. Toutes les personnes présentes connaissaient les circonstances de sa mort.

Mais désormais je suis là.

Il me faut vingt-cinq minutes pour trouver son emplacement. En partie parce que je suis très nerveuse, en partie parce que les cimetières sont ainsi : hermétiques. Sa tombe est banale, une simple pierre en granit avec un vase assorti. Je range les fleurs que j'ai apportées dans le vase.

— Hé, maman. Désolée, ça m'a pris du temps... Six ans, pour être précise.

Pour toute réponse, un silence. Qui fait effroyablement mal. Je ne m'assois pas. Je refuse de me mettre à l'aise.

— Je sais que ça fait un bail, et je sais que je n'étais pas là pour tes funérailles... et, oui, je sais que je me suis mal comportée avec Renn et papa. Avec Pippa également. Je sais tout ça, ne va pas t'imaginer que je joue les autruches. C'est juste que...

Je cligne des yeux, en pensant : *Ça fait si longtemps qu'elle est partie !* Mais aussi : *Je me souviens d'elle comme si c'était hier.*

Dans ma tête, je l'entends me répondre « *Tout va bien, ma chérie. Continue. Je t'écoute.* » J'inspire profondément.

— C'est juste que j'ai eu besoin de temps pour me ressaisir, après ce qui s'est passé. Et tu vois, ça m'a pris six ans. Mais je voudrais te remercier de m'avoir sauvée. D'avoir été la meilleure mère qu'on puisse rêver. Je suis terriblement navrée que mon sentiment de culpabilité m'ait empêchée de faire les bons choix. Je te promets que c'est fini, tout ça. Dorénavant, je vais me montrer digne de ceux qui sont encore en vie et que j'aime. Tous, sans exception.

Et je le pense vraiment. *Sans exception.*

La tombe me regarde. Je pense toujours que la mort de maman aurait pu être évitée, mais je ne crois plus que je doive le payer de ma propre vie. M'empêcher d'avancer ne répare rien. Et je sais que maman n'éprouverait aucun plaisir à me savoir malheureuse comme les pierres. Je sais qu'elle aurait voulu que j'aille à Berkeley. Que je sois avec Joe. Que je poursuive mon rêve. Celui dont j'avais si honte et dont elle était si fière.

Plus que tout, je sais que maman aurait voulu que je dessine sa pierre tombale. De son vivant, elle plaisantait souvent à ce sujet, pensant bien évidemment qu'il nous restait des décennies avant que je n'aie à me pencher sur la question.

Il n'est pas trop tard pour l'exaucer.

— Je ne peux pas changer ce qui s'est passé. J'aimerais, pourtant, crois-moi. J'aimerais remonter le temps et lâcher mon téléphone pour écouter ce que tu me dis. Mais comme je ne peux pas revenir en arrière, je vais faire la seule chose que je sais pertinemment que tu aurais voulu que je fasse. Tu crois que papa et Renn seraient d'accord ?

La tombe demeure silencieuse, bien sûr ; c'est dans l'ordre des choses, le contraire serait terrifiant. Mais je sais que papa et Renn seraient d'accord. Je m'assois donc devant la tombe de ma mère, je prends un carnet de croquis, un crayon, et je commence à dessiner.

De retour à la maison, j'appelle Gemma Graves. Elle est surprise mais contente d'avoir de mes nouvelles. Je lui demande comment Brad et elle vont.

J'ai fait une promesse. *Me montrer digne des vivants.* Je compte bien la tenir.

— Difficile de te répondre, dit-elle. Il y a des jours qui sont supportables, d'autres non. Et la seule chose qu'ils ont en commun, c'est que je n'ai aucun contrôle sur eux.

Je lui confesse que cela fait un moment que j'ai envie de me manifester et je m'excuse de ne pas l'avoir fait plus tôt.

— J'essaie d'apprendre à être moins fuyante, expliqué-je.

— C'est une excellente résolution, me répond-elle avec son assurance et sa chaleur habituelles.

Nous discutons une dizaine de minutes. Je joue avec la bague de fiançailles que j'ai gardée à mon doigt. Elle m'apaise et me rappelle qu'il n'y a pas si longtemps Dom était là.

Gemma me parle de la jolie cérémonie commémorative qu'a organisé l'ancien lycée de Dominic, juste avant les vacances d'été. À cette occasion, elle a découvert qu'il parrainait un élève de l'établissement et avait réglé ses frais de cantine durant deux semestres. Il avait également dispensé aux enfants des leçons de premiers secours. Nous versons ensemble des larmes salvatrices. Nous pleurons sa bonté.

Car il l'était, bon. Pas tout le temps, et pas avec tout le monde, mais il l'était.

« Arrête de dire que je suis parfait », m'avait-il ordonné à Cape Cod. Personne ne l'est.

Je lui demande si elle peut me communiquer l'adresse mail de Joe. Je lui explique que je ne veux pas l'embêter mais que j'ai quelque chose à lui montrer. Elle me la donne et soupire :

— Dom a toujours été si gentil et aimant. Seph peut être tellement mordant... et pourtant, je ne l'en aime que plus. Ça doit te paraître étrange...

« Non, m'dame, suis-je tentée de répondre. Je comprends parfaitement. » Chaque fibre de mon être comprend.

Je promets de leur rendre visite, à Brad et à elle, une fois que je serai de retour dans le Massachusetts, puis nous raccrochons.

Je scanne le croquis que j'ai réalisé au cimetière et l'envoie à Joe, accompagné de la playlist que j'ai écoutée en travaillant dessus. Il s'agit de groupes britanniques, et j'ai comme dans l'idée qu'ils lui plairont.

Cher Joe,

Je pense qu'il est temps que nous invitions nos muses à nous retrouver. Tu n'es pas d'accord ?

E.

La réponse à cette question est apparemment « Non. » Joe ne se donne même pas la peine d'accuser réception. Même quand je lui fais livrer un Fish & Chips pour son anniversaire - ce que j'ai supposé qu'en tant qu'anglophile il apprécierait.

Alors le lendemain je lui renvoie un mail. Cette fois avec mes anciens croquis. Ceux que papa m'a envoyés il y a quelques mois, parmi d'autres affaires. Dans le but, je le comprends maintenant, de m'encourager à revenir et non de me narguer.

J'ajoute plusieurs citations qui me semblent appropriées. Des citations sur la créativité, l'inspiration, les muses. Signées William S. Burroughs, Stephen King et Maya Angelou. Mais cette fois, je n'adjoins pas de message.

Je suis loin d'espérer qu'il craque et me réponde parce que je lui manque trop. Nous avons tous deux su faire montre d'un remarquable self-control dans ce domaine, par le passé.

J'attends donc qu'il me contacte parce qu'il veut se remettre à écrire.

Au troisième mail, je commence à me sentir comme ces escrocs qui se font passer pour des princes africains dont la famille a été tragiquement tuée dans un accident d'hélicoptère et qui ont besoin d'un numéro de compte afin d'y transférer plusieurs millions. Mais je ne lâche pas pour autant l'affaire.

Troisième jour, pas de réponse, donc. Quatrième jour, idem. Je continue mes envois, des échantillons de ce que je suis, de ce sur quoi je travaille. Musique. Paroles. Croquis. Je ne vais pas mentir : je rame. Je me console en songeant que peut-être il ne lit pas souvent ses mails. Ou alors que j'ai atterri dans ses spams. C'est un peu comme appuyer sur l'accélérateur quand la voiture est au point mort. Mais mieux vaut ça que rester les bras croisés, d'autant que je n'ai rien oublié de la promesse que j'ai faite à ma mère. Je dois apprendre à prendre soin des vivants.

Puis, deux semaines après l'anniversaire de Joe, je me connecte à ma boîte de réception et découvre qu'il m'a écrit. Son nom apparaît en gras, **Joseph Graves**. Mes doigts tremblent. Tant de choses dépendent de ce qui se trouve dans ce mail.

Il se peut qu'il ait répondu : « S'il te plaît, arrête ou je vais devoir demander une ordonnance restrictive. »

Ou bien : « OK, jouons. Tu veux qu'on se motive l'un l'autre ? J'écrirai un peu chaque jour, à condition que tu dessines un peu chaque jour. »

Mais ce n'est ni l'un ni l'autre.

Il n'y a pas de message, juste une pièce jointe – un document Word. Comportant un total de quatre mille trois cent deux mots, pour être exacte.

J'ouvre le fichier et les bois, ces mots, comme une assoiffée qui aurait trouvé une source dans le désert. Joe a repris là où il s'était arrêté. Son protagoniste, une sorte de Holden Caulfield, est toujours sur la route, essayant de découvrir le sens de la vie à La Nouvelle-Orléans. Bien que, dans le dernier chapitre, il décide d'emménager à Raleigh pour mettre le holà sur les drogues. J'adore. C'est brut. C'est sombre. Ça ressemble à tout ce que j'aimais lire, plus jeune.

Je lui réponds. Un seul mot.

De : Ever Lawson
À : Joseph Graves
Encore.

Ce coup-ci, il met moins de cinq minutes à me répondre. A-t-il attendu à côté de son ordinateur que j'aie fini de lire ? Qu'aurait-il fait, si je n'avais pas ouvert son mail avant demain ? L'adrénaline pulse dans mes veines.

De : Joseph Graves
À : Ever Lawson
Tu ne trouves pas que ça fait trop Kerouac ?

De : Ever Lawson
À : Joseph Graves
Je pense que tout auteur a tendance à emprunter la voix de son idole pour trouver la sienne. Continue.

De : Joseph Graves
À : Ever Lawson
Ce sera strictement pour le travail, Ever. Je ne veux pas qu'on se voie. À chaque fois qu'on se voit, tu finis par me quitter.

Il a raison. Il a raison et ça me tue. Il a raison et je n'ai que ce que je mérite. Il a raison, et je ne veux pas qu'il ait raison, parce qu'au fond de moi je l'ai toujours su : c'est lui et personne d'autre.

De : Ever Lawson
À : Joseph Graves
Je comprends.

De : Joseph Graves
À : Ever Lawson
Tu sais ce que j'ai fait, pour mon anniversaire ?

De : Ever Lawson
À : Joseph Graves
?

De : Joseph Graves
À : Ever Lawson
Un plan à trois. Avec deux filles très enthousiastes. Je n'ai pas pensé à toi un instant.

Je ravale mon cri. Je voudrais démolir les murs. Tout fracasser autour de moi. Je veux me ruer dehors, l'attraper en passant et lui casser la gueule dans une allée sombre, histoire de me défouler. Mais je ne peux rien faire de tout ça. Parce qu'il a dû me voir m'envoler pour un week-end romantique à Puerto Rico avec son frère. Dont je porte encore la bague de fiançailles.

De : Ever Lawson
À : Joseph Graves
Ravie de savoir que tu t'es amusé.

De : Joseph Graves
À : Ever Lawson
Le croquis que tu m'as envoyé est génial. Fais-moi parvenir la suite.

De : Ever Lawson
À : Joseph Graves
Ouais. Toi de même.

Chapitre 25

Les semaines passent.

Joe et moi entrons dans une routine. Une routine faite d'échange de mails. Je dessine. Il écrit. Je lui fais des retours. Il me donne des conseils. Comme des collègues.

Nous ne faisons pas mention de Dom. Nous ne faisons pas mention de *nous*.

Nous jouons la sécurité. Évitons les sujets explosifs. Fin septembre, il se retrouve avec soixante mille mots de son manuscrit *Les Vents de la liberté*. Moi, j'ai achevé la conception de la tombe de ma mère et entamé un portfolio.

Un soir, j'envoie à Joe un mail et l'avertis que je vais montrer à mon père les croquis pour ma mère, afin de lui demander l'autorisation de lancer la réalisation.

Il est évident que je n'ai aucune intention de déranger son repos. Aussi ai-je élaboré un système qui me permettrait de construire un nouveau tombeau au-dessus de la dalle existante. Les dimensions me semblent être les bonnes. Tu en penses quoi ?

Il ne me réécrit pas en retour, non.

Il *m'appelle.*

Voir son nom apparaître sur mon écran me prend totalement au dépourvu. Il s'agit clairement d'une brèche dans notre accord tacite et je ne sais pas comment réagir. Nous nous sommes montrés si prudents ! Nous nous sommes tenus à l'écart de tout ce qui aurait pu raviver nos sentiments – bien que, pour ma part, les sentiments n'aient pas besoin d'être ravivés, non : ils ne m'ont jamais quittée. Une bouffée d'excitation me saisit. Je ne m'étais pas rendu compte à quel point j'avais envie d'entendre sa voix jusqu'à ce que je décroche en tremblant.

— Tu penses que c'est une mauvaise idée, lancé-je en essayant de prendre un ton dégagé.

— Non, répond-il le souffle court.

Je le sens aussi nerveux et exalté que moi. Mon cœur fond et forme une flaque au creux de mon ventre.

— C'est une putain de bonne idée, et tu le sais pertinemment. De mon côté, je suis sur le point de finir le manuscrit et je dois te dire merci. Je pense qu'il est temps que je te renvoie l'ascenseur. Tu te souviens du soir où je t'ai sortie de l'eau ?

— Bien sûr que je m'en souviens.

Je m'installe sur le rebord de la fenêtre. Loki saute aussitôt sur mes genoux, comme toujours ravi de me prendre pour siège. Je me souviens parfaitement de cette nuit, chaque détail se découpe nettement.

— Tu as dit qu'à présent, j'avais une dette envers toi et que tu ne manquerais pas de me le rappeler en temps voulu.

Je laisse échapper un gloussement, gênée de dévoiler avec quelle précision j'ai gardé en mémoire des paroles vieilles de sept ans.

— Tu peux considérer que j'ai payé mon dû, non ? ajouté-je. Tu vas enfin terminer ton livre, grâce à ma détermination. Ou à mon entêtement, comme tu préfères.

— Ne t'emballe pas. Ta dette n'est pas entièrement réglée.

Sa voix est basse et soudain menaçante. Je me cramponne à mon téléphone si fort que je pourrais le broyer.

— Qu'est-ce que tu veux dire par là ?

— Je t'ai sauvé la vie. Tu crois que deux ou trois séances de brainstorming vont suffire à payer l'addition ? Sans compter que tu m'as aidé sur mon projet autant que je t'ai aidée sur le tien.

— Qu'est-ce que tu veux de plus ?

« Toi », rêverais-je de l'entendre dire. « Je te veux toi. »

— Te voir grimper dans le métro, répond-il à la place - puisqu'il ne veut plus de moi, non : il m'a clairement signifié que, cette fois, c'était fini.

— Je te demande pardon ?

— Je te pardonne. Ça ne t'exonère en rien : j'attends quand même que tu obtempères. Là seulement, je nous considérerai comme quittes.

Il y a un bref silence, durant lequel je mets de l'ordre dans mes idées éparpillées, puis je glisse avec prudence :

— Ma priorité, c'est plutôt de trouver un travail et un appartement...

— Tu n'as aucun sens des priorités.

Je visualise parfaitement le mouvement dédaigneux de la main avec lequel il vient de balayer mon objection.

— Avant tout ça, tu dois te rendre à la station où ça s'est produit. Grimpe dans cette rame. Affronte tes démons.

— Joe, protesté-je avec un filet de voix. Tu sais que je ne le peux pas.

— Si, tu peux. Tu t'es rendue sur sa tombe. En quoi est-ce différent ?

— Parce que c'est l'endroit où elle est *morte*. Sous mes yeux, lancé-je en sentant la colère monter. Et c'était plutôt violent, figure-toi !

Pourquoi fait-il cela ? Pourquoi se montre-t-il si cruel ?

— Tu ne peux tout bonnement pas décréter que jamais plus tu ne prendras le métro.

— Ah bon, et pourquoi ? J'ai pourtant vécu sans problème comme ça pendant sept ans. La plupart des villes n'ont même pas de métro ! Qu'est-ce que ça peut foutre ?

— Ça fout que tu laisses la peur gagner. Tu ne vois pas que c'est encore le même schéma que tu répètes ? La peur t'a poussée à rester avec Dom. La peur t'a conduite à m'abandonner, deux fois. La peur est la raison pour laquelle tu évites le métro.

— Eh bien, que la peur gagne ! Ce n'est pas une compétition.

— Ever, déclare-t-il, stoïque. Tu m'as demandé ce que je voulais pour mon anniversaire.

— Oui.

J'appuie mon front contre la vitre fraîche de ma fenêtre et ferme les yeux.

— J'espérais que tu voudrais plutôt… Je ne sais pas, moi. Des chaussettes ?

Il laisse échapper un rire rauque. Mon Dieu, il n'y a rien de pire au monde que d'être amoureuse du frère de son défunt fiancé. Surtout quand on sait ce que ça fait que l'embrasser, faire l'amour avec lui, être le centre de son univers, même pour une courte nuit.

— Garde tes chaussettes. Ce que je veux, c'est que tu montes dans cette rame.

— Mais, Joe, tu ne te rends pas compte à quel point ça va être horrible ?

— Tu survivras. Et un jour tu raconteras cette histoire à tes petits-enfants.

Nous restons tous deux silencieux durant un moment, au cours duquel j'essaie de trouver de nouvelles excuses pour me sortir de là.

— Et envoie-moi une photo. En guise de preuve.

Il commence à devenir un peu trop exigeant. Sûrement parce qu'il sait que je me couperais le bras droit, s'il le demandait.

— Merci, mec, ta confiance m'honore. Où est-elle passée, d'ailleurs ?

— Elle gît au fond de l'océan, à côté de ton vieux portable. Dois-je te rappeler notre passif ?

Je caresse Loki sur mes genoux.

— Je t'ai déjà déçu deux fois. Je te jure qu'il n'y aura pas de troisième.

Je l'entends allumer une cigarette.

— Ce genre de promesse de ta part a le don d'éveiller mon scepticisme et mon exaspération, mon amour.

Mon amour. Rien que ces mots sur sa langue me font frissonner. Mais bien sûr, il s'agit d'une marque d'ironie et non d'une déclaration.

Oui, je veux que Joe soit fier de moi, mais ça ne s'arrête pas là. Il a raison. Tant que j'aurai peur du métro, tant que je choisirai de marcher au lieu de prendre le train parce que j'ai trop peur d'affronter ce souvenir que j'ai si violemment verrouillé dans un tiroir de mon cerveau, je ne pourrai être complètement libre de me construire.

Certes, je crée. Je quitte parfois ma chambre. Je vois des gens. Mais je n'ai toujours pas trouvé ma voie. Ou quelle direction emprunter. Je n'ai aucune idée de ce que je vais faire de ma vie. De si je retourne à Salem ou si je reste ici. Bon sang, je paie encore la moitié du loyer de cette horrible porcherie ! Tout ça parce que j'ai trop peur de prendre une décision. Je ne voulais pas renoncer tout à fait à Salem, mais mes économies s'amenuisent à vitesse grand V, et je ne peux plus continuer comme ça.

— D'accord. Je vais le faire.

— Quand ? insiste-t-il.

— Il te faut tous les détails ?

— Je suis toujours friand de détails.

— Ce mercredi. À midi. Il ne devrait pas y avoir trop de monde.

— Prends un selfie avec le panneau de Montgomery Street en arrière-plan.

— Ouais, ouais, je n'y manquerai pas. Tu sais, j'ai du mal à me défaire de l'impression que je devrais te demander quelque chose d'aussi dur, juste pour nous mettre sur un pied d'égalité, grogné-je en me relevant.

Loki saute instantanément de mes genoux, comme si lui aussi avait de toute façon prévu de bouger – du chat tout craché.

— Tu peux, et tu devrais. Tu sais que je suis incapable de te refuser quoi que ce soit.

— Pas toujours, fais-je remarquer en songeant à toutes ces semaines où il m'a ignorée.

— Non, répond-il pensivement au bout d'un moment. Parfois, je parviens à me ressaisir et à te résister. Mais pas souvent. Passe une bonne nuit, Ev.

— Attends ! m'écrié-je.

Il reste en ligne mais ne dit rien. Je sais que je vais tout gâcher, mais je ne peux pas m'en empêcher. Je n'ai aucun contrôle sur moi-même, quand on en vient à lui.

— Tu as vraiment fait un plan à trois ?

Il y a un silence, avant qu'il ne réponde :

— Oui.

Durant toute notre conversation, je suis partie du principe qu'il avait inventé cette histoire pour me blesser. Il s'avère que ce n'est pas le cas.

Peut-être que Joe a réussi à passer à autre chose, en définitive. Après tout, il essaie avec acharnement, depuis que je suis de retour dans sa vie. Il a dû finir par y arriver.

— C'est tout ? me demande-t-il.

— Oui, réponds-je d'une voix étouffée.

Et il raccroche.

Je pose mon téléphone, j'attrape un oreiller sur mon lit d'enfant et je hurle dedans. Quand j'ai fini, je descends l'escalier. Je me sens vide. Vraiment vide. Au point que j'ai l'impression que si je me mettais à trotter, mes organes produiraient un bruit de piécette prisonnière du tambour d'une machine à laver.

Mon père et Donna sont assis sur la terrasse. La porte coulissante est ouverte. Ils boivent un thé glacé et planifient une escapade. Le Mexique, songent-ils. Le temps de trajet est plus court que pour Hawaï et le séjour sera moins coûteux.

— Sans compter, ajoute papa, que nous pouvons rentrer plus vite si jamais Ever a besoin de nous.

Et mon cœur brisé puis recomposé vole à nouveau en éclats. Je me racle la gorge pour signaler ma présence. Mon père trésaille.

— Elle est derrière moi, n'est-ce pas ?

Donna tourne la tête et m'adresse un sourire chaleureux et décontracté.

— Elle est derrière toi, confirme-t-elle.

— J'imagine que je suis dans le pétrin ?

Il se tourne vers moi. Je secoue la tête, avançant vers eux.

— Non, c'est plutôt moi qui devrais l'être pour tous les soucis que je te cause.

— C'est vrai que, parfois, j'aimerais pouvoir t'envoyer au coin. C'est un pouvoir dont je n'ai pas assez usé, dans le temps, répond mon père en se caressant le menton d'un air pensif.

— Il faut dire que j'étais une gosse adorable.

Je lui donne un coup de coude, puis je me penche pour embrasser sa joue.

— C'est vrai. Et, malheureusement, parents et enfants ne jouent pas à armes égales : tu peux faire de moi ce que tu veux.

Je m'assois en face d'eux. Donna doit lire une certaine tension sur mon visage, car elle se met debout en s'étirant.

— Je crois que je vais aller tester les nouvelles bombes de bain que Dylan m'a offertes. Passez une bonne soirée, tous les deux.

Il ne reste que mon père et moi et, même si j'ai la trouille, je me sens désormais capable d'affronter son regard. C'est le moment de vérité.

— Je travaille sur un projet depuis deux mois. En partie pour aller mieux, pour m'aider à surmonter l'accident de maman. En partie pour lui rendre hommage, elle qui croyait en ce que je faisais.

Il m'encourage d'un petit signe de tête.

— J'ai dessiné une sculpture funéraire pour elle. Je sais qu'elle a déjà une tombe. Que je n'étais pas là pour aider à la choisir et que c'est ma faute. Mais j'ai pensé que peut-être... si tu m'y autorisais...

Mon père s'enfonce dans son siège, entrelace ses doigts et prend un air pénétré.

— Si je t'autorisais à... ?

Il ne va pas me faciliter la tâche. Étrangement, ça me réconforte. S'il ne me traite plus comme une porcelaine délicate, ça doit signifier que je suis devenue plus forte, pas vrai ?

— Si tu m'y autorisais, j'aimerais lui créer une nouvelle sépulture. Je m'occuperais de tout ! J'engagerais un artisan, je paierais les frais et je la ferais construire par-dessus celle qui existe, pour ne rien déranger.

— Tu penses sincèrement que c'est ce qu'elle aurait voulu ? m'interroge-t-il prudemment.

Il ne prend pas notre discussion à la légère. Après tout, c'est de sa défunte épouse qu'il s'agit. Et ils étaient fous l'un de l'autre.

— Oui.

J'écaille mon vernis à ongles.

— Elle a toujours trouvé génial que je dessine des tombeaux. Elle montrait mes croquis à tous ses clients et aux commissaires d'expo. Je pense qu'elle aurait apprécié l'hommage. Non, me ravisé-je en fronçant les sourcils. Je ne pense pas : j'en suis sûre. Elle m'a dit elle-même qu'elle désirait que je m'en charge à sa mort.

Pourtant, mon père ne cède pas. Je pense que j'ai peut-être trouvé son seul point de résistance : feu sa femme. Il semble plongé dans ses pensées.

— Je dois d'abord voir ton dessin. Et Renn également doit l'approuver.

— Je vous le montrerai. Et je suis ouverte aux suggestions.

Il me fait un signe de tête un peu sec.

— C'est tout ?

— Oui.

Il se lève. Pose une main sur mon épaule.

— Je suis fier de toi, Ever. Tu es bien plus forte que je ne le croyais. La digne fille de ta mère.

Nous sommes mercredi, il est 11 h 45 et je veux rentrer chez moi.

Je me trouve à l'entrée de la station Montgomery Street, près de l'escalier qui descend vers les quais.

C'était une erreur, je ne peux pas y retourner. Une partie de moi - celle qui a manifestement besoin d'être institutionnalisée - a la crainte irrationnelle de retomber sur la même scène sanglante que j'ai laissée derrière voilà des années. L'hémoglobine. Les cris. Le ruban de la police. Le train qui me regarde fixement, comme pour me faire mesurer mon impuissance.

Je trébuche jusqu'à une poubelle voisine et vomis mon petit déjeuner. J'essuie mon front, qui est tapissé de sueur froide. Un couple me contourne. La femme baisse les yeux. Je l'entends glisser à son mari :

— Elle n'a pas franchement l'air d'une sans-abri, mais qui sait, de nos jours ? Il y en a tellement !

Je suis trop assommée pour me soucier de ce que les gens pensent de moi. Je tremble. Je n'y arriverai pas. Je *dois* y arriver.

Je regarde ma montre. Il est 11 h 53. Ce détail n'a aucune importance : je pourrais entrer dans la station tout de suite ou à midi et demie, si je le voulais. Mais je refuse de dévier du script. Chaque changement me fragiliserait un peu plus.

En faisant les cent pas, je pense au dîner de la veille, durant lequel j'ai montré à papa, Renn et Donna mon croquis. Il a eu l'heur de leur plaire. Ce matin, j'ai passé plusieurs coups de fil afin de trouver un sculpteur qui travaille le granit. Ce projet va sérieusement grever mes économies, mais ça n'a aucune importance.

Onze heures cinquante-neuf. L'heure de faire face.

Je m'agrippe à la rampe et descends les escaliers. L'épaisse foule de gens me double, sans rien savoir de mon cœur brisé et sans s'y intéresser. Dès que je suis à l'intérieur, je m'adosse à l'une des colonnes. J'inspire un grand coup. Sueur. Urine. Poussières d'acier soulevées des rails.

J'y suis.

Je suis sous terre.

À quelques mètres seulement de l'endroit où ça s'est passé.

L'endroit qui a fait de moi la personne que je suis. L'endroit où je me suis brisée. Le lieu à l'origine de ma culpabilité. De ma haine de moi. De mon constant pessimisme. De ma certitude que rien ne pourra s'arranger. Que le temps ne guérit pas les blessures. Qu'il vous donne juste l'impression d'être coincé dans les mêmes boucles.

L'endroit où j'ai pris une vie.

L'une des deux vies que j'ai ôtées. L'autre étant celle de Dom.

J'ai de nouveau la nausée, mais heureusement il ne reste plus rien dans mon estomac. Le quai grouille de monde. L'écran au-dessus de ma tête indique que le prochain train arrive dans deux minutes.

Je sors mon téléphone, l'oriente vers le haut de ma poitrine pour capturer à la fois mon visage et le panneau Montgomery Street derrière moi, puis je prends une photo pour Joe. Je suis pâle comme la mort, j'ai l'air franchement mal en point. Ce n'est pas exactement comme ça que j'aurais voulu que Joe me voie, mais au moins il n'a pas l'odeur. Ce relent de vomi qui émane de ma bouche.

Je jette un coup d'œil aux rails. Ils semblent quelconques. Insignifiants. Rien qu'un peu d'acier laminé à chaud. Nulle tache de sang. Nuls restes humains. Pas de grand panneau pour indiquer « Quelqu'un est mort ici ». Ma tragédie a été consciencieusement effacée. Elle n'existe plus que dans ma tête. Le hurlement du train qui approche me perce les oreilles. Je me colle contre la colonne, yeux fermés. La scène me frappe de plein fouet. C'est la première fois que je m'autorise à me souvenir pleinement. À retourner en arrière et à revivre les événements.

— *Chérie, prends ma main. Prends-la.*

— *Je ne peux pas, maman. J'ai mal. Ma cheville fait si mal.*

— *Je t'en prie. Laisse-moi t'aider. J'entends le métro qui arrive.*

Revenir là où je ne cours aucun danger. Remonter à quai. Seulement pour constater qu'elle n'y est plus.

Je sanglote lorsque le train arrive. Mes épaules tremblent et mes genoux se dérobent. Les gens m'observent. Le train s'arrête devant moi. Les portes s'ouvrent. Je ne peux pas faire ça. Je ne peux pas entrer. Je tourne la tête vers les escaliers, vers la surface. C'est décidé, je rentre chez moi. Je ne peux pas faire ça.

— Ever, m'appelle une voix.

Ma tête pivote, j'essuie mes larmes.

Et là, devant moi, dans la rame devant moi, se tient Joe. Avec son Levi's usé. Ses boucles sombres ébouriffées qui encadrent le visage que je préfère au monde. Sa cigarette coincée derrière l'oreille. Beau et charmant et *vivant*. Il me tend la main.

— Qu... qu'est-ce que tu fais ici ? balbutié-je.

— Tu ne le sauras jamais, à moins de monter dans ce train, dans, disons...

Il tourne son poignet pour vérifier une montre invisible.

— ... zéro seconde.

Je saute dedans au moment où les portes se referment. Je tombe dans ses bras. Il m'aide à me redresser puis passe son bras autour de moi, comme un grand frère protecteur. Il baisse les yeux vers moi.

— Salut, toi.

— Tu as fait tout ce chemin uniquement pour me voir grimper dans un métro...

Il lève les yeux au ciel.

— N'en fais pas toute une affaire. Tu sais aussi bien que moi qu'il n'y a plus rien de potable à la télé, de nos jours.

— C'est pas faux.

J'accepte de minimiser son geste afin de lui épargner tout embarras. J'empoigne son T-shirt pour me tenir à lui lorsque le train se met en marche. Nous sommes en sécurité à l'intérieur.

Je ne pense plus à ce qu'il s'est passé la dernière fois que j'étais ici et, rien que ça, c'est déjà énorme.

— Je crois que je peux finir le livre en une semaine, si je m'enferme dans une chambre d'hôtel et que j'écris toute la journée. Alors j'ai pris des congés.

— Des congés ? répété-je en arquant un sourcil. Je croyais que l'écriture, ce n'était pas pour les adultes ?

Il ravale un sourire et hausse une épaule.

— Tu peux m'appeler Peter Pan, si ça te chante.

— Tu devrais être à l'hôtel en train de travailler, dis-je pour continuer à me distraire de l'endroit où nous sommes.

Un métro, qui fonce à toute allure, s'apprêtant à entrer dans une autre station où quelqu'un pourrait se trouver sur les rails. J'ai une conscience aiguë de chacune de mes respirations.

— Un écrivain doit se nourrir de nouvelles expériences. Or, quelque chose me disait que celle-ci serait une sacrée expérience.

J'inspire profondément.

— J'aime autant te prévenir : il est possible que je sente le vomi.

— Ma belle...

Il coince une mèche de cheveux derrière mon oreille.

— Rien ne pourra jamais sentir plus mauvais que ta petite personne, le soir où nous sommes allés dans cette casse auto.

Je lui donne un coup dans la poitrine et je ris. Il embrasse le sommet de mon crâne (propre et shampouiné).

— Tu m'as manqué, minus.

Qu'est-ce qui lui a manqué ? L'amie ? La muse ? La future belle-sœur ? L'amour de sa vie ? Je n'ai aucune idée d'où nous en sommes, mais je ne veux pas bousculer cette paix fragile qui règne entre nous.

J'enfouis mon visage contre son torse. Je respire son odeur. Bon sang, ce qu'il m'a manqué ! Il sent exactement comme il y a sept ans. Les embruns. La masculinité. L'obscurité. Et derrière, une insoupçonnable douceur. *Il sent le garçon dont je suis amoureuse.*

— Je peux te faire visiter la ville, murmuré-je dans sa chemise. Si jamais, tu sais... tu es en quête de nouvelles expériences.

— D'accord.

Il me sourit, lentement. Un sourire taquin et plein de promesses.

— Pour l'expérience.

Chapitre 26

Il me faut quelques minutes pour me ressaisir et trouver où emmener Joe. J'exclus d'office les quais. Joe travaille dans un port. La vue de l'océan, aussi vaste et bleu soit-il, est pour lui l'équivalent d'un fond d'écran d'ordinateur ou d'un fichier Excel : c'est son *boulot*. Je le conduirais volontiers au musée, ou sur le Golden Gate Bridge, mais, en dehors du fait qu'il a déjà visité les spots touristiques, ce n'est pas notre mode opératoire. Notre façon de faire, c'est d'emprunter les chemins de traverse.

Je décide donc que notre première destination sera chez moi.

— Tu veux me présenter aux *darons ?* Pire. Rencard. Au monde.

Il enfonce les mains dans les poches de son jean, observant ma rue à travers ses yeux plissés. Et sa légendaire ironie me rappelle que ce n'est pas un rencard, que ça n'en sera jamais un. La vérité, c'est que je n'ai aucune idée de ce que nous sommes devenus. Des amis ? Des compagnons d'armes ? De deuil ? Des connaissances ? Il est évident qu'il s'est remis de notre histoire : il a fait un plan à trois. Peut-être que l'une des forces en présence était son actuelle petite amie. Ajoutez à ça le fait que la dernière fois qu'on a couché ensemble, il n'a plus voulu entendre parler de moi...

Nous marchons épaule contre épaule. Enfin, épaule contre taille : il est si grand.

— Tu ne rencontreras personne. Reste ici.

Je l'écarte de mon passage, déverrouille la porte qui mène à mon jardin, puis la claque avant qu'il ne puisse jeter un œil. Je me précipite pour chaparder un pack de bières qui appartient à Renn – il va me tuer quand il le découvrira – et des trucs à grignoter dans le garde-manger. Je glisse le tout dans l'un des *tote-bags* de Donna. Lorsque je ressors, Joe est exactement là où je l'avais laissé. Et il arbore la même expression qui signifie « Tes-conneries-me-soûlent. » Mon cœur bat la chamade. De sa main qui tient une clope, il désigne le *tote-bag*.

— Si tu crois que je n'ai pas vu les bières... Tu m'as pris pour un garçon facile ?

— Non, tu t'es montré très clair sur le fait que je n'avais aucune chance. Si on est là, c'est pour emprunter une voiture.

Je contourne la vieille Buick de papa, garée dans la rue. Je range mon pique-nique au rabais dans le coffre.

Dom flotte au-dessus de nos têtes comme un gros nuage menaçant, mais nous faisons semblant de ne pas le remarquer. Je suppose que nous nous posons tous les deux les mêmes questions. Qu'aurait-il pensé de cette scène ? Aurait-il détesté que nous passions du temps ensemble, même en tant qu'amis ? Est-ce que ce que nous faisons est mal ? Immoral ? Est-ce que ça a la moindre importance ?

Pour Joe, ça en a sûrement. Parce que, d'une certaine manière, il sera toujours l'épaule sur laquelle son grand frère pouvait s'appuyer. Le plus fort. Celui qui s'est si souvent privé pour Dom.

— Je sais ce que tu penses, déclare Joe en balançant d'une pichenette sa cigarette à peine entamée. Mais il n'y a rien de mal à ce que nous faisons, là.

Je lui jette un regard stupéfait, avant de dire :

— Je ne veux pas que tu regrettes.

Je me glisse sur le siège du conducteur. Il prend la place du mort et boucle sa ceinture.

— Impossible de regretter quoi que ce soit nous concernant. Tu le sais, ça ?

Mon cœur bondit dans ma poitrine et je me racle la gorge.

— Alors ? Comment tu gères ?

— Certains jours sont meilleurs que d'autres, me répond-il. Mais les mauvais jours sont de plus en plus rares. Je vois un thérapeute, parce que... pourquoi pas ? Askip, c'est la mode parmi la Gén Z. Et je mène mon existence comme, je suppose, Dom l'aurait voulu. Il me semble que c'est le mieux à faire. Ne pas laisser la mort dicter leur vie aux vivants. Et toi, tu gères comment ?

Je manœuvre la voiture et m'engage sur la route.

— J'essaie de mener mon existence comme ma mère l'aurait voulu. Ou du moins, j'apprends à le faire. Je pense toujours énormément à Dom, mais, quand je le fais, je n'ai plus l'impression que c'est comme si on transperçait mes poumons à coups de poignard.

Admettre ça me fait me sentir coupable.

— Tu as des nouvelles de Sarah ?

Les lèvres de Joe se pincent. Il regarde par la fenêtre.

— Un peu. Elle voit quelqu'un. Un mec blindé, consultant médical. Qui pourrait le lui reprocher ? Ce n'est pas comme si Dom s'était montré un parangon de fidélité. Elle n'a aucune raison de jouer les veuves éplorées. Je pense qu'elle a le droit de recommencer à vivre.

Ne sachant si cette règle s'applique uniquement à Sarah ou si elle me concerne aussi, je me contente d'acquiescer d'un simple *hmm*.

« Et moi, dans tout ça ? » voudrais-je crier.

Nous arrivons à Twin Peaks environ trente minutes plus tard. Les deux collines désertes, de plus de trois cents mètres de hauteur, offrent une vue imprenable sur San Francisco. J'attrape le *tote-bag* et le pose entre nous sur le capot de la voiture, nous ouvrant chacun une bière. La ville s'exhibe à nos pieds comme une pin-up de magazine. Les gratte-ciel nichés entre les habitations endormies. Le tout formant des rues vallonnées et irrégulières. Joe fait tinter sa bouteille contre la mienne.

— Un toast. Au fait d'aller un peu mieux qu'en début d'année.

— Et au fait de se montrer si assidus à soutenir nos thérapeutes dans l'acquisition de leur résidence secondaire.

Nous buvons tous deux une gorgée.

— Pourquoi as-tu choisi cet endroit ? me demande Joe en examinant autour de lui.

— Les Twin Peaks sont les seules collines encore sauvages de San Francisco. J'ai pensé que ça te ferait plaisir de découvrir un lieu complètement inhabité.

— C'est vrai que j'ai toujours eu un faible pour les gens, réplique-t-il avec un sourire en coin.

— Elles ont également l'esprit mal tourné, comme toi. Les Espagnols les surnommaient Los Pechos de la chola. *Les Seins de la jeune indigène*, si tu préfères.

— Je suis donc assis sur une énorme poitrine, résume Joe en levant de nouveau sa bière. Je vais trinquer à ça.

— Tout est prétexte à trinquer, avec toi, n'est-ce pas ? le taquiné-je.

Il rit.

— J'avoue, la Guinness et moi, c'est une grande histoire d'amour. Mais je me suis surveillé, ces derniers temps. Je ne veux pas que ma relation à l'alcool devienne problématique. Et le deuil est un terrain glissant.

Joe m'explique qu'il est à San Francisco pour une semaine et qu'il a vraiment l'intention d'écrire toute la journée, tous les jours, mais que nous pouvons traîner ensemble en soirée. Je fais le calcul dans ma tête. Cela fait sept rencards-qui-n'en-sont-pas avec un homme dont je suis éperdument amoureuse et qui est déterminé à ne pas être avec moi. Seule une idiote accepterait. Mais, contrairement à Joe, je ne suis pas du genre à maîtriser ma consommation, oh que non. Je suis une junkie en roue libre, à la recherche de sa prochaine dose. Je mords donc à l'hameçon.

— Bien sûr. Je te ferai visiter, si tu es sage.

— Je ne suis jamais sage, réplique-t-il avec une adorable grimace.

— C'est ce qui te met si souvent dans la panade.

Je lui souris. Je me sens toute chaude et détendue. Sans mentir, son regard me fait l'effet d'une couverture lestée.

— Alors, quoi de neuf ? se renseigne-t-il.

Je hausse les épaules et ouvre ma deuxième bière. Non que je veuille être ivre, cette fois. Mais je tiens à faire en sorte que nous restions ici le plus longtemps possible. Or, il est certain que Joe ne me laissera pas prendre le volant avant que mon taux d'alcoolémie soit redescendu à zéro.

— J'ai l'impression d'être à l'orée d'un grand changement. Seulement, j'ignore lequel. Mais je commence à comprendre ce que je veux faire de ma vie.

— Tu vas mieux. Tu deviens plus forte. Ça me plaît.

— Et toi ?

Je tourne mon visage vers lui.

— Je travaille, je mange, j'écris.

Il prend une gorgée.

— Tu vois quelqu'un ?

La question m'a échappé. C'est le problème, avec Joe. En sa présence, ma bouche et mon cerveau ne communiquent plus.

Il sourit d'un air fermé, puis fait mine de verrouiller ses lèvres et de jeter la clé du haut de la montagne. Il s'amuse à me regarder me débattre. J'ai un rire nerveux.

— Pas la peine de faire des mystères, Joe. Honnêtement, je m'en fiche. C'est moi qui pars à chaque fois, tu te rappelles ?

Je n'en pense pas un mot : c'est juste une façon de me déprécier. Mais parfois, c'est également ce que je ressens. Que je suis une lâche.

— Je comprends pourquoi tu as disparu après l'Espagne. Et je comprends aussi pourquoi tu as quitté Salem, dit Joe en mettant sa main sur mon épaule. Mais je suis dans une situation où je ne peux pas me permettre d'avoir à nouveau le cœur brisé, et ce, quelle qu'en soit la cause.

C'est à ce moment-là que tout devient pesant, sombre et agité. Je regrette d'avoir posé ma question. De toute façon, je devrais le savoir : je n'obtiens jamais de réponse claire de sa part. Le pire étant que je ne peux pas le blâmer. Il n'y a aucune raison qu'il m'attende. Qu'il attende que je me sorte enfin la tête du cul.

— Et pour ce qui est de ce que tu m'as demandé, ajoute-t-il en me frottant le bras avec un sourire engageant. Je ne vois personne.

— D'aucuns diraient qu'au contraire, tu vois beaucoup de femmes. Au moins deux, et simultanément, d'après ce que j'ai compris.

Cool, cool, cool. Me voici donc la prétendante éconduite et amère et légèrement obsédée, à présent. Il n'y a pas à dire, je sais me montrer sous mon meilleur jour. Il secoue la tête.

— C'était juste une copine de lycée qui m'a rendu visite à Salem. Et comme c'était la période de mon anniversaire, et qu'elle voulait le fêter... Une chose en entraînant une autre...

— Ça fait une fille sur deux. Qui était l'autre ?

C'est qu'elle ne lâche pas l'affaire ! Si ça se trouve, la CIA recrute, en ce moment. Moi qui ai besoin d'un job...

— La barmaid.

Il sourit d'un air d'excuse. Et moi, je change enfin de sujet.

— Tu devrais arrêter de fumer.

— Pourquoi ?

Il sort son paquet de Lucky Strike et coince une cigarette entre ses lèvres, juste pour me contrarier.

— Au hasard : le cancer.

— Au moins, je choisis mon poison.

— C'est si égoïste de dire ça ! Tu imagines, si tu meurs ? Tes parents ont assez souffert.

— J'arrêterai peut-être. Quand j'aurai fini le livre.

— C'est dans une semaine ! lancé-je d'une voix vibrant d'espoir.

Il s'esclaffe.

— Ce n'est que le premier jet. Il va falloir retravailler le manuscrit, puis trouver un éditeur...

— Mais ça pourrait prendre des années !

— C'est une temporalité qui me va.

Ensuite, nous discutons pendant des heures. De livres, de musique, des films que nous avons vus récemment. Des échanges qu'il a eus avec deux agents littéraires que *Les Vents de la liberté* intéressent.

— L'un d'eux m'a suggéré de chercher un autre titre. Il m'a fait remarquer qu'en l'état, on pouvait très bien imaginer que le roman parle d'un type qui lâche des caisses et en éprouve un infini soulagement.

J'éclate de rire.

— Mince, maintenant que tu le dis... Tu dois à tout prix renoncer à ce titre, mon p'tit pote.

Il me donne un coup de coude dans les côtes.

— Au lieu de critiquer, aide-moi.

— *Perdu à La Nouvelle-Orléans ?*

— Banal.

— *Une aventure singulière ?*

— Ever !

Ses yeux s'écarquillent.

— Mais tu as des goûts de chiotte, ma parole !

— Au moins, mes titres n'évoquent pas une crise d'aérophagie.

— Tu as un côté poète, on te l'a déjà dit ?

— Je crois que tu me l'as déjà dit, toi, une fois. Et pourtant, tu m'avais *déjà* sautée.

Nous rions en chœur. Puis, quand l'alcool a été évacué, je le ramène à son hôtel, dans le Tenderloin. Je l'avertis qu'il s'agit d'un quartier mal famé et qu'il devrait faire attention.

— C'est eux qui devraient faire attention. Je suis de Boston, je te rappelle.

Il bombe le torse. Ça me fait rire.

— Fais quand même gaffe à toi, gros dur.

Avant de partir, il dépose un baiser sur ma joue. Puis je le regarde s'éloigner. Puis j'attends, de longues minutes, les yeux rivés à la porte de l'hôtel, espérant qu'il... quoi ? Qu'il se rende compte qu'il a complètement oublié de me professer son éternel amour et qu'il revienne en trottant jusqu'à la voiture ?

Ouais, je sais, je ne tourne pas rond.

Mais comme Joe, lui, va parfaitement bien, la porte de l'hôtel ne se rouvre pas. Et il ne revient pas me dire que nous devrions être ensemble.

Sur le chemin du retour, j'appelle Pippa et lui raconte tout. Enfin, je n'ai plus besoin d'avoir avec elle des conversations imaginaires ! Et le fait de lui parler de nouveau régulièrement m'apaise.

— Pour résumer, il fait ce grand geste indéniablement romantique, mais il veut quand même que tu saches qu'il couche avec d'autres personnes ? J'ai l'impression qu'il est en plein déni. Attends, ça me rappelle quelqu'un...

Elle tapote son ongle sur une surface dure, de l'autre côté de la ligne.

— Ah oui, c'est vrai : toi.

— Déni de quoi ? aboyé-je.

Je suis vraiment d'une humeur de dogue, ces derniers temps. Et je décharge tout sur Pippa. Ce qui doit signifier que nous sommes redevenues meilleures amies. Il n'y a qu'avec ses proches qu'on peut se permettre de se montrer sous son plus mauvais jour.

— De tes sentiments envers Joe.

— Je ne suis pas du tout dans le déni. Tu crois quoi ? Je sais pertinemment que je suis amoureuse de ce sale con.

Je donne un coup de poing dans le volant et déclenche le klaxon par accident. Le conducteur devant moi se remet à avancer, avant de se rendre compte que le feu est toujours rouge. *Oups*. Pippa rit, enchantée.

— Je voulais seulement que tu le formules clairement. Maintenant, il n'y a plus qu'à le lui dire.

— Je ne pense pas que ce soit réciproque.

Je me mordille la lèvre inférieure.

— Je ne pense pas que ce soit à toi d'en décider, répond-elle toute guillerette.

— Qu'est-ce que ça peut faire ? Jamais je n'aurai le courage d'être avec lui, de toute façon.

Que penseraient ses parents ? Que penserait le reste du monde ? Le frère et la fiancée qui se consolent l'un l'autre. Ce n'est bien entendu pas du tout ce qui se passe. Mais les gens se fichent bien de la vérité. Ils s'attachent à la version la plus scabreuse et la moins complexe des événements.

— Ah ! être dépourvue du moindre courage... Ça a porté ses fruits, jusqu'à présent, pas vrai ? me taquine Pippa. Sauf que tu n'as d'autre choix que de changer, Ever. Si tu veux être heureuse, tu dois commencer à prendre des risques. Tu dois t'ouvrir à la possibilité d'être blessée.

— J'ai peur de faire un choix.

Ma voix se brise alors que je tourne pour m'engager dans ma rue.

— Tu sais ce qui serait le plus effrayant ? me demande-t-elle. Ne pas le faire et subir.

Toute la semaine, Joe et moi restons fidèles à notre promesse de nous concentrer sur le travail. Il ne quitte pas sa chambre d'hôtel, il écrit sans relâche. J'embauche un artisan pour réaliser la sculpture funéraire de maman et je commence à faire des recherches sur les universités de Californie et du Massachusetts. Je les range dans mes favoris et les envoie à papa et à Donna.

Je passe mes soirées avec Joe. Nous allons voir un concert dans un rade, nous mangeons des fruits de mer, nous nous rendons au cinéma. L'ambiance entre nous est étrange, mais nous faisons comme si de rien n'était. Il me traite comme sa petite sœur. Je le traite comme un touriste acariâtre. La semaine file vite, trop vite. Une part de moi a envie de pleurer en pensant à son départ imminent. L'autre part est soulagée. Je suis fatiguée d'attendre chaque jour qu'il soit 19 heures. Fatiguée de compter les minutes, les secondes, jusqu'à ce que je le voie. Je suis épuisée. De l'aimer en secret. De faire semblant d'être d'accord avec ce qui se passe entre nous. Et ce qui ne se passe pas.

Puis ça me frappe, sur le chemin vers l'hôtel de Joe. Qu'est-ce que je fabrique ? Je n'ai aucune raison valable de m'inscrire à la fac dans le Massachusetts. Si je reste en contact avec lui, il va faire voler en éclats ce qu'il reste de mon cœur.

C'est la dernière soirée de Joe. Demain matin, il prend l'avion pour Boston. Nous avons tous deux décidé de commander du *room service* et de ne pas sortir. Lorsque j'arrive dans sa chambre, la nourriture est déjà là, sous une cloche d'argent. Joe est magnifique. Rasé de frais, les cheveux encore humides de la douche.

Comme son appartement, l'endroit est en bordel. J'aime ça. Le chaos. La façon dont il s'y épanouit. Je balance mon sac à dos sur son lit défait et pose mes mains sur mes hanches.

— Jamais cette chambre ne retrouvera sa forme initiale. Tu as le don de bousiller tout ce que tu touches.

— J'en ai autant à ton service. Tu veux un siège ?

Il ouvre une bouteille et nous sert un verre.

— Du vin ?

Je sens mes sourcils se hausser.

— Qui êtes-vous et qu'avez-vous fait de Joe ?

— Je suis son jumeau maléfique. Joe est actuellement ligoté et bâillonné dans la cave, répond-il du tac au tac.

— Bon, eh bien… J'imagine que ce qui ne vous tue pas…, dis-je en attrapant mon verre.

Il rit.

— J'ai pensé qu'on n'avait plus dix-huit ans. Autant faire comme les gens de notre âge.

— Pitié, non. La normalité est tellement ennuyeuse.

Je hume le vin. Il est blanc, il sent le fruit et le chêne. J'essaie de le faire tourner, de le goûter comme une adulte, mais j'échoue et me mets à glousser à mi-parcours. Joe fait de même. Nos regards se croisent.

— La normalité est tellement ennuyeuse, répète-t-il. Tu as raison. Jurons de ne jamais nous transformer en vieux cons prétentieux.

— Marché conclu. Et pour ce qui est de se soûler ensemble, on est sûrs de notre coup ? demandé-je en m'installant à la petite table pour deux.

Ce n'est qu'une plaisanterie. Si cette semaine a eu une fonction, c'est de prouver que Joe ne s'intéresse plus du tout à moi. Ce qui me va. Tout à fait. Je ne veux pas qu'il s'intéresse à moi. Chaque fois que nous nous retrouvons, le monde autour s'effondre. Et si Joe n'est plus une option... eh bien, au moins, je n'aurai pas à m'en vouloir d'être trop trouillarde pour tenter le coup.

Il se tient toujours debout. Il regarde autour de lui, comme s'il y avait quelque chose qu'il voulait me montrer mais qu'il ne savait pas comment aborder le sujet.

— Ever ? m'appelle-t-il.

— C'est mon nom.

— J'ai fini le livre.

— Tu... quoi ?

Il s'accroupit devant moi. Ses yeux brillent.

— C'est fait. J'ai écrit le mot *Fin*. J'ai même utilisé une police différente, pour faire chic et tout.

— Pas Times New Roman, j'espère ?

C'est une remarque débile, mais c'est du *nous* tout craché. Jamais Dom n'aurait compris. Mais Joe, lui, me reçoit cinq sur cinq.

— Cambria, m'annonce-t-il avec un sourire en coin.

Je me lève d'un bond et passe mes bras autour de son cou en couinant. Dans l'opération, j'éclabousse sa chemise de vin, mais nous nous en fichons bien. C'est la meilleure nouvelle qui soit ! Ce livre était en gestation depuis sept ans, et il ne lui a fallu que quelques semaines pour le coucher sur le papier. Je ne peux même pas imaginer ce qu'il doit ressentir ! Même si le roman n'est pas publié. Même s'il reste sur son étagère à prendre la poussière. Joe est quand même allé au bout.

Faux, je sais exactement ce qu'il ressent. Parce que j'ai dessiné une sépulture pour ma mère. J'ai enfin créé, moi aussi.

Joe me tapote le dos. Un geste paternel, comme pour dire que c'en est assez de ces effusions. Je m'écarte de lui, me sentant gênée, soudain. Les contacts physiques n'étaient pas au menu. Pas depuis son arrivée à San Francisco, en tout cas.

— Ce n'est qu'un premier jet.

Ses mains s'attardent sur ma taille mais il ne me prend pas dans ses bras.

— Je vais devoir passer les prochaines semaines à le retravailler.

— Ce n'est pas grave. Au moins, maintenant, tu as quelque chose à retravailler. Je suis vraiment fière de toi.

— Je n'y serais pas arrivé sans toi.

Je sais qu'il est sincère et cela rend l'instant encore plus émouvant. Nous passons à table. Joe a commandé des hamburgers et des frites. Mon dîner fétiche. C'est ça, le plus fou entre nous : je n'ai jamais besoin de lui dire ce que je veux. Il le sait déjà, parce qu'on aime les mêmes choses. La même musique, la même nourriture, les mêmes livres. C'est peut-être logique, que l'Univers s'obstine à nous réunir. Après tout, nous sommes quasiment la même personne.

— Tu as décidé si tu allais rester ici ou revenir à Salem ? s'enquiert-il en prenant une bouchée de son hamburger saignant.

— Non.

Je me tortille sur mon siège, mal à l'aise.

— Mais plus j'y pense, plus je me dis que c'est peut-être mieux que je reste ici. Je n'ai pas grand-chose qui m'attende, là-bas. Et quand bien même je retournerais dans le Massachusetts, ce serait pour vivre sur le campus, pas à Salem.

— Tu as Nora, fait remarquer Joe en trempant sa frite dans une mare de ketchup et de mayo. Et tu m'as moi.

Je souris tristement.

— Sans vouloir te vexer, je ne compte pas déménager à l'autre bout du pays pour t'entendre parler de toutes les meufs que tu péchos ou pour t'écouter me raconter le nombre de caisses que tu as chargées et déchargées en une journée.

— Tu ne trompes personne avec tes airs blasés, mon travail te passionne. Quant aux meufs, je jure de ne pas aborder le sujet, rétorque-t-il, m'offrant un sourire insolent. Je serai sage.

Je secoue la tête.

— Tu n'es jamais sage, tu l'as dit toi-même. Et puis... Je me sentirais encore plus pathétique.

— Pathétique ?

Il fronce les sourcils.

— En quoi pourrais-tu bien te sentir pathétique ?

Parce que je suis amoureuse de toi mais que j'ai trop peur pour être avec toi. Pour te le dire. Comme quand j'avais dix-huit ans. Sauf que depuis j'ai essuyé tant de pertes que je ne peux même pas concevoir ce que ça ferait de ne plus t'avoir dans ma vie.

Je repousse mon assiette. Je ne devrais pas être ici, je le comprends d'un coup. Je ne dois pas rester en contact avec Joe. Je suis amoureuse de lui. Or, nous ne pouvons pas être ensemble. Je me lève.

— C'était une erreur.

— Quoi ?

Il se lève à son tour, d'un bond, ce qui a pour effet de renverser sa chaise.

— De quoi tu parles ?

— Je ne peux plus faire ça, Joe. Je ne peux pas faire comme si nous étions amis. Ça fait trop mal. Tu me plais.

Je t'aime.

— ... Et je sais que nous ne pouvons pas être ensemble. Je respecte ça. Honnêtement, je ne pense même pas que ce serait une bonne idée. De se mettre en couple, après tout ce qui s'est passé. Mais je sais que si on reste en contact, ça va continuer à me faire mal, et je ne me remettrai jamais de toi. Je ne passerai jamais à autre chose. Je n'aurai ni mari, ni enfants, ni clôture blanche, ni *happy end*. À l'heure actuelle, mon bonheur entier dépend de toi, tu le tiens entre tes mains. Eh bien, je dois accepter de te le laisser. De tourner le dos et de partir en quête d'un autre bonheur.

Je commence à me diriger vers la porte, attrapant au passage mon sac à dos. Il faut que je sorte d'ici. Je n'arrive plus à respirer. Joe saisit mon poignet pour me retenir. Je tourne la tête vers lui.

— Laisse-moi partir.

— Je ne peux pas, lâche-t-il.

Ses lèvres bougent à peine. Il a l'air tendu. Je vois bien qu'il lutte. Pour la première fois de son séjour, il n'a l'air ni nonchalant et ni sarcastique. Pour la première fois, je retrouve cette intensité qui grandissait entre nous dès que nous étions dans la même pièce. La colère. Le feu. L'importance de chaque frôlement. Nous avons tous deux essayé d'y mettre fin. Ça n'a pas fonctionné.

— Pourquoi ? aboyé-je.

Il se passe la main dans les cheveux, il baisse les yeux, il semble *désemparé*.

— Parce que...

— Parce que ?

— Merde, tu fais chier, crache-t-il. Parce que je suis amoureux de toi, Ever Lawson ! Ce n'est pas que tu me plais, c'est que je t'aime. Je n'ai jamais cessé de t'aimer. Pas une nanoseconde.

Mon cœur s'arrête de battre. Ma bouche devient sèche. Il *quoi ?*

Joe me libère. Il commence à arpenter la pièce, tigre qui découvre la captivité. Il roule les épaules, comme pour se dégager d'entraves imaginaires. On dirait qu'il cherche à s'arracher la peau, à sortir de sa propre enveloppe. Comme s'il était allergique à ce sentiment nouveau, inexploré.

— Tu crois que j'aime être ton ami ? crache-t-il. C'est une torture ! Mais je ne sais pas quoi faire d'autre. Tu n'es clairement pas prête pour une relation, et même si tu l'étais, je n'ai aucune idée de ce à quoi la nôtre pourrait ressembler. Tu ne sais même pas dans quel État tu veux vivre, bordel de merde ! Et tu n'as pas enlevé la bague de fiançailles qu'il t'a offerte ! Chaque fois que je la vois, je me souviens de celui que tu as choisi. *Spoiler alert :* ce n'était pas moi.

— Tu n'étais pas une option, la deuxième fois ! m'indigné-je, surprise par mes propres paroles. Sois honnête, tu as fait le même choix que moi : le protéger coûte que coûte.

— Oui, lâche-t-il dans un souffle, c'est ce que j'ai fait. Dom est toujours passé en premier. Mais chaque jour, Ever, je me suis consumé pour toi.

Ses yeux se posent sur la bague. J'enroule instinctivement mes doigts autour d'elle. La bague est un souvenir de l'époque où Dom était vivant et où il m'aimait. Peu importe ce qu'il a fait – cette fin terrible –, il m'a quand même réappris à vivre. Comme un bébé qui fait ses premiers pas, sous ses encouragements, j'ai tangué en me frayant un chemin dans le monde. Je ne peux pas oublier à quel point il m'a aidée et soutenue, même si je lui en veux de ses mensonges.

— Il t'a trompée, grogne Joe. Et j'ai dû rester planté là, à te regarder tomber amoureuse de lui, tout en sachant qu'il en sautait une autre dans ton dos.

— Arrête.

Je l'attrape par le T-shirt, essayant de l'attirer vers moi. Il me repousse.

— Arrête de parler, Joe.

Il se détourne, décidé à garder ses distances.

— Tu ne t'es jamais demandé pourquoi il était resté avec toi ? Pour la même raison qu'il a fait tous ses choix dans la vie : sa peur panique de la fin, sa terreur des adieux. Sous ses dehors de bon gars droit dans ses bottes, Dom était complètement fêlé. La solitude lui faisait plus peur que la perspective d'être avec la mauvaise personne.

— Joe, l'avertis-je. Joe, arrête.

— Ne pense pas que je ne peux pas vivre sans toi, Ever. J'en suis capable. C'est juste que je ne le veux pas.

— Foutaises ! m'écrié-je.

— C'est la vérité, répond-il.

— Alors pourquoi as-tu coupé tout contact avec moi ?

Mes yeux se remplissent de larmes. Tous ces mois sans lui parler ont été si éprouvants ! Joe ferme les paupières, se pince l'arête du nez.

— Parce que je ne voulais pas être là juste pour te consoler. Je ne voulais pas être ton pansement, que tu jetterais une fois guérie. Devenir l'erreur que tu aurais faite à un moment difficile de ta vie. La raison pour laquelle j'étais tellement en colère, quand tu es partie après qu'on a fait l'amour, n'était pas que je culpabilisais vis-à-vis de Dom ! D'une certaine façon, je pense qu'on lui a rendu service. Dom était amoureux de Sarah. Tellement qu'il n'a pas eu les couilles de rompre avec elle et de passer à autre chose. La seule raison pour laquelle il est resté avec toi, c'est parce que tu étais son plan B. Et c'était une torture que de vous voir tous deux faire le mauvais choix sans pouvoir intervenir, sans pouvoir vous arrêter. Et puis il est mort, et malgré toute la douleur, la culpabilité de lui survivre, de n'avoir pu le sauver, je me suis consolé en me disant qu'au moins vous vous étiez épargné la souffrance d'un mariage condamné. Mais après avoir couché avec toi, je me suis senti instrumentalisé. Utilisé. Comme si tu m'avais juste baisé pour te prouver quelque chose. Que ton emprise sur moi était intacte.

Je secoue la tête.

— J'ai couché avec toi parce qu'il n'y a pas une nuit, depuis Noël, où je n'ai pensé à toi, lâché-je d'une voix étranglée. J'ai couché avec toi parce que je t'aime. Mon Dieu, Joe, je t'aime tellement !

Les épaules de Joe s'affaissent de soulagement. Il secoue la tête, incrédule. Il y a toujours une barrière invisible entre nous. Je suis contente de sentir sa présence, son énergie. Je suis contente qu'elle nous rappelle de ne pas nous approcher.

— OK, super. Tout est pour le mieux dans le meilleur des mondes. Tu m'aimes et je t'aime. Donc ce n'est pas difficile : tu rentres dans le Massachusetts et nous reprenons là où nous nous sommes arrêtés en Espagne. Ça n'a pas besoin d'être compliqué, dit-il.

Je me frotte le front et j'examine le décor.

— Qu'est-ce que les gens vont penser ?

— Qu'on est vraiment un beau couple.

— Personne n'acceptera cette relation ! J'aimerais que les choses soient aussi faciles. J'aimerais qu'elles soient différentes. Si seulement Dom avait pu savoir que j'étais *ton* Everlynne...

— Pour tout te dire, me coupe Joe, j'y ai bien réfléchi. Dans l'avion, en venant à San Francisco. Et je suis quasi sûr qu'il savait.

— Qu'est-ce que tu veux dire ? Qu'est-ce qui te fait croire ça ?

Il me prend la main et me tire jusqu'au lit. Nous nous y asseyons. Le regard de Joe est vif et alerte. Peut-être même un peu agité.

— Dom avait une mémoire d'éléphant. Ma mère ne cessait de plaisanter à ce sujet : il se souvenait de *tout*, raconte Joe. Les anniversaires, les dates des événements, les gens avec qui nous sommes allés à l'école. Or, je lui ai *beaucoup* parlé de toi.

— Tu veux dire qu'il savait qui j'étais quand on s'est rencontrés et qu'il a décidé de me draguer quand même ? Pour, quoi, te narguer ?

J'ai l'air sceptique. Dom n'était pas un saint, loin de là, mais il n'était pas non plus quelqu'un de malveillant.

— Non, pas pour me narguer, répond Joe en secouant la tête. Je crois qu'il n'a réalisé qu'*après coup* que tu étais Everlynne. Mon Everlynne. Il a fait le rapprochement peu après Noël.

— Qu'est-ce qui te laisse penser ça ?

— De petites choses. Quand j'ai proposé de t'inviter à déjeuner pour apprendre à mieux te connaître, par exemple, il a insisté pour t'accompagner, au prétexte que sinon tu te sentirais piégée. Et après Noël, il a cessé de parler de toi devant moi, alors qu'avant il était intarissable sur le sujet. Je suppose que les fiançailles étaient sa façon de s'assurer que tu ne reviennes jamais vers moi. Parce qu'en temps normal, Dom n'était pas du genre à s'engager à la légère.

J'intègre lentement tout ce que Joe m'explique. Maintenant que j'y pense, j'ai l'impression qu'il a raison : Dom a eu un comportement étrange à partir de Noël. Et la demande en mariage m'a prise de court.

Oh mon Dieu. Est-ce que Dom savait ?

— Mais... pourquoi ? murmuré-je, abattue.

Ça n'a aucun sens. Aucun !

— Pourquoi nous aurait-il fait ça ?

— Pour la même raison qu'il est sorti avec toi *et* Sarah : parce qu'il a toujours préféré avoir ce qu'il veut plutôt que faire ce qui est juste.

Joe se lève et se dirige vers la fenêtre.

— ... Et aussi, j'imagine, parce qu'il a trouvé le moyen de se persuader qu'il nous rendait service. Il a bien vu à quel point j'étais obsédé par toi, toutes ces années. Il a toujours pensé que j'étais malade de ne pas essayer de passer à autre chose. Chaque fille, chaque coup d'un soir, je l'ai comparé à toi. Et elles ont toutes échoué. Il voulait que je prenne un nouveau départ – ça, j'en suis certain. Or, Dom partait immanquablement du principe qu'il savait mieux que les autres ce qui est bon pour eux.

Joe contracte et détend sa mâchoire, tout en scrutant la rue d'un air pensif. Puis, tout à coup, il explose.

— Bordel de merde, Dom !

Et il saisit le téléphone fixe posé à côté de lui, sur la table de chevet, tire sur le fil, puis le balance à travers la pièce. En s'écrasant contre le mur, l'appareil se disloque en trois morceaux. Je me mets à pleurer. Jamais personne ne m'a autant blessée que Dom et je ne peux même pas le confronter ! Je ne peux pas lui dire qu'il est une ordure, un connard et un hypocrite. Que, s'il n'avait pas ramené Joe dans ma vie, il serait la pire chose qui me soit jamais arrivée.

Je suis allongée sur le matelas, mon visage caché dans mes bras, en train de sangloter.

— Je pensais que vous étiez proches. Que vous vous entendiez bien.

Ma voix est assourdie par le linge amidonné contre lequel est collée ma bouche.

— Oui, nous l'étions. Mais, en définitive, ça ne comptait pas à ses yeux. Car, même si Dom était le favori – celui qui réussissait tout, le roi de la promo –, j'avais quelque chose qu'il n'aurait jamais. J'étais en bonne santé. Celui dont les parents n'avaient jamais eu à s'inquiéter. Je pouvais être insouciant, prendre ma santé pour acquise. Fumer devant lui. Boire à l'excès. Oui, on s'aimait à en crever. On avait ce genre de proximité qui vient avec la conscience que tout pourrait s'arrêter demain. Nous avons campé ensemble, nous sommes allés voir des matchs ensemble, nous sommes devenus voisins et nous traînions ensemble plusieurs fois par semaine. Mais ça ne l'a pas empêché de considérer qu'il te méritait plus que moi. À ses yeux, il avait déjà assez payé comme ça dans la vie. Condamné à traverser l'existence avec le tic-tac d'une horloge lui rappelant en permanence que son temps sur cette terre était compté.

Le matelas bouge et je comprends que Joe s'est assis à côté de moi. Je ne juge plus cela aussi immoral qu'il y a une seconde. J'emmerde Dom. Qu'il aille se faire voir. Pendant tout ce temps, je me suis sentie affreusement coupable, quand j'aurais dû jubiler d'avoir embrassé son frère le jour où il m'a demandée en mariage.

— Tu es trop gentil, soupiré-je en me rasseyant et en m'essuyant le visage.

— Pourquoi dis-tu cela ? m'interroge-t-il d'une voix douce.

— Parce que tu t'es effacé. À contrecœur, mais tu l'as fait.

— Il s'avère que ce qu'on raconte est vrai : les gentils gagnent toujours à la fin.

Joe coince une de mes mèches derrière mon oreille en secouant la tête. Il a l'air anéanti. Je déteste ce que cette situation lui fait.

— J'aurais dû m'écouter et y aller.

— Aller où ? l'interrogé-je en plaquant ma main sur la sienne pour qu'il ne puisse pas la retirer de ma joue.

— De l'autre côté de la pièce, pour t'embrasser fougueusement, quand tu as surgi dans le salon de mes parents. Ç'a été mon premier instinct. Mais j'ai opté pour un comportement vaguement civilisé. Et tu sais quoi ? Être civilisé, c'est de la merde.

Un petit rire m'échappe. J'appuie mon front contre le sien, ferme les yeux. Nos doigts s'entrelacent. Il ignore le gros diamant qui orne mon annulaire. Pour la première fois depuis des mois, je l'ignore moi aussi.

— Rentre avec moi à Salem, murmure-t-il.

Un liquide doux et chaud se répand dans mon estomac. J'ai envie de dire oui, j'en ai vraiment envie. Et c'est justement ce qui me fait peur. Joe a raison, je suis terrifiée à l'idée de l'aimer. Il compte tant pour moi ! La perspective de nous laisser une chance et que nous échouions me paralyse.

— Ce n'est pas une bonne idée, réponds-je.

— Pourquoi ?

— Parce que je ne sais toujours pas ce que je veux faire de ma vie. Ma famille attend de moi que je prenne des décisions fermes. Ils veulent savoir où je vais et quels sont mes projets. Je ne peux pas tout bonnement m'en aller une fois de plus.

Mon père va me tuer si je lui refais un coup à la Ever *circa* 2015 - année où je suis partie pour Boston sans me retourner.

— Juste quelques jours.

Il prend mon visage entre ses mains, embrasse mes lèvres avec douceur. Douceur. Rien qu'un effleurement. Mon corps entier est parcouru de frissons. Mon corps se souvient. Il se souvient de l'Espagne et du couloir de Joe. Au fond de ma mémoire résident les instantanés de toutes les fois où nous nous sommes touchés, lui et moi. Je me dérobe.

— Hors de question qu'on couche ensemble.

— Ce que nous faisons, là, ce n'est pas du sexe.

Il m'embrasse le nez.

— Ça ne se rapproche même pas un peu du sexe.

Ses lèvres effleurent ma clavicule.

— Le sexe n'a rien à voir là-dedans. Viens juste avec moi pour quelques jours. S'il te plaît.

— D'accord, je vais en parler à mon père. Je te rejoindrai demain ou après-demain.

— Pas le temps.

Il saisit ma main entre nous et m'attire contre lui, me colle contre son corps. Je me laisse aller à apprécier sa chaleur. Sa dureté.

— Demain matin. Allons chercher ta valise. Tu n'as même pas besoin d'emporter ton portefeuille. C'est moi qui régale.

J'embrasse le côté de son cou.

— Très bien, Bill Gates. Ça suffit. Je dois rentrer à la maison. Mon père et Donna partent demain pour le Mexique.

— Tu étais sérieuse, alors ? On ne va vraiment pas faire l'amour ?

Le visage de Joe se décompose. Sa main est posée dans le creux de mes reins. Son érection presse contre mon ventre. Je suis excitée. J'ai envie de coucher avec lui. Mais j'ai l'impression que nous venons de faire une énorme avancée. Et puis, je veux être sûre que nos décisions ne sont pas prises en réaction à ce que nous avons tout juste réalisé à propos de Dom.

— Aucune chance.

— Ever.

Il enfouit sa tête dans mon épaule en riant.

— Tu me tues.

— Faisons un marché, tu veux ? Aucun membre de la famille Graves ne peut plus jamais utiliser cette expression devant de moi, même pour rire.

Je lui frotte le dos. Ça le fait rire de plus belle.

— On ne lésine pas sur l'humour noir, à ce que je vois, remarque-t-il.

— Qui se ressemble…

— Et dis-moi, chère Doppelgänger, est-ce que tu penses la même chose que moi de cet infect breuvage ?

Il s'écarte en faisant une grimace de dégoût.

— Le vin, c'est de la merde, acquiescé-je en riant. Nous, ce qu'on aime, c'est la bière au rabais et les chips.

— Les chips au vinaigre, précise-t-il.

— Pire, gloussé-je avec un haut le cœur. Les chips aux crevettes sauce cocktail.

Il me contemple à présent comme il le faisait en Espagne. Ouvertement, sans aucune gêne.

— Cette semaine a été la première depuis des années où j'ai été vraiment heureux.

Je lui souris.

— Moi aussi.

— Tu te sens coupable ? demande-t-il.

— Un peu. Et toi ?

— Non.

Je ne lui dis pas ce que je pense. Qu'on vient tous deux de découvrir que Dom a essayé de foutre en l'air nos existences... mais qu'on lui pardonne quand même. Parce que la blessure est refermée et qu'il est temps de passer à autre chose.

Chapitre 27

Je dis à papa et à Donna que j'ai des choses à régler à Salem.

Ce n'est pas un mensonge en soi. J'ai des choses à régler à Salem.

Je dois informer mon propriétaire que Nora et moi rompons le bail.

Je dois officiellement déménager du taudis que j'ai longtemps considéré comme mon chez-moi et débarrasser le reste des meubles que j'y ai laissés. Je dois aussi rendre la bague de fiançailles aux Graves.

Je ne mentionne pas le fait que je serai avec Joe, ce n'est pas nécessaire. Ils sont au courant de son séjour à San Francisco et sont capables d'en tirer leurs propres conclusions.

— Ne laisse pas ce voyage obscurcir ton jugement, me recommande mon père.

Il se tient près de la porte, la main refermée sur la poignée de sa valise, et il a l'air inquiet. C'est sa façon à lui de me dire : « S'il te plaît, ne nous oublie pas une nouvelle fois, surtout pour une histoire de garçon. » J'entends.

— Ce qu'il veut te faire comprendre, c'est que tu ne dois en aucun cas prendre tes décisions en fonction de quelqu'un d'autre, qui que ce soit, le corrige Donna.

Elle joue les bons flics tout en poussant papa vers la sortie d'un air amusé.

— Nous sommes heureux que tu choisisses de reprendre tes études, quel que soit l'endroit où tu t'installeras.

Renn me donne un coup d'épaule puis il se dirige vers la porte.

— Allez, assez parlé. Papa, Donna, filez. Je me charge de conduire Ever à l'aéroport. Amusez-vous bien. Ramenez-nous des cadeaux. Des trucs chers. Ciao.

Il leur claque la porte au nez.

— On peut savoir qui t'a élevé comme ça ? rouspète papa de l'autre côté de la porte.

Renn et moi rions, puis mon frère se tourne vers moi l'air pressé.

— Tu as fait tes valises, frangine ?

J'opine tout en tapotant le sac de sport qui pend à mon épaule. L'avion de mon père part de l'aéroport international d'Oakland, aussi nous n'avons pas pu faire le trajet ensemble.

— Enfin, je vais avoir la maison pour moi tout seul ! Merci, Là-Haut.

Renn adresse un clin d'œil au plafond.

— Tu crois que le fait d'avoir la maison pour toi est le fruit de la volonté divine ? demandé-je en haussant un sourcil.

Renn soupire.

— Tu ne te rends pas compte, Ev. Ces deux-là n'ont pas de vie. Ils sont toujours à traîner dans mes pattes !

— Il y a une solution, pour ça, tu sais...

— J'y ai déjà pensé, dit Renn en secouant la tête. Et j'en suis arrivé à la conclusion que je les aime trop pour les assassiner et faire passer ça pour un double suicide.

Je ris.

— Je voulais dire : louer un appartement, espèce de crétin !

— Pardon ?

Renn tousse, feignant le choc.

— On est à San Francisco, je te signale. Je n'ai même pas les moyens de louer un garde-meuble !

Sur le chemin de l'aéroport, je lui demande :

— Au fait, tu as rompu avec cette fille ? Celle qui était mariée ?

— Pour tout te dire, oui.

— Comment l'a-t-elle pris ?

— Trop bien pour que ça ne heurte pas mon petit ego fragile.

Il mordille un cure-dents en conduisant.

— Je pense que ça lui a fait un électrochoc. Elle m'a littéralement dit : « Oh merde, je me suis fait larguer par mon homme-objet. Je dois avoir touché le fond. »

— Elle a l'air futée, approuvé-je. Bien trop pour perdre son temps à détourner un presque mineur.

Mon frère s'esclaffe, avant de poursuivre.

— Du coup, elle a décidé de confronter son mari. Ils ont eu une grosse dispute et, maintenant, ils essaient d'arranger les choses. Elle a lâché ses cours de surf parce que monsieur n'était pas très à l'aise avec l'idée qu'elle reçoive des conseils de la part d'un type qui sait à quoi ressemblent tous ses trous.

— Je suis certaine que j'aurais été tout à fait capable de suivre ton récit sans les détails scabreux...

— Sûrement, oui, mais ça lui aurait ôté tout son charme. En tout cas, la bonne nouvelle, c'est que le mari a accepté de se séparer de l'assistante avec qui il faisait des heures sup. On finira probablement ensemble, cette assistante et moi, dans un univers parallèle. Je me demande si elle est sexy, ajoute-t-il en fronçant les sourcils.

— Mais dans cet univers-ci, tu vas t'en tenir aux filles de ton âge, OK ? Tu sais, ajouté-je en le surveillant du coin de l'œil, quand je vivais à Salem, je m'inquiétais souvent que ton flot ininterrompu de conquêtes soit dû à un complexe d'Œdipe mal géré. Étant donné que tu as perdu ta mère si jeune.

— Et désormais, tu en penses quoi, docteur Freud ?

Renn crache le cure-dents qu'il mâchonnait par la fenêtre en souriant.

— Désormais, je pense juste que tu es un petit con puéril.

— Tu vois, j'ai toujours su que ce serait une super idée de reprendre contact.

Il fait mine de me donner un coup de poing dans le bras.

— Au moins, maintenant, on se connaît vraiment, ajoute-t-il. Tu sais que je suis un *charo,* et moi, je sais que tu es une Dark Sasuke qui pense trop et qui a la maturité gustative d'une enfant de cinq ans.

Nous nous sourions l'un l'autre alors que la voiture ralentit pour cause d'embouteillage.

— Mais, sérieux, dit Renn grattant sa mâchoire piquée de barbe. Qu'est-ce que tu penses faire, une fois la tombe de maman achevée ?

— Étudier, je réponds sans l'ombre d'une hésitation.

Parce que c'est le seul domaine dans lequel j'ai pris une décision arrêtée. Je ne sais toujours pas où je vais vivre, mais je veux y suivre un cursus Arts & Communication. Je veux me donner les moyens de réaliser mes rêves.

— Sans déc, rétorque mon frère. Ce que je te demande, c'est : où ?

— Ça, je n'en sais rien encore.

D'un côté, la Californie est l'endroit où se trouve ma famille, ce maillage humain capable d'amortir ma chute si un jour je m'effondre à nouveau. De l'autre, j'adore le Massachusetts. Je me sens chez moi en Nouvelle-Angleterre. Et il y a là-bas bon nombre de facs et d'écoles avec des départements artistiques prestigieux. La Nouvelle-Angleterre, c'est également là où se trouve Joe. Là où se trouve la drogue à laquelle je suis complètement accro.

Renn se gare devant le terminal. Il n'a pas besoin de descendre de la voiture pour m'aider, je n'ai avec moi qu'un sac de sport. Je serai de retour dans quelques jours.

— Prends soin de Loki.

— Cette sale bête a une si haute opinion d'elle-même... C'est *elle* qui devrait s'occuper de moi !

— Prenez soin l'un de l'autre, en ce cas.

Je lui donne un petit baiser sur la joue.

— Et toi, essaie de ne pas te fiancer durant ton séjour ! me crie Renn alors que j'avance déjà vers les portes automatiques. Les surprises, ça suffit !

Je lui fais un doigt et m'engouffre dans l'aéroport.

Mon tout premier arrêt, en descendant de l'avion, est le domicile de Brad et Gemma. Il me paraît logique de leur rendre visite en premier : c'est la partie du voyage que je redoute le plus et dont je veux me débarrasser. Je m'offre même le luxe d'un taxi jusqu'à leur maison. J'ai envoyé un SMS à Gemma depuis l'avion pour lui demander s'ils étaient disponibles.

Gemma : Pour toi, Lynne ? Toujours. Viens donc, avec plaisir !

Lorsque le taxi s'arrête devant chez eux, je me sens nerveuse. J'ai revu les Graves un certain nombre de fois, après le décès de Dom, mais toujours accompagnée. Par Sarah, Joe, mon père, Renn, Nora, Colt. Ils étaient là pour faire tampon, pour raviver la conversation lorsque celle-ci s'éteignait. À présent, je dois affronter Brad et Gemma seule, comme une grande.

Je laisse un pourboire au chauffeur et je m'extrais de la banquette arrière en me tortillant, mon sac de voyage serré contre ma poitrine. Je frappe deux fois et prie bêtement pour qu'ils n'ouvrent pas. Cet espoir irrationnel est entretenu par le fait que Gemma met du temps à arriver à la porte. Mais enfin elle apparaît, plus mince que dans mon souvenir. Sa peau est une fine toile d'araignée qui enveloppe ses os menus et elle a l'air fatiguée, mais elle sourit, comme toujours.

— Lynne ! Bienvenue. Tu as l'air en forme, ma chérie.

Elle me prend dans ses bras. Je m'abandonne à notre accolade en m'étonnant de ne pas éclater en sanglots. Sans doute que j'ai assez pleuré pour une vie entière, il ne me reste plus assez de larmes. Et puis, je me sens soulagée d'enfin restituer la bague que m'a offerte Dom. Oui, je l'aimais. Et peut-être bien qu'il m'aimait aussi. Mais jamais cet amour n'aurait dû être couronné par des fiançailles et la perspective d'un mariage. Par des promesses intenables.

— Attention, j'arrive ! Je passe !

Brad se fraye un chemin jusqu'à la porte d'entrée. C'est alors que je remarque que leur vestibule est rempli de cartons. Il me prend dans ses bras et je lui rends son accolade avec un sourire. Le Brad câlin, c'est une nouveauté. Une nouveauté tout à fait appréciable. Est-ce que le cruel rappel de la fragilité de nos existences l'a rendu plus tendre ?

— Qu'est-ce qui se passe ? Vous déménagez ? m'enquiers-je en suivant Gemma jusqu'à la cuisine.

— Non, non, du tout.

Elle a un geste désinvolte de la main.

— Joe a vidé l'appartement de Dominic. Il me reste encore des cartons à déballer.

— J'aimerais beaucoup vous aider, lui proposé-je.

Je suis sincère. Certes, ce sera dur. Mais moins dur que pour Gemma et Brad, s'ils doivent affronter seuls cette tâche.

— Allons, ne t'embête pas avec ça...

Elle allume la bouilloire.

— Ça nous donne quelque chose à faire. Et puis, tu sais, c'est agréable. De se souvenir.

Ses yeux deviennent brillants de larmes qu'elle ne s'autorise pas à laisser couler. Je me penche pour attraper sa main qui s'agrippe au plan de travail.

— Je sais, fais-je.

— Joe m'a dit que tu l'avais beaucoup aidé, à San Francisco. Il était si heureux d'écrire à nouveau ! C'est vraiment gentil de ta part.

Elle s'essuie rapidement les yeux. Brad entre dans la cuisine et, en silence, met des sachets de thé dans des tasses.

— Sans lui, je ne m'en serais pas sortie non plus, dis-je.

Gemma semble sur le point d'ajouter quelque chose, mais elle secoue la tête, comme pour se débarrasser d'une pensée désagréable.

— J'ai fait des biscuits au citron.

Elle attrape un Tupperware sur le comptoir, l'ouvre, puis dispose les biscuits sur une assiette à service.

— Tu prends un sucre avec ton thé, si ma mémoire est bonne ?

J'acquiesce en m'installant autour de la table de petit déjeuner. Gemma et Brad s'asseyent à leur tour après avoir posé le thé et les biscuits. Ils sourient nerveusement. Je prends un des petits gâteaux secs et croque dedans, surprise de sentir avec une telle acuité son goût. Depuis la mort de Dom, tout me paraît fade.

— Nous voulions une nouvelle fois te présenter nos excuses, ose Gemma. Pour ce que Sarah et toi avez dû traverser. Ça a dû être terriblement humiliant pour vous deux ! Je ne peux qu'imaginer à quel point ça a complexifié une situation déjà terrible.

— Ce n'est rien, dis-je.

Une nouvelle fois, je suis sincère. Cette semaine, j'ai senti la douleur m'effleurer plutôt que me traverser. Un passant qui vous frôle parce qu'il court pour attraper son train, et non un inconnu qui vous percute de plein fouet.

— Non, ce n'est pas rien, lance Brad en triturant son biscuit. Mais, malheureusement, il n'y a rien que nous puissions y faire.

— Vraiment, je vous assure, ça n'a plus d'importance.

Puis, me rappelant la raison de ma visite, je me dépêche de retirer la bague de fiançailles à mon doigt. Je la fais glisser sur la table.

— Tenez, Gemma. C'est pour vous.

— Non, Lynne, non ! C'est à toi qu'il l'a donnée, me répond-elle.

Mais ses yeux brillent en contemplant la bague. Un souvenir en plus de son fils.

— C'est Ever, la corrigé-je.

Ça fait du bien de revendiquer mon nom, mon identité. De me sentir à nouveau moi-même.

— Et même si je chérirai à jamais le jour où Dom m'a demandée de l'épouser, j'ai besoin d'aller de l'avant. Pour tout vous dire, je pense qu'elle vous appartient davantage. Elle a toujours été pour vous, cette bague. Ce projet de mariage, c'était une façon pour Dom de rendre sa mère heureuse.

Gemma baisse le regard, puis se met à pleurer. Je remarque que ce ne sont plus les mêmes sanglots sombres et désespérés qu'elle versait à la mort de son fils. Ce sont des pleurs cathartiques, des larmes de reconnaissance. Elle sourit et me tapote la main, avant d'essuyer d'un geste vif ses yeux.

— Merci, ma chérie. Ton geste me fait du bien.

— Vous devriez l'essayer, suggéré-je.

Elle hésite un instant avant de se lancer. L'anneau va parfaitement à son majeur si fin. Elle admire sa main, l'orientant de façon à ce que le diamant attrape les derniers rayons du soleil, qui passent à travers les grandes baies vitrées.

— Elle est vraiment magnifique, dit-elle.

— Elle a l'air à sa place sur vous.

Elle lève les yeux vers moi.

— Tu me jures, ma chérie ? Tu me jures que ça va, toi ?

Je hoche la tête, et me rends compte que oui. Ça va. Les choses sont encore loin d'être idéales, mais je ne suis plus malheureuse.

Gemma se frotte la joue distraitement. Je vois bien que quelque chose la démange mais qu'elle ne sait pas comment aborder le sujet. Elle lance un regard à Brad. Il l'encourage d'un geste du menton à peine perceptible. Qu'est-ce qui se passe, à la fin ?

— Ly... Ever, se corrige-t-elle en rougissant un peu. J'ai une requête plutôt étrange.

— L'étrange, c'est mon domaine d'expertise. Je vous écoute.

— Pourrais-tu m'accompagner au grenier, rien qu'un instant ? J'ai quelque chose à te montrer.

Je la suis dans l'escalier, jusqu'au deuxième étage, et la regarde ouvrir la trappe qui mène aux combles. Elle descend l'échelle et nous grimpons. Je ne suis jamais montée dans aucun grenier avant. Celui-ci est étonnamment spacieux et, comme il fallait s'y attendre, tout en bois. Il sent la poussière et la naphtaline. Il est plein à craquer de cartons et de boîtes. Tout y est étiqueté. J'embrasse les lieux d'un regard. Le côté droit, rempli d'affaires portant le nom de Dominic. Le côté gauche, avec celles de Seph.

Des rangées de boîtes, qui ressemblent à deux armées se faisant face avant le combat. Et moi, une fois de plus au milieu.

— Vos fils possèdent beaucoup trop d'affaires, si vous voulez mon avis.

J'essayais juste de détendre l'atmosphère avec une plaisanterie. J'ai flopé lamentablement. Gemma me lance un regard timide. Quelle que soit la raison pour laquelle elle m'a fait venir ici, celle-ci la rend anxieuse. Je déglutis.

— Gemma, pourquoi sommes-nous là ?

Elle désigne de la tête les cartons appartenant à Seph. Je lui emboîte le pas. Elle saisit une boîte à chaussures en haut d'une pile, qu'elle porte à bout de bras, comme si son contenu risquait de la mordre.

— J'ai fait beaucoup de rangement, ces derniers temps. Surtout dans le grenier. J'avais besoin de m'occuper l'esprit. Et puis, la façon dont Seph a retrouvé ma robe préférée m'a inspirée, je suppose. Je voulais voir quels trésors se cacheraient ici, qui pourraient me rappeler mon fils.

Je la laisse poursuivre. Je ne suis pas sûre de ce qu'elle tient, mais comme il y a le nom de Joe dessus, je suis certaine que ça n'a rien à voir avec moi. Nous n'avons rien échangé, en Espagne. À part des fluides corporels et nos numéros, mais ça, ça ne compte pas.

— Dominic était un enfant si gentil ! s'exclame Gemma avec un sourire triste. Avec un sens aigu de la justice, bourré d'empathie. Il soignait tous les animaux blessés qu'il trouvait dans le jardin, il était toujours le premier à intégrer les nouveaux enfants qui emménageaient dans le quartier.

Sa personnalité a changé, après le diagnostic. Disons que par-dessus tout ça s'est rajouté une forme de colère, ce qui est compréhensible. Puis il est entré en rémission et il est redevenu lui-même. Jusqu'à ce que, dans sa vingtaine, il croie faire une rechute.

Je me souviens que Dom m'a raconté cela. Je me souviens avoir été horrifiée pour lui. Je me souviens de tout comme si c'était hier.

— Oui ? demandé-je d'une voix douce pour l'encourager à poursuivre.

Elle ouvre enfin la boîte à chaussures et en sort quelque chose qui ressemble à un bout de papier.

— La semaine dernière, pendant Seph était à San Francisco pour terminer son livre, j'ai commencé à trier ses affaires, parce que j'en avais fini avec celles de Dominic. Je suis tombée sur ceci.

Elle me tend le papier - sauf que ce n'est pas un papier. C'est une photo. Un Polaroid. Celui que Joe a pris de moi sur la plage en Espagne. Ma bouche s'ouvre. L'air reste coincé dans ma gorge, comme un os. Sur le cliché, mes lèvres sont enflées, mes cheveux en désordre, et je regarde l'objectif - je regarde Joe - avec tant de dévotion que ça me coupe le souffle. L'amour que je lui porte, brut. L'intimité, palpable. Cette image s'imprime au plus profond de moi.

Il l'a gardée. Toutes ces années. Il ne l'a pas jetée. Il ne l'a pas brûlée, comme j'aurais imaginé qu'il le ferait.

— Ce qui est intéressant avec ce cliché, commence Gemma, c'est qu'en arrière-plan on peut voir le *Neptuno* de Melenara, la célèbre statue. Je sais donc qu'elle a été prise aux Canaries, et par Seph. Seulement, ce Polaroid...

Elle prend une grande inspiration.

— ... Il me semblait familier, et j'ai fini par comprendre pourquoi. Je l'ai déjà vu, le jour de Noël. J'ai surpris Dom en train de l'examiner, quand je suis montée l'aider à chercher ses affaires de sport.

Je secoue la tête, des larmes roulent sur mes joues.

— Gemma... Je vous jure que je n'en savais rien ! Je n'avais aucune idée qu'ils étaient frères, avant Noël. Dom non plus ne se doutait de rien. Il a dû découvrir qui j'étais ce jour-là.

— C'est ce que je me suis dit aussi.

Elle referme ses doigts autour de mes bras pour m'attirer contre elle.

— Écoute-moi, Ever. Tu dois m'écouter.

Elle s'écarte et prend mon visage entre ses mains.

— La vie est courte. Beaucoup trop courte. Si tu aimes Seph... si Seph t'aime...

Elle ne termine pas sa phrase, elle ne le peut pas. Ajouter quoi que ce soit reviendrait fatalement à trahir l'un de ses fils. Pour elle, c'est un déchirement. Pour moi, pas tant que ça. Je ne me sens plus l'obligée de Dominic. En revanche, je ne sais toujours pas si Joe et moi devrions être ensemble. Chaque fois que nous nous retrouvons, quelque chose de terrible se produit. Je ne veux pas que ce jeu du chat et de la souris auquel nous jouons fasse d'autres victimes. Cet amour de sang et d'épines. C'est alors que je me souviens de quelque chose.

— Gemma...

— Oui ?

— Vous vous rappelez, ce petit bateau en bois que j'ai offert à Dom ?

Je suis sûre que oui. Après tout, elle m'a aidée à ranger sa chambre après sa mort. Gemma acquiesce et fronce les sourcils.

— Vous savez où il est passé ?

Elle serre les lèvres et baisse les yeux. Comme si elle s'apprêtait à trahir un secret ou briser un tabou.

— Joe l'a pris, dit-elle enfin.

— Merci, Gemma.

— Non, merci à toi. Pour avoir aimé mes deux garçons. Et pour les avoir, chacun à des périodes différentes, rendus heureux.

Le voyage jusqu'à Salem se déroule dans une sorte de flou. Lorsque j'arrive à mon ancienne adresse, Joe est là. Il m'attend devant la porte, les manches de son T-shirt roulées sur les épaules, des cartons qui n'ont pas été encore dépliés sous le bras. Mon cœur sursaute quand mes yeux se posent sur son beau visage. Je ne parviens pas à le regarder sans songer au fait qu'il a gardé la photo. Que, au cours de son existence, il a déjà tant souffert – à cause de Dom, de sa famille, de moi.

— Tu n'étais pas obligé de venir !

Je descends du taxi et le serre dans mes bras.

— Pour rien au monde je n'aurais raté ma chance de t'exfiltrer en personne de ce trou à rats.

Il attrape ma main gauche et l'examine sous toutes les coutures. Il a tout de suite remarqué le changement, ce qui signifie que c'est systématiquement la première chose qu'il regarde quand on se voit.

— Pas de bague, relève-t-il.

Je pose mon front contre son épaule.

— Pas de bague, confirmé-je.

Quelque chose comme de l'anticipation et de l'impatience flotte dans l'air. J'imagine que ce serait le moment idéal pour faire une grande déclaration… Sauf que je n'ai rien à dire. Je ne sais pas trop où j'en suis, en ce moment.

— Est-ce que tu vas visiter des universités, durant ton séjour ? s'enquiert-il avec prudence.

Nous avons tous deux été déjà tellement blessés !

— Je ne reste que quelques jours.

— Hmm. Je vois.

Il se frotte le menton. Et moi, je pense à Tufts, Northeastern et Boston University, les trois écoles que j'envisage.

Mon cœur me souffle de lui dire que la seule raison pour laquelle je n'ai pas encore pris ma décision, c'est parce que j'ai peur. Tellement, tellement peur d'avoir tout ce dont je rêve. Et de le *perdre*.

Mon cœur me souffle de me mettre à genoux et de le supplier de m'aider à prendre une décision. Qu'est-ce qui serait juste ? Qu'est-ce qui serait le moins douloureux ? Si seulement quelqu'un pouvait m'assurer que, si nous étions ensemble, personne d'autre n'y laisserait sa peau. Que personne d'autre ne souffrirait.

Mais mon cœur n'est plus aux commandes. Je n'arrive pas à sortir un mot de ma bouche. Je n'arrive même pas à former les phrases dans mon esprit.

— OK, fait Joe avant de désigner de la tête la porte d'entrée. On y va ?

Nous franchissons le seuil. L'endroit est à la fois familier et différent. Nora a enlevé toutes ses affaires – le fait qu'elle paie encore la moitié du loyer me paraît insensé. Il n'y a plus que mes trucs et ce maudit canapé que nous avons acheté ensemble au marché aux puces.

— Je m'occupe de la chambre, tu te charges de la cuisine. On donne tout. Excepté la nourriture périmée : ça, c'est poubelle.

Je frappe mes paumes l'une contre l'autre pour nous donner du cœur à l'ouvrage.

— Sans vouloir te vexer, Ev, cet endroit pue, c'est abominable.

— Je le prends bien, pas de souci. Et puis, c'est logique : personne n'est venu ici depuis des mois.

Huit mois, pour être exacte. Est-ce que vraiment ça fait près d'un an que Dom est décédé ?

Joe connecte son téléphone à une enceinte Bluetooth. Les Smiths se mettent à retentir dans les haut-parleurs.

— Morrissey ! crié-je en levant le poing en l'air.

— Sans mentir, je me ferais tatouer son nom sur le cul, s'il me le demandait.

Joe est déjà au fond de la cuisine, en train de balancer des trucs dans un énorme sac-poubelle noir.

Je trouve pathétique, à mon âge, de posséder si peu d'affaires. Il nous faut trois heures seulement pour tout emballer, étiqueter, et tout transporter à l'antenne de l'Armée du Salut la plus proche. Nous finissons en sueur, haletants, dans un salon vide si l'on excepte ce foutu canapé. Je désigne le vieux sofa d'un geste du menton.

— Quand as-tu dit que ton ami devait venir le chercher ?

— Dale ?

Joe regarde son téléphone.

— On a environ deux heures devant nous. C'est un collègue. Il termine à 18 heures.

En croisant les bras, je regarde le canapé.

— Je me souviens à quel point ça me foutait en rogne que Nora et Colt s'envoient en l'air sur ce truc. Je trouvais que ça s'apparentait à du harcèlement sexuel. Tu trouves ça bizarre ?

Joe s'esclaffe.

— Tout dépend. Tu étais assise sur le canapé, pendant qu'ils baisaient ?

— Ah, ça, non !

— Dans ce cas, pas de harcèlement. De la jalousie, peut-être ?

— Vous êtes une crapule, Joseph Graves.

— Et c'est ce que vous aimez à mon propos, Everlynne Lawson.

Nous nous regardons en souriant... Et, enfin, je brise la barrière invisible entre nous. Je tends mon auriculaire pour toucher le sien. Ce n'est qu'un frôlement, mais il produit l'effet escompté. La chair de poule se met à piquer ma peau. Ses joues rosissent.

— Merci de m'avoir aidée, murmuré-je.

Il sourit mais ne dit rien. Son auriculaire se colle contre le mien. J'inspire. Nous restons ainsi, nous effleurant à peine, tandis que la musique provenant de l'enceinte rebondit sur les murs vides. *This Charming Man* : un morceau bien trop sous-estimé. Joe crochète son auriculaire au mien et me tire vers lui. Je laisse échapper un soupir quand mon corps entre en collision avec le sien. Sa bouche est sur la mienne. Ses mains sont dans mes cheveux. Nous nous embrassons comme deux forcenés au milieu d'un salon vide, nous haletons, nous gémissons. Il pose ses mains sur ma taille, me fait reculer jusqu'au canapé et me pousse dessus.

— Qu'est-ce que tu fabriques ? lui demandé-je tout en le tirant par la ceinture.

— Je m'assure que Dale hérite d'un canapé qui aura bien vécu.

Chapitre 28

Dale se pointe pour récupérer le canapé. On dirait qu'il a sept ans. OK, j'exagère : plutôt dix-sept. Quoi qu'il en soit, c'est un bébé. Joe et lui se font une accolade bien virile suivie d'un check élaboré.

— Où t'étais passé, mec ? demande Dale.

Joe lui tend une cigarette, puis lui ébouriffe les cheveux.

— J'ai fait un petit tour en Californie.

— Qu'est-ce que t'es allé foutre là-bas ?

— Cette charmante jeune créature.

Du pouce, Joe me désigne. Puis il ajoute :

— Dale, voici Ever. Ever, voici Dale.

Nous nous serrons la main. Je souris. Ça me paraît étonnamment facile de sourire tandis que j'ai encore la sensation du corps du Joe sur le mien.

— Ever, c'est ton vrai nom ? me demande Dale.

— Non, c'est juste une façon de m'assurer qu'on me pose la même question cent fois par jour.

Dale et Joe rient tous les deux. J'ai apparemment retrouvé mon aplomb. Ce qui est énorme. Parce que je l'avais perdu depuis un bout de temps. Puis Dale lève le nez en l'air et renifle.

— C'est moi ou ce canapé schlingue ?

Joe et moi dissimulons nos rires en toussant. Quand Dale s'en aperçoit, il pousse Joe.

— Mec, c'est hyper crade ! Pas moyen que je paie pour ce truc.

— Il n'a jamais été question que tu paies, je te rappelle

Puis il glisse deux billets de 20 dans la main de son ami.

— Va acheter à ton têtard un truc chouette et dis-lui que c'est tonton Joey qui régale.

Dale le bébé a un bébé ?

Dale roule les yeux.

— Ma fille a quatre mois : tout ce qui l'intéresse, c'est les couleurs vives et les nichons de ma copine. Deux trucs qui sont assez géniaux, il faut bien l'admettre.

Nous reprenons ensuite la voiture jusque chez Joe. En chemin, je lui dis que je trouve ça super qu'il veille sur Dale. L'intérêt qu'il lui porte est évident.

— C'est un bon gars. Responsable. J'aime les types solides qui assument les conséquences de leurs actes.

— Ton sens moral t'honore. Mais il me faut te rappeler que ça n'a pas toujours été le cas... ajouté-je avec un sourire espiègle. Te souviens-tu la fois où tu as trouvé une solution parfaitement malhonnête à mon problème de capote en Espagne ?

— J'avais une autre solution en tête, tu sais. Pas franchement honnête non plus, et qui m'aurait probablement valu une gifle. Allez, je me lance : il est temps de t'avouer que j'avais des vues sur cette capote...

— Cette capote avait des vues sur toi.

— Vraiment ?

Il sourit, avant de déclarer :

— J'ai l'impression d'avancer dans des limbes.

Nous roulons à travers des paysages familiers auxquels je n'avais jamais prêté attention avant. Il faut dire que je vivais en pilote automatique, attendant que mon existence commence alors qu'elle était en train de passer.

— Nous sommes un peu dans les limbes, admets-je.

— À qui la faute ?

À moi. Tout est ma faute. Et c'est pour ça que je me tais. Contrairement à Dale, je n'assume pas les conséquences de mes actes, en tout cas pas quand on en vient à Joe. Mais depuis peu, je le fais avec ma famille. « Petit à petit, l'oiseau fait son nid » : c'est bien ça, l'expression, non ?

— Je crois bien que je suis un rat, déclare soudain Joe.

— Répète ? dis-je en tournant la tête vers lui.

— Un rat. Je crois que j'en suis un.

— Désolée, mec, mais il va falloir que tu élabores un peu, si tu veux que je te suive.

— Dans les années 1950, un certain Curt Richter a fait une série d'expériences sur des rats. Dans le but d'étudier l'espoir et les mécanismes de résilience. En gros, il a balancé des rats dans des bassines remplies d'eau et les a regardés se noyer. Il a laissé mourir le premier groupe. Certains ont mis seulement quelques minutes, d'autres des jours entiers. Mais, au deuxième groupe, il a offert son aide et son soutien. Au moment où il sentait que les rats étaient sur le point d'abandonner et de se laisser couler, il les sortait, leur redonnait de l'espoir, avant de les remettre dans la bassine. Il a ainsi confirmé son hypothèse : les rats à qui il a donné une lueur d'espoir ont décidé de se battre. Ils ont nagé, rassemblant toute l'énergie qui leur restait pour survivre. J'ai l'impression d'être un rat. Dès que tu me donnes une lueur d'espoir, je recommence à m'agiter dans tous les sens. Mais ça, je ne peux plus.

Je l'observe en silence, ne sachant quoi répondre.

— Je ne vais pas t'attendre éternellement.

Il appuie sur l'accélérateur et double les trois voitures qui nous précèdent.

— Parce que, sinon, je vais finir par me noyer.

— Je sais.

Nous commandons du chinois et le mangeons sur le canapé, les pieds sur la table basse. Nous jouons au Jenga et il gagne. Deux fois. Nous faisons l'amour sur le comptoir de sa cuisine, sur son canapé et sous la douche. Nous parlons des meilleurs films d'horreur jamais réalisés et nous tombons d'accord sur le fait que *Get Out,* bien qu'assez récent, est sans doute le plus glaçant que nous ayons jamais vu. Puis nous décidons de le revisionner, juste pour confirmer notre impression. Qui se confirme.

Au moment d'aller au lit, je fronce le nez et lui demande :

— Combien de femmes as-tu... euh... diverties, dans cette chambre ?

Il se met à fixer le plafond en faisant semblant de compter sur ses doigts. *Une... deux... trois...*

— Environ trente-cinq, répond-il, sérieux comme un pape. Certaines ont été plus diverties que d'autres, mais presque toutes ont souhaité acheter un billet pour le spectacle suivant.

— Espèce de gigolo !

Je fais mine que je vais vomir.

— Je préfère les termes « libéré sexuellement ».

Il me serre contre lui et dépose un baiser sur mes lèvres.

— Ne fais pas la tête. Le sexe est une excellente distraction. C'est un moyen infaillible d'oublier ses soucis.

— Et qu'est-ce qui te préoccupe tant ?

Je joue avec l'élastique de son pantalon de survêtement. Il ne porte pas de chemise. Nous avons tous les deux abandonné l'idée de mettre des fringues dans son appartement. Elles ne servent à rien, vu que nous faisons l'amour toutes les heures.

— *Toi,* dit-il en bloquant ma main pour l'empêcher de baisser son jogging. Toute cette soirée a un goût d'adieu et je n'aime pas ça.

Je me passe la langue sur les lèvres.

— Je n'ai pas encore pris ma décision. Et je continue d'envisager de m'inscrire à Boston.

— Qu'est-ce qui t'empêche de revenir ici ?

— Qu'est-ce qui t'empêche de déménager à San Francisco ? répliqué-je.

— Rien, répond-il, flegmatique. Il y a des docks, à San Francisco : je pourrais sans peine trouver un job. Il y a des maisons d'édition. Il y a toi. Mais personne ne m'a invité. C'est le seul truc qui me retient.

Voilà ma chance. Ma chance de lui dire que je veux l'avoir à mes côtés. Mais la peur me paralyse. Je suis terrifiée à l'idée de ce que notre relation maudite pourrait engendrer. Et s'il mourait, lui aussi ? Je n'y survivrais pas. Impossible. Ma mère disparue, Dom disparu, je ne peux pas le perdre. J'ai la peur irrationnelle qu'il lui arrive quelque chose. Peut-être parce que je sais qu'il est ma seule chance de connaître le bonheur. Je ne peux pas me permettre qu'il lui arrive quoi que ce soit. Jamais. Même si renoncer à lui signifie que je ne serai jamais heureuse.

Et puis, peut-être est-ce le bonheur lui-même qui me fait peur. L'idée que je pourrais rire à nouveau, souvent, tous les jours. Me remettre à sourire. Oublier le passé sombre que j'ai laissé derrière moi.

C'est le moment de vérité et, dans cet instant de clarification, je découvre qu'il existe encore une partie de moi qui est lâche. Qui a envie de partir en courant et de replonger dans un quotidien fait de solitude, de séries Netflix et d'un chat qui sans doute la hait. Un quotidien réconfortant, sans relief, où rien ne meurt mais rien ne pousse vraiment non plus.

— D'accord.

Je laisse mon index parcourir son torse et me compose un visage souriant.

— Je vais réfléchir à la façon de tourner cette fameuse invitation.

J'empoigne son érection. Elle est gonflée et remplit ma main. Mais quand j'essaie d'embrasser son cou, il se soustrait avec un rictus froid.

— Fais donc ça, Ever. Je vais même te laisser le temps de rédiger un brouillon.

Puis il enfile un T-shirt à la hâte, attrape ses clés et s'en va.

Je ne sais pas à quelle heure précisément Joe rentre, mais c'est en pleine nuit. Il empeste le whisky et la cigarette. Il s'installe à côté de moi sur le matelas et commence à ronfler. Je reste là, immobile et éveillée, le cœur battant à tout rompre.

J'ai envie de lui demander de venir à San Francisco.

J'ai envie d'être avec lui.

C'est stupide, voire déraisonnable, de laisser la peur qu'on soit maudits me freiner. Tellement irrationnel ! Comment pourrais-je lui expliquer ce que je ressens sans passer pour une idiote ?

Durant le reste de la nuit, je me retourne dans tous les sens. Mon vol est ce soir, et je ne sais toujours pas ce que je vais faire. Joe, quant à lui, attend une réponse claire.

Le jour se lève. Je sors du lit et me dirige vers la fenêtre pour regarder dehors. La chambre de Joe donne sur le marché. Des odeurs de poisson tout juste pêché, d'herbes, d'épices et de cuisine montent de la rue.

Je fais demi-tour et retourne vers le lit. Je pose ma paume sur sa joue. Il est beau, chaud, vivant. De le contempler, mon cœur se serre. Il en a toujours été ainsi. Je n'ai jamais su résister à la magie de Joseph Graves. Et, même si ça me flingue, je me rends compte que je n'ai vraiment rien à lui offrir. Cet homme est talentueux, magnifique, complet. Sa personnalité est construite. Il a sa propre façon de voir les choses, ses propres idées, ses propres désirs. Moi, je n'ai même pas encore décidé ce que je voulais faire de ma vie. Je ne ferais que le freiner. Et il accepterait. Parce que Joe est entier.

Je ne lui rends pas service en couchant avec lui, en gâchant ce qu'il lui reste de son défunt frère – les précieux souvenirs de leur complicité.

Quand bien même je parviendrais à surmonter mes insécurités – ce qui, disons-le tout net, n'est pas gagné –, ça n'enlèverait rien à cette réalité qui m'écrase : je suis persuadée que quelque chose de mauvais va se produire si nous nous mettons en couple.

L'Univers s'est interposé entre nous si souvent. Qui suis-je pour le défier ?

Alors silencieusement, le cœur lourd, j'attrape mon sac de voyage et commence à rassembler mes affaires. Je m'arrête le temps de jeter un coup d'œil au bateau en bois que Joe a pris à Dom. Je sais qu'il ne l'a pas récupéré en l'honneur de leurs vacances d'été. Il l'a voulu à cause de moi. Et l'idée de lui briser le cœur pour la deuxième fois me retourne l'estomac.

Quand j'ai fini, j'attrape un stylo et un bloc-notes dans la cuisine pour lui écrire un message.

Cher Joe,

Je suis désolée d'avoir été la bassine d'eau de notre relation. Je suis désolée que tu aies été le rat. Et surtout, je suis désolée d'avoir accompagné Pippa à cette fête sur la plage il y a tant d'années. Si je n'étais pas venue, on se serait épargné bien des chagrins et deux vies auraient été sauvées.

Je t'aime, c'est pourquoi je te quitte.

Quoi qu'il en soit, je t'appartiendrai toujours.

Ever.

Je ferme la porte derrière moi et emprunte l'escalier. Attendre l'ascenseur semblerait trivial voire vulgaire, après ce que je viens de faire. J'ai coupé le cordon. J'ai pris une décision. Et je me sens comme une merde.

Une fois dehors, je me rends en Uber dans un Starbucks. J'ai besoin de mettre de la distance entre Joe et moi. Pendant tout le trajet, je tremble. J'ai la nausée. J'ai envie d'arrêter un inconnu dans la rue et de lui raconter ce que je viens de faire.

J'entre dans le Starbucks et je commande un *pumpkin spice latte*. Je n'aime pas spécialement le *pumpkin spice latte*. Un nouvel Uber passe me prendre pour m'emmener chez Colt. Le chauffeur m'observe bizarrement dans le rétroviseur et me demande si tout va bien.

— Oui, lui réponds-je. Très bien. Pourquoi ?

— Parce que vous pleurez... ?

Je me touche le visage. Tiens, oui : je pleure.

— Désolée.

Je m'essuie rapidement les yeux.

J'arrive chez Colt, sonne à la porte de son immeuble cossu. Il est sept heures du matin. Il répond au quatrième coup.

— Putain de merde. Qui que vous soyez, j'appelle les flics.

— Quelle agréable façon d'accueillir ses amis.

Il y a un silence, de l'autre côté de l'Interphone. Même au fond du trou, je suis toujours prête à me chamailler avec Colt.

— Ever ? demande-t-il, incrédule.

— Qui d'autre se présenterait à ta porte en pleurant avant même le chant des oiseaux ?

Il appuie sur le bouton. Sans poser de question. Je prends l'ascenseur et je frappe à sa porte, munie de mon sac de voyage et de mes yeux gonflés. Il porte un pyjama en flanelle et fronce les sourcils.

— Nor dort encore. Entre donc.

Il désigne l'intérieur d'un mouvement de tête. Je le suis. Il allume la machine à café. Oh ! zut : je n'ai même pas pensé à récupérer ce foutu *latte* chez Starbucks. Je suis complètement à l'ouest. Colt me regarde et nous avons soudain la même idée.

— Je ferais mieux de réveiller Nor. Attends-moi ici.

Il se précipite dans la chambre. Pendant ce temps, je jette un œil autour de moi, émerveillée par la nouvelle vie de Nora. C'est un bel appartement, avec des ustensiles en acier inoxydable, des meubles sur mesure et une terrasse. Il est aussi éloigné de notre trou à rats qu'il est humainement possible de l'être. Et elle a renoncé à tout ça, tout ce temps, pour moi.

Mon ancienne colocataire apparaît dans le couloir, se frottant les yeux.

— Hé, ma belle ! Je croyais qu'on avait rendez-vous pour le brunch à 10 heures ?

Je prends une grande inspiration.

— J'ai rompu avec Joe.

— Oh ! ma puce !

Les larmes coulent de nouveau, et Colt, qui vient de sortir de la chambre, grimace et lance :

— OK, je pense qu'il est temps pour moi d'aller chercher le petit déj. Ne bougez pas, mesdames.

Il est si impatient d'échapper à ma crise de pleurs qu'il descend en pantalon de flanelle et en sweat à capuche. Nora me prend dans ses bras et m'embrasse sur la tempe.

— Je ne savais même pas que vous étiez ensemble. Pourquoi as-tu fait ça ? Tu es folle de ce trou du cul.

— Il se portera mieux sans moi.

— Balivernes.

Je m'écarte.

— Non, Nora, je le pense vraiment. Notre relation est maudite. Chaque fois que nous sommes ensemble, quelque chose de terrible se produit. Ma mère. Dom. Et s'il lui arrivait quelque chose ? Je ne pourrais pas y survivre.

Elle me regarde, sidérée.

— Tu te fous de moi ? Je n'ai jamais rien entendu d'aussi absurde !

Parce que je ne veux pas jouer les rabat-joie, et parce qu'il n'y a vraiment rien d'autre à ajouter, je me force à sourire et je lui dis :

— J'adore cet appart.

Son visage s'illumine instantanément.

— Oui, c'est chouette, hein ?

Elle regarde autour d'elle, essayant de voir l'endroit avec mes yeux.

— Très beau. Le mariage est pour quand ?

— Avril. La floraison des cerisiers. On voit les choses en grand.

— Comment puis-je vous aider ? demandé-je, parce que, franchement, c'est ce que vous êtes censés faire quand une amie vous annonce qu'elle va se marier dans quelques mois.

— Eh bien, pour tout dire, nous cherchions une idée originale pour les invitations, et comme je sais que tu as des talents graphiques...

Elle sourit tout en rougissant, un peu gênée de me demander ça. Je reste momentanément sans voix, avant de retrouver mon éloquence et de m'exclamer :

— Oh ! mon Dieu, oui, bien sûr que oui. Ce sera un plaisir. Que dis-je ? Un honneur !

— Merci !

Elle applaudit avec enthousiasme.

— Je te prendrai cinq cents dollars la créa, ça te va ?

Son sourire s'efface. Je laisse échapper un rire rauque et la pousse. Elle me pousse plus fort.

— Connasse !

La porte s'ouvre et Colt entre avec un sac en papier rempli, si j'en crois l'odeur, de choses frites et grasses.

— Mesdames, je suis de retour !

Il s'arrête quand il nous voit nous tenir par la main. Nous avons l'air tout étourdies et excitées. Il se tourne vers Nora, perplexe.

— Comment as-tu réussi ?

— Comment j'ai réussi quoi ?

— À la faire sourire et à... je ne sais pas, stopper les larmes ?

Je ris.

— Elle a fait appel à mes services en tant qu'artiste. Je vais créer l'invitation pour votre mariage. Flippé ?

— Seulement si tu comptes mettre des crânes et des pierres tombales dessus.

Il grimace. Puis, voyant que je ne réagis pas, il me demande, d'une voix faible et suppliante :

— Par pitié, ne mets pas de crânes et de pierres tombales dessus.

— Et voilà, c'en est fini de ma liberté artistique, soupiré-je.

— Ça va nous coûter combien, cette affaire ? ajoute-t-il en se tournant vers sa future épouse.

Je réponds à la place de Nora.

— Zéro. C'est le moins que je puisse faire, après tout l'argent que Nor a mis dans le loyer ces derniers mois.

Je passe la journée avec Nora et Colt. Puis ils me conduisent à l'aéroport. J'ai bien fait de rester avec eux, ça m'a empêchée de trop penser à Joe. Mais maintenant que je suis à l'aéroport, en train d'enregistrer mes bagages, je consulte mon téléphone et prends pleinement conscience qu'il n'a pas appelé. Il n'a pas non plus envoyé de texto. La terre entière, en revanche, a décidé de m'écrire.

Papa : Renn t'attendra à l'aéroport. Appelle-moi quand tu auras atterri.

Donna : J'espère que ça s'est bien passé. Fais-nous savoir si tu as besoin de quoi que ce soit.

Renn : Dis au pilote de ne pas être en retard, c'est soirée pizza et poker chez Clayton.

Je réponds aux trois puis fais le tour du terminal. Je n'ai pas encore passé les contrôles de sécurité. Quelque chose m'en empêche. Et je sais exactement quoi : Joe.

Une partie de moi s'attend à un coup de théâtre. Je prie pour que ça se passe comme dans les films et que Joe débarque dans le terminal pour professer son amour pour moi. Quand je ferme les yeux, je peux presque voir la scène. Lui, courant à toute allure, puis me prenant dans ses bras, avant de poser un genou à terre…

« Tu n'es pas un fardeau, Ever. Et je me fiche que tu ne saches pas encore ce que tu veux faire de ton existence. Je t'aime comme tu es. Nous ne sommes pas maudits. Nous ferons en sorte que ça marche, tu m'entends ? »

Mais la vie n'est pas un film et cette scène ne se produit pas. Pourquoi se produirait-elle ? Ma propre hypocrisie ne m'échappe pas. Depuis le début, depuis ce séjour en Espagne, Joe a été celui qui m'a sauvée, qui a pris soin de moi, qui m'a courtisée, qui ne m'a jamais abandonnée. C'est lui qui voulait qu'on travaille ensemble. Qu'on crée ensemble. C'est lui qui est venu à San Francisco. D'une certaine manière, je suis moi aussi devenu un rat. Accro à mon prochain fix d'espoir. Au fait d'être désirée et de savoir qu'il serait toujours là, à m'attendre, à m'aimer, à se battre pour moi.

Joe mérite mieux que ça. Il mérite quelqu'un de prêt à se battre *pour lui*. Parce qu'il en vaut largement la peine. Plus que tout, il mérite une fille qui ne laisserait pas la peur paralysante et illogique d'être maudite se mettre en travers de leur chemin.

Et je ne suis pas cette fille.

Car je crois fermement être maudite.

C'est en arrivant dans la file d'attente que je me rends compte de la monumentale erreur que je viens de commettre. Partir, comme ça. Presque sur un coup de tête. *Une fois de plus.*

Je dégaine mon téléphone et lui envoie un message.

Ever : Je crois que je me suis plantée en beauté.

Une minute s'écoule. Puis deux. Puis vingt. Il ne répond pas. Les mots qu'il a prononcés hier prennent enfin toute leur dimension.

« À un moment donné, je vais me noyer. »

Peut-être que l'espoir de Joe sera en définitive l'ultime victime de notre histoire.

— Madame ? Vous pouvez poser votre téléphone dans la corbeille, s'il vous plaît ?

La demande me fait revenir à moi. J'enlève mes chaussures et je passe le scanner. Je ramasse mes affaires. Je me dirige vers ma porte d'embarquement, hébétée. Lorsque je l'atteins, je m'assois et fixe mon téléphone. Je recommence à taper. Je ne peux pas m'en empêcher.

Ever : Spoiler alert, je suis sur le point de passer pour une débile de première classe.

Ever : Une part de moi pensait que tu débarquerais à l'aéroport.

Ever : Tu sais ? Comme dans les films.

Ever : C'est toujours la meilleure partie, dans les films pour nanas. Casablanca. Le Lauréat. Quand Harry rencontre Sally. Presque célèbre.

Ever : (Oui, je les énumère par ordre chronologique, je sais que tu apprécieras).

Ever : (Et, oui, je sais que j'ai omis Love Actually dans cette liste, mais c'est parce que je ne sais pas si tu l'as vu. Il y a encore tant de choses que j'ignore à ton propos.)

Ever : J'avais juste besoin d'un signe que notre relation n'était pas maudite.

Ever : Parce que la vérité, c'est que je ne me sens pas à la hauteur de toi. Et que je suis terrifiée à l'idée que quelque chose de terrible se produise si nous nous remettons ensemble. Il semble malheureusement que ce soit ce qui arrive à chaque fois.

Ever : Voilà, c'est tout. De rien pour le spammage en règle.

Ever : Non, en fait, j'ai encore un truc à dire, c'est que je suis désolée. Vraiment. Pour tout.

Quand je monte dans l'avion, il n'a toujours pas répondu.

Chapitre 29

Si je devais choisir un mot pour décrire mon vol retour, j'opterais pour *torture*. Si je devais choisir deux mots, j'opterais pour *abominable torture*. Parmi tous les choix que j'ai pris cette année, y compris (mais sans m'y limiter) me réinstaller à San Francisco, renouer avec papa et Renn, recommencer mes études, rendre la bague à Gemma, pourquoi a-t-il fallu que je déconne sur celui qui comptait le plus ?

— Nous atterrirons dans dix minutes, annonce le capitaine.

Je me sens soudain engourdie. La dimension définitive de ma décision me frappe de plein fouet. Plus de Joe. Il a dit qu'il en avait assez de me courir après, de se battre en vain. Il le pensait vraiment.

— Il le pensait...

J'appuie mon front sur la vitre froide, fermant les yeux.

— J'ai commis une terrible erreur.

— Ah bon ? se marre mon voisin de rangée. À mon sens, vous avez fait le bon choix en vous tenant loin de cette nourriture douteuse qu'on nous a servie. Je commence à regretter sérieusement d'avoir pris le sandwich au thon.

Je me retourne pour le regarder. Il a dans les cinquante ans. Il est chauve, il porte un costume et il a le sourire facile.

— Beurk. Il y avait de la mayo, dedans ?

— J'en ai bien peur, oui.

— Les prochaines quarante-huit heures vont être difficiles, il faut vous y préparer.

— Bref, voilà pour mon regret, réplique-t-il en acquiesçant. Quel est le vôtre ? En quoi avez-vous commis une terrible erreur ?

— J'ai rompu avec l'amour de ma vie à cause de mes névroses. Ce n'est pas la première fois que je le quitte. Et j'ai l'impression que, ce coup-ci, c'est la goutte d'eau qui a fait déborder le vase. Ou plutôt, que c'est celle qui a noyé le rat dans la bassine, précisé-je tandis que l'analogie de Joe jaillit dans mon esprit.

Le type secoue la tête d'un air navré, tout en laissant échapper un *tssk* entre ses dents.

— Les rongeurs sont coriaces, vous savez.

— Surtout celui-là, fais-je en m'enfonçant dans mon siège, de plus en plus anxieuse.

— Ce rat : vous l'aimez ?

— Oui.

— Et ce rat vous aime ?

Sûrement que ça a fini par lui passer, étant donné la façon dont je me suis comportée ces sept dernières années.

— Je l'espère.

— Alors il n'y a qu'une seule façon de savoir s'il s'est vraiment noyé. Croyez-en ma vieille expérience d'avocat spécialisé dans les divorces qui a quasiment tout vu dans le domaine des relations : il n'y a qu'une seule façon de vraiment savoir si votre Jules veut être avec vous ou non.

— Et c'est ? demandé-je, pleine d'espoir.

— De lui poser la question.

— Mais... mais...

Je n'arrive pas à croire ce que je m'apprête à dire.

— C'est que, voyez-vous, je suis maudite. Ma mère est morte en m'empêchant de passer sous un métro. Et mon fiancé est mort en m'achetant des tampons, alors que je n'en avais *même pas* besoin. Désolée, désolée, fais-je en agitant les mains, complètement échevelée. Trop d'infos. Tout ça pour dire que quiconque s'approche de moi finit par en pâtir.

— Quiconque ?

L'homme hausse les sourcils, visiblement sceptique.

— Sûrement que vous connaissez plus de gens que les deux que vous venez de me citer. Qu'en est-il de votre père ? Vos frères et sœurs ? Vos amis ? *Leurs* amis ?

— Eh bien...

— Vos collègues de travail ? Les oncles, tantes et cousins ? Votre petit ami de lycée ? Et celui d'après ? Et cet avion ? Il est sur le point d'atterrir en toute sécurité, apparemment. Je ne sais pas trop, mademoiselle. J'ai l'impression que vous vous êtes attribuée des superpouvoirs de façon un peu illégitime...

Il a raison. Pour chaque maman et chaque Dom, il y a un papa et une Donna et un Joe et un Renn qui sont en vie. Qui suis-je, pour me considérer maudite ?

Et puis, peut-être que je suis frappée d'une sombre et terrible malédiction, après tout : peut-être que cette sombre malédiction, c'est la manière dont je vois le monde. À travers des lunettes teintées de noirceur et de pessimisme. Peut-être que ma peur du bonheur *est* la malédiction.

Ce qui est arrivé à ma mère était atroce, oui. Mais c'était un accident. Quant à Dom, il tirait sur la corde déjà longtemps avant de me connaître.

Et puis il y a le reste. La façon dont j'ai considéré pendant des années que papa et Renn me détestaient, alors qu'ils désiraient seulement avoir une relation avec moi. La façon dont j'ai décidé que Dom était le bon. Que je ne méritais pas Joe.

— Alors ? se marre de nouveau mon voisin. Vous allez demander à ce rat s'il a envie d'être votre petit copain ?

— Oui, m'entends-je répondre. Oui, je vais le faire. Immédiatement.

Ça fait clic dans ma tête au moment où les roues de l'avion touchent le tarmac.

Mon âme est en Californie, mais mon cœur est dans le Massachusetts.

Et je ne peux pas continuer à ignorer ainsi mon cœur.

Je comprends tout à fait Joe. Il est fatigué. Fatigué de me courir après. Fatigué de prendre tous les risques du monde pour être avec moi. Fatigué de sauter dans des avions pour mes beaux yeux. Je réalise enfin qu'il a renoncé. Vraiment renoncé. Et une certitude me frappe : je ne peux pas vivre sans lui.

Il m'a dit il y a peu qu'il pouvait très bien se passer de moi, mais qu'il ne le voulait pas. Moi, je ne peux pas vivre sans le voir. Sans l'embrasser. Sans entendre ce qu'il a à raconter, que ce soit une banale anecdote ou une réflexion profonde sur le monde.

Je me suis totalement plantée. Ce n'était pas lui qui était censé me courir après, à l'aéroport. C'était mon tour de lui professer mon amour.

Nous ne sommes pas maudits, ce n'est pas du tout ainsi que je devrais voir les choses. Au contraire. Malgré tout ce qui s'est produit, nous avons toujours retrouvé notre chemin l'un vers l'autre. Si on y pense, nous deux, c'est un miracle. Et nous devrions être ensemble. Combien de personnes connaissent le privilège d'obtenir une deuxième, une troisième, une quatrième chance ?

J'ai cru que l'Univers passait son temps à nous séparer, quand en réalité il n'a cessé de nous réunir. Encore et encore.

Je dois le rejoindre.

Je *dois* lui dire ce que je ressens.

Non, il sait déjà ce que je ressens. Je dois lui dire qu'il est sorti des limbes. Que le rat a été sauvé des eaux et mis à l'abri.

J'ai fait mon choix.

Je le choisis lui.

Les portes de l'avion s'ouvrent et les gens sortent un par un. Je me faufile, je bouscule les passagers qui essaient d'atteindre leur bagage à main.

— Désolée ! Je suis pressée. On dégage, s'il vous plaît !

Normalement, la grande révélation se produit *avant* de monter dans l'avion. Parfois, dans les films les plus originaux, *dans* l'avion, avant le décollage. Mais pas une fois je n'ai vu une *rom com* où cette débile d'héroïne doit attendre d'être arrivée à destination pour descendre de l'avion et retourner directement au comptoir d'American Airlines.

Car, oui, c'est là que je suis, essoufflée et en nage.

— J'ai besoin d'un aller simple pour l'aéroport de Logan. Le plus tôt possible. Il n'y a pas de temps à perdre !

L'hôtesse n'est manifestement pas d'accord. Sa frange de faux cils se lève vers moi, elle fronce un sourcil parfaitement dessiné, puis pianote tranquillement sur son clavier en fixant l'écran. On dirait qu'elle fait exprès d'être aussi lente. Est-ce ainsi que naissent les faits divers ? Par une personne qui dit à une autre que c'est urgent, puis qui la voit prendre son temps ?

— Vous avez dit l'aéroport international de Logan ?

— Mm-hm.

Mm-hm ? Non, pas la bonne réponse. Je dois sortir les violons.

— S'il vous plaît. C'est urgent. Je dois m'y rendre le plus vite possible.

— Et moi, je dois d'urgence enlever cette paire de collants. On a tous nos priorités, madame, rétorque-t-elle, agacée.

Il lui faut encore quelques minutes - car, bien sûr, c'est le moment qu'a choisi son ordinateur pour planter - avant d'annoncer :

— Il y a un vol qui part demain matin à 6 heures.

— Non, non !

Je secoue la tête, affolée.

— J'ai besoin d'un vol plus tôt.

— Pas de chance, il n'y a rien.

— *S'il vous plaît,* lancé-je d'une voix étranglée.

Supplier ne me fait pas peur.

— Je ne peux pas quitter cet aéroport et revenir demain. Il faut que je retourne à Boston maintenant.

Elle roule les yeux, puis tape quelque chose sur son clavier. Elle acquiesce en fixant son écran, comme si ce dernier venait de lui donner une consigne.

— Il y a un vol dont l'embarquement s'achève dans quarante minutes. Mais il ne me reste qu'une place.

— Oui ! Je prends ! Je voyage seule.

— ... c'est en classe affaires. Deux mille cinq cents dollars.

— Oh.

J'hésite, avant de redresser les épaules.

— Oui, je prends.

Ce n'est pas grave. Ce n'est rien qu'un mois de salaire. Du moins, quand on a un job. Puisque je suis au chômage.

Je tends ma carte de crédit à l'hôtesse, tout en priant pour que le paiement soit accepté. Je retiens mon souffle pendant qu'elle attend la confirmation. Puis j'expire, soulagée, lorsque mon billet sort de la machine. Elle me le donne, toujours stoïque.

— Vous feriez mieux de vous dépêcher, l'avion ne va pas vous attendre.

Je cours comme si j'avais le feu aux fesses jusqu'aux contrôles de sécurité, où je double tout le monde en expliquant ma situation, faisant fi des protestations. Puis je fonce jusqu'à la porte d'embarquement. Puis je saute dans l'avion. Puis je suis repartie pour cinq heures de trajet.

Seulement, cette fois, je ne les passe pas à ruminer tout ce que j'ai fait de travers : je réfléchis aux moyens de réparer mes erreurs.

Par ailleurs, peut-on relever que c'est quand même tragique, de me retrouver pour la première et sûrement la dernière fois de ma vie en classe affaires, et d'être trop agitée pour en profiter ?

Je crée un groupe de discussion pour mettre ma famille au courant de la situation. C'est-à-dire : Donna, Renn et papa.

Ever : Je suis dans un avion pour Boston. Je dois y retourner.

Renn : Pourquoi, t'as oublié ton chargeur ?

Renn : Lol. C'est quoi le dél ?

Papa : Comme ton frère, quoique de façon un peu plus éloquente, je m'interroge.

Ever : Il y a une chose que je dois faire.

Donna : Pourrais-tu te montrer légèrement moins énigmatique ?

Ever : Je dois reconquérir Joe.

Donna : Nous sommes fiers de toi ! (Et un peu inquiets…)

Papa : Fais-nous savoir quand tu auras atterri.

Renn : L'amour, c'est vraiment de la merde. Pas étonnant que j'évite.

Lorsque j'atterris à l'aéroport international de Logan, c'est l'aube. De faibles rayons de soleil percent les nuages, qui ressemblent à des coussins à épingle molletonnés. J'ai l'impression que ça fait des années que je n'ai pas dormi. Tous mes muscles sont douloureux. Mon cœur bat la chamade. Pourtant, je n'ai jamais été aussi prête à passer à l'action de ma vie.

Je me dirige vers la voie des taxis. À un moment donné, au cours des vingt-quatre dernières heures, j'ai perdu mon sac de voyage, mais je m'en fiche. J'ai mon portefeuille sur moi, c'est tout ce dont j'ai besoin. Une fois à l'intérieur du véhicule, je donne à la chauffeuse l'adresse de Joe. Il est cinq heures du matin : peut-être que je pourrai l'intercepter avant qu'il ne parte au travail. À condition que la dame appuie sur le champignon.

— Salem, hein ? C'est pas la porte à côté, dit-elle.

— Je suis prête à payer le double si vous ignorez les limites de vitesse, réponds-je depuis la banquette arrière, décidant une fois de plus de laisser parler le Bill Gates qui sommeille en moi.

Décidément, je me sens d'humeur à flamber, aujourd'hui. La dame entre deux âges se retourne pour m'examiner, l'air soupçonneux.

— Je vais vous dire : je propose plutôt que vous respiriez un grand coup et qu'on arrive toutes deux en un seul morceau.

— Comme vous voudrez, marmonné-je.

Meg Ryan lui aurait fait du charme jusqu'à ce qu'elle cède, mais peu importe.

Le trafic est d'une densité douloureuse ce matin. Lorsque nous atteignons enfin Salem, des travaux sur la voie principale nous ralentissent. J'arrive à l'appartement de Joe une demi-heure plus tard que prévu. J'appuie sur la sonnette, mais personne ne répond. Je suis presque sûre qu'il ne veut pas me voir, de toute façon. Malheureusement pour lui, il n'a pas le choix.

Je sors mon téléphone et j'appelle Gemma, bien consciente qu'il est trop tôt pour ça. Elle décroche à la quatrième sonnerie, alerte.

— Bonjour, Ever, est-ce que tout va bien ?

Elle ne semble pas du tout au courant de mes drames avec Joe. Normal. On ne peut pas dire qu'il soit disert sur sa vie privée.

— Oui. Enfin, non. Je ne sais pas encore.

Je secoue la tête.

— J'espérais joindre Joe, mais je suis au pied de son immeuble et il ne répond pas.

— Il est probablement au travail à cette heure-ci, me rassure Gemma. Il commence très tôt. Pourquoi n'essaies-tu pas de le joindre là-bas ?

— D'accord. Oui. Je vais faire ça.

Il y a une pause gênante, avant que je demande :

— Au fait, je sais qu'il travaille au port, mais... où, exactement ?

Elle me donne l'adresse, que je note sur le dos de ma main avant d'appeler un Uber.

Ce nouveau trajet est relativement rapide et indolore, comparé aux autres. Je le passe à tenter de faire quelque chose de mes cheveux et de masquer mes cernes.

Puis enfin, *enfin*, j'y suis. Je saute de la voiture et cours vers un agglomérat de camions et de conteneurs. Les hommes qui se trouvent là portent des casques orange et des gilets de sécurité assortis.

— Joseph ! appelé-je. Je cherche Joseph Graves. Ou simplement Seph. Ou Joe.

Ces messieurs lèvent les yeux du porte-bloc que tient l'un d'eux et me scrutent. Ils doivent me prendre pour une folle. Ils n'ont pas complètement tort.

— C'est Joe, que vous voulez ? s'assure l'un d'eux.

— Oui, réponds-je. Mon Dieu, oui. « Vouloir » est un euphémisme.

Mais peut-être aurais-je mieux fait de réserver cette déclaration à l'homme pour lequel je suis venue, parce que le type hausse un sourcil, se demandant manifestement s'il est prudent de me révéler où se trouve son collègue. Pour la première fois de ma vie, je me sens pleinement moi-même. Libre et sans entraves.

— Qui le demande ?

— La fiancée de son défunt frère.

Je marque une pause.

— Et son ex-copine.

Je m'arrête, fronce les sourcils.

— Et avec un peu de chance, sa petite amie actuelle. Tout dépendra de comment ça se passe.

L'un des hommes se tourne vers les deux autres.

— Je savais qu'il les aimait un peu zinzin, mais celle-ci envoie du lourd.

Ils rient. Je m'en fiche. Je veux juste le trouver. Finalement, le type au porte-bloc lève le menton de ses documents et pointe une direction près de l'eau.

— Vous voyez, le chariot élévateur, là-bas ?

— Oui.

— Il est là-dedans. Bonne chance pour attirer son attention, il écoute du rock à fond.

Je trotte en direction de Joe avec un grand sourire, parce que c'est vraiment du lui tout craché. Écouter de la musique rageuse tout en soulevant des objets lourds. J'aperçois le chariot élévateur jaune avant de distinguer Joe. Mais plus je me rapproche, plus je le discerne. Il a l'air malheureux, sourcils froncés, bouche close. Il n'a jamais été aussi beau. Il est sur le quai, devant un navire, en train de décharger de gigantesques caisses. Je m'apprête à le rejoindre, quand une femme s'interpose entre le chariot élévateur et moi.

— Excusez-moi, c'est une propriété privée.

— Je comprends, mais vous voyez ce type derrière vous ?

Je désigne Joe du doigt par-dessus son épaule.

— C'est l'amour de ma vie et je dois à tout prix le lui dire.

Je trépigne d'excitation. Je m'attends à ce qu'elle fasse des « Ooooh » et des « Pourquoi ne pas me l'avoir dit plus tôt ? » Qu'elle s'écarte de mon chemin. Pourrait-on m'accorder ne serait-ce qu'un moment de cinéma ?

— Qui, Joe ? répond-elle à la place.

Et elle jette un coup d'œil au chariot élévateur en faisant claquer son chewing-gum.

— Eh ben, vous pouvez lui dire ça de là où vous êtes. Pas d'exception, ma p'tite dame. C'est de la marchandise précieuse.

— Sérieux ? grogné-je. Mais je ne compte pas voler !

— Et moi, je ne comptais pas finir le paquet de Tuc à l'apéro hier. Mais vous savez quoi ? Je l'ai plié. Nous autres humains sommes inconstants. Vous pouvez lui parler de là où vous êtes.

Quand je comprends que je ne pourrai pas négocier, j'oublie ma dignité. Je peux bien, après tout ce que j'ai fait subir à Joe. Je place mes mains en porte-voix et me mets à crier :

— Joe ! Joseph !

Il ne m'entend pas. Il a un énorme casque sur les oreilles.

— Joe ! Hé ! Par ici ! Joe ! Joe !

Je commence à trotter au rythme du chariot élévateur. Qui continue d'avancer, sourd à ma présence. Soulever des caisses. Les reposer ailleurs. Puis recommencer. Encore et encore.

— Joe ! Hé oh !

J'ai conscience des dizaines de paires d'yeux qui me suivent, amusées. Tous les dockers, à l'exception de Joe, m'ont remarquée. Je poursuis ma course, les yeux rivés sur lui, jusqu'à ce que je rebondisse contre un énorme obstacle et tombe à la renverse.

— Aïe !

C'est ce qui finit par attirer son attention. Sans doute à cause du bruit sourd qu'a fait le conteneur en métal quand j'ai foncé dedans. Joe enlève son casque et tourne la tête. Il plisse les yeux, puis fronce les sourcils. Je n'ai pas l'impression qu'il soit très heureux de me voir. Mon cœur s'affaisse.

— Ever ? demande-t-il d'un ton froid.

— Joe ! gémis-je.

Je suis toujours par terre. Joe coupe le contact du chariot élévateur mais ne fait pas un geste vers moi. Sans doute croit-il que je suis venue jusqu'ici pour lui expliquer, d'une nouvelle façon créative, que nous ne pouvons pas être ensemble. Je me lève et m'époussette, essayant d'ignorer notre audience de plus en plus large et l'embarras que je lui cause probablement.

— Joe, je suis revenue.

J'ouvre les bras en souriant comme une idiote.

— Ça, je le vois bien.

Son expression est sombre.

— On peut parler ?

Il hausse un sourcil.

— Tu ne vas pas t'enfuir au beau milieu de notre discussion ? Parce que c'est apparemment ta spécialité.

— Ça, c'est bien envoyé ! lâche, amusée, la femme qui m'a barré le passage.

Je secoue la tête, consciente que je mérite ces reproches, et bien plus encore.

— Je promets de ne pas m'enfuir, à moins que tu n'essaies de me tuer... ce que, honnêtement, je comprendrais. Je crois d'ailleurs que, même dans ce cas, je te laisserais une longueur d'avance.

— Bon, j'ai une mauvaise nouvelle, c'est que je suis toujours furieux. Mais mon intérêt est piqué.

Il descend du chariot élévateur et croise les bras sur sa poitrine. Il semble froid. Distant. Déjà loin. Je ne peux pas lui en vouloir. M'aimer a été pour lui un véritable cauchemar. Or, ça ne l'a jamais empêché de m'aimer.

— J'ai acheté un billet de première classe pour venir te voir.

Je glousse maladroitement, me couvrant le visage des mains.

— D'accord... Un bon point pour la détermination. Et pourquoi ce billet ?

— *Pourquoi ?*

J'ai un rire incrédule, un peu fou, désespéré. Un rire de fille raide dingue accro.

— Parce que je t'aime. Parce que je ne veux pas te perdre à nouveau. Jamais plus. J'ai lu plusieurs articles sur l'expérience de Curt Richter, en chemin, lui dis-je. Et je sais désormais tout à propos de ces fameux rats. Ce sont les sauvages qui se sont battus pour leur survie. Eux n'ont jamais abandonné. Tu es mon rat, Joe. Je veux que tu sois mon rat. En contrepartie, je te jure solennellement de ne plus jamais te plonger en eau profonde. À partir de maintenant, nous nagerons ensemble.

Je cherche à croiser son regard. Tout ce qui m'intéresse, c'est sa réaction, et pas l'énorme déclaration que je viens de lui faire en public. Il cligne plusieurs fois les yeux, tout en m'examinant des pieds à la tête. Il est toujours près du chariot élévateur. À une bonne vingtaine de mètres de moi au moins.

— En quoi ça va être différent, ce coup-ci ? insiste-t-il. Comment puis-je être sûr que tu ne t'en iras pas demain ? Ou après-demain ? Ou dans un mois ? Je ne peux pas refaire ça, Ever. Je ne peux pas remettre mon cœur entre tes mains instables.

— Elles ne sont plus instables !

Je supplie quasiment, les bras brandis vers le ciel.

— Regarde. Solides comme des mains de chirurgien ! Le problème n'a jamais été les sentiments que je te porte : je n'ai jamais eu aucun doute concernant le fait que je t'aime. Mais je voulais te protéger du malheur d'être avec moi. Je pensais que j'étais maudite et je ne voulais pas que tu... Je ne sais pas - je ne voulais pas qu'il t'arrive quelque chose, je suppose. Comme à ma mère ou à Dom.

Toutes les personnes qui nous regardent ont l'air un peu perdues, mais indubitablement diverties. Joe, lui, semble épuisé.

— Ever, tu m'as fait vivre l'enfer.

— Je sais.

— Et tu as choisi mon frère plutôt que moi.

— Non. Non, je n'ai pas choisi ton frère. Jamais je ne l'aurais épousé, en définitive : je le sais désormais. Je le sais au plus profond de moi, Joe. Ç'a toujours été toi. Toujours.

— Depuis le début, tu es indécise concernant notre relation.

— Wow !

Je l'arrête d'un geste.

— Ce que tu dis là, en revanche, est faux. Je t'ai toujours aimé. C'est juste que je n'étais pas certaine que cet amour soit suffisant pour surmonter tous les obstacles. Mais je le suis, maintenant. Je suis certaine.

— À cent pour cent ?

— À cent dix pour cent.

Un silence s'étire. Puis le gars au porte-bloc lève les bras au ciel et s'exclame :

— Pour l'amour du ciel, embrasse-la, qu'on en finisse ! Nous avons encore trois cargaisons à décharger avant 10 heures.

Dans un éclat de rire, Joe court vers moi et je cours vers lui - oui, sans autorisation - et nous atterrissons dans les bras l'un de l'autre. Nos lèvres se trouvent. Rapidement, le baiser prend un goût de sel. Celui de mes larmes, celui des siennes. Nous rions. Nos dents s'entrechoquent. Je ne me suis pas brossé les miennes depuis vingt-quatre heures, mais je doute qu'il s'en soucie. Notre histoire a été jalonnée de mes maladresses et moments d'hygiène approximative. Voilà : ça, c'est nous.

— Je suis désolée, lui dis-je. Vraiment désolée.

— Pour quoi ?

Il n'arrête pas de m'embrasser.

— Pour tout. J'aurais dû te choisir à chaque fois. Je n'aurais jamais dû te tourner le dos. Même à la mort de ma mère.

— Heureusement, je sais comment tu peux te faire pardonner.

Il empoigne l'arrière des cuisses, passe mes jambes autour de sa taille et commence à nous éloigner de ce quai. Le gars du porte-bloc lui crie qu'il vient à peine de débuter son service, mais Joe et moi savons tous deux qu'il aura donné sa démission avant la fin de la journée.

— Comment, alors ? Que puis-je faire pour que tu me pardonnes ? murmuré-je contre sa bouche.

— Ne pars plus jamais.

Épilogue

Un an plus tard

— Ne sois pas nerveux.

Je pose ma joue contre le dos de Joe et l'enlace. Il triture le paquet de gommes à la nicotine qu'il tient dans sa main, avant d'en enfourner deux dans sa bouche.

— *Nerveux* ? Quel est ce mot ? Je crois l'avoir déjà entendu quelque part, mais...

C'est le plus gros mensonge qu'il m'ait jamais sorti. Le seul qu'il m'ait jamais dit, à ma connaissance. Car, dans quelques minutes, nous allons quitter ensemble cette chambre et prendre l'ascenseur pour nous rendre au Vine, un restaurant chic situé dans l'un des hôtels les plus prestigieux de New York, afin de célébrer la parution de son livre lors d'un dîner officiel.

For Ever sera publié demain, mardi, et disponible dans toutes les librairies. Il est affublé d'un nouveau titre, d'une magnifique couverture et d'un nombre incalculable de superlatifs qui lui ont été attribués par voie de presse.

— Ça doit être ça, ouais, réponds-je en le forçant à pivoter et à me regarder dans les yeux. C'est sans doute moi qui projette.

— Sans doute, oui.

Il m'embrasse doucement, prenant mon visage entre ses larges paumes. Ses lèvres ont le goût des chewing-gums à la nicotine.

— Bordel. Ce que je déteste être non fumeur !

— Et moi, je déteste l'idée de te perdre à cause d'un cancer : un partout, balle au centre.

Je tire sur sa cravate, puis mords sa lèvre inférieure.

C'est à l'occasion du deuxième anniversaire de la mort de Dom que Joe a décidé d'arrêter de fumer, afin d'honorer le combat de son frère contre le cancer. Cela fait maintenant trois mois, et Joe a toujours autant de mal.

Je prends le livre posé sur la table de nuit à côté de nous. *For Ever* est une œuvre de fiction très bien documentée, dotée d'une pointe de suspense et de plusieurs rebondissements. Joe a changé le nom du héros pour Ever - *Everett* -, mais je sais que ce titre est un clin d'œil qu'il m'adresse. Nous nous sommes aidés mutuellement à créer à une période où donner naissance à quoi que ce soit semblait aussi impossible que d'apprendre à voler.

Je passe ma paume sur la couverture rigide. Elle est bleu et rouge, avec les paysages de La Nouvelle-Orléans en arrière-plan.

— J'aime tout, concernant ce livre.

Joe m'embrasse sur la joue, avant de prendre l'ouvrage et de le ranger dans un tiroir. Il a encore du mal avec son statut d'écrivain reconnu.

— Évidemment que tu aimes tout, rétorque-t-il. Ce n'est rien d'autre qu'une lettre d'amour qui t'est adressée, dans une forme particulièrement alambiquée.

— C'est l'histoire d'un type qui n'a plus qu'un an à vivre et qui, du coup, couche avec la terre entière, fais-je remarquer en fronçant les sourcils.

— Certes.

Joe balaie mon objection d'un revers de la main.

— Je parlais du sous-texte.

Nous prenons les ascenseurs. Un maître d'hôtel nous accueille à l'entrée de Vine. Une salle noire et dorée avec de la musique de lounge et des bruits de couverts. Les doigts de Joe effleurent le bas de mon dos, exposé par ma robe noire. L'hôtesse nous conduit à une longue table où patientent Gemma, Brad, papa,

Donna, Renn, Sarah, son *époux* Rich, Nora (désormais mariée), Colt (lui aussi marié, à l'évidence), et Pippa, qui a amené un nouveau petit ami dont je refuse d'apprendre le nom tant qu'il n'aura pas passé le test des trois semaines.

Sont également présents Bianca, l'agente de Joe, et l'un des cadres de sa maison d'édition, qui est venu accompagné de sa femme et d'une pile monstrueuse d'exemplaires à faire dédicacer.

Lorsqu'ils aperçoivent mon petit ami, tous se lèvent et applaudissent. Notre tablée attire les regards curieux des autres clients. Je prends la main de Joe et la lève en l'air en signe de triomphe. Car c'est une grande victoire d'avoir réussi à être publié. D'autant qu'il a déjà signé pour son prochain livre avec le même éditeur.

Le *New York Minute* a dit de *For Ever* qu'il est « évocateur et sauvage ». Le *Flying Pen* a déclaré que « Joseph Graves est un maître dans l'art de la narration » et *Books Tribune* a qualifié le roman d'« exaltant et inoubliable ». Joe est peut-être trop humble pour se considérer comme un auteur à succès, mais moi, observatrice (quasiment) objective, je peux d'ores et déjà dire que c'est ce qu'il est.

— Je n'arrive toujours pas à croire que je couche avec un monument de la littérature, murmuré-je à l'oreille de Joe alors que nous prenons place à table.

Il serre la main de plusieurs personnes et me répond, avec un sourire étudié :

— Moi non plus, je n'arrive pas à y croire. Quelle est l'identité de ce fameux « monument » avec qui tu me trompes ?

Je ris et le tire pour qu'il s'asseye à côté de moi, mais il reste debout. Je lève les yeux vers lui. Il prend une bouteille de vin et me sert en verre, avant de s'en verser un. Puis il fait tinter une fourchette contre le cristal.

— On va avoir droit à un discours ? demande Brad, qui a déjà englouti quasiment tout le pain.

— Je *veux* un discours, rétorque Gemma en arrachant la corbeille des mains de son mari.

— Par pitié, dites-moi que ce ne sera pas trop long. Je suis affamé, geint Renn en s'affaissant contre le dossier de son siège. Mon corps est encore branché sur le fuseau horaire du Pacifique. Selon ces critères, j'ai raté pas moins de deux repas.

— Patience, gamin.

Joe lève son verre de vin en direction de Renn.

— Et je ne vais pas faire un discours, juste vous partager une prise de conscience que j'ai eue récemment. Et ce, avant que le livre ne sorte et que je ne devienne officiellement la risée de la nation.

Nous attendons tous pour entendre ce qu'il a à dire. *For Ever* est dédié à Dominic. C'était l'idée de Joe. Une fois la colère et la déception passées, elles ont laissé place à l'acceptation et le pardon. Non pas que Dom ait eu l'occasion de nous demander ces deux choses. Mais il s'avère qu'on n'absout pas ceux qui nous ont fait du mal pour leur faire plaisir : on le fait pour pouvoir aller de l'avant. Pour laisser derrière les rancunes. Pour mûrir sans continuer à dépendre des actions d'une autre personne.

— Bon, allez, ne perdons pas de temps, lance Pippa avec un sourire mondain en levant son cocktail. Crache ta Valda, Joe.

Joe me regarde et sourit. Mon cœur grandit dans ma poitrine. Je suis si fière de nous ! Du chemin pour le moins atypique que nous avons tous deux emprunté afin d'en arriver là. Nous n'avons pas encore atteint notre destination, mais, où que nous allions, nous irons ensemble.

Il ouvre la bouche. Ses yeux se plantent dans les miens.

— Les deux dernières décennies ont ressemblé à une course folle. Il s'est passé beaucoup de choses. Mais il y a eu une constante. Qui a rendu tout ça possible, même quand l'avenir semblait *im*possible. Cette chose, c'est l'espoir. L'espoir m'a fait prendre conscience d'une chose d'importante. La richesse d'une personne ne se mesure ni à son compte en banque, ni à son talent, ni même à ses relations. Elle se mesure à sa capacité à garder espoir. Car là où il y a de l'espoir, il y a de la vie. Et là où il y a de la vie, tout est possible. Je dois mon espoir à quelqu'un en particulier. Une personne qui est à mes côtés ce soir – et qui, j'ai l'impression, va le rester longtemps. Ce qui est une bonne chose, car j'ignore complètement de quoi demain sera fait. Tout ce que je sais, c'est que demain la vie va changer. Pas seulement pour moi : pour ce livre. Et pour elle aussi. Alors je lève mon verre *For Ever*.

Joe et moi vivons à San Francisco. Je suis inscrite à Berkeley, où j'étudie l'art et le design. J'ai ouvert une boutique Etsy pour vendre des croquis réalisés sur commande. J'ai cessé de créer exclusivement des pierres tombales, bien que je propose aussi ce service. J'effectue surtout des dessins de personnages de fiction, des caricatures (en particulier de rock stars), ce genre de choses. Ce boulot ne risque pas de me rendre riche, mais il permet d'éviter que mon compte en banque ne soit complètement vide. Et puis, le fait de gagner sa vie en faisant ce qu'on aime est incroyablement valorisant : je me concentre là-dessus.

Joe a récemment quitté son emploi de docker. Il travaille désormais à domicile, ce qui est super parce que la fac me prend un temps fou et que Loki a besoin de quelqu'un à contempler à longueur de journée avec désapprobation. Nous vivons dans un minuscule studio, mais c'est le nôtre et nous l'aimons.

Un jour, en rentrant à l'appartement, je trouve un post-it sur le réfrigérateur. Il s'agit d'une simple instruction.

Va au cimetière rendre visite à ta mère.

L'écriture est celle de Joe, ce qui est plutôt une bonne nouvelle, car je continue d'écouter des podcasts avec des faits divers sordides, aussi ai-je toujours peur qu'on m'assassine de façon créative.

Je prends mes clés, embrasse Loki sur la tête et je me rends à Half Moon Bay. C'est vendredi soir, il y a des bouchons.

Je mets *Save a Prayer* de Duran Duran, parce que c'était la chanson préférée de maman et parce qu'il s'agit (probablement) de la meilleure chanson au monde. Depuis mon retour à San Francisco, je lui rends visite tous les deux mois. Nous avons de grandes conversations. À sens unique, certes, mais néanmoins passionnantes.

Je résiste à l'envie d'appeler Joe en chemin. Le connaissant, il ne décrocherait de toute façon pas. C'est l'inconvénient d'avoir un petit ami acerbe et flegmatique. Je sais que je suis l'amour de sa vie… mais je sais aussi que l'enfoiré est têtu.

Quand j'arrive au cimetière, je constate que le parking est encore plus vide que d'habitude. Après avoir trouvé une place, je sors de la voiture et me dirige vers la tombe de maman. Je regarde à gauche puis à droite en traversant la rue. Je ne comprends rien. Tout semble comme d'habitude. Et Joe n'est apparemment pas là.

Je m'arrête devant la tombe de ma mère. Je contemple la sculpture funéraire que j'ai créée pour elle : un bras – *son* bras, qui m'a bercée, qui a essuyé mes larmes, qui m'a sauvée ce jour où je suis tombée sur les rails. Il est couvert de tatouages, comme le sien. Les détails sont impressionnants : l'artisan à qui j'ai confié la réalisation a fait un excellent travail. Et le résultat, au moins, est unique, reconnaissable entre mille. Mon père dit qu'il reçoit sans cesse des questions à ce sujet.

— Hé, salut, maman. Tu sais où je pourrais trouver Joe ?

Même si elle ne me répond pas, je sens sa présence. Je secoue la tête en levant les yeux au ciel.

— Non, nous ne nous sommes pas disputés. Il m'a demandé de venir ici. Qu'est-ce qu'il fout ?

Je sors mon téléphone pour l'appeler. Mes doigts glissent sur l'écran, lorsque j'entends une voix derrière moi.

— Ton tour.

Je pivote. Joe est là, au milieu des tombes. Il est parfait dans ce décor, avec son caban et ses cheveux en bataille.

— Mon tour ?

Je plonge dans ses yeux. Il n'y a pas assez d'air, pas assez d'oxygène pour que je puisse fonctionner pleinement.

— De me sauver.

— Comment ?

Je veux qu'il le dise. Je pense connaître la réponse, mais j'ai besoin de l'entendre de sa bouche. Son visage s'illumine d'un de ces sourires dont il a le secret et qui bouleversent mon cœur.

— Sois avec moi pour toujours, Ever. Sois ma femme. La mère de mes enfants. La personne avec qui je remplis ma déclaration d'impôts. Je veux tout, le bon comme le mauvais. Ce qui me passionne et ce qui m'emmerde. Ainsi que toute la palette entre les deux, que nous avons le pouvoir d'inventer.

Je comprends ce qu'il me demande, bien qu'il ne mette pas un genou à terre.

Bien qu'il ne brandisse pas de bague.

Bien que nous soyons tous deux aussi immobiles que les pierres tombales qui nous entourent.

Dans un autre monde, un autre univers, nous sommes déjà mariés. Peut-être même parents. Dans cet autre univers, si ça se trouve, ma mère est encore parmi nous. Et en ce moment même, elle garde notre enfant pendant que nous sommes au restaurant. Et puis il y a un autre monde, encore. Un monde où Joe et moi avons pris des chemins différents. Un monde où il est en train de demander sa main à une autre femme – peut-être Presley – et où, moi, je suis assise dans ma chambre, en train de classer ma collection de CD tout en continuant de haïr ma vie.

Il existe tant de versions de la réalité ! Toutes déterminées par la moindre de nos décisions. Mais dans cet univers-ci, je sais que j'ai pris la bonne.

Je tends mon bras dans sa direction, ouvre la paume. Je le ramène vers la terre ferme.

— Suis-moi, dis-je, soldant ainsi la dette que j'ai contractée envers lui il y a tant d'années. Il y a un autre chapitre de notre histoire que je veux écrire.

Remerciements

Écrire ce livre a été terrifiant pour moi, mais je suis heureuse d'être allée au bout, car celui-ci m'a fait sortir de ma zone de confort. Changer, c'est effrayant, mais c'est la seule façon de progresser dans la vie, surtout quand on est artiste. Pour leur soutien, leurs encouragements et leur aide tout au long de ce périple, je suis incroyablement reconnaissante aux personnes suivantes :

Tijuana Turner, Vanessa Villegas et Ratula Roy, pour avoir lu et relu ce livre. Yamina Kirky, Marta Bor, Sarah Plocher, Pang Theo, Jan Cassie : vous êtes mes go sûres. Je remercie tout particulièrement Parker et Ava, qui ont scandé SI, TU VAS Y ARRIVER, chaque fois que j'ai pensé que non, je n'y arriverai pas. Vous savez quoi ? Apparemment, vous aviez raison.

Un grand merci à mon agente Kimberly Brower, de Brower Literary, ainsi qu'à Tijuana Turner et Jill Glass, qui sont des publicistes superstars. Également à Caroline Teagle Johnson et à la formidable équipe éditoriale de Montlake, notamment Anh Schluep, Lindsey Faber, Cheryl Weisman, Bill Siever et Elyse Lyon, avec qui travailler est un délice.

Mais surtout, et comme toujours, je tiens à remercier mes lectrices et lecteurs. Dans un monde en mutation permanente, il y a une constante qui m'est plus que tout précieuse : vous. Merci d'avoir donné leur chance à mes livres. Je vous en suis infiniment reconnaissante.

Remerciements

Édité par HarperCollins France

Composition et mise en pages
Nord Compo à Villeneuve-d'Ascq

Achevé d'imprimer en février 2025.

FIRMIN-DIDOT

à Mesnil-sur-l'Estrée (Eure)

Dépôt légal : mars 2025.

Pour limiter l'empreinte environnementale de ses livres, HarperCollins France s'engage à n'utiliser que du papier fabriqué à partir de bois provenant de forêts gérées durablement et de manière responsable.

Imprimé en France